KB131630

의무론

의무론
자유 시민의 윤리 준칙
De Officiis

마르쿠스 툴리우스 키케로 지음 김남우 옮김

이 저서는 2022년 대한민국 교육부와 한국연구재단의 지원을 받아 수행된
연구임(NRF-2022S1A5C2A02092200).

DE OFFICIIS
by MARCUS TULLIUS CICERO (B.C. 44)

일러두기

1. 이 책의 번역 저본으로는 M. Tulli Ciceronis, *De Officiis*, ed. M. Winterbottom (Oxford: Oxford University Press, 1994)을 사용했다.
2. 라틴어와 희랍어의 경우 원음대로 표기하는 것을 원칙으로 했다. 따라서 현행 외래어 표기법과 다를 수 있다.
3. 인용할 때 역자의 의도에 따라 일부 번역을 수정했다.
4. 각주와 찾아보기의 로마 숫자는 권수이며 아라비아 숫자는 문단 번호다. 찾아보기에서는 본문에 로마자로 표시된 문단 번호는 생략하고 아라비아 숫자로 된 문단 번호만을 적었다.

이 책은 실로 꿰매어 제본하는 정통적인 사철 방식으로 만들어졌습니다.
사철 방식으로 제본된 책은 오랫동안 보관해도 손상되지 않습니다.

*왼쪽 번호는 문단 번호이다.

제1권

I 1 아들 마르쿠스야, 벌써 1년 동안[1] 크라팁포스[2]의 강의를, 그것도 아테나이에서 들었으니, 선생과 도시의 지고한 위엄에 힘입어 ─ 한쪽은 학문으로, 다른 한쪽은 본보기들로 너를 성장시킬 수 있으니 ─ 네가 철학의 준칙들과 원리들로 풍성해지는 것은 당연한 일이겠다. 그렇지만 내가 나의 이득을 위해서 철학은 물론 연설 연습에서도 늘 희랍어와 라티움어를 연결한 것처럼, 너 또한 똑같이 두 언어를 구사하는 데 비슷한 능력을 갖추어야 한다고 생각한다.[3] 실로 이에 우리는 우리 동포들에게 커다란 도움을 주었다는 평가를 받는데,[4] 희랍 문헌에 무지한 사람들뿐 아니라 학식 있는 사람들

1 아들 키케로는 기원전 45년 5월 21일 아테나이로 떠났다. 이하 모든 주는 옮긴이의 주이다.
2 페르가몬 출신의 크라팁포스는 소요학파 철학자로 뮈틸레네와 아테나이에서 가르쳤다.
3 키케로는 희랍어를 모어인 라티움어만큼 구사할 수 있도록 노력하라고 권고한 초기의 로마인들 가운데 한 명이다.
4 키케로, 『투스쿨룸 대화』, I 3, 5. 〈그러나 철학은 우리 시대까지 그리 관심을 받지 못하였으며 로마 문헌의 조명을 전혀 받지 못했다. 나는 철학을 널

도 덕분에 자신들이 학문을 연구하고 판단을 내리는 데 상당한 진척을 보았다고 믿는다. 2 그러므로 너는 우리 시대 철학자들 가운데 제1인자에게서 배우고, 그것도 네가 원하는 만큼 배워라! 얼마나 큰 진전이 있었는가를 두고 너 자신이 후회하지 않을 때까지 충분한 시간을 들여 배워야 할 것이다. 하지만 그럼에도 너는 (소요학파나 우리 아카데미아 학파가 공히 소크라테스와 플라톤의 제자라고 주장하니) 소요학파의 책들과 크게 다르지 않은 우리 책들을 읽으면서, 나는 막지 않을 테니 논의된 사안들 자체는 너 스스로 판단하되, 다만 라티움어 구사 능력만은 정녕코 우리 책들을 읽어 더욱 훌륭하게 다듬어라! 이를 오만하게 허투루 하는 말로 치부하지 말아 다오. 철학이라는 학문은 다른 많은 사람에게 양보하더라도, 연설가의 본령인바 명료하고 품격 있게 말하기는 내가 그 공부에 무던한 세월을 쏟았기에 어느 정도 정당하게 주장할 수 있다고 본다.

3 나의 키케로야, 따라서 네게 크게 권고하는 바는 내가 쓴 연설문들은 물론, 이미 이 연설문들에 버금가는 규모에 이른 나의 철학적 저작들도 열심히 읽으라는 것이다.[5] 연설문들을 통해 좀 더 강력한 언변을 닦고, 철학적 저작들을 통해 평탄

리 알리고 진작시켜야 하는데, 관직에 있었을 때 내가 로마 시민들을 위해 유익을 도모했던 것처럼 관직에서 물러난 지금도 가능하다면 그들에게 유익을 주기 위해서다.)

5 키케로의 연설문은 75~80개에 이르며 철학 책들도 거의 65권에 이른다. 65권에는 『투스쿨룸 대화』 다섯 권, 『최고선악론』 다섯 권, 『국가론』 여섯 권, 『법률론』 다섯 권, 『아카데미아 학파』 네 권, 『신들의 본성에 관하여』 세 권, 『연설가론』 세 권, 『발견론』 두 권이 포함된다.

하고 절제된 문체를 익혀야 하기 때문이다. 내가 알기로 희랍인들 가운데 누구도 아직 한 사람이 연설의 변론 영역은 물론 철학의 조용한 토론 영역, 두 영역에 종사하여 동시에 성공한 사례가 없다. 다만 혹여 팔레론의 데메트리오스[6]가 여기 속할지 모르겠는데, 그는 정교한 토론자였지만 열정적인 연설가는 아니었고, 그래도 유쾌하긴 하였기에 테오프라스토스[7]의 제자다운 면모를 엿볼 수는 있다. 우리가 두 영역에서 얼마나 성공을 거두었는지는 다른 사람들이 판단하게 두자. 우리는 분명 둘 모두를 동시에 추구하였다.[8] 4 아무렴 플라톤도 만약 그가 변론 영역에 손대고자 했다면 더없이 진지하고도 현란(絢爛)하게 말했을 테고, 데모스테네스도 만약 그가 플라톤에게 배운 바를 정진하여[9] 연설하고자 했다면, 품격

---

6 데메트리오스는 기원전 350~기원전 280년에 살았던 사람으로 팔레론 출신이며 테오프라스토스의 제자로 제1세대 소요학파에 속한다.

7 테오프라스토스는 기원전 371~기원전 287년에 살았던 사람으로 아리스토텔레스를 이어 소요학파를 이끌었다.

8 키케로, 『투스쿨룸 대화』, I 4, 7. 〈그러나 탁월한 재능과 학식, 풍부한 언어를 갖춘 아리스토텔레스가 수사학 선생 이소크라테스의 명성에 이끌려 젊은이들에게 말하기를 가르치고 지혜와 연설 능력을 연결하기 시작하였을 때처럼, 나도 예전부터 행하던 연설술 공부를 진행하면서 동시에 좀 더 크고 좀 더 풍부한 학문인 철학에 천착하고자 한다. 가장 중요한 문제를 풍부하고 아름답게 언어로 표현할 줄 아는 것이야말로 진정한 철학이라고 나는 늘 생각하였기 때문이다.〉

9 키케로 당대에 사람들은 데모스테네스가 플라톤으로부터 배웠다고 믿었다. 키케로, 『연설가론』, I 20, 89. 〈이에 카르마다스는 대답하여 말하되, 그는 데모스테네스가 최고의 지혜와 최고의 연설 능력을 가지고 있음을 부정하지 않지만, 그가 천부적 재능 덕분에 그렇게 할 수 있었는지, 널리 알려졌듯 플라톤에게 열심히 배웠기 때문인지는 말할 수 없다.〉

있고도 탁월하게 할 수 있었으리라고 나는 생각한다. 아리스토텔레스와 이소크라테스를 두고도[10] 똑같이 판단하지만, 이들은 각자 자신의 학문에 매료되어 타인의 학문은 경시하였다.

II 그러나 너에게 이번엔 조금만, 나중에는 상당히 적어 보낼 작정을 하였기에 나는 네 나이와 내 권위에 비추어 제일 적합한 것으로부터 시작하기를 희망하였다. 철학에서 많은 중요하고 유익한 것들을 정치(精緻)하고도 풍부하게 철학자들이 논의하였는데, 그 가운데 파급력이 제일 큰 주제는 의무를 두고 철학자들이 가르치고 전한 것이라고 생각한다. 인생의 어떤 부분에서도, 그러니까 공무에서나 개인사에서나, 광장에서나 가내에서나, 혼자서 단독으로 일을 처리할 때나 타인과 일을 볼 때나, 결코 의무를 저버릴 수 없기 때문인데, 의무를 다하는 데에 인생의 모든 훌륭함이, 의무에 소홀한 데에 인생의 모든 추함이 있다.

5 그런데 여기에 모든 철학자의 공통된 질문이 있다. 자신을 철학자라고 감히 칭하는 사람치고 의무의 준칙을 하나도 표하지 않을 자가 과연 누구인가? 하지만 어떤 학파들은 최고선과 최고악을 정의하면서 의무 일체를 부정하기도 한다.

10 키케로, 『연설가론』, II 38, 160. 〈아리스토텔레스는 만물의 힘과 본성을 관찰하던 명철한 정신으로, 그가 경멸하던 웅변술과 관련한 것들도 관찰하였다.〉 III 35, 141. 〈따라서 아리스토텔레스는 이소크라테스가 법률적이고 정치적인 주제를 방기하고 논의를 공허한 문체의 우아함에 전념하여 뛰어난 학생들을 얻는 데 성공하는 것을 목격하였을 때, 갑자기 그의 교육 체계를 거의 전부 바꾸어 버렸다. (……) 결과적으로 그는 그의 철학 체계 전체를 치장하고 장식하였는데, 사물의 탐구를 수사학 연습과 연결했다.〉

그러니까 최고선을 덕과 무관한 것에 두고, 훌륭함이 아니라 이익으로 평가하는 자는, 만약 그가 스스로 일관성을 고수하고 본성적 선성(善性)이 그를 꺾지 못한다면, 그런 자는 우정도 정의도 관대함도 존중할 수 없는 자이리라. 분명히 말하건대, 그런 자는 고통을 최고악으로 여기고 쾌락을 최고선으로 정하기 때문에 결코 용감할 수도 없고 결코 절제하지도 못한다. 이는 논쟁이 필요하지 않을 정도로 명백한 일이지만, 그래도 우리는 이를 다른 곳에서[11] 논의하였다. **6** 그러므로 만약 이 학파들이 일관성을 유지하고자 한다면, 그들은 의무를 일절 언급할 수 없고, 어떤 굳건하고 확고하고 본성에 부합하는 의무의 준칙을 일절 전할 수 없지만, 반면 훌륭함이 유일하게 혹은 상당히 그 자체로 추구할 만한 것이라고 주장하는 이들은 달랐다. 이처럼 의무론은 소요학파와 아카데미아 학파와 스토아학파의 고유 영역이다. 아리스톤,[12] 퓌론,[13] 에릴로스[14]의 견해는 이미 오래전에 무대에서 쫓겨났기 때문인데, 이들이 선택의 여지를 두어 의무 발견의 길을 열어 놓

---

11 키케로, 『최고선악론』, II. 『투스쿨룸 대화』, IV~V.
12 키오스의 아리스톤은 스토아학파의 비조인 제논의 제자다. 그에게 행복은 오로지 덕에 따르는 삶이며, 다른 것들은 행복과 상관이 없는 것으로 〈무차별adiaphora〉에 해당한다.
13 퓌론은 알렉산드로스 대왕의 동방 원정을 따라 인도까지 다녀온 사람으로 회의주의를 주창하였다.
14 에릴로스 혹은 헤릴로스는 기원전 3세기에 활약한 스토아 철학자로 제논의 제자다. 디오게네스, 『유명한 철학자들의 생애와 사상 2』, 7권 165 이하와 키케로, 『최고선악론』, V 25, 73 이하에 따르면 그는 최고선을 앎에 두었으며, 앎 이외에 어떤 것도 그 자체로 추구할 만한 것이 없다고 여겼다.

았다면[15] 의무 논쟁에 참여할 수 있는 권리를 이들이 유지하였을지도 모른다. 그러므로 우리가 현시점에서 이 문제와 관련하여 최우선으로 따를 것은 스토아학파로, 이들을 좇되 번역자로서 말을 옮기는 게 아니라, 흔히 그러하듯 우리의 판단과 재량에 따라 합당한 만큼을 합당한 방식으로 스토아학파의 샘에서 길어 올리겠다.

7 그러므로 앞으로의 논의 전체가 의무를 다룰 것이니 먼저 의무가 무엇인지 정의해야 한다. 이를 파나이티오스가 간과하였다는 점은 그저 의아할 따름이다. 체계적으로 어떤 대상을 설명하는 모든 교육은 논의 대상이 무엇인지를 알 수 있도록 정의로부터 시작해야 한다.

III 의무론은 전체적으로 두 가지 문제다. 하나는 최고선[16]의 문제이고, 또 하나는 모든 방면에서 생활에 적용될 수 있는 준칙들[17]의 문제다. 첫 번째 유형의 예들은 이러하다. 〈의무는 모두 절대적인가?〉, 〈어떤 의무가 어떤 의무보다 중한가?〉, 〈어떤 의무가 어떤 의무와 동등한가?〉. 다른 한편 의무의 준칙들이 있는데, 그것들도 결국 최고선에 귀속되겠지만, 그 점이 분명히 드러나지 않는 것은 아마도 오히려 일상생활

15 키케로, 『최고선악론』, V 8, 23 이하를 보라. 이들은 최고선을 덕이나 앎에 두고 나머지 모든 것은 〈무차별〉한 것으로 놓음으로써 〈선택의 여지〉를 모두 차단하였다. 이에 따르면 예를 들어 건강한 사람과 아픈 사람 간의 차이가 사라지고, 아픈 사람이 건강한 사람보다 열악한 처지에 있다는 판단이 차단됨으로써 우리에게 아픈 사람을 돌보아 줄 선택과 의무는 없어진다.

16 키케로는 최고선의 문제를 『최고선악론』에서 다루었다.

17 아리스토텔레스, 『니코마코스 윤리학』, 1112b11 이하. 〈우리는 목적들이 아니라 목적들에 이바지하는 것들을 숙고한다.〉

속 지침을 지향하기 때문인 듯하다. 우리는 의무의 준칙들을 이 책에서 설명해야 한다.

8 그런데 의무의 또 다른 분류도 있다. 보통의 의무라고 불리는 것과 완전한 의무라고 불리는 것이다. 내 의견인바, 완전한 의무를 옳은 의무라고 부르자! 이를 희랍 사람들은 〈카토르토마κατόρθωμα〉라고 부르고, 보편적인 보통의 의무[18]를 〈메손μέσον〉[19]이라고 부른다. 그리고 이것들을 정의할 때, 그들은 완전한 의무를 올곧은 것이라고 하며, 한편 개연적으로 이유를 설명할 수 있는 것을 보통의 의무라고 말한다.[20]

9 그러므로 파나이티오스에 따르면, 사람들은 결단을 내릴 때 세 가지 사항을 고려하게 된다. 먼저, 고려 대상이 행하기에 훌륭한 행동인지 아니면 추한 행동인지를 살핀다. 그런데 때로 숙고 과정에서 사람들의 마음은 상반된 생각들 사이를 오락가락한다. 다음으로 사람들은 자신과 자기 주변 사람들을 도울 기반이 되는바 삶의 편리와 기쁨, 능력과 재력, 권력, 권세를 얻는 데 고려 대상이 도움이 될지 혹은 그렇지 않을지를 살피거나 따져 본다. 이런 판단은 이익 계산으로 귀결된다. 세 번째 고민해야 할 부분은 〈흡사 이득〉[21]이 훌륭함

---

18 뒤의 III 3, 14에 따르면 현자뿐 아니라 보통의 사람들에게도 보편적으로 적용되는 의무를 가리킨다.

19 저본의 편집자 Winterbottom의 추정에 따라 〈μέσον〉을 삽입한다.

20 뒤의 I 28, 101절과 III 3, 14절을 보라.

21 키케로의 원문 〈id quod videtur esse utile〉를 번역하면 〈흡사 이득처럼 보이는 것〉인데, 나중에 이것을 키케로는 〈species utilitatis〉라고 고쳐 부른다. 이 책에서는 두 경우에 모두 〈흡사 이득〉이라는 번역어를 썼다.

과 상충하는 것 같을 때다.[22] 이런 고려 중에 한쪽에서 〈흡사 이득〉이 잡아끌고 반대편으로 훌륭함이 우리를 소환하는 것처럼 느껴지면, 영혼은 쪼개지고 생각은 갈팡질팡 근심에 빠지는 법이다.

10 그런데 구분할 때 가장 큰 잘못은 누락으로, 이 구분은 두 가지를 누락하였다. 사람들은 훌륭한가 혹은 추한가를 고려할 뿐 아니라, 나아가 두 가지의 훌륭함이 있으면 어느 것이 더 훌륭한지, 마찬가지로 두 가지의 이득이 있으면 어느 것이 더 이득이 되는지를 고려하게 된다. 파나이티오스의 삼분 체계는 다섯 부분으로 구획되었어야 함이 분명하다. 그러므로 먼저 훌륭함을 두고 두 가지를, 이득을 두고 똑같이 두 가지를 논의하고, 마지막으로 훌륭함과 이득을 비교해야 하겠다.[23]

IV 11 생명이 있는 모든 종은 자연이 부여한바 처음부터[24] 자신을, 그러니까 생명과 육체를 보존하고, 이에 해롭다고 생각되는 것을 피한다. 예를 들어 양식이나 은신처 등 삶에 필수적인 것들을 구하고 마련한다. 또한 모든 생명체의 공통

22 뒤의 III 7, 34절 이하를 보라. 키케로의 생각에 따르면 이득과 훌륭함은 실제로 상충하지 않으며, 다만 그렇게 보일 뿐인데, 훌륭함 자체가 진정한 이득이기 때문이다.

23 키케로는 앞으로 제1권에서 훌륭함을, 제2권에서 이득을, 제3권에서 훌륭함과 이득의 관계를 다룬다.

24 이는 희랍어로 〈자기 정립οἰκείωσις〉이라고 하며, 자기 자신에게 속하는 것을 인지하는 과정을 의미한다. 키케로는 스토아학파(『최고선악론』, III 4, 16 이하)의 윤리학이나 에피쿠로스학파(『최고선악론』, I 9, 30)의 윤리학이 모두 〈자기 정립〉에서 출발한다고 보았다.

점은 생식을 위한 교합의 충동이며, 자손들을 돌보려는 염려다. 하지만 인간과 금수(禽獸)는 아주 크게 다르다. 후자는 오직 감각에 따라, 오로지 당면한 현재에 순응할 뿐이며 과거와 미래는 조금도 감지하지 못한다. 하지만 인간은 이성을 가지며, 이성으로 사건들의 결과를 파악하고 그 원인을 보고, 그 향후 진행과 과거 경과를 모르지 않으며, 사건들의 유사성을 대조하여 현재와 묶고 미래와 연결하는 존재인 고로, 인간은 쉽게 삶 과정 전체를 조망하고 삶을 살아 내는 데 필수적인 것들을 준비한다. **12** 또 자연은 이 이성의 힘으로 인간과 인간을 통합하여 언어와 삶의 공동체를 이루게 하였다. 특히 자연은 자손들에게 느끼는 각별한 사랑을 인간에게 심어 주었으며, 자연의 부추김을 받은 인간은 인간들의 결속과 회합이 있기를 바라고, 나아가 자신이 그것에 참여하기를 원한다. 이런 이유로 인간은 생활 향상과 의식(衣食)을 충족시킬 것을 마련하고자 애쓰는데, 이는 자기 자신만이 아니라 배우자와 자식들을, 자신이 소중하게 여기고 돌보아야만 하는 자들을 위해서다. 이런 염려는 또한 인간에게 용기를 일깨우고 국정 수행을 위한 긍지를 불어넣는다.

13 특히 진리의 탐구와 천착은 인간의 특유성이다.[25] 그리하여 우리는 급박한 사무와 업무로부터 벗어났을 때 무언가를 보고 듣고 배우길 즐기며, 감추어진 세계 혹은 놀라운 세

---

25 아리스토텔레스, 『형이상학』, 980a1. 〈모든 사람은 본성적으로 알고 싶어 한다.〉 키케로, 『투스쿨룸 대화』, I 19, 44 이하. 〈본성상 인간 정신에 진리를 보겠다는 끝없는 욕망이 자리한 까닭이다.〉

계를 인식하는 것을 행복한 삶에 필수적이라고 여긴다.[26] 따라서 이로부터 밝혀지는 진리, 그 단순하고 순수한 것이 인간 본성에 가장 적합한 것이다. 진리 명찰(明察)이라는 이런 욕망과 함께, 최고(最高)가 되려는 일종의 욕구가 존재한다. 그런즉 제대로 꼴을 갖춘[27] 영혼은 본성적으로 자기 이득을 위하여 오직 준칙이나 가르침에만, 혹은 정의롭고 정당한 명령에만 복종하려 든다. 이로부터 긍지가 피어나고, 이로부터 세상사에 대한 초연함이 나타난다. **14** 본성적 이성의 힘은 실로 보잘것없는 것이 아니다. 질서가 무엇인지, 바른 게 무엇인지, 말과 행동의 적도(適度)가 어디까지인지를 지각하는 것은 이 동물이 유일하기 때문이다. 다른 동물들은 시각적 세계의 어떤 부분에서도 아름다움, 우아함, 조화를 전혀 지각하지 못한다. 그런데 본성적 이성은 시각을 영혼에 유비하여 생각과 행동에 이르기까지 훨씬 더 분명한 아름다움, 일관성, 질서가 지켜져야 한다고 믿으며, 흉하거나 유약한 행동을 삼가고 생각이든 행동이든 무절제하지 말라 가르친다.

이로부터 우리가 탐구하는 훌륭함의 개념이 만들어지고 생겨나는데, 훌륭함이란 호평받지 못할지라도 명예로운 것인바, 진실을 말하자면, 비록 아무도 칭송하지 않는다 해도 본성적으로 칭송받을 만한 것이다.

V 15 아들 마르쿠스야, 너는 이제 훌륭함의 형상, 말하자

---

26 아리스토텔레스, 『니코마코스 윤리학』, 1177a12 이하. 〈행복이 탁월성에 따른 활동이라면 (……) 이 활동이 관조적인 것임은 이미 말한 바 있다.〉
27 〈꼴을 갖춘〉은 〈진리를 깨달은〉이라는 뜻으로 읽힌다.

면 훌륭함의 얼굴을 보았다. 플라톤이 말한 것처럼, 이를 실제 눈으로 보게 된다면 지혜에 대한 놀라운 사랑이 일어나리라.[28] 그런데 모든 훌륭함은 다음 네 가지 중 하나에서 유래한다. 그것은 진리의 명찰(明察)과 숙달(熟達)이거나, 아니면 인간 공동체의 유지, 각자에게 각자의 것이 돌아가게 하는 것, 계약 사항들을 지키는 신의이거나, 아니면 긍지 높은 불굴의 영혼이 보여 주는 용기와 강인함[29]이거나, 아니면 모든 말과 행동에 드러나는 질서와 절도(節度) ─ 여기에 자제와 절제가 포함된다 ─ 이다.

물론 이 네 측면은 서로 얽히고설킨 것들이지만, 각 측면에서 획연(劃然)된 의무 유형들이 등장한다. 예를 들어 우리가 먼저 지혜와 현명함이라고 구분한 측면에는 진리의 탐색과 발견이 들어 있으며, 이는 이 덕의 고유한 과업이다. **16** 그러니까 어떤 사안에서 더없이 참된 것이 무엇인지를 더욱 분명하게 명찰하는 사람일수록, 더욱 예리하고 더욱 빠르게 그 원리를 파악하고 설명할 수 있는 사람일수록, 그 사람이 더욱 현명하고 더욱 지혜로운 사람으로 여겨지는 것은 당연하다. 따라서 진리는 이 덕이 힘을 쏟고 다룰 재료와 같은 것이

28 플라톤, 『파이드로스』, 250d. 〈지혜는 시각에 의해 보이지 않는단다. 만약 지혜가 자신에 대한 영상을 시각으로 들어오게 했다면 무서운 사랑을 불러일으켰을 테지만 말이다.〉

29 키케로, 『투스쿨룸 대화』, III 7, 14 이하. 〈용감한 사람은 자신 있는 fidens 사람입니다. (……) 자신 있는 사람은 분명 두려워하지 않습니다. 자신만만함은 두려움과 상반되기 때문입니다. (……) 더욱이 용감한 사람은 필연적으로 긍지 있는 사람입니다. 긍지 있는 사람은 굴하지 않습니다. 굴하지 않는 사람은 필연적으로 세상사를 경시하며 아랑곳하지 않습니다.〉

다. **17** 그런데 나머지 덕들의 필연성은 사회 활동의 기반이 되는 것을 건설하고 보존하는 데 있는데, 우선 인간 사회와 그 유대를 지켜 내는 것이며, 다음으로 자기 자신과 동료들을 위해 국력을 키우고 국익을 증대하는 가운데, 혹은 때로 특히 이것들에 초연한 가운데 영혼의 탁월함과 긍지를 드러내는 것이다. 마지막으로 질서와 항심(恒心)과 절도(節度) 등은 사유 활동만이 아니라, 사회 활동이 전개되어야 하는 영역과도 연관되어 있다. 생활에서도 일종의 절도와 질서를 펼쳐 낸다면 우리는 훌륭함과 품위를 보존할 것이다.

VI 18 그런데 훌륭함의 본성과 본질을 이렇게 네 가지 논소(論所)로 구분한 가운데, 진리 인식이라는 첫 번째 논소는 인간 본성과 아주 밀접하게 연결된다. 우리가 모두 끌리고 쏠리는 것은 인식과 학문의 욕망인바, 이 영역의 출중함을 우리는 아름답다고 생각하며, 반대로 이 영역의 실족(失足), 오판, 무지, 미망(迷妄)을 우리는 악하고도 추하다고 여긴다. 자연적인 동시에 훌륭한 이 영역에서 두 가지 과오를 피해야 하는데, 하나는 무지한데 안다고 여기고 경솔하게 동의하는 것이다. 이 과오를 피하고자 한다면 ― 모든 사람이 응당 그래야 할 텐데 ― 사태를 고찰하는 데 시간과 정성을 경주해야 할 것이다. **19** 다른 과오는, 일부 인사들처럼 모호하고 난해한 데다 동시에 불요불급한 일에 지나치게 과도한 열정과 과도한 수고를 기울이는 데 있다.[30] 이런 과오들을 피하고, 알

30 키케로, 『투스쿨룸 대화』, I 2, 5. 〈희랍인들에게 기하학은 더없이 존중받았으며, 따라서 수학자만큼 존경받던 사람도 없었다. 그러나 우리 로마는

아 마땅한 훌륭한 것들에 수고와 관심을 기울인다면 이는 마땅히 칭송받을 일이겠다. 예를 들어 우리는 가이우스 술피키우스[31]가 천문학에 힘을 쏟았다고 들었으며, 섹스투스 폼페이우스[32]가 지리학에 힘을 쏟는 것을 직접 보았으며, 많은 사람이 변증술에, 더 많은 사람이 시민법에 힘을 쏟는데, 이 학문들은 모두 진리 탐구와 연관되어 있다. 진리 탐구의 열정 때문에 국정 수행을 멀리하는 것은 의무에 반하는 짓이니, 덕을 칭송받을지 여부는 전적으로 국정 수행의 성패에 달려 있다. 물론 때로 국정 수행을 중단해야 할 시기가 닥쳐오며, 학문으로 복귀할 기회가 꽤 주어지기도 한다. 그때에 결코 잠드는 법이 없는 사유 활동은 우리가 애쓰지 않아도 우리를

측량과 계산의 유용성으로 기하학의 범위를 제한하였다.〉

31 가이우스 술피키우스 갈루스는 기원전 166년 집정관을 역임하였다. 그는 로마 최초로 천문학을 탐구한 사람으로, 루키우스 아이밀리우스 파울루스의 휘하에서 마케도니아 전쟁에 참전하여 군사 대장으로 복무했다. 이때 그는 퓌드나 전투 직전, 기원전 168년 6월 21일과 22일 사이의 월식을 예언하였다. 키케로, 『국가론』, I 15, 23. 〈어느 날 우리 부대가 미신과 공포로 매우 동요한 적이 있는데, 이는 맑은 밤에 환히 빛나던 보름달이 갑자기 어두워졌기 때문입니다. 그때 갈루스 님은 우리 부대의 부사령관으로 계셨고, 집정관으로 공표되기 거의 1년 전이었습니다. 그분은 조금도 망설이지 않고 이튿날 병사들이 모두 모인 자리에서 이렇게 가르쳐 주셨습니다.《전혀 불길한 조짐이 아니다. 어제의 현상은 태양의 빛이 달에 닿을 수 없는 위치에 달이 와서 일어난 일이고 앞으로도 특정한 시점에 일어날 일이다.》》

32 키케로, 『브루투스』, 175. 〈섹스투스 폼페이우스의 아들 그나이우스 폼페이우스는 어느 정도 평가를 받았다. 그런데 그의 동생 섹스투스는 시민법과 지리학의 완벽한 지식과 스토아 철학에 대하여 굉장히 뛰어난 재능을 보였다Gnaeusque Pompeius Sex. f. aliquem numerum obtinebat. Nam Sex. frater eius praestantissimum ingenium contulerat ad summan iuris civilis et ad perfectam geometricae et rerum Stoicarum scientiam.〉

인식의 열정으로 붙잡을 수 있다. 그렇다면 모든 사유와 모든 영혼 활동은 행복한 삶에 연관된 훌륭한 일들을 두고 그 계획을 수립하는 일이어야 하겠고, 혹은 학문과 인식을 열정적으로 추구하는 일이어야 하겠다.

이상으로 의무의 첫 번째 원천을 두고 말했다. **VII 20** 그런데 남은 세 가지 원리 가운데 인간 상호 결속, 말하자면 생활 공동체를 논하는 원리가 가장 큰 비중을 차지한다.[33] 이것은 둘로 구분된다. 하나는 정의인데, 덕의 광영이 가장 크게 빛나는 바는 정의에 있고, 정의로 인해 사람들은 선량하다는 이름을 얻는다. 그리고 정의와 나란히 은혜가 있는데, 은혜는 다른 말로 관후함 내지 관대함이라고 부를 수도 있다.

그런데 정의의 첫 번째 소임은, 불법적 도발의 경우가 아니라면 누구도 해를 입지 않게 하는 것이다. 공공재는 공공이, 사유물은 사인(私人)이 소유하게 하는 것은 두 번째 소임이다. **21** 그런데 본성적으로 사유물인 것은 존재하지 않지만, 때로 일찍이 무주물(無主物)이었던 곳에 도착한 사람들처럼 오랜 점유 덕분에, 때로 전쟁으로 차지한 사람들처럼 전승(戰勝) 덕분에, 때로 법률, 협약, 계약, 추첨[34]을 통해 사유물이 탄생한다. 이로부터 아르피눔 땅은 아르피눔 사람들의 것이 되고, 투스쿨룸 땅은 투스쿨룸 사람들의 것이 되었다. 사유 재산의 분배도 이와 유사하다. 그러므로 이렇게 본

33 아리스토텔레스, 『니코마코스 윤리학』, 1130a8 이하. 〈정의는 탁월성의 부분이 아니라 탁월성 자체이며, 그것과 반대되는 불의 역시 악덕의 부분이 아니라 악덕 자체다.〉

34 식민지 건설의 경우, 이주민들의 추첨을 통해 이주지가 분배되었다.

성적으로 공공재였던 것들 가운데 개인의 사유물이 생겨나는데, 각 개인이 획득한 것은 각 개인이 소유하여야 한다. 만약 어떤 사람이 타인의 사유물을 자신의 것으로 취한다면, 이는 인간 공동체의 법을 침해하는 행위이겠다. **22** 그러나 플라톤이 아주 탁월하게 기술하였듯이,[35] 우리는 우리 자신만을 위해 태어난 것이 아니며, 조국도 우리 출생의 일부 권리를 가지며, 친구들도 일부 권리를 가진다. 더군다나 스토아학파의 생각처럼, 지상에 생겨나는 모든 것이 인간의 유용을 위해 태어나고, 인간 자신도 다른 인간을 위해 서로가 서로에게 이익이 될 수 있도록 태어난다. 바로 이런 생각에서 우리는 자연을 우리의 지도자로 모셔야 한다. 우리는 의무의 교환을 통해 공동 이득을 축적하며, 서로 주고받는 가운데 각자의 학문이나 노무나 재력을 가지고 인간 상호의 결속을 단단히 다져야 한다.[36] **23** 그런데 정의의 토대는 신의다. 다시 말해 말과 계약의 일관성과 실행이다. 따라서 누군가에겐 혹시 지나치게 깐깐해 보일지도 모르지만, 우리는 어휘들이 어디서 유래했는지를 열심히 연구한 스토아학파를 따르도록 하자. 신의fides는 〈말한 바를 실행함〉에서 유래한다는 주장을 받아들이자.[37]

35 플라톤, 『편지들』, 358a. 〈우리들 각자는 자신만을 위해 태어난 것이 아니라, 우리 존재의 일부는 조국이, 또 일부는 우리 부모가, 또 일부는 나머지 친구들이 몫으로 나눠 갖고 있으며, 많은 부분이 우리를 좌지우지하는 시대에 맡겨져 있습니다.〉

36 최병조, 「세상 사는 이치: 선량한 자들 사이에서 선량하게 행하라」, 『대한민국학술원통신』369호 (2024), 9면 이하.

37 키케로, 『국가론』, IV 7. 〈내 생각에 신의라는 명칭은 말한 것을 실천

한편 불의의 종류는 둘이다. 하나는 불의를 행하는 자의 불의고, 다른 하나는 불의를 당한 자가 입은 불법을 막을 수 있음에도 막지 않은 자의 불의다. 분노나 어떤 격정의 부추김을 받아 불의하게 누군가를 공격하는 사람은 비유하자면 동료에게 손찌검하는 사람이다. 그런데 할 수 있음에도 불법을 막지도 이에 맞서지도 않는 사람은, 부모나 친구나 조국을 저버린 사람만큼이나 악덕한 사람이다.

　24 나아가 해악을 입히려는 고의적 불법은 왕왕 공포에서 출발한다. 타인에게 해를 입히려고 한 사람은 자신이 이를 행하지 않으면 상대방이 자신에게 손해를 입힐까 두려워한 것이다. 그런데 사람들은 대부분 탐람(貪婪)하는 바를 득하려고 불법을 행하기에 이르는데, 이 악덕에서 가장 큰 비중을 차지하는 것은 탐욕이다. **VIII 25** 부(富)의 추구는 삶의 필수 용익을 위한 것이며 동시에 쾌락의 향유를 위한 것이다. 그런데 긍지 높은 영혼에 보이는 금전을 향한 욕망은 권력을 얻기 위한, 그러니까 인심 쓸 재력을 얻기 위한 것이다. 예를 들어 최근 마르쿠스 크랏수스는 국가 최고 권력자가 되려는 사람이자 소득으로 군대를 먹일 수 없다면 큰돈을 넉넉히 확보하였다고 할 수 없다고 하였다.[38] 한편 호화로운 집안 살

한다는 것에서 생겨났다fides enim nomen ipsum mihi videtur habere, cum fit quod dicitur.〉

　38 기원전 71년 마르쿠스 리키니우스 크랏수스(기원전 70년과 기원전 55년 집정관)는 국가의 공적 지원이 부족한 상태에서 스파르타쿠스 반란을 진압하는 데 성공하였다. 키케로, 『스토아 철학의 역설』, 45 이하. 〈자신의 수입으로 군대를 유지할 수 있는 자가 아니라면 그 누구도 부자가 아니라고 당신이 말할 때, 많은 이가 당신의 말을 들었습니다. 그 일은 오래전부터 줄곧

림, 그러니까 우아함과 풍요를 갖춘 생활 향상도 즐거운 일이다. 하지만 이런 일들은 돈을 향한 끝없는 욕망으로 이어지는 결과를 낳는다. 누구에게도 해를 입히지 않으면서 이루어진 가산(家産) 축적은 비난해서 안 되는 일이지만, 불법을 통한 축재(蓄財)는 결단코 피해야 하겠다.

26 그런데 대부분의 사람은 고권(高權), 관직, 명예의 욕망에 빠지면, 정의를 망각할 정도로 극심하게 욕망에 휘둘린다. 엔니우스에 보이는 구절, 〈왕권 앞에 신성한 동맹이나 신의가 있을쏘냐〉는 꽤 널리 적용된다.[39] 여럿이 동시에 탁월할 수 없는 모든 경우에는 대부분 〈신성한 동맹〉을 지키기가 극히 어려울 정도의 심한 경쟁이 존재한다. 최근 가이우스 카이사르의 경솔함은 이를 잘 보여 주었는데, 그는 신법(神法)과 인법(人法)을 모조리 유린하였는바,[40] 최고 권력을 두고 잘못된 생각[41]에 사로잡혔던 것이다.[42] 여기서 어려운 것은, 더없이 긍지 높은 영혼과 더없이 빛나는 재능을 지닌 사람들에게서 대부분 관직, 고권, 권력, 명예의 욕망이 보인다는 점이다. 따라서 이런 경우에 어떤 잘못도 저지르지 않도록 더욱더 살펴야만 한다.

로마 민중이 그 엄청난 세입으로도 거의 하지 못한 일입니다.〉

39 엔니우스 단편, 404행 Vahlen. 에우리피데스, 『포이니케 여인들』, 524행 이하. 〈법을 범해야 한다면 그건 왕이 되기 위해서가 가장 아름답지.〉 뒤의 III 21, 82절을 보라.

40 〈신법〉과 관련하여 카이사르 신격화를, 그리고 〈인법〉과 관련하여 카이사르의 군사 반란을 생각해 볼 수 있다(Dyck, 121면).

41 〈진리 탐구〉와 관련된 앞의 I 6, 18절을 보라.

42 뒤의 I 34, 124절 〈정무관의 의무〉를 보라.

27 모든 불의를 살펴볼 때, 그것이 영혼의 어떤 격정 때문이냐, 아니면 고의로 계획적으로 불의를 행하였느냐는 차이가 크다. 어떤 순간적 충동에 의한 것은 숙고하여 준비한 것보다 가벼운 불의라 하겠다.

이상 불의를 범함을 두고 충분히 이야기하였다. **IX 28** 한편, 보호의 방치와 의무의 방기에는 여러 이유가 있다. 미움이나 고생이나 비용을 감당하지 않으려 하는 것, 또는 나태, 태만, 안일 때문에 혹은 자기 관심사나 자기 업무에 빠져 보호받아야 할 사람들을 방치하는 것이다. 그러므로 플라톤에서 철학자들을 위한 변론이 과연 충분한가 살펴보아야 한다. 진리 탐구에 몰두하여, 서로 칼부림이 나곤 할 정도로 다수가 열렬히 추구하는 바를 경시하고 하찮게 여기기에 철학자는 정의로운 사람이라고 그는 설명하였다. 누구에게도 불법을 행하여 해를 입히지 않는다는 한쪽의 정의에는 도달하였지만, 다른 한쪽의 정의에는 실패하였다. 다시 말해 철학자들은 배움에만 사로잡혀, 보호되어야 할 사람들을 방치하였다. 플라톤은 철학자들은 강요에 의해서라면 모를까 결코 국정을 맡으려 하지 않는다고 생각하였지만,[43] 마땅히 적극적으로 맡아야 했다. 적극적으로 행한 올바른 일만이 정의로운 일이기 때문이다. **29** 또한 가산(家産)을 유지하려는 관심 때

---

43 플라톤, 『국가』, 347c 이하. 〈가장 큰 벌은 만약 자기 자신이 지배할 마음이 없다면 자기만 못한 사람들의 지배를 받는다는 것일세. 덕 있는 사람들이 지배하게 될 땐, 내 생각으로는 이 벌이 두려워서 지배하게 되는 것 같더군. 그리고 그때는 무슨 경사가 났다고 여기거나 또 무슨 행운을 기대해서 지배하게 되는 것은 아니네. 그저 강제에 못 이긴다는 생각에 맡는 것이지.〉

문에, 혹은 인간에 대한 어떤 염증 때문에 오로지 자기 일에만 몰두하는 사람들이 있는데, 이들은 다른 사람들에게 불법을 저지르지 않는 것처럼 보인다. 이들은 한쪽의 불의에서는 벗어났지만, 다른 한쪽의 불의는 저지른 것이다. 삶의 공동체를 방기하였기 때문이다.[44] 다시 말해 그들은 공동체를 위해 어떤 열정도, 어떤 노무도, 어떤 재력도 제공하지 않았기 때문이다.

30 불의의 두 종류를 제시한 데다 각각에 그 원인들을 첨언하였고, 이에 앞서 정의를 구성하는 사안들을 정리하였으므로, 이제 우리는 각각의 상황에 맞는 의무가 어떤 것인지 쉽게 판단할 수 있겠는데, 우리가 우리 자신에게 과도한 자기애를 갖지 않는다면 말이다. 실로 남의 일에 간섭하는 것은 쉽지 않은 일이다. 테렌티우스의 크레메스는 〈사람 일치고 나와 관계없는 건 없다〉[45]고 믿었다지만, 우리는 타인들의 손해나 이득보다 우리 자신의 이득이나 손해에 더욱 민감하고 예민하게 생각한다. 우리는 흔히 타인들의 손해나 이득을 먼발치에서 건너다보며, 우리 자신의 일을 판단할 때와 다른 판단을 한다. 그러므로 공정한지 불공정한지 의심이 든다면 그것을 행하지 말라고 금한 이들의 준칙은 훌륭하다 하겠다. 공정성은 스스로 빛나지만, 의심이 든다는 것은 불법의 여지를 헤아려 본다는 뜻이기 때문이다.

44 예를 들어 에피쿠로스학파를 떠올릴 수 있다.
45 테렌티우스, 『저 자신을 벌주는 사람』, 77행. 크레메스는 극중 인물이다.

X 31 그러나 정의로운 사람, 그러니까 우리가 선량한 사람이라고 부르는 사람이 응당 마땅히 해야 할 일이 있는데, 이것이 전혀 그렇지 않은 일로 전도되는 상황도 때로 발생한다. 예를 들어 보관물 돌려주기,[46] 약속 이행하기 등 진실과 신의에 관련된 일을 위반하고 지키지 않는 것이 때로 정의로운 일이 되기도 한다. 물론 처음에 내가 정립한 정의의 토대에 비추어 보면, 그러니까 첫째로 누구에게도 해를 끼치지 않는다는 원칙에, 둘째로 공동 이득에 봉사한다는 원칙에 비추어 보면, 돌려주는 편이 옳다. 하지만 상황에 따라 정의의 토대도 뒤집히고 의무도 뒤집힌다. 의무가 늘 동일한 것은 아니다. **32** 무언가 약속이나 계약을 이행하는 것이 약속한 사람이나 약속받은 사람에게 손해가 되는 경우가 있을 수 있다. 전해지는 이야기에서 넵투누스가 테세우스에게 약속했던 것을 이행하지 않았다면, 테세우스는 아들 힙폴뤼토스를 잃지 않았을 것이다. 전해지는바, 세 가지 소원 가운데 세 번째로 힙폴뤼토스의 죽음을 바란 것은 테세우스가 분노하였기 때문이다.[47] 약속이 이행되면서 그는 더없이 큰 슬픔에 빠졌다. 그러므로 너의 약속을 받은 사람에게 불이익이 된다면 이를 이행하지 않을 수 있으며, 또 너의 약속을 받은 사람에게 이익이 되기는커녕 오히려 약속한 너에게만 더 큰 손해가 된다면, 작은 것보다 큰 것을 우선시하는 것은 의무에 반하

46 전승 사본의 ⟨etiamne furioso⟩는 생략한다.

47 에우리피데스, 『힙폴뤼토스』, 887행 이하. ⟨아버지 포세이돈이시여, 그대는 전에 내게 세 가지 소원을 들어주시겠다고 약속하셨거늘, 그중 하나로 내 아들을 죽이시어 오늘을 넘기지 못하게 해주소서!⟩

지 않는다. 예를 들어 만약 당면한 문제에 변호인이 되어 주겠다고 어떤 이에게 약속하였고, 그사이 아들이 중한 병을 얻게 되었다면, 약속을 이행하지 않는다고 의무에 반하는 것은 아니다. 만약 너의 약속을 받은 사람이 배신당했다고 불평한다면 오히려 그가 의무를 다하지 못한 것이다. 나아가 공포 때문에 혹은 기만에 속아 행한 약속에 충실할 필요가 없음은 누가 모르겠는가? 이런 약속은 대부분 법정관 판결에 따라, 몇몇은 법률에 따라 무효가 된다.

33 또한 불법은 법률의 매우 영리한 해석, 그렇지만 악의적 해석, 그러니까 일종의 허위 해석에 의해서도 종종 발생한다. 〈극단적 정의는 극단적 불법이다〉[48]라고 세간에 이미 널리 쓰이는 법언(法諺)은 이로부터 생겨났다. 이 영역에서는 국가조차 많은 잘못을 범한다. 예를 들어 적과 30일간(日間)의 휴전 협정을 맺고는 야간에 적의 영토를 침범한 자[49]가 휴전 협정은 일간(日間)에 유효할 뿐, 야간(夜間)에 해당하지 않는다고 주장하였다. 우리 나라 사람도 이 점에서 옳은 처사였다고 할 수 없는데, 만약 퀸투스 파비우스 라베오[50] 혹은 다른 어떤 인물이 — 나도 전해 들은 것밖에 없기 때문인데 — 원로원에 의해 놀라와 네아폴리스 간의 영토 분쟁을 조정할 재정인(裁定人)으로 임명되어 현장을 찾아 양측에 각각 말하길, 과도하게 요구하지 마라, 욕심대로 하지 마라, 내세

---

48 테렌티우스의 『저 자신을 벌주는 사람』에 최초로 언급된다.

49 스파르타의 왕 클레오메네스 1세(기원전 519~기원전 488년까지 재위)를 가리킨다.

50 퀸투스 파비우스 라베오는 기원전 183년 집정관을 역임하였다.

우지 말고 양보하라 지시하였고, 그리하여 양측이 이렇게 함으로써 중간 지대에 상당한 크기의 땅이 남게 되었는데, 그들 자신이 정한 바 그대로 양측의 영토를 획정하고, 중간 지대의 남은 땅은 로마 영토로 귀속했다는 이야기가 사실이라면 말이다. 이는 실로 기만일 뿐 중재라 할 수 없다. 따라서 모든 일에서 이런 유의 수완(手腕)은 멀리해야 한다.

XI 34 그런데 불법을 가한 자들에게조차 지켜야 할 의무가 있다. 그러니까 복수와 처벌에도 한도(限度)가 있다. 아마도 도발한 자가 본인의 불법 행위를 후회하며 차후에 그런 짓을 저지르지 않게 할 만큼, 더불어 다른 사람들도 불법 행위를 주저하게 할 만큼의 처벌이면 충분하지 않을까 싶다.

나아가 국가적으로는 특히 전쟁법을 지켜야 한다. 승패를 가리는 두 방식이 있는데, 하나는 논의를 통해서이고, 다른 하나는 무력에 의해서다. 전자는 인간의 특유성이고, 후자는 금수의 특유성이다.[51] 전자를 통해서 불가능할 경우가 후자의 구실이 되어야 할 것이다. **35** 그러므로 침해 없이 평화롭

---

51 헤시오도스, 『일과 날』, 277행 이하. 〈물고기들과 짐승들과 날개 달린 새들은 그들 사이에 정의가 없어 그분께서 그들끼리 서로 잡아먹게 하셨으나, 인간들에게는 월등히 훌륭한 것으로 드러난 정의를 주셨던 것이오. 왜냐하면 누군가 옳은 것을 옳은 줄 알고 말하면 멀리 보시는 제우스께서 그에게 복을 주시기 때문이지.〉 플라톤, 『국가』, 411d 이하. 〈그러니 그런 사람은, 내 생각으론, 이론을 싫어하고 교양이 없는 사람이 되어, 그는 이미 말로써 설득은 결코 하질 않고, 짐승처럼 폭력과 사나움으로 그의 모든 목적을 이루고 그러고는 무식과 우둔 속에서 조화도 잃고 우아함도 없는 생활을 보내는 것일세.〉

게 살아가는 것을 명분으로 전쟁이 수행되어야 하고,[52] 승전하면 전쟁 중에 잔인하게 굴지 않았던, 인도적이었던 이들은 보호해 주어야 한다. 예를 들어 우리 조상들은 투스쿨룸인, 아이퀴인, 볼스키인, 사비눔인, 헤르니키인[53]을 심지어 로마 공동체에 받아 주기까지 하였다. 하지만 카르타고[54]와 누만티아[55]는 철저하게 파괴하였다. 나는 코린토스의 파괴[56]를 찬동하지 않았을 것이다. 하지만 내 생각에 우리 조상들은 무언가 추구한 목적이 있었던 것으로 보이는데, 특히 그들의 지리적 장점에 주목하여, 지리를 이용해 그들이 언젠가 전쟁을 도모하지 못하도록 막고자 하였던 것이다. 나는 일말의 간계도 없는 평화가 지속되도록 계속해서 살펴야 한다고 생각한다. 만약 내 말을 따랐다면, 우리는 최선은 아닐지라도 아무튼 어떤 형태로든 국가를 유지하였을 텐데, 지금은 국가가 사라져 버리고 말았다. 또한 무력으로 정복한 적들을 보살펴야 한다고 할 때, 우리 승전 장군들의 신의를 믿고 무기를 버리고 투항한 적들도, 비록 충각(衝角)이 성벽을 때린 이

52 아리스토텔레스, 『니코마코스 윤리학』, 1177b4 이하. 〈우리는 여가를 갖기 위해 여가 없이 바쁘게 움직이며, 평화를 얻기 위해 전쟁을 벌이기 때문이다.〉

53 투스쿨룸인에게 완전 시민권이 부여된 것은 대략 기원전 381년이며, 여기서 키케로가 언급한 나머지 지역들은 나중에야 비로소 완전 시민권이 부여되었다.

54 기원전 146년 제3차 카르타고 전쟁 이후 노(老)카토가 주장했던 바에 따라 파괴되었다.

55 히스파니아의 도시로 기원전 133년 스키피오 아이밀리아누스에 의해 파괴되었다.

56 기원전 146년의 일이다.

후일지라도,[57] 받아들여야 한다. 이와 관련된 것인데, 자고로 우리 나라 사람들은 정의를 크게 숭상하여, 전쟁으로 정복된 공동체나 민족을 신의로써 받아 주고, 조상들의 전례에 따라 그들의 두호인(斗護人)이 되어 주었다.[58]

36 실로 로마 인민의 조약 관련 법률[59]에 전쟁의 공정성은 더없이 신성불가침하다고 기술되어 있다. 이로써, 사전에 원상회복[60] 요구 없이 전쟁을 감행하거나, 사전 고지 및 선전 포고 없이 전쟁을 벌이는 것은 정의로운 일이 아님을 알 수 있다. [포필리우스[61]가 군사령관으로서 임지에 나가 있었고, 그의 군대에 카토의 아들이 신참 병사로 복무하고 있었다. 포필리우스는 군단 하나를 해산하기로 마음먹었고, 때마침 해산되는 군단에 소속된 카토의 아들도 제대하게 되었다. 하지만 그는 전쟁을 향한 욕망 때문에 군대에 계속 남아 있었고, 카토는 포필리우스에게 편지를 썼다. 〈만약 그대가 제 자식이 군대에 남아 있는 것을 허용할 양이면, 제 자식에게 제

<hr/>

57 키케로는 충각이 성벽을 때리기 전에 항복한 적들에게만 관용을 베푼다는 것보다 좀 더 완화한 원칙을 주장한다.

58 스키피오 집안은 아프리카 속주민의 두호인이었고, 아이밀리우스 파울루스는 마케도니아인의 두호인이었으며, 마르켈루스 집안은 시킬리아인의 두호인이었다.

59 적에게 최후통첩을 전달하는 일이나 강화 조약 등을 체결하는 업무를 담당하는 사제를 조약관fetiales이라고 부르고, 조약관들의 수장을 집사관 pater patronus이라고 불렀다.

60 침해 등의 원상회복 요구를 적에게 전달하고 전쟁을 시작하기까지 보통 33일의 말미를 둔다.

61 마르쿠스 포필리우스 라이나스는 기원전 173년의 집정관으로 리구리아 산악 부족과 전쟁을 벌였다.

2의 충성 맹세를 받아야 합니다. 왜냐하면 먼저의 충성 맹세가 무효가 되었기에 제 자식이 그대로 적들과 전투를 벌인다면 그것은 불법적인 일이기 때문입니다.〉 이처럼 전쟁 수행에는 더없이 강력한 준법이 요구되었다.][62] **37** 노령의 마르쿠스 카토가 아들 마르쿠스[63]에게 보낸 편지가 있는데, 거기에 그는 아들이 집정관에 의해 제대를 명받은 소식을 들었다고 적고 있다. 그때 그의 아들은 페르세우스왕과 벌인 마케도니아 전쟁[64]에 참전한 병사였다. 편지에서 노(老)카토는 아들에게 이제 전투에 나가지 말라고 지시하였는데, 더 이상 병사가 아닌 자가 적과 교전하는 것은 합법이 아니기 때문이라고 하였다.

XII 실로 원래의 명칭으로는 〈페르두엘리스perduellis(적, 敵)〉이라고 불러야 할 자를 〈호스티스hostis(외국인)〉이라고 불러 말의 온화함으로 사안의 엄중함을 한결 가볍게 한 것에도 나는 주목한다. 우리 조상들에게서 〈호스티스〉는 오늘날

---

62 후대 삽입으로 보인다.

63 마르쿠스 포르키우스 카토(기원전 234~기원전 149년)는 흔히 노(老)카토라고 불리며 호구 감찰관으로 유명하다. 그는 로마에 희랍 문물이 유행하는 것을 금지하였다. 카토가 남긴 글로는 『로마 연원록*Origines*』과 『농업론*De agri cultura*』이 있으나, 전자는 현재 전해지고 있지 않다. 노카토의 장남 마르쿠스 포르키우스 카토는 기원전 152년에 사망하였는데, 이때 그는 법정관 당선인이었다. 그는 파울루스 마케도니쿠스의 딸 아이밀리아와 결혼하였다. 그는 아이밀리우스 파울루스가 지휘한 기원전 168년의 퓌드나 전투에서 혁혁한 전공을 세웠다.

64 루키우스 아이밀리우스 파울루스 마케도니쿠스는 집정관으로서 기원전 168년 제3차 마케도니아 전쟁을 지휘하여 마케도니아의 마지막 왕 페르세우스와 전쟁을 벌였다.

〈페레그리니스peregrinus(외인, 外人)〉를 가리키는 말이었다. 12표법이 이를 말해 주는데, 〈외국인과의 확정 기일〉[65]이라거나 〈외국인에게는[66] 권원(權原)의 입증이 영구적이다〉라고 적혀 있다. 전쟁을 벌일 사람을 이렇게 순한 명칭으로 부르는 것 이상으로 온유를 보여 주는 행동은 무엇인가? 물론 오랜 세월에 의해 〈호스티스〉라는 명칭은 한층 사나운 뜻을 갖게 되어 〈외국인〉이라는 뜻은 사라지고, 무기를 들어 대항하는 자를 가리키는 말로 한정되었다.

38 그런데 패권[67]을 놓고 대결하여 전쟁으로 명예를 추구한다면, 전쟁은 전적으로 앞서 내가 전쟁의 정의로운 명분[68]이라고 말한 것과 같은 명분을 전제해야 마땅하다. 패권이라는 명예를 위한 전쟁은 더욱더 잔인해서는 안 된다. 예를 들어 동료 시민과 서로 적이 되어 대결할 때 다르고, 서로 경쟁자가 되어 대결할 때 다른데, 후자는 관직과 위신이 걸린 문제이고, 전자는 목숨과 평판[69]이 걸린 문제이다. 이처럼 켈티베리아인[70]이나 킴브리인과의 전쟁은 적으로 싸운 것이며, 그

65 제2표 2. 이하 12표법 번역은 대체로 최병조를 따른다.

66 최병조는 제6표 4를 〈이방인에게는〉이라고 번역하였다.

67 뒤의 II 24, 85절에 따르면, 패권은 국토와 조세 수입의 확충을 의미한다.

68 앞의 I 11, 35절에 언급된 전쟁의 명분은 평화다.

69 〈목숨〉과 〈평판〉을 동일시하는 것에 주목해야 한다. 키케로, 『라일리우스 우정론』, 61. 〈친구들의 다소 정의롭지 못한 의지를 거들어야 하는 일이 혹여 생길 때, 그 일이 친구의 목숨이나 평판이 걸린 일이라면, 우리는 정도(正道)를 벗어날 수도 있다. (……) 평판을 가볍게 생각해서는 안 되며, 시민들의 호의는 일을 성사시키는 작지 않은 무기라고 생각해야 하네.〉

70 히스파니아의 내륙 중부 산악 지대에 살고 있던 민족이며, 그들의 중

래서 어느 쪽이 패권을 쥐느냐가 아니라 어느 쪽이 생존하느냐 하는 문제였다. 한편 라티움인이나 사비눔인이나 삼니움인이나 카르타고인이나 혹은 퓌로스왕과의 전쟁은 패권을 놓고 벌인 대결이었다. 카르타고인은 조약을 위반하였고 한니발은 잔혹하였으나,[71] 나머지는 정의로운 모습을 보여 주었다. 실로 퓌로스왕이 포로 교환의 문제를 두고 이렇게 한 말은 탁월했다.[72]

> 나는 황금을 요구하지 않으니 당신도 몸값을 내지 마라.
> 전쟁을 흥정하는 사람이 아닌, 전쟁을 행하는 우리는
> 둘 다 황금이 아니라 칼로써 삶과 죽음을 가늠하자.
> 여신께서 당신들 혹은 나, 누가 통치하길 원하는지,
> 운명이 무얼 가져올지 용맹으로 정하자. 또 들어라.
> 전쟁의 운명이 그 용기를 가상히 여긴 사람들,
> 이들의 자유를 나도 가상히 여기기로 결정하였다.
> 내준다. 데려가라. 보낸다. 위대한 신들의 뜻에 따라.

이는 참으로 제왕다운, 아이아코스[73]의 핏줄다운 문장이

심 도시가 앞의 I 11, 35절에도 언급된 누만티아다.

71 여기서 보면, 카르타고와의 경쟁은 목숨이 아니라 단지 패권을 위한 전쟁이었다. 카르타고는 지나치게 잔혹한 모습을 보였고, 따라서 앞의 I 11, 35절에 언급된 것처럼 카르타고의 파괴를 자초하였다.

72 엔니우스, 『연대기』, 183~190, Skutsch =194~210, Vahlen. 기원전 280년 겨울에 파브리키우스는 퓌로스와 헤라클레이아 전투의 포로 교환을 협상한다.

73 아이아코스는 아킬레우스의 조부인데, 퓌로스 등 에페이로스의 왕들

로다!

XIII 39 나아가 만약 개인이 개별적으로 상황에 이끌려 적에게 약속했더라도, 약속에 대한 신의는 지켜야 한다. 예를 들어 제1차 카르타고 전쟁에서 레굴루스[74]는 카르타고인에게 포로가 되었다가, 포로 교환의 논의 때문에 로마로 가게 되었을 때 귀환하겠노라 서약하였다. 그는 로마에 도착하자마자 원로원에서 포로들을 교환해서는 안 될 것이라고 충고하였고, 친족들과 친구들이 붙잡는데도 적과 맺은 신의를 저버리지 않고 적들에게 처형당하는 길을 선택하였다.

40 제2차 카르타고 전쟁의 칸나이 전투 직후, 한니발은 열 명의 로마군 포로들을 석방하면서, 만약 로마군 포로들의 몸값을 해결하지 못하면 다시 돌아오겠다는 서약으로 이들을 구속하였다. 이후 호구 감찰관들은 거짓 서약의 죄를 물어 이들 모두에게, 생명이 남아 있는 한 예속인(隸屬人)[75]으로 살라는 형벌을 내렸는데, 서약을 어기고 기망(欺罔)한 자와 똑같은 벌을 내린 것이다. 그러니까 한 사람은 한니발의 승낙을 받고 군영을 벗어났다가, 잠시 후 무언가를 잊었다는 핑계로 군영으로 도로 돌아왔고, 이후 군영을 다시 나왔으니 자신은 앞서 서약한 바에 구속되지 않는다고 생각하였다.[76]

은 자신들을 아킬레우스의 후손이라고 생각하였다.

74 마르쿠스 아틸리우스 레굴루스는 기원전 267년과 기원전 256년 집정관을 역임한 로마의 장군이다. 뒤의 III 26, 99~110절에서 상세히 다룬다.

75 〈예속인aerarii〉는 어떤 분구에 속하지도 않고 투표권도 없는 최하층 시민을 가리킨다.

76 뒤의 III 32, 113절 이하에서 다시 다룬다.

말은 옳았지만, 실질은 그렇지 않았다. 신의를 두고 항상 염두에 두어야 할 바는 뱉은 말이 아니라 그 품은 뜻이다.

그런데 적에게도 정의를 실천한 가장 큰 모범을 우리 조상들이 확립하였는데, 퓌로스왕에게서 탈출한 도망병이 원로원을 찾아와 약속하여, 자신이 퓌로스왕을 독살하여 죽이겠다고 하였을 때였다. 원로원과 집정관 가이우스 파브리키우스[77]는 도망병을 퓌로스왕에게 인계하였다. 원로원은 아무리 강력한 적일지라도, 더군다나 먼저 전쟁을 걸어온 적일지라도 적을 정당하지 못한 방법으로 살해하는 것은 절대 옳다고 여기지 않았던 것이다.[78]

41 전쟁과 관련된 의무를 두고 충분히 논하였다. 한편 가장 천한 자들에게도 지켜야 할 정의가 있음을 우리는 상기하게 된다. 가장 천하다 함은 노예들의 처지와 운명을 일컫는다. 노예들을 임금 노동자들처럼 대접하라 명하는 것이 올바른 판단인데, 노무 제공을 요구하되 그 정당한 대가를 지불해야 한다.[79]

---

77 가이우스 파브리키우스 루스키누스는 로마 장군이자 정치가로, 기원전 282년과 기원전 278년에 집정관을 역임하였고, 기원전 275년에 호구 감찰관을 지냈다.

78 같은 사안이 III 22, 86절에 다시 언급된다. 키케로, 『최고선악론』, V 22, 64. 〈우리의 집정관들은 로마 성벽을 위협한 가장 무서운 왕에게 독살을 조심하라고 경고하였다.〉

79 아리스토텔레스, 『가정관리술』, 1344a35 이하. 〈노예의 삶을 구성하는 세 가지는 노동, 처벌, 음식이다. (……) 처벌이나 노동 없이 음식만 주어서도 안 되고, 음식 없이 처벌과 노동만 요구되어서도 안 된다. 따라서 이들에게 노동과 충분한 음식을 제공하는 것만이 남았다.〉

불법의 발생이 두 가지 방식, 그러니까 폭력이나 기망에 의한다고 할 때, 기망은 여우의 방식이고 폭력은 사자의 방식이라고 생각된다. 두 가지 모두 인간과는 더없이 거리가 먼 것들이지만, 따지자면 기망이 더 큰 혐오의 대상이다. 불의를 망라하여 더없이 위험한 것은, 마치 선량한 사람처럼 보이도록 행동하지만 실제로는 누구보다 크게 남들을 기이는 자들의 불의라 하겠다.[80]

42 이상으로 정의는 충분히 다루었다. **XIV** 이제 앞서 구분한 대로 은혜와 관대함[81]을 이야기해 보자. 은혜만큼 인간 본성에 어울리는 것은 또 없다. 하지만 이에도 몇 가지 신중[82]하게 살펴야 할 점들이 있다. 우선 주의해야 할 사항은 관후함이 관후함을 누리게 되리라 짐작되는 사람 본인을 비롯하여 그 누구에게도 피해가 되어서는 안 된다는 점이다. 다음으로 관후함이 자기 재력을 넘어서지 말아야 한다는 점이다. 마지막으로 신중해야 할 사항은 수혜자 각각의 위신에 걸맞은 만큼의 관후를 베풀어야 한다[83]는 점인데, 이는 모든 관후

---

80 플라톤, 『국가』, 361a 이하. 〈사실은 그렇지 않으면서, 의로운 사람이라고 여겨진다는 것은 최고로 부정한 것이기 때문입니다.〉

81 아리스토텔레스, 『니코마코스 윤리학』, 1119b20 이하. 〈자유민다움은 재물에 관련된 중용으로 보인다. (……) 자유민다운 사람은 재물을 주고받는 일과 관련해서, 특히 주는 일과 관련해서 칭찬받는다.〉

82 키케로, 『투스쿨룸 대화』, IV 6, 13 이하. 〈또한 우리가 자연에 따라 선을 추구하듯이 자연에 따라 악을 회피한다고 할 때, 회피가 이성을 따르면 《신중cautio》이라는 이름이 붙습니다. 그리고 이는 오로지 현자들에게만 있다고 이해될 겁니다.〉

83 아리스토텔레스, 『니코마코스 윤리학』, 1120b20 이하. 〈마땅히 주지 말아야 할 사람에게, 마땅하지 않은 때, 또 그 밖의 그런 경우에 주지 않을 것

한 행위가 준거로 삼아야 할 정의의 토대다.

이롭게 하고자 하였으나 오히려 해를 끼친 사람은 선한 사람이나 관대한 사람이 아니라 해로운 아첨꾼이라고 보아야 한다. 또한 한쪽에게 관대함을 보이기 위해 다른 쪽에게 해를 입히는 사람도 남의 재산을 자기 재산으로 빼돌리는 자와 똑같은 불의를 저지른 것이다.[84] **43** 그런데 광영과 명예를 탐하는 많은 사람은 한쪽에서 빼앗아 다른 쪽의 배를 불리면서, 친구들을 수단 불문하고 부자로 만들면 그들이 자신을 선량한 사람으로 여길 것이라고 생각한다. 하지만 이는 의무와 동떨어진 것으로, 이보다 의무에 반하는 일은 있을 수 없다. 그러므로 주의하여, 친구들을 이롭게 하면서 아무에게도 해가 되지 않는 관대함을 베풀 수 있도록 해야 한다. 따라서 정당한 주인들에게서 전혀 무관한 남들에게 재산을 이전시킨 루키우스 술라[85]와 가이우스 카이사르를 관대하다고 생각해서는 안 된다. 정당성을 잃은 관대함은 관대함일 수 없기 때문이다.

44 두 번째 신중해야 할 사항은 관후함이 자기 재력을 뛰

이다. (······) 마땅히 써야 할 일에, 마땅한 양만큼 주거나 쓸 것이며, (······) 또 마땅히 받아야 할 곳에서 마땅한 양만큼 받을 것이다.〉

84 아리스토텔레스, 『니코마코스 윤리학』, 1120a32 이하. 〈자유민다운 사람은 취하지 말아야 할 곳에서는 어떤 것도 취하지 않는다.〉 1121a30 이하. 〈낭비적인 사람들은 대부분 취하지 말아야 할 곳에서 취한다. (······) 그들은 고귀한 것이라고는 전혀 생각하지 않은 까닭에 아무 거리낌 없이 어디서든지 취한다.〉

85 루키우스 코르넬리우스 술라 펠릭스(기원전 138경~기원전 78년)는 로마의 장군이자 정치가이며, 잔인한 독재자였다.

어넘지 말아야 한다는 점으로, 가산이 견딜 수 있는 것보다 커다란 관후함을 보이고자 하는 자는 우선 최근친(最近親)에게 해를 입히는 일인데, 최근친을 챙기고 최근친에게 물려주는 것이 마땅한 재산을 생판 모르는 남에게 이전하기 때문이다. 또한 이런 관대함 속에는 대부분 남에게 후하게 베풀기 위한 재산을 마련하고자 불법을 불사하는 약탈과 갈취의 욕망이 도사린다. 심지어 상당수의 사람이 본성적으로 관대함보다 어떤 명예욕에 이끌려, 선한 사람으로 보일 수 있도록, 의지[86]보다는 과시욕에서 비롯되었다 싶은 일들을 많이도 행하는 걸 우리는 볼 수 있다. 하지만 이런 가식은 관대함이나 훌륭함이 아니라 허영심에 가깝다.

45 세 번째 신중해야 할 점은 은혜를 베풀 때 수혜자의 위신에 따라 수혜자를 선별해야 한다는 것이다. 수혜자를 선별할 때는 은혜의 수혜자가 갖춘 성품,[87] 우리를 대하는 마음가짐, 우리와의 활동에서 보여 주는 협동과 결속, 우리 이득에 보탬이 되도록 앞서 행한 수혜자의 모든 헌신을 살펴보아야

---

86 키케로, 『투스쿨룸 대화』, IV 6, 12 이하. 〈따라서 선이라고 생각되는 무언가의 인상이 눈앞에 주어지면 이를 추구하도록 자연이 추동합니다. 이것이 한결같고 현명하게 이루어질 때, 이러한 욕구를 스토아학파는 《불레시스βούλησις》라고 부르는데, 우리는 《의지voluntas》라고 부를 겁니다. 그들은 의지가 오로지 현자에게만 있다고 생각하여, 의지를 이성적 갈망이라고 정의하며, 한편 이성에 반하여 유난히 격렬한 것은 《욕망libido》 혹은 방종한 열망이고, 이는 모든 어리석은 자에게서 발견된다고 합니다.〉

87 수혜자의 성품은 이하 I 15, 46절에서, 수혜자의 마음가짐은 이하 I 15, 47절에서, 수혜자의 협동과 결속은 이하 I 16, 50절에서, 수혜자의 헌신은 이하 I 15, 47~49절에서 다룬다.

한다. 이 모든 요건에 동시에 부합할 때가 최적이라 하겠다. 아니라면 더 많은 요건에, 나아가 더 중요한 요건에 부합할수록 더 큰 비중을 두어야겠다.

XV 46 우리는 완벽한 사람들, 그러니까 완벽한 현자들과 사는 것이 아니라, 덕의 외관을 갖춘 것만으로도 탁월하다 할 사람들과 사는 것이기에 고려해야 한다고 생각되는 바는, 덕의 징후가 뚜렷한 사람이라면 누구든 절대 무시해서는 안 된다는 것이다. 또 자제, 절제, 여기서 길게 논의한 정의, 그러니까 비교적 온화한 덕들을 더 많이 갖춘 사람일수록 더 크게 존중해야 한다는 것이다. 완벽하지도 현명하지도 않은 사람의 용감하고 긍지 높은 영혼[88]은 대부분 너무나 충동적이긴 하지만, 선량한 사람은 앞서 언급한 덕들을 지닌다고 여겨지기 때문이다. 이것들이 품행에서 고려할 것들이다.

47 어떤 사람이 우리에게 가진 호의와 관련하여, 우리의 최우선적 의무는 우리를 가장 많이 사랑하는 사람에게 가장 많이 베풀어야 한다는 것이다. 하지만 호의를 판단할 때는 청춘과 같은 사랑의 열기가 아니라, 오히려 영속성과 일관성에 비추어 판단해야 한다.

혜택을 이미 입었고, 그래서 호의를 베푸는 것이 아니라 은혜에 보답하는 것이 문제일 때, 우리는 더 많은 주의를 기울여야 한다. 은혜에 보답하는 일보다 필연적인 의무는 없다. **48** 할 수 있다면 유용하게 빌려 쓴 것을, 빌린 것보다 더 많이

---

88 키케로는 여기서 용기라는 덕목이 가진 위험성과 반사회적 가능성을 염두에 둔다(Dyck, 162면).

갚으라 헤시오도스가 명할 때,[89] 선행을 겨루도록 도전받은 우리는 무엇을 해야 할까? 받은 것보다 더 많은 것을 내주는 기름진 토지를 본받아야 하지 않을까? 우리에게 이익이 될 사람들에게 헌신하길 우리가 주저하지 않는다면, 벌써 이익이 된 사람들에게 우리는 어떤 사람이어야 하겠는가? 관대함에는 두 종류가 있다. 하나는 은혜를 베푸는 것이고, 다른 하나는 은혜에 보답하는 것이다. 베풀 것이냐 아니냐는 우리의 재량이지만, 보답은 선량한 사람이라면 불법 없는 한 반드시 해야 할 의무다.[90] **49** 그런데 받은 은혜는 구별을 해야 한다. 가장 많이 신세를 진 사람에게 가장 많이 갚아야 한다는 데는 의문의 여지가 없지만, 이때 우선 그 사람이 어떤 마음으로, 어떤 관심에서 호의를 베풀었는지 유념해야 한다. 많은 사람이 많은 일을 경솔하게, 아무 판단 없이, 혹은 세상 모든 사람에 대해 품은 질병 때문에,[91] 혹은 갑작스러운 폭풍 같은 영혼의 충동에 따라 행하기 때문이다. 이런 은혜를, 판단을 내려 진지하게 한결같이 베푼 은혜와 똑같다고 생각해서는 안 된다. 선량함을 베풀고 은혜에 보답할 때, 다른 것들이 똑같다면, 가장 중하게 여겨야 할 의무는 도움을 가장 필요로 하는 사람에게 가장 먼저 도움을 주는 것이다. 하지만 대부

89 헤시오도스, 『일과 날』, 349행 이하. 〈이웃에게 꿀 때에는 고봉으로 받고 갚을 때에도 고봉으로, 꾼 만큼이 아니라 할 수 있다면 그 이상으로 돌려주어라. 훗날 그대가 어려울 때 의지할 데를 구할 수 있도록.〉

90 아리스토텔레스, 『니코마코스 윤리학』, 1164b31 이하. 〈친척들이나 같은 마을 사람들, 그리고 그 밖의 모든 사람들에게도 언제나 합당한 것을 나누어 주도록 힘써야 한다.〉

91 전승 사본 훼손으로 정확한 뜻을 알 수는 없다.

분의 사람은 이를 반대로 행한다. 사람들은 도움을 받을 것이라고 기대가 가장 큰 사람에게, 그가 아무것도 필요로 하지 않는데도, 가장 먼저 봉사한다.

XVI 50 따라서 더욱 돈독히 유대를 쌓은 사람에게 더욱 큰 관후함을 베풀수록 인간 결속과 유대는 더욱 훌륭하게 유지되겠다. 하지만 인간 협동과 결속의 자연적 원천이 무엇인가를 좀 더 심도 있게 재검토해 보면, 인류 전체의 결속에서 처음으로 확인되는바, 인류 전체를 묶어 주는 끈은 이성과 언어다. 이를 통해 가르치고 배우고 소통하고 논쟁하고 판단하며 인간은 어떤 자연적 결속의 유대를 맺으며 서로 협동한다. 우리는 이 점에서 금수의 본성과 가장 크게 다르다. 금수를 두고 용감함은 종종 운운하겠지만, 예를 들어 말이나 사자를 두고 정의, 공정, 선함은 거론하지 않는데, 이는 금수에게 이성과 언어가 없기 때문이다. **51** 이 결속이 인간을 서로 맺어 주는 가장 광범위한 결속으로, 이를 통해 인간 모두가 인간 모두와 연결된다. 이 결속 가운데 인간 공동의 유익을 위해 자연이 생산한 모든 사물의 공유가 이루어져야 하며, 법률과 시민법에 따라 분배된 것은 법률 자체에 명시된 대로 소유가 인정되어야 하겠지만, 나머지는 〈친구들은 모든 것을 공유한다〉는 희랍 속담에 따라야 한다. 모든 사물이 인간의 공유물임은 엔니우스가 사례 하나를 들어 제시하였고 널리 적용될 수 있어 보이는 유의 생각이다.[92]

---

92 엔니우스 단편, 398~400 Vahlen.

방황하는 사람에게 친절히 길을 안내한다.

마치 등불로 등에 불을 붙여 주듯 말이다.

내 등불은 줄지 않고 그의 등엔 불이 붙었다.

　이 하나의 사례를 통해 엔니우스는 손해를 입지 않고 호의를 베풀 수 있다면 낯선 사람일지라도 무엇이든 나누어 주어야 함을 가르친다. **52** 이로부터 보편 지침들이 도출된다. 〈흐르는 물을 남들이 쓰지 못하게 막지 마라〉, 〈불씨를 얻고자 하는 자가 있으면 불을 내주어라〉, 〈고민하는 자에게 기꺼이 신뢰할 수 있는 조언을 하라〉. 이것들은 받아 간 사람들에게는 유익이 되고 내어 준 사람에게는 손해가 되지 않는 일이다. 그러므로 이 지침들을 널리 적용하며 항상 무언가 공동 이득에 기여해야 한다. 하지만 각 개인의 재산은 많지 않고 이를 필요로 하는 사람은 무수히 많은 고로, 일반적인 관대함은 엔니우스가 정한 한도, 그러니까 〈내 등불은 줄지 않고 그의 등엔 불이 붙었다〉라는 한도를 따라야 한다. 우리네 사람들에게 관대함을 보일 수 있을 재력은 지켜야 한다.[93]

　XVII 53 그런데 인간 결속의 단계는 여럿이다. 인간 결속은 헤아릴 수 없이 많지만, 좀 더 본래적인 결속은 동일 종족, 동일 민족, 동일 언어의 결속이다. 사람들이 가장 돈독한 유대를 맺는 것은 동일 언어의 결속이다. 이보다 좀 더 내밀한 결속은 동일 국가의 결속인데, 동일 국가의 시민들은 서로 많은 것을 공유한다. 광장, 사당(祠堂), 주랑(柱廊), 도로, 법

93 앞의 I 14, 44절에서 다루었다.

률, 권리, 법정, 투표, 그 밖에 친분과 친교, 다수가 다수와 맺은 거래와 계약 등이다. 그런데 이보다 좀 더 밀접한 결속은 친척의 결합과 결속이다.[94] 이렇게 인류의 거대한 결속으로부터 작고 협소한 것으로 좁혀진다. 54 그러니까 후손 생산의 욕정은 동물들의 본성적 공통점이므로 최초의 결속은 혼인 자체이며, 다음은 자식들이며, 다음은 모든 것을 공유하는 한 가정이다. 이것이 도시 국가의 시작이고, 말하자면 국가의 발상지다. 이어 형제들 간의 유대가 뒤따르며, 이후 사촌들 간의 유대와 육촌들 간의 유대가 뒤따르는데, 이들을 한 가정이 다 수용할 수 없기 때문에, 이들은 식민지를 건설하듯 다른 가정을 꾸려 나가게 된다. 이어 혼인과 인척이 발생하고, 이로부터 더욱 많은 친척이 생겨난다. 이런 번식과 그 후작(後作)은 국가의 원천이다. 혈연의 유대는 호의와 사랑으로 사람들을 하나로 묶는다.[95] 55 조상들의 기념비를 함께 물려받고, 함께 제사를 지내고, 공동의 묘소를 쓴다는 것은 대단한 일이다.

하지만 모든 결속 가운데, 품성이 비슷한 선량한 사람들이 친밀성에 기하여 유대를 맺은 결속보다 탁월하고 굳건한 것

---

94 키케로, 『라일리우스 우정론』, 20. 〈우정은 자연 자체가 묶어 놓은 무수한 인간 결속 가운데 그 범위가 축소되어 작게 줄어든 결속인 고로, 온전한 우의(友誼)는 둘이나 소수 사이에서만 성립한다는 것이네.〉 『라일리우스 우정론』에서는 친척이 아니라 친구를 작고 협소한 결속이라고 보았다.

95 키케로, 『라일리우스 우정론』, 19. 〈호의가 없으면 우정이라는 이름을 붙일 수 없는 반면, 호의가 없어도 인접성이라는 이름은 바뀌지 않는다네.〉 상호 간의 호의가 없어도 친척이라는 관계는 변하지 않는다.

은 없다.[96] 우리가 종종 말하지만, 훌륭함이 우리를 움직여, 비록 타인에게서 발견된 훌륭함일지라도, 훌륭함을 지녔다고 생각되는 타인과 친구를 맺어 주기 때문이다.[97] 56 물론 모든 덕은 우리를 유인하여 우리로 하여금, 덕을 지녔다고 생각되는 이들을 사랑하도록 한다. 특히 정의와 관대함은 더더욱 그러하다. 하지만 무엇보다 사랑스럽고 밀접한 결속은 선량한 품성의 유사성이 맺어 준 것이다. 선량한 품성의 사람들은 동일한 열정, 동일한 의지를 가지는데,[98] 이들에게는 자기 자신 때문에 기뻐하는 것과 똑같이 타인 때문에 기뻐하는 일이 일어난다. 피타고라스가 우정을 통해 일어나길 바랐듯이 다수가 하나가 되는 일이 벌어진다.

은혜를 서로 주고받음으로써 형성된 공동체도 중요하다. 주고받는 상호 호혜가 서로 간에 존재할 때 강력히 묶인 결속이 생겨난다.[99]

57 하지만 이성과 영혼에 따라 모든 것을 두루 살펴볼 때, 모든 결속 가운데 우리 한 사람, 한 사람에게 국가와의 결속

96 키케로, 『라일리우스 우정론』, 18. 〈아무튼 내가 생각하는 첫 번째 사항은 선한 사람들이 아니면 우정이 불가능하다는 것일세.〉
97 키케로, 『라일리우스 우정론』, 48. 〈어떤 이가 우정을 맺을 때, 앞서 말한 것처럼, 덕의 표지가 밝게 빛나고 비슷한 영혼이 거기에 다가가고 결합하게 된다면, 이런 일이 일어나는 순간 필연적으로 사랑이 피어난다네.〉
98 키케로, 『라일리우스 우정론』, 15. 〈우정의 본질이라 할 그것, 의지와 열정과 생각의 완벽한 공감이 우리에게 있었다오.〉
99 여기서 언급된 결속은 우정의 결속은 아닌 것으로 보인다. 키케로, 『라일리우스 우정론』, 51. 〈친구를 통해 얻은 유익보다 친구의 사랑 자체가 우리를 기쁘게 하기 때문이지.〉

보다 중요하고 소중한 결속은 없다. 부모도 소중하고, 자식들, 친척들, 식구들도 소중하다. 하지만 모든 소중함을 포섭하는 사랑은 단 하나, 조국에 대한 사랑이다. 만약 조국에 이익이 된다고 할 때, 선량한 사람 가운데 누가 조국을 위해 목숨을 기꺼이 바치지 않겠는가? 따라서 온갖 범죄로 조국을 부서뜨렸고 조국을 철저히 파괴하는 데 몰두하는 자들의 잔학성은 무엇보다 혐오스럽다.

58 어떤 결속에 가장 많은 헌신을 쏟아야 할지를 쟁론하고 비교하자면, 국가와 부모가 최우선이므로, 국가에 그리고 부모에게 갚아야 할 은혜가 가장 크다.[100] 그다음은 자식들과 권속 전체인데, 오로지 우리만을 바라보고 달리 어떤 피난처가 있을 수 없는 결속이다. 그다음은 잘 단합된 친척들로, 우리는 이들과 운명도 상당 부분 공유한다. 따라서 내가 방금 언급한 이 결속들에 필수적 생활 방편이 가장 많이 제공되어야 한다. 하지만 일상생활과 공동 식사[101]는 물론 조언, 대화, 격려, 위로, 때로 질책마저 가장 강력한 힘을 발휘하는 곳은 우정인데, 성품의 유사성으로 묶인 우정이야말로 가장 달콤한 결속이다.

100 키케로, 『국가론』, I 도입부 단편. 〈이처럼 우리를 낳아 준 육친보다 조국이 우리에게 더 많은 은혜를 베풀고, 그래서 국가가 육친보다 더 소중한 부모이기 때문에, 우리는 육친보다 조국에 더 큰 보답을 해야 한다.〉

101 아리스토텔레스, 『니코마코스 윤리학』, 1172a5 이하. 〈그들은 각자 자신들이 그들의 삶에서 가장 사랑하는 것을 하며 친구와 함께 시간을 보낸다. 친구들과 함께 살기를 바라기 때문에 그들은 가장 사랑하는 것을 하고, 자신들과 함께 산다고 생각하는 사람들과 더불어 바로 그것들을 나누는 것이다.〉

XVIII 59 하지만 이런 모든 헌신에서 유념해야 하는바, 각자에게 무엇이 가장 절실한지, 무엇을 각자가 얻는 데 우리의 도움이 필요한지 혹은 그렇지 않은지 살펴야 한다. 그만큼 친연(親緣)에 따른 헌신의 우선순위와 상황에 따른 헌신의 우선순위는 일치하지 않는다. 이 사람보다 저 사람에게 먼저 헌신하지 않을 수 없는 때도 있는 고로, 예를 들어 추수할 때라면 형제나 권속보다 이웃을 먼저 돕겠고,[102] 법정의 재판 때문이라면 친척이나 친구를 이웃보다 먼저 변호하겠다. 따라서 모든 헌신에서 이와 같은 것들을 주의 깊게 살펴야 하는데, [그리고 이를 습관화하고 실천해야 하는데,][103] 이로써 우리는 헌신의 좋은 측량사가 되어 더하거나 빼고 나서 나머지 총합이 얼마인지 보고, 이로부터 각자에게 얼마를 갚아야 할지 알아야 한다. **60** 하지만 의사나 장군이나 연설가가 학문적 준칙들을 배웠어도 실행과 실천이 없으면 크게 칭송받을 성과를 거둘 수 없는 것처럼, 우리가 지금 의무의 준칙들을 가르치고 전하더라도, 실질적 중요성은 우리에게 요구되는 실행과 실천에 놓여 있다.

인간 결속이라는 정의(正義)와 관련된 사안에서 어떻게 합당한 의무의 원천인 훌륭함이 유도되는지를 충분히 언급한 듯하다. **61** 그런데 훌륭함과 의무의 네 가지 원천이 있다고 할 때, 이 가운데 가장 빛나는 것은 긍지 높고 늠름한 영혼이

---

102 헤시오도스, 『일과 날』, 344행 이하. 〈그대의 집에 불상사라도 생기면 이웃들은 허리띠도 매지 않고 달려오지만 친척들은 허리띠를 매기 때문이오.〉

103 후대 삽입으로 보인다.

보여 주는바 세상사에 담담한 행동임을 알아야 한다.[104] 그리하여 이 말이 남을 비방할 때 가장 손쉽게 쓰인다.

청년들아, 너희는 여자의 마음, 소녀는 사내의 마음.[105]

혹은 이런 비난도 있다.

살라마킷의 아들아, 피땀 없이 전리품을 챙기누나.[106]

이와 반대로 칭찬할 때 우리는 긍지 높은 영혼이 용감하고 탁월하게 성취한 업적들을, 어떻게 그렇게 되는지는 알 수 없으나 입에 침이 마르도록 칭송하게 된다. 그리하여 마라톤 전투, 살라미스 해전, 플라타이아 전투, 테르모퓔라이 전투, 레욱트라 전투[107]를 다루는 웅변가들의 경연장이 펼쳐지고, 그리하여 우리의 코클레스, 데키우스 가문, 그나이우스 스키피오와 푸블리우스 스키피오, 마르쿠스 마르켈루스[108]와 무

104 키케로, 『투스쿨룸 대화』, III 13, 32. 〈용기와 용기의 동료인 긍지, 신중함, 인내, 인간사의 초탈 등에 당신은 어떻게 답하겠습니까?〉
105 작자 미상의 비극 단편.
106 엔니우스 비극 단편, 18 Vahlen.
107 마라톤 전투는 기원전 490년, 살라미스 해전은 기원전 480년, 플라타이아 전투는 기원전 479년, 테르모퓔라이 전투는 기원전 480년, 레욱트라 전투는 기원전 371년에 일어난 역사적 전투들이다. 앞의 전투들은 페르시아 전쟁을 배경으로 하며, 마지막 레욱트라 전투는 스파르타와 테바이의 갈등을 배경으로 한다.
108 푸블리우스 호라티우스 코클레스는 기원전 6세기 인물로 로마와 클루시움 사이에 전쟁이 벌어졌을 때 단독으로 티베리스강의 목교를 방어하였

수한 다른 이들, 특히 로마 인민이 떨쳐 보인 긍지는 탁월하고 찬연하다. 우리가 보는 그들의 동상이 거의 군복으로 장식되어 있다는 사실은 승전(勝戰)의 명예를 추구한 그들의 열정을 말해 준다.

XIX 62 영혼의 늠름함[109]은 위험이나 고난 가운데 드러나는데, 영혼의 늠름함이 정의를 결여하고 공공의 안녕이 아닌 자기 이익을 투쟁 목적으로 삼는다면 이는 악덕이다. 이런 늠름함은 덕이 아니라 인간 도리 전체를 부정하는 야만이

다. 푸블리우스 데키우스 무스는 기원전 312년, 기원전 308년, 기원전 297년 집정관을 역임하였고, 기원전 295년 파비우스 막시무스 룰리아누스와 함께 집정관으로 삼니움 전쟁을 수행하였으며, 이때 센티눔 전투에서 사망하였다. 데키우스의 아버지도 기원전 340년 용맹하게 국가를 위해 목숨을 바쳤고, 데키우스의 아들도 기원전 279년 퓌로스 전쟁에서 목숨을 바쳤다. 키케로, 『투스쿨룸 대화』, I 37, 89. 〈아버지 데키우스는 라티움족과 싸우며, 아들은 에트루리아인들과 싸우며, 손자는 퓌로스와 싸우며 적진을 향해 몸을 던지지 못했을 것이며(……).〉 그나이우스 스키피오(기원전 222년 집정관)와 푸블리우스 스키피오(기원전 218년 집정관)는 제2차 카르타고 전쟁 당시 히스파니아 전투에서 사망한 인물들로, 아프리카누스의 부친과 삼촌이다. 마르쿠스 클라우디우스 마르켈루스는 제2차 카르타고 전쟁에서 한니발과 싸운 장군으로 기원전 222년부터 기원전 208년까지 다섯 번이나 집정관을 역임한 인물이다. 그는 기원전 222년 첫 번째 집정관직을 역임하면서 갈리아 인수브레스 부족 원정에서 탁월한 무공을 보여, 로마 군인 최고의 명예인 〈최고 무공의 전리품spolia opima〉을 받았다.

109 키케로, 『투스쿨룸 대화』, IV 6, 13 이하. 〈어떤 선한 것을 누리도록 자극될 경우 이는 두 가지로 일어납니다. 영혼이 이성적으로 조용히 한결같이 움직이는 것은 기쁨이라고 불리지만, 헛되이 무절제하게 영혼이 흥분되는 것은 열광적 혹은 과도한 희열로 불릴 수 있기 때문입니다.〉 후자를 키케로는 〈영혼의 비이성적 팽창sine ratione animi elatio〉이라고 부른다. 그런데 『투스쿨룸 대화』, IV 31, 67에서 키케로는 〈영혼의 팽창〉이 때로 정당할 수 있다고 설명하며 〈기쁨〉의 예를 제시한다. 이 책에서는 여기서 〈elatio animi〉를 정당한 경우라고 보았고 〈영혼의 늠름함〉이라고 번역하였다.

다. 그리하여 스토아학파가 옳게 용기를 정의하였는바, 용기란 공정성을 위해 투쟁하는 덕이다. 따라서 명예를 간계와 악행을 통해 얻은 자는 누구도 용기의 칭송을 누리지 못한다. 정의의 결여는 결코 훌륭함일 수 없기 때문이다. **63** 따라서 플라톤의 말은 대단히 탁월하다.[110] 〈정의와 그 밖의 덕으로부터 떨어져 있는 지식은 지혜가 아니라 영악(靈惡)함이라 불려야 할 뿐 아니라, 위험을 감당할 준비가 된 영혼이 공공의 이득이 아니라 사적 욕망에 이끌린다면, 이는 용기가 아니라 오히려 만용이라는 이름을 가지리라.〉 따라서 긍지 높은 영혼을 가진 용감한[111] 사람이란 이에 덧붙여 선량하고 꾸밈없고[112] 진리를 사랑하고 절대 샛되지 않은 사람이라고 우리는 주장하는 바다. 이것들은 정의를 칭송할 때 핵심 사항에 속한다.

64 하지만 가증스러운 것은 영혼의 늠름함과 긍지 속에서 완고하고 과도한 집권 욕망이 너무나 쉽게 움튼다는 사실이다. 플라톤이 라케다이몬 사람들은 성품상 늘 정복욕을 불태

---

110 인용문의 앞부분은 플라톤, 『메넥세노스』, 246e 이하와 거의 같다. 인용문의 뒷부분은 플라톤, 『라케스』, 197b 이하와 비슷하지만, 원문에는 공공의 이득을 운운하는 부분이 없다.

111 원문 〈viros fortes et magnanimos〉는 앞의 I 15, 46절에 보이는 〈용감하고 긍지 높은 영혼fortis animus et magnus〉이라는 표현의 변용으로 보인다.

112 아리스토텔레스, 『니코마코스 윤리학』, 1127a24 이하. 〈중간에 있는 사람은 실생활에서나 언어 생활에서나 진실을 말하는 사람이라 꾸밈없는 사람αὐθέκαστος이며, 자기 자신과 관련해서 자신이 가지고 있는 것들을 있는 그대로 이야기하지, 더 크거나 더 작게 지어내서 이야기하지 않는다.〉

운다고 했듯이,[113] 긍지가 매우 드높은 사람일수록 만인을 다스리는 최고 권력자, 아니 독재자가 되고자 한다. 그런데 만인을 이끌려는 자가 정의의 고갱이라 할 공정함을 유지하기란 어려운 법이다.[114] 그리하여 정책 토론이나 현행의 합법적 공적 판결에 승복하지 못하는 일이 벌어지며, 정의에 따른 동료가 되기보다 힘에 따른 정복자가 되고 권력을 최대한 많이 거머쥐려고, 국정을 두고 흔히 뇌물을 쓰고 음모에 가담한다. 하지만 사람은 어려운 일을 해낼수록 그만큼 더 탁월해지는 법이므로, 어떤 상황에서도 정의를 외면해서는 안 된다. **65** 요컨대, 용감하고 긍지 높은 사람이란 불법을 행하는 자가 아니라 불법을 물리치는 자다. 지혜롭고 진정한 긍지는 본성이 더없이 열렬히 추구하는 훌륭함이 세평이 아니라 실질에 있다고 판단하고, 최고 권력자로 보이는 것보다 진정 최고 권력자이기를 원한다.[115] 즉, 무지한 대중의 오판에 매달리는 사람을 긍지 높은 사람으로 간주해서는 안 된다.[116]

---

113 플라톤, 『라케스』, 182e 이하. 〈라케다이몬 사람들이 이걸 간과했을 리 없었을 겁니다. 배우고 익히기만 하면 전쟁에서 다른 사람들보다 우위를 점하게 해주는 것, 그런 것을 찾는 것 외에는 삶에서 다른 어떤 것에도 관심이 없는 그들이 말이죠.〉

114 아리스토텔레스, 『니코마코스 윤리학』, 1134b1. 〈다스리는 사람은 정의로운 것의 수호자이며, 정의로운 것의 수호자라면 동등함의 수호자이기도 하다. 다스리는 사람은 그가 정의로운 사람인 한 자신이 조금이라도 더 많이 갖지는 않는 것으로 보인다.〉

115 아이스퀼로스, 『테바이를 공격한 일곱 장수』, 492행. 〈그는 가장 훌륭한 사람으로 보이기보다 실제 그러하길 원하지요.〉

116 아리스토텔레스, 『니코마코스 윤리학』, 1124a5. 〈긍지 높은 사람은 신실한 사람들에 의해 주어진 큰 명예를 자신에게 합당하다고, 혹은 합당한

그런데 더없이 긍지 높은 영혼일수록 명예욕 때문에 불의한 일로 내몰리기가 십상이다. 이때 까딱 잘못하면 실족(失足)하게 되는데 고생스러운 일을 맡아 위험을 감당할 때 그 과업의 보상으로 명예를 요구하지 않는 사람이 거의 없기 때문이다.[117]

XX 66 전적으로 용감하고 긍지 높은 영혼은 두 가지 점에서 분명히 확인된다. 하나는 외적 사물에 초연한 고고(孤高)함인데, 이는 인간이라면 훌륭함과 바름 이외의 어떤 것도 경탄하거나 열망하거나 기대해서는 안 된다고 생각하는 것이며, 인간이라면 결코 영혼의 격정이나 운명에 굴복해서는 안 된다고 생각하는 것이다. 다른 하나는, 위에서 언급한 그런 영혼의 경우, 장대하고 매우 이득 되는 일을 추구하는 것, 그것도 생명이나 생명과 관련된 많은 것을 걸고 위험과 시련이 가득한 험난한 일을 세차게 추진하는 것이다.

67 이득을 포함하여 광휘와 웅대함은 모두 이 두 가지 가운데 후자에 귀속되지만, 이런 긍지 높은 사람을 만드는 근본 이치는 전자다. 전자가 세상사에 초연한 탁월한 영혼을 이루기 때문인데, 이것 자체는 오로지 훌륭함만이 선(善)이라는 판단과, 영혼의 격정에서 전적으로 벗어난 자유, 이 두 가지를 통해 확인된다. 대부분의 사람이 특별하고 탁월하다

것보다 작다고 생각하면서 적절히 즐거워할 것이다. 완전하고도 온전한 탁월성에 합당한 명예란 있을 수 없기 때문이다.〉

117 아리스토텔레스, 『니코마코스 윤리학』, 1134b6. 〈그러므로 다스리는 사람에게는 어떤 보수가 주어져야만 하며, 이것이 존경과 영예다. 그런데 이런 것들로 충분하지 않은 사람들은 참주가 되는 것이다.〉

고 생각하는 것들을 하찮게 여기며, 굳건하고 확고한 이성에 따라 이것들에 초연함을 용감하고 긍지 높은 영혼의 특징으로 여겨야 한다. 또한 대부분이 시련이라고 생각하는 일, 인간의 삶과 운명에서 닥치는 다양한 수많은 일을 견뎌 내는 것, 그리하여 결코 자연의 상태에서 벗어나지 않는 것, 결코 현자의 위엄을 잃지 않는 것은 강인한 영혼과 드높은 항심(恒心)의 특징이다.

68 공포에 무너지지 않을 사람이 욕망에 휩쓸린다거나, 고통도 이겨 낼 사람이 쾌락에 정복되는 것은 말이 안 된다. 따라서 이를 피해야 한다. 금전욕에서도 벗어나야 한다. 부에 집착하는 것이야말로 옹졸하고 비루한 영혼의 속성이다. 만약 가지지 못했다면 금전에 초연하고, 가졌다면 이를 은혜와 관대함을 보이는 데 쓰는 것, 이보다 훌륭하고 고매한 일은 없다. 또한 앞서 언급한 것처럼 명예욕을 삼가야 한다. 이는 긍지 높은 사람이 전력투구해야 할 바인 자유를 앗아 간다. 나아가 권력을 추구해서도 안 되지만, 어쩔 수 없다면 직무를 맡되 때로 사양해야 하며, 때로 내려놓아야 한다. **69** 요컨대 영혼의 모든 격정을 비워야 한다.[118] 욕망과 공포를 포함하여 상심과

---

118 키케로는『투스쿨룸 대화』, III 11, 24 이하에서 모든 격정을 〈열광하는(여기서는《과도한》) 쾌락〉, 〈욕망〉, 〈상심〉, 〈공포〉로 구분한다. 앞의 두 가지는 선의 억견에 기인하며, 뒤의 두 가지는 악의 억견에 기인하는데, 다시 각각은 현재적인 것과 예상되는 것으로 갈라진다. 가령 상심은 현재적인 악의 억견에, 공포는 예상되는 악의 억견에 기인한다. 그런데 이렇게 네 가지 격정의 범주를 다음에서 열거하는 가운데 키케로는 흔히 분노 기질을 뜻하는 〈울뚝성 iracundia〉을 언급하였는데, 이는 단지 욕망에 하위에 속하는 격정인 〈분노 ira〉를 뜻하는 것으로 보인다. 키케로,『투스쿨룸 대화』, III 4, 7. 〈여타의

과도한 쾌락을, 그리고 분노를 버려야 한다.[119] 평정심과 평온[120]을 유지하라. 이는 항심과 위엄을 가져다줄 것이다.

내가 말하는 평정심을 구하려고, 국사(國事)에서 이탈하여 은둔을 향해 도피한 사람들이 많이 있었고 요즘도 많이 있다. 이들 가운데 더없이 저명한 철학자들, 철학의 제1인자들[121]도 있고, 인민과 지도층의 행태를 견딜 수 없었던 엄격하고 진중한 인물들도 있는데, 몇몇은 가산(家産)을 돌보는 일에서 기쁨을 찾으며 농촌에 나와 살았다.[122] **70** 제왕과 마찬가지로 이들에게는 무엇도 요구하지 않는다, 누구에게도 복종하지 않는다, 자유를 만끽한다는 목표가 있었는데, 실로 자유의 핵심은 원하는 대로 살아가는 것이다. **XXI** 이는 권력을 탐하는 자와 내가 말한 은둔자의 공통점이지만, 한쪽은 큰 권력을 쥐면 원하는 대로 살 수 있다는 목표에 도달할 것이라고 믿고, 한쪽은 가난한 살림에 자족하면 거기에 도달할 것이라고 믿는다. 어느 쪽도 전혀 무시할 수 없는 생각이다. 다만 은둔자의 삶은 좀 더 순탄하고 안전하며 타인에게 부담

정신적 격정, 예를 들어 공포와 욕망과 분노iracundia 등은 어떻습니까?)

119 키케로, 『투스쿨룸 대화』, III 10, 22 이하. 〈우리가 번민과 고민과 염려를 병든 신체와의 유사성에 따라 상심이라고 부른 것은 훌륭한 일입니다.〉상심에 속하는 격정은 시샘, 비참, 학대, 염려, 좌절, 고뇌, 질시, 애통, 애도, 비애, 연민, 번민, 시기, 걱정 등이다.

120 키케로, 『투스쿨룸 대화』, V 14, 42. 〈나는 상심 없음을 평온이라고 부릅니다.〉

121 플라톤, 아리스토텔레스, 스토아학파의 제논, 클레안테스, 크뤼십포스 등은 정치에 참여하지 않았다.

122 에피쿠로스주의자들을 예로 들 수 있는데, 키케로의 친구 아티쿠스가 그중 하나다.

을 주거나 폐를 끼치지 않는 삶이고, 국정과 위대한 과업을 수행하는 데 헌신한 자들의 삶은 좀 더 인류에게 유익하며 명성과 장엄(莊嚴)에 이르는 삶이다.

71 따라서 국정을 맡지 않고 탁월한 재능으로 학문에 헌신한 자들의 경우나, 건강 악화 등 어떤 심각한 원인 때문에 지장을 받아 국정에서 물러난 자들의 경우에, 이들이 국가 통치의 권한과 공적을 다른 이들에게 양보하는 것은 양해되어야 한다.[123] 이런 변명의 여지도 없이, 대다수가 경탄해 마지않는 고권(高權)과 관직을 그저 무시하는 자들의 경우에, 칭송은 고사하고 오히려 그 악덕을 물어야 한다고 나는 생각한다. 이들의 판단이 명예에 초연하여 명예를 하찮은 것으로 여긴 것이라면[124] 이를 인정하지 않을 수는 없겠으나, 이들은 고통과 시련을, 그러니까 실패와 좌절이 가져올 일종의 불명예와 오명을 두려워한 것으로 보인다. 다시 말해 이들은 상황이 뒤바뀔 때마다 모순되는 태도를 취하는 사람들, 더없이

---

123 세네카, 『은둔에 관하여』, 3. 〈한 사람은 가장 중요한 것으로 은둔을 추구하고, 한 사람은 이유가 있을 때 은둔을 추구합니다. 하지만 이유는 매우 광범위합니다. 만일 국가가 도저히 구할 수 없을 정도로 부패한다면, 또는 악한 자들에 의해 점령된다면, 현자는 결코 쓸데없이 빛을 발산하지도 않으며 아무런 유익도 없이 스스로를 낭비하지도 않을 것입니다. 만일 현자가 아무런 권위 혹은 영향력을 인정받지 못하고 국가가 그를 받아들이지 않으려고 한다면, 또는 건강이 그를 막아선다면, 난파한 배는 물에 끌어올리지 않듯이, 불구의 몸은 군역에 이름을 올리지 않듯이, 그렇게 현자는 기거하지 못할 곳임을 알면서도 그곳에 발을 들여놓지는 않을 것입니다.〉

124 아리스토텔레스, 『니코마코스 윤리학』, 1124b5 이하. 〈긍지 높은 사람은 참되게 판단하기 때문에 정당하게 낮추어 보는 것이지만, 대중은 되는 대로 그러는 것이다.〉

엄격하게 쾌락을 비난하면서도 고통에는 나약하고, 명예를 무시하면서도 오명에는 좌절하는 사람들이다. 이처럼 실로 국정에서도 일관되지 못한 태도를 보이는 사람들이 있다.

72 자연으로부터 국정 수행의 요건을 부여받은 사람들은 절대로 주저하지 말고 정무관직에 도전하여 국정을 도모해야 한다. 그렇게 하지 않으면 공동체를 통솔할, 혹은 긍지를 펼쳐 보일 다른 길이 없기 때문이다. 그리고 국정에 발을 들여놓은 사람들은 철학자들 못지않게, 아니 어쩌면 그들을 넘어설 정도로, 내가 자주 언급하는 세상사를 초월한 고고함과 고매함, 나아가 평정심과 평온을 갖추어야 한다. 실로 불안 없이 신중과 항심을 지키며 살아가고자 한다면 말이다. **73** 이는 사실 철학자들에게 훨씬 쉬운 일인데, 그들의 삶은 운명이 휘두르는 것에 덜 노출되어 있고 부족한 것도 없으며, 역경이 닥치더라도 심각하게 쓰러지지 않기 때문이다. 이런 평온한 철학자들보다 국정을 맡아 커다란 위업을 성취하려는 영혼의 격동이 더 큰 것은 당연하다. 그래서 이들은 긍지를 갖추고 더욱 세속적 관심에 초연[125]해야 한다.

국정 수행을 맡은 사람은 자신이 맡은 공무가 훌륭한 일인지, 그리고 더불어 자신이 국정을 수행할 능력을 갖추었는지도 주의 깊게 살펴야 한다. 이렇게 헤아려야 하는 것은 국정 수행 단계에서 무기력[126]이 경솔한 포기를 초래하고 욕망이

125 호라티우스, 『서정시』, I 32, 1행 〈세상 멀리 나무 그늘 아래vacui sub umbra〉와 비교하라.

126 키케로, 『투스쿨룸 대화』, III 7, 14. 〈실의와 좌절을 겪는 사람은 비굴하게 굴며 때로 패배를 고백하게 됩니다. 이것들을 겪는 사람은 필연적으로

과도한 자신감을 야기하는 일이 없도록 하기 위해서다. 따라서 모든 일을 두고 착수 전에 세심한 준비를 해야 한다.

XXII 74 대부분의 사람은 전시(戰時) 군무(軍務)가 평시(平時) 정치보다 더 중요하다고 생각하는데, 이런 억견은 뿌리 뽑아야 한다. 많은 사람은 왕왕 명예욕 때문에 전쟁을 찾아다닌다. 이는 긍지 높은 영혼과 재능이 있다면 흔한 일이고, 특히 군사적 재능으로 전쟁 수행의 욕심이 있는 영혼에게는 더욱 흔한 일이다. 하지만 진실되게 판단하고자 한다면, 전시 군무보다 평시 정치가 더 중요하고 빛나는 일이다.

75 테미스토클레스를 칭송하는 것이 정당하고, 그의 이름이 솔론의 이름보다 찬란하며, 살라미스 해전이 더없이 위대한 승전의 증거로 거론되는 데다, 솔론이 최초로 창설한 아레오파고스 원로 회의[127]보다 테미스토클레스의 승전이 중시되곤 하지만, 테미스토클레스의 승전만큼이나 솔론의 원로 회의도 대단히 탁월한 것으로 평가되어야 한다. 이 승전이 공동체에 기여한 것은 일회적이었지만, 이 회의의 기여는 영구적이었기 때문이다. 이 회합을 통해 아테나이의 법이, 이를 통해 조상 대대로 전래되는 제도가 만들어졌다. 테미스토클레스는 자신이 아레오파고스 원로 회의를 도왔다고 말

소심함과 무기력함을 겪습니다.〉 V 18, 52. 〈공포에 빠진 사람은 기겁, 불안, 공황, 무기력에 빠지기 마련입니다.〉
127 솔론은 기원전 594년 아테나이의 최고 권력자였고, 집권 이후 경제 정치적 개혁을 시도하였다. 개혁 성과 중의 하나가 아레오파고스 원로 회의의 개편이었다. 키케로가 여기서 말한 〈창설〉은 창설에 준하는 개편을 의미하는 것으로 보인다.

할 수 없지만, 원로 회의는 테미스토클레스가 원로 회의의 도움을 받았다고 말할 수 있겠다. 솔론이 창설한 원로 회의의 전략에 따라 전쟁이 수행되었던 것이다. **76** 파우사니아스[128]와 뤼산드로스[129]를 두고도 똑같이 이야기할 수 있다. 이들의 업적으로 라케다이몬 패권이 탄생했다고 생각하겠지만, 이들의 업적은 뤼쿠르고스[130]의 입법과 규율에 비교하자면 아주 미미하다. 더군다나 바로 이런 입법과 규율 덕분에 이들은 누구보다 충성스럽고 용감한 군대를 확보하였던 것이다. 내가 보기에, 우리가 어렸을 때의 마르쿠스 스카우루스[131]는 가이우스 마리우스[132]에게, 우리가 국정에 참여할 때의 퀸투스 카툴루스[133]는 그나이우스 폼페이우스[134]에게 절대 뒤떨

---

128 파우사니아스는 기원전 479년 플라타이아에서 승리를 거두고, 페르시아 군대를 최종적으로 몰아낸 스파르타의 장군이다.

129 뤼산드로스는 기원전 5세기 스파르타의 해군 제독이다. 그는 기원전 405년 아테나이 함대를 괴멸시키고 펠로폰네소스 전쟁을 승리로 이끌었다.

130 뤼쿠르고스는 기원전 8세기 스파르타의 입법자다.

131 마르쿠스 아이밀리우스 스카우루스(기원전 163~기원전 88년)는 기원전 115년 집정관과 기원전 109년 호구 감찰관을 역임한 로마 정치가다.

132 가이우스 마리우스(기원전 157경~기원전 86년)는 키케로와 마찬가지로 아르피눔 출신의 군인으로 킴브리 전쟁의 영웅이다. 집정관직을 일곱 번이나 역임하였으며, 로마 군단 조직을 개편하는 데 큰 공헌을 하였다. 마리우스는 루키우스 코르넬리우스 술라와 대결을 펼쳤고 이는 결국 로마의 내전으로 이어졌다.

133 퀸투스 루타티우스 카툴루스 카피톨리누스(기원전 121경~기원전 61년)는 기원전 78년의 집정관을 역임한 로마의 정치가다. 루키우스 코르넬리우스 술라를 지지하며 마리우스의 반대편에 섰다.

134 그나이우스 폼페이우스(기원전 106~기원전 48년)는 지중해의 해적을 토벌한 로마의 정치가이자 군인이다. 내전 동안 루키우스 코르넬리우스 술라를 지지하였고 시킬리아, 아프리카, 히스파니아에서 마리우스 당파에

어지지 않았다. 평시의 지혜가 없으면, 전시의 무기는 무의미하다. 탁월한 사내이자 승전 장군 아프리카누스는 누만티아를 점령함으로써 국가를 위해 기여하였지만, 푸블리우스 나시카[135]도 같은 때에 티베리우스 그락쿠스를 처단함으로써 국가를 위해 그에 못지않은 기여를 하였다. 물론 이를 그저 평시 정치 행위로만 볼 수 없는데, 무력과 폭력이 동원되었기에 군사 행동과도 닿아 있다고 하겠으나, 사안 자체는 군대 동원 없이 행해진 정치 행위였다.

77 실로 이를 아주 탁월하게 표현한 시구가 있는데, 나는 반감을 품은 불온한 자들이 이 시구를 공격하곤 한다고 들었다.

군복은 평복에 복종하라! 월계관은 연설에 굴복하라![136]

다른 사람들은 접어 두고라도, 우리가 국가를 통치할 때[137] 군복은 평복에 복종하지 않았던가? 국가에 그때만큼 심각한 위험도 없었고, 그때만큼 커다란 평화도 없었다. 더없이 무

맞서 싸웠다.

135 티베리우스 셈프로니우스 그락쿠스(기원전 163경~기원전 133년)와 가이우스 셈프로니우스 그락쿠스(기원전 154경~기원전 121년)는 공히 농지 개혁을 단행한 로마의 호민관으로 유명하다. 티베리우스 그락쿠스는 기원전 133년 푸블리우스 코르넬리우스 스키피오 나시카 세라피오에 의해 살해되었다. 가이우스 그락쿠스는 기원전 121년 농지 개혁에 반대하는 폭동 과정에서 살해되었다.

136 키케로의 시 단편 16.

137 기원전 63년 키케로는 집정관으로서 카틸리나 반역 음모에 성공적으로 대처함으로써 국가를 위기에서 구하였다. 『설득의 정치』(민음사, 2015)에 실린 카틸리나 탄핵 연설을 참조하라.

모한 시민들이 무기를 그대로 내려놓은 것은 우리의 지혜와 정성으로 신속히 대처한 덕분이었다. 전쟁으로도 얻지 못할 대단한 성과가 아닌가? 어떤 개선식을 이에 비교할 수 있는가? **78** 아들 마르쿠스야, 네 앞에서 이렇게 자랑 좀 하자. 이는 네게 이 명예를 상속하고자 함이며 또한 네가 이 업적을 본받게 하고자 함이다. 정녕코 넘치도록 무공을 세운 사내 그나이우스 폼페이우스는 많은 사람이 듣는 가운데 나에게 전공을 돌리며, 그의 세 번째 승전[138]은 헛일이었을 거라고, 국가를 위한 나의 선행이 없었다면 어디에서 개선식을 거행했을 거냐고 말했다.

그러므로 평시의 용기도 전시의 용기에 못지않다. 아니, 오히려 우리는 전시의 용기보다 평시의 용기에 더 많은 수고와 열정을 쏟아야 한다.

XXIII 79 사실 우리가 찾는 긍지 높고 고매한 영혼의 훌륭함은 육체의 힘이 아니라 오로지 영혼의 힘으로 성취된다.[139] 물론 그래도 우리는 육체를 단련하여, 지혜와 이성에 복종하며 국정을 짊어지고 노고를 견뎌 낼 수 있을 체력을 유지해야 한다. 다만 우리가 구하는 훌륭함은 전적으로 영혼의 복무와 사유 여부에 달려 있다. 따라서 전쟁을 맡은 사람 못지않게, 평복 차림으로 국가를 이끄는 사람도 그만큼 국익

138 폼페이우스는 기원전 81년과 기원전 71년의 개선식에 이어 기원전 61년 미트라다테스 전쟁에서 승전 장군이 되었다.

139 키케로, 『노(老)카토 노년론』, 17. 〈큰일을 하는 것은 육체의 힘이나 순발력, 민첩성이 아니라 지혜와 위엄과 판단이지. 이것들은 노년에 오그라지지 않고 오히려 더욱 커지는 법일세.〉

을 도모한다고 할 수 있다. 이들의 지혜에 따라 전쟁이 보류되기도 하고 종식되기도 하며, 때로 시작되기도 한다. 예를 들어 심지어 그의 사후에도 그 권위가 힘을 발휘하던 마르쿠스 카토의 지혜에 따라 제3차 카르타고 전쟁이 선포[140]되었다. **80** 그러므로 우리가 훨씬 더 맹렬히 구해야 할 것은 대결하는 용기가 아니라 판단하는 이성이다. 물론 이를 국익을 고려하는 게 아니라 오직 전쟁을 회피하려는 목적만으로 남용해서는 안 된다. 따라서 전쟁도 감당해야 할 때는 감당해라! 다만 전쟁의 목표는 평화를 얻는 것 이외에 다른 데 있지 않음을 명심해야 한다. 이렇게 항심을 견지한 용감한 영혼은 모름지기 역경 가운데 격정에 빠지는 일이 없으며, 속담처럼 겁먹고 오금이 굳는 일이 없이, 정신을 차리고 지혜를 세워 이성을 잃지 않는 법이다. **81** 긍지 높은 영혼의 특징이 이렇다고 할 때, 다음도 긍지 높은 성품에 속한다. 사유로써 미래

---

140 키케로, 『노(老)카토 노년론』, 18 이하에서 카토는 이렇게 말한다. 〈하지만 나는 원로원에 어떤 전쟁을 어떻게 수행해야 할지 줄기차게 제안하고 있네. 이미 오랫동안 적의를 버리지 않는 카르타고에 선전 포고 할 것을 나는 한참 전부터 주장하였고, 카르타고가 파괴되었음을 알게 되기 전에는 결코 카르타고에 대한 두려움을 거두지 않을 것이네.〉 카토는 기원전 153년에 카르타고와 누미디아 사이의 영토 분쟁 조정을 위해 외교 사절로 카르타고를 갔다가 부흥하는 카르타고의 모습을 보고 이에 경계와 불신을 품었으며 이후 꾸준히 카르타고 적대 정책을 펼쳤다. 기원전 150년 초에 카토는 카르타고가 전쟁을 준비하고 있다는 풍문을 확인하기 위해 카르타고를 방문하였다고 전해진다. 이때 카토가 흔히 〈카르타고는 파괴되어야 한다Carthago delenda est〉라고 인용되는 정책을 내세웠고, 이에 원로원은 카토의 주장에 따라 카르타고와의 전쟁을 결정한다. 카토는 기원전 149년 사망하였고, 기원전 146년에 이르러 제3차 카르타고 전쟁의 결과로 카르타고는 파괴되었다.

를 선취하는 것, 좋은 일이든지 나쁜 일이든 무슨 일이 벌어질지 그리고 일이 벌어지면 무엇을 해야 할지를 사전에 판단하는 것, 〈미처 생각하지 못했다〉라고 사후에 말할 일을 만들지 않는 것이다.[141] 이것들이 현명함과 지혜를 따르는 긍지가 높고도 드높은 영혼이 보여 주는 수고다. 반면, 경솔하게 공세를 취하여 무기를 들어 적과 교전하는 것은 금수와 진배없는 야만 행동이다. 물론 상황과 필연성이 요구한다면 무기를 들어 결판을 내야 하겠고, 굴종과 치욕을 당하느니 차라리 죽음을 택해야겠지만 말이다. **XXIV 82** [도시를 정복하고 빼앗을 때도 경솔하지 않도록, 잔인하지 않도록 열심히 살펴야 한다.][142]

그리고 불안한 국정 상황을 맞아 그 책임자들을 벌하고 대중을 지키며 어떤 조건에서도 올바름과 훌륭함을 견지하는 것은 긍지 높은 사내의 특징이다. 앞서 내가 언급했듯이 전시 군무를 평시 정치보다 앞세우는 사람들이 있고, 너도 뜨겁고 위험한 계획이 냉정하고 차분한 계획보다 빛나고 위대하다고 생각하는 이들을 많이 찾아볼 수 있을 것이다. **83** 나약하고 소심한 사람으로 보일 정도로 위험을 전적으로 피해서는 결코 안 될 일이지만, 그렇다고 아무런 명분 없이 우리 자신을 위험 속에 밀어 넣는 일도 피해야 한다. 이보다 어리석은 일은 없기 때문이다. 그러므로 위험에 대처할 때는 의

---

141 베르길리우스, 『아이네이스』, 6권 103행 이하. 〈고생 중 무엇도, 처녀여, 내겐 예상치 못한 새로운 얼굴이 없고 모두를 예상했고 진작 마음속에 각오하였소.〉

142 흔히 후대 삽입으로 간주된다.

사들의 관행을 모방해야 한다. 의사들처럼 가벼운 질환에 가벼운 처방을 내리되, 중한 질병에는 잘못될 수도 있는 위험천만한 수술이라도 마다하지 않아야 한다.[143] 그러므로 고요한 바다에 거센 폭풍이 몰아치길 기대하는 것이 미친 짓이지만, 폭풍이 닥쳤을 때 여하한 수단으로든 이에 대처하는 것이 현명한 일이다.[144] 만약 국정 안정으로 얻을 선(善)이 국정 불확실성이 초래할 악(惡)보다 크다면 더더욱 그렇게 대처해야 한다.

그런데 국정 수행은 부분적으로 국가에도, 부분적으로 담당자에게도 위험을 가져온다. 국정을 수행하는 자들 가운데 일부는 목숨을, 일부는 명예와 시민들의 호의를 잃을 위기에 처한다. 이때 우리는 공공을 위기로 내몰 것이 아니라 기꺼이 우리 자신이 위험을 감당하여, 다른 이들의 이익이 아니라 우리의 관직과 명예를 기꺼이 포기할 자세를 갖추어야 한다. **84** 그런데 조국을 위해서라면 재산은 물론 목숨까지 내놓을 준비가 되어 있으면서도, 명예는 조금도 희생하지 않으

143 세네카, 『분노에 관하여』, I 6. 〈확실히 의사는 병이 가벼울 경우 처음에는 환자의 생활 습관을 약간 바로잡고자 합니다. 음식과 운동을 조절하고 생활 방식의 변화를 통해 환자의 건강을 회복하고자 합니다. 그다음 처방은 절제입니다. 절제와 조절로도 차도가 없으면 일부 음식을 제한합니다. 회복의 기미가 없으면 모든 음식을 금하고 단식으로 몸을 비우게 합니다. 상대적으로 가벼운 조치들이 효과가 없으면 피를 뽑고, 붙어 있는 사지가 병을 확산시켜 몸을 해롭게 만들 경우 사지를 절단합니다.〉

144 아리스토텔레스, 『니코마코스 윤리학』, 1124b6 이하. 〈긍지 높은 사람은 작은 것을 위해 위험을 무릅쓰는 사람이 아니며, 명예롭게 여기는 것이 많지 않기에 위험을 좋아하는 사람도 아니지만, 큰 것을 위해서는 위험을 무릅쓰는 사람이다.〉

려는 사람들이 많다. 예를 들어 칼리크라티다스는 펠로폰네소스 전쟁 당시 라케다이몬의 장수로서 많은 전공을 세운 인물이었는데, 아르기누사이[145]에서 함대를 철수시켜 아테나이와 교전을 피해야 한다고 생각한 사람들의 의견을 따르지 않음으로써 모든 일을 망쳐 버렸다. 이 의견을 낸 사람들에게 그는 라케다이몬 사람들은 함대를 잃으면 다른 함대를 마련할 수 있겠지만, 도주하면 자신이 당한 망신은 회복할 수 없다고 대답하였다. 물론 이때 그가 라케다이몬 사람들에게 끼친 피해는 크지 않았지만, 클레옴브로토스[146]가 사람들의 반감이 두려워 경솔하게 에파메이논다스와 충돌한 일은 치명적 피해를 줬는데, 이 일로 라케다이몬의 국력은 쇠락하였다. 엔니우스가 노래한 퀸투스 막시무스[147]는 이들보다 얼마나 훌륭한가!

145 소아시아의 아이올리아 지방에 위치한 작은 섬으로 레스보스섬을 마주하고 있다. 여기서 벌어진 해전에서 아테나이 사람들은 기원전 406년 라케다이몬 사람들을 상대로 승리를 거두었다.

146 클레옴브로토스는 기원전 380년 스파르타의 왕으로 추대되었다. 기원전 371년 레욱트라 전투에서 스파르타 군대를 지휘하였고, 테바이의 장군 에파메이논다스와 싸워 패하였으며, 이 패전의 결과로 스파르타 군대는 괴멸되어 마침내 스파르타 전체의 몰락으로 이어졌다. 이때 클레옴브로토스는 사람들에게 테바이에 너무 호의적이지 않느냐는 의심을 받았고, 이를 피하려고 너무 성급하게 전투를 벌였다가 패하였다고 한다.

147 퀸투스 파비우스 막시무스 베루코수스는 〈굼벵이Cunctator〉라는 별명으로 알려진 인물로 기원전 233년 처음 집정관이 되었다. 이후 총 다섯 번 집정관직을 역임하였고 기원전 203년에 사망한다. 제2차 카르타고 전쟁 당시 지연 전술을 사용하였는데, 이 때문에 인민들에게서 〈굼벵이〉라는 비난을 들어야 했다.

굼벵이 같은 한 사람이 우리의 조국을 구했다.
평판이 아니라 국가의 안녕을 앞세운 사람이.
해서 그 사내의 위업은 훗날 더욱 빛나리라.[148]

평시 정치에서도 이런 유의 잘못은 피해야 한다. 자기 생
각이 최선의 것임에도 사람들의 반감이 두려워 이를 감히 말
하지 못하는 이들이 있다.

XXV 85 일반적으로 국정을 이끌려는 사람은 플라톤의
두 가지 준칙을 명심하라! 첫 번째, 모든 국정을 시민의 이득
에 비추어 판단하되, 시민의 이익을 지키고 자신의 이익을
버려야 한다.[149] 두 번째, 국가의 모든 지체를 돌보되, 일부만
을 보살피고 나머지는 방기하는 일은 없어야 한다.[150] 국가
경영은 후견처럼 맡은 후견인의 이득이 아니라 맡겨진 피후
견인의 이득에 따라야 한다. 그런데 시민의 일부는 돕고 일
부는 무시하는 사람은 공동체에 더없이 심각한 재앙, 다시

148 엔니우스 단편, 370~372 Vahlen과 키케로, 『노(老)카토 노년론』,
10에도 인용된다.
149 플라톤, 『국가』, 342e. 〈어떤 종류의 지배를 하는 사람이든 그가 지배
자인 한, 자기 자신의 이익이 아니라 그가 지배하는 자들의 이익을 위하여 명
령하고 또 그들의 이익을 찾을 것이오. 결국 지배자가 말하고 행하는 모든 것
은, 바로 그들이 그러도록 하는 것과 그가 지배하는 자들을 위한 이익과 거기
에 적합한 것을 기대하면서 말하고 행하는 것이라네.〉
150 플라톤, 『국가』, 420b. 〈우리가 나라를 세우면서 목적으로 삼는 것은
어떤 한 계급이 예외적으로 행복해지는 것이 아니라, 나라 전체가 가능한 한
그렇게 되는 것이라고 말할 것이기 때문일세.〉『법률』, 715b. 〈우리는 일부
사람들을 위해 법을 제정하는 사람들을 당파의 일원이라고 부르지 시민이라
부르지 않습니다.〉

말해 소요와 불화를 끌어들이는 셈으로, 그 결과 어떤 이들은 민중 당파로, 어떤 이들은 귀족을 편드는 당파로 갈라지는 사태가 벌어지고, 국가 전체를 지키려는 사람은 소수에 그치고 만다. 86 이에 따라 아테나이 사람들은 커다란 불화를, 우리 나라는 소요뿐 아니라 치명적 내전을 겪었다. 신중하고 용감한 시민으로 국가 최고 권력에 적합한 사람은 이를 피하고 멀리할 것이며, 국가에 온전히 몸을 바칠 것이며, 결코 재력과 권력을 추구하지 않을 것이며, 국가 전체를 돌보고 모든 시민을 도울 것이다. 또 거짓 고발로 누구도 증오와 질투의 대상으로 삼지 않을 것이며, 전적으로 정의와 훌륭함을 추종하여 이를 수호하며, 아무리 심각한 시련을 겪을지라도 내가 언급한 것들을 저버리기보다 죽음을 택할 것이다. 87 확실히 선거 유세와 관직 경쟁을 두고 플라톤이 탁월하게 지적한 대로, 둘 중에 누가 국가를 통치해야 할까를 놓고 서로 경쟁하는 사람들은 누가 배를 조정해야 할까를 놓고 싸우는 선원들과 흡사하게 행동하게 한다는 점에서 심히 통탄할 일이다.[151] 플라톤은 우리에게 무기를 겨눈 사람들은 적이라 하겠으나, 자신의 판단에 따라 국가를 수호하려는 사람들은 적이라고 판단하지 말라 가르친다.[152] 푸블리우스 아프리카누스

---

151 플라톤, 『국가』, 488e. 〈또 선원들은 제각기 자기가 키를 잡아야 한다고 믿으며 키잡이를 두고 서로 승강이를 벌이고, 그러면서도 결코 항해 기술을 배운 적이 없는데 (……) 실제로 참다운 키잡이는 앞에서 표현된 바와 같은 배를 타고 있는 선원들에 의해서 별만 쳐다보는 사람이라든가, 떠버리라든가, 쓸모없는 인간이라고 불리리라고는 생각하지 않는가?〉
152 이런 구절은 플라톤에게서는 보이지 않는다.

와 퀸투스 메텔루스[153] 사이의 의견 대립은 이런 것이었는데 그들은 서로에게 언짢은 마음은 없었다.[154]

88 반면에 정치적 반대파에게 혹독한 분노를 보여 주는 것이 긍지 높고 용감한 사람의 자세일 것이라고 평가하는 자들에게 우리는 일절 귀를 기울여선 안 된다. 실로 온유와 긍휼만큼 칭송받을 만한 것도 없고, 위대하고 탁월한 사람에게 어울리는 것도 없기 때문이다. 법적 평등을 누리는 자유 인민 가운데 우리는 친절을, 그러니까 일종의 긍지를 보여 주어야 한다. 느닷없이 들이닥쳤다고 혹은 뻔뻔하게 청원한다고 해서 분노하며 무익하고 불쾌한 퉁명을 떠는 꼴을 보이지 말아야 한다. 하지만 그렇다고 온유와 긍휼이 마냥 옳을 수도 없는데, 국가에는 엄정함이 있어야 하기 때문이다. 엄정함 없이 공동체는 통치될 수 없다. 그래서 모든 처벌과 징계는 악의를 배제해야 하며, 처벌이나 질책을 내리는 자의 이득이 아니라 국익에 준해야 한다. **89** 나아가 처벌은 잘못보다 크지 않도록 유의해야 하며, 동일 사안에서 어떤 사람은 처벌받고 어떤 사람은 소환조차 되지 않는 일은 없어야 한다. 특히 형 집행에는 분노를 삼가야 한다. 분노하여 형을 집행할 경우, 과다도 아니고 과소도 아닌 중용을 결코 지킬 수 없

153 퀸투스 카이킬리우스 메텔루스 마케도니쿠스(기원전 143년 집정관)는 스키피오와 라일리우스와 함께 조점관을 지냈다. 메텔루스는 기원전 148년 마케도니아를 점령하여 로마의 속주로 만들었다. 메텔루스는 티베리우스 그락쿠스에게 반대하였고 스키피오와는 다른 정견을 지니고 있었다.

154 키케로, 『라일리우스 우정론』, 77. 〈또한 그는 국사를 두고 벌어진 이견 때문에 우리의 관직 동료였던 메텔루스와 절교하였네. 하지만 그는 두 경우에 신중하고 절도 있게 처신하였고, 언짢은 마음을 드러내지 않았지.〉

기 때문이다. 소요학파가 주장한 중용은 옳았다.[155] 다만 그들이 분노를 자연이 부여한 이득이라고 우기며 분노를 칭송한 것은 옳지 못했다.[156] 실로 분노는 모든 경우에 배척되어야 하며, 앙망하건대 국가 통치자는 분노가 아니라 공정함에 기하여 형 집행을 명하는 법의 현신이어야 한다.

XXVI 90 평시 정치가 순조롭게 우리 의지대로 흘러갈 때라도 무엇보다 오만과 거드름, 불손함을 멀리하자! 나라가 어지러울 때도 그렇지만, 나라가 평안할 때라도 방종은 피

---

155 아리스토텔레스, 『니코마코스 윤리학』, 1108a5. 〈분노와 관련해서도 지나침과 모자람과 중용이 있다. 이것들도 거의 이름을 지니고 있지 않지만, 중간인 사람을 온화하다고 표현하므로 그 중용을 온화라고 부르기로 하자. 양 끝에 있는 사람들 중 지나친 사람은 성마른 사람이라고, 그 악덕은 성마름이라고 하자. 그 부족한 사람을 화낼 줄 모르는 사람, 그 모자람을 화낼 줄 모름이라고 하자.〉

156 키케로, 『투스쿨룸 대화』, IV 19, 43 이하. 〈우리가 뿌리 뽑아야 한다고 생각하는 격정들을 놓고, 그것이 자연스러운 것이며 더 나아가 자연이 부여한 유용한 것이라고까지 소요학파가 내세우는 근거는 무엇입니까? 그들의 말은 이와 같습니다. 우선 그들은 분노를 칭송하는 많은 이야기를 합니다. 그들은 이를 용기의 시금석이라고 말하며, 분노한 사람들의 공격은 적과 불량한 시민에 맞서 훨씬 더 강력하다고 주장하면서, 《이 전투는 정당하며 법과 자유와 조국을 위해 싸우는 것은 합당한 일이다》라고 생각하는 사람들의 어쭙잖은 논증은 가볍게 여깁니다. 이 의견들이 힘을 갖는 것은 용기가 분노로 타오를 때입니다. 그들의 논의는 전사들에게만 국한되지 않습니다. 그들은 가혹한 분노가 동반되지 않는다면 어떤 군령도 준엄할 수 없다고 생각합니다. 또한 상대방을 고발하는 연설가는 물론이려니와 변호하는 연설가도 가시 돋친 분노를 갖추지 않으면 그들은 인정하지 않으며, 분노가 생기지 않더라도 연설가의 실연(實演)이 청중의 분노를 자극할 수 있도록 말이나 동작을 통해서 분노를 가장해야 한다고 믿습니다. 끝으로, 그들은 분노할 줄 모르는 사람은 남자로 보이지 않는다고 지적하며, 우리가 온화함이라고 부르는 것을 결함의 명칭인 우둔함으로 지칭합니다.〉

해야 할 경박함 중 하나다. 우리가 들어 알고 있는 소크라테스[157]와 가이우스 라일리우스[158]처럼 평생 한결같이 항상 같은 얼굴과 같은 표정을 보여 주는 것은 탁월함이다. 마케도니아의 필립포스 왕이 업적과 명예로는 아들 알렉산드로스에게 뒤졌지만, 친절함과 인간미는 아들을 능가했다고 나는 알고 있다. 그래서 필립포스는 항상 위대했지만, 아들은 때로 더없이 추했다. 남보다 뛰어난 만큼 더 겸손하게 행동하라 가르친 사람들은 우리에게 올바른 준칙을 주었다 보인다. 파나이티오스가 전하는바 그의 학생이자 친구인 아프리카누스는 잦은 전투 참여로 사납게 변한 말들을 조련사에게 보내 좀 더 다루기 쉽게 하는 것처럼, 인간도 태평성대로 고삐가 풀려 자만심에 빠지면 이성과 학문의 조련장으로 데려가 세상사의 허망함과 운명의 변덕을 통찰하게 해야 한다고 늘 말했다고 한다. **91** 덧붙여 나라가 평안할수록 그만큼 더 열심히 우리는 친구들의 지혜를 수용해야 하며, 친구들에게 예전보다 훨씬 더 많은 권위를 부여해야 한다. 동시에 아첨꾼들

---

157 키케로, 『투스쿨룸 대화』, III 15, 31. 〈이와 관련하여 늘 한결같던 표정, 크산티페가 묘사하곤 하였다는 남편 소크라테스의 표정이 있기 때문입니다. 크산티페는 그가 늘 같은 얼굴로 집을 나서고 같은 표정으로 돌아왔다고 합니다.〉

158 현자 가이우스 라일리우스는 기원전 190년에 태어났다. 라일리우스는 철학 공부에 열정을 보였고, 기원전 155년 아테나이 사절로 로마를 찾은 카르네아데스, 크리톨라오스, 디오게네스의 연설을 경청하였다. 이후 스토아 철학자 파나이티오스와 어울렸다. 기원전 140년 집정관을 지냈다. 농지 개혁과 토지 분배에 반대하는 입장은 아니었으나, 귀족 당파의 입장에서 농지법 입법안을 부결시킴으로써 〈현자〉라는 별칭을 얻었다.

에게 귀를 열어 아첨을 용납해서는 안 된다. 아첨에 쉽게 속게 되는데, 사람들은 자신들이 그런 칭송을 들을 자격이 있다고 생각하기 때문이다. 이때 수많은 과오를 저지르게 되며, 억견으로 부풀어 오른 인간은 매우 심각한 오류에 빠져 우세를 당하고 추하게 변한다.

이 문제는 여기까지 하자. **92** 이를 정리해야 한다면 이렇다. 국가 통치는 매우 광범위한 영역에 걸쳐 수없이 많은 사람과 연관된 고로, 국가 통치자에 의해 수행되는 국정은 더없이 막중한 일이며, 이는 더없이 긍지 높은 영혼이 맡아야 할 의무다. 그런데 더없이 긍지 높은 영혼을 지닌 사람들 중에는 은둔의 삶을 살았던 사람들이 많이 있고 과거에도 많았다. 이들은 무언가 중요한 것을 탐구하거나 기획하며 자기 영역에 자신을 가둔 사람이거나, 혹은 철학자와 국가 통치자의 중간 노선을 걸으며 가산을 돌보길 즐기는 사람이다. 후자는 갖은 수단을 동원하여[159] 가산을 늘리는 일은 하지 않으며, 가산을 향유하는 데 친지들을 배제하지도 않고, 필요하다면 친구들과 국가를 위해 가산을 나누는 사람이다. 후자라면 우선 추하지도 혐오스럽지도 않은 수입원을 통해서 옳게 가산을 취득해야 할 뿐 아니라, 나아가 자격이 되는 가능한 많은 사람이 가산의 이득을 누리게 해야 하며, 마지막으로

---

159 키케로, 『스토아 철학의 역설』, 43. 〈(……)돈에 대한 열망으로 당신이 어떤 돈벌이도 수치스럽지 않다고 여긴다면, 만일 당신이 날마다 사기 치고 속이고 금품을 요구하고 흥정하고 탈취하고 약탈한다면, 만일 당신이 동료들을 상대로 강탈하고 국고를 턴다면, 만일 당신이 친구들의 유언장에 기대를 걸거나, 혹은 기대하고만 있지 않고 스스로 날조한다면(……).〉

이성, 성실, 검약을 통해 가산을 증식시켜 욕망과 사치가 아니라 관대함과 은혜에 보태야 한다.[160]

이상의 윤곽을 가진 사람은 고매하게, 신중하게, 긍지 있게, 나아가 단순하게, 신의 있게, 사람을 아끼며 살아간다고 하겠다.

XXVII 93 이제 훌륭함의 남은 한 부분이 이어진다. 여기에서 살필 바는 겸양, 그리고 삶을 꾸며 주는 품격이라 할 절제와 자제, 격정의 완전한 극복과 매사의 적도(適度)[161] 등이다. 이 주제에 포함된 바는 라티움어로 〈데코룸decorum(바름)〉 — 희랍어로 〈프레폰πρέπον〉 — 이라고 불릴 수 있는 것이다. **94** 이 말은 의미상 〈훌륭함〉과 분리되지 않는다.[162] 바른 것은 훌륭하고, 훌륭한 것은 바르기 때문이다. 그런데 훌륭함과 바름의 차이는 분명하지만, 설명하긴 쉽지 않다.

160 〈용감하고 긍지 높은 영혼〉을 지닌 사람들로 정치가, 군인, 철학자에 이어, 이제 놀랍게도 집안의 재산을 늘려 이를 널리 이롭게 쓰는 사람들이 포함되었다. 이런 재산가의 관대함을 〈용감하고 긍지 높은 영혼〉의 모습이라고 여기서 키케로는 주장한다. 그런데 앞선 논의에 따르면 관대함은 〈용기〉보다는 〈정의〉중 하나로 다루어졌다.

161 키케로, 『투스쿨룸 대화』, III 8, 16. 〈절제하는 사람을 희랍어로 《소프론σώφρων》이라고 하며, 그 덕목을 《소프로쉬네σωφροσύνη》라고 하는데, 이 덕목을 나는 때로 《절제temperantia》라, 때로 《절도moderatio》라, 때로 《자제modestia》라 부르곤 합니다.〉 플라톤, 『국가』, 430e. 《《절제》라는 것은 일종의 질서이며 또 어떤 쾌락이나 욕망을 극복하는 것인데, 왜 그런진 모르지만 흔히들 《자기 자신을 이기는 것》이라는 말로 주장하는 것이고 또 그 밖에 이와 비슷한 말들이 말하자면 같은 흔적을 나타낸다네.〉

162 키케로, 『투스쿨룸 대화』, II 13, 30. 〈스토아학파가 올바르게 감싸고 우리가 훌륭함, 옳음, 바름이라고 부르는 것, 때로 덕이라는 이름으로 포괄하는 것은 돋보이며(……).〉

말하자면, 모든 바름은 선행하는 훌륭함의 결과다. 따라서 바름은 여기서 다루게 될 훌륭함의 결과이면서, 동시에 앞서 다룬 세 가지 훌륭함의 결과이기도 하다. 이성과 언어를 현명하게 쓰는 것, 행동할 때 신중하게 구는 것, 매사에 진실을 찾고 진실에 주목하는 것은 바른 일이며, 이와 반대로 속고 실수하고 그르치고 기만당하는 것은 온전한 정신을 잃고 정신적으로 무너지는 것[163]만큼이나 망신스러운 일이다. 모든 정의(正義)는 바르며, 반면 모든 불의는 추하고 흉하다. 용기의 논리도 비슷하다. 용감하고 긍지 높은 영혼이 하는 일은 사내다운 바른 것으로 보이며, 그 반대의 것은 추하고 흉한 것으로 보인다. 95 그러므로 내가 말하는 〈바름〉은 모든 훌륭함과 연관되는데, 이는 어떤 심오한 논리로 통찰되는 것이 아니라 자명한 연관성을 드러낸다. 바름은 실재하는 무엇이며 모든 덕에서 분명히 파악된다. 바름과 덕은 실재가 아닌 개념으로만 분리되는 것이겠다. 육체적 매력과 아름다움을 건강미와 구별할 수 없는 것처럼, 우리가 말하고 있는 바름은 완벽하게 덕과 하나 된 무엇이며, 그저 개념적 사유를 통해서나 구별된다.

96 그런데 바름은 두 가지로 구분된다. 하나는 일반적 바

---

163 크세노폰, 『소크라테스 회상』, III 9, 6. 〈소크라테스 선생님은 미친 상태가 지혜에 반대된다고 말했지만, 물론 그렇다고 무지를 미친 상태로 보지는 않았다. 하지만 자기 자신을 모르는 것, 그리고 자기 자신이 모르는 것을 안다고 믿고 그렇게 생각하는 것은 광기에 가까운 것으로 봤다. 하지만 대중은 대부분의 사람이 알지 못하는 일에 실수하는 사람들을 미쳤다고 주장하는 것이 아니고 대중이 아는 일들에 대해 실수하는 사람들을 미쳤다고 부른다고 이야기했다.〉

름인데 훌륭함 전체와 연관된 것이다. 그리고 일반적 바름의 하위에 놓인 바름, 그러니까 훌륭함의 각 부분과 연관된 바름이 나머지 하나다. 상위의 바름은 다음과 같이 정의되곤 하는데, 이는 나머지 동물과 구분되는 지점에서 인간 본성의 탁월성에 합치하는 바의 바름이다. 이에 종속되는 하위의 바름은 다음과 같이 정의되는바, 이는 인간 본성에 합치되는 가운데 절도와 절제가 자유민다운 모습과 함께 드러날 때의 바름이다.

XXVIII 97 이상의 바름은, 다른 분야에서 좀 더 많이 언급되곤 하는데, 시인들이 추구하는 바름에 비추어 이해된다고 생각할 수 있다.[164] 각 극중 인물이 그 인물에 적합한 행동을 하고 적합한 대사를 뱉을 때, 우리는 시인들이 바른 것을 성취했다고 평한다. 예를 들어 만약 아이아코스나 미노스가 〈두려워하기만 한다면 미워해도 좋다〉[165]라고 말했다거나 〈아비 본인이 자식의 무덤이 되었도다〉[166]라고 말했다면, 이는 흉하다 생각되었을지도 모른다. 이들은 정의로운 사람들

---

164 〈바름〉이 무엇인지는 시학과 수사학에서 자주 거론되는 주제다. 키케로는 『연설가』, 70 이하에서 이를 다룬다. 호라티우스, 『시학』, 92행. 〈작품마다 할당된 합당한 자리를 가질지어다!〉 12행 이하. 〈타고난 귀천에 말하는 꼴이 맞지 않는다면 로마 귀족과 평민은 박장대소합니다. 말하는 모양은 많이 다릅니다. 신이냐, 영웅이냐, 연만한 노인이 말하느냐, 막 꽃핀 청춘에 뜨거운 젊은이냐, 호령하는 마나님이냐, 바지런한 젖어멈이냐, 길 떠도는 상인이냐, 푸성귀밭을 돌보는 농부냐, 콜키스, 아쉬리아, 테베, 아르고스, 태생 따라.〉

165 아키우스, 비극 『아트레우스』, 203행.

166 아키우스, 비극 『아트레우스』, 226행. 아트레우스는 자신의 아내와 정을 통한 동생 튀에스테스에게 복수하려고 튀에스테스의 아들을 죽여 이를 요리하여 동생에게 먹게 했다.

이라고 우리가 전해 들었기 때문인 반면, 이를 아트레우스가 말했다면 박수갈채를 받았을 텐데, 이는 그 인물에 적합한 대사이기 때문이다. 시인들은 각 인물의 바른 모습을 역할에 따라 장차 정하겠지만, 자연은 우리를 나머지 동물들을 능가하는 높은 탁월함과 우월성을 지닌 인물로 이미 결정하였다. **98** 그래서 시인들은 다양한 인물들에게, 심지어 악한(惡漢)까지, 무엇이 그 인물의 일관성인지, 무엇이 그 인물의 바름인지 장차 정하겠지만, 이미 자연은 우리에게 항심, 절도, 절제, 겸양의 역할을 맡겼고, 우리가 타인에게 어떤 태도를 취해야 할지 사려(思慮)하라 가르친다. 이에 훌륭함 전체에 귀속된 바름뿐 아니라, 덕의 종류별로 확인되는 바름도 널리 부여되었다는 분명한 결론에 이른다. 확언컨대, 지체의 균형 잡힌 구성을 가진 신체의 아름다움과 모든 지체의 쾌적한 상호 조화가 이목을 끌고 기쁨을 주는 것처럼, 모든 언행의 적소(適所),[167] 항심, 절도 때문에 삶에서 영롱히 빛나는 바름은 동료 시민들의 칭송을 끌어낸다.

99 그러므로 타인을 — 더없이 선량한 사람들은 물론 그 누구라도 — 말하자면 존중해야 한다. 상대방이 나를 어떻게 생각할지 신경 쓰지 않음은 오만이며 나아가 전적인 방종이다. 타인과 관련하여 정의와 겸양은 차이가 있다. 정의라 함은 타인의 재산을 침해하지 않음이다. 그런데 겸양은 타인의 감정을 해치지 않음인바, 바름의 본질이 여기서 가장 잘 드러난다.

167 뒤의 I 40, 142절 이하를 보라.

이상의 논의로 우리가 바르다고 말하는 것이 어떤 것인지는 이해되었다고 생각한다. **100** 그런데 이런 바름에서 도출된 의무는 우선 자연과의 합일과 그 보존을 향하는 길이다. 자연을 향할 때 우리는 결코 길을 잃지 않겠고, 이 길을 통해 우리는 자연이 주는 예리한 통찰, 진작된 인간 결속, 강인한 용기를 얻겠지만, 우리가 얻게 될 바름의 제일 중요한 본질은 이제 논할 부분에 있다. 자연에 따른 신체 활동만큼, 아니 그보다 훨씬 더 크게 자연에 따른 영혼 활동은 칭송받아야 한다.

101 영혼의 본질과 정의는 이중적이다. 하나는 충동인데, 이를 희랍어로 〈호르메ὁρμή〉라고 하며, 충동은 사람을 이리 저리 잡아끈다. 다른 하나는 이성으로, 이성은 무엇을 피해야 하고 무엇을 행해야 할지 가르치고 설명해 준다. 그리하여 이성은 지휘하고 충동은 복종하게 된다.[168] **XXIX** 그런데 모든 행동은 경솔과 나태가 없어야 한다. 또 의무의 일반적인 정의대로 이유의 개연적 설명[169]을 제시할 수 없는 어떤 일도 행하지 말아야 한다. **102** 그런데 충동은 이성에 복종해야 하고, 이성을 앞지르지 않아야 하고, 태만과 무기력 때문에 이성에 뒤처지지 말아야 하며, 평정을 유지해야 하고, 영

---

168 플라톤, 『파이드로스』, 246b 이하. 〈영혼은 날개 달린 한 쌍의 말과 마부가 합쳐져서 이루어진 능력과 같다고 해보세. (……) 두 필의 말 가운데 하나는 보기에 아름답고 좋으며 그런 종류의 성질들을 타고난 데 반해, 다른 말은 그 반대의 성질을 타고났고 다른 쪽 말과 정반대지.〉

169 앞의 I 3, 8절을 보라.

혼의 모든 격정에서 벗어나 있어야 한다.[170] 이로부터 일체 항심과 일체 절도가 혁혁하게 빛을 발산하겠다. 충동이 주로 를 멀리 벗어나 욕망하거나 회피하며 제멋대로 굴 때, 이를 이성이 충분히 통제하지 않는다면, 충동은 분명 한계와 한도 를 넘어선다. 자연의 법칙에 따라 이성에 종속되었으면서도 충동은 이성을 벗어나며 이성에 복종하길 거부하고 이성에 순종하지 않는다. 이런 충동 때문에 영혼은 격정을 겪게 되 고, 그뿐 아니라 몸도 흐트러진다. 안색을 보면 분노한 사람 인지, 욕정이나 공포에 휩싸인 사람인지, 혹은 과도한 쾌락 으로 열광하는 사람인지 구분할 수 있는데, 이들 모두의 얼 굴, 음성, 동작, 자세는 변화를 겪는다. **103** 이상에서 이해되 는 바는 — 다시 의무의 꼴로 표현하자면 — 일체의 충동을 제어하고 억제해야 하며, 경솔하게 충동적으로 생각 없이 태 만히 행동하지 않도록 주의와 정성을 기울여야 한다는 점이다.

자연이 우리를 낳은 것은 놀이와 장난이나 하도록 한 것으 로 보이지 않으며, 오히려 중요하고 커다란 탐구에 종사하도 록 한 것으로 보인다. 물론 마치 수면이나 기타 휴식처럼 놀 이와 장난을 즐길 수는 있으나, 다만 그것은 중요하고 심각 한 일을 마친 후일 것이다. 하지만 장난을 즐기더라도 그 유 형이 과도하고 무절제해서는 안 되며 고상하고 세련되어야 한다. 소년들이라고 해서 온갖 장난질이 허용되는 것이 아니

---

170 플라톤, 『국가』, 441e. 〈이성적 부분은 지혜가 있고 영혼 전체를 위해 서 미리 생각하는 것이기 때문에 지배해야 한다는 것이, 그리고 기개적 부분 은 그것에 복종해야 하고 그편이 되어야 한다는 것이, 어울리지 않겠나?〉

며 그것이 훌륭한 행동을 벗어나지 않아야 하는 것처럼, 장난도 올바름과 고상함의 광채로 빛나야 하겠다. **104** 장난의 유형은 두 가지다. 하나는 저속하고 불손하고 추잡하고 외설적인 장난이다. 다른 하나는 우아하고 점잖고 고상하고 세련된 장난으로, 이런 유형은 우리의 플라우투스 또는 아티카의 구(舊)희극은 물론 소크라테스를 추종한 철학자들의 저서를 가득 채운 언어 유희들이다. 많은 사람의 많은 세련된 언어유희가 전해지는데, 소위 『금언집(金言集)』이라는 책에 노(老)카토가 모은 것들이다. 따라서 고상한 장난과 저속한 장난은 쉽게 구분된다. 전자는 마음 편하게 쉴 때처럼[171] 시의 적절한 것으로 더없이 근엄한 사람에게도 어울릴 만한 장난이고, 후자는 자유민에 결코 어울릴 만한 장난이 아닌데, 사태의 추함과 언어적 외설을 적나라하게 드러낸다. 한편 놀이에도 적도(適度)가 있어야 한다. 지나치게 전부를 쏟아붓지 말아야 하며, 쾌락에 부풀어 추함에 빠지지 말아야 한다. 우리의 연병장과 사냥 열정은 놀이의 훌륭한 사례를 제공한다.

XXX 105 의무의 모든 물음은 인간 본성이 여타 가축이나 짐승보다 얼마나 뛰어난가 하는 질문과 항상 마주한다. 가축과 짐승은 오직 쾌락만을 지각하고 오직 충동적으로 쾌락을

171 세네카, 『평상심에 관하여』, 17, 4. 〈마음은 늘 긴장만 해서는 안 되며, 오락을 즐기기도 해야 합니다. 소크라테스는 어린애들과 놀기를 부끄러워하지 않았습니다. 카토는 공무로 지쳤을 때 술로 마음을 풀었습니다. 스키피오는 군인이자 개선장군답게 박자에 맞춰 춤을 추었는데 (……) 적들이 보더라도 흠잡을 수 없을 만큼 놀 때나 축제를 열 때나 옛사람들이 사내답게 승전무를 추었던 방식이었습니다.〉

추구하지만, 인간 정신은 배움과 생각으로 성장하며 늘 무언가를 탐구하거나 논의하고, 보고 배우는 것의 즐거움에 이끌린다. 물론 어떤 사람은 조금 더 쾌락에 약한 경우가 있겠지만, 그도 가축이 아니고 — 물론 명목상으로는 사람이지만 실질적으로는 사람이 아닌 사람도 있다 — 약간이나마 더 꼿꼿이 몸을 세운 존재[172]인 한에서, 쾌락에 사로잡혔을 때라도 부끄러움 때문에 쾌락의 충동을 숨기고 감추는 법이다. **106** 이상에서 이해되는 바는, 육체적 쾌락은 인간의 우월함에 부합하기엔 모자란 고로 이를 물리치고 멀리해야 한다는 것과, 그럼에도 만약 쾌락에 일부 동의하는 사람이 있다면 그는 쾌락을 향유하는 적도를 지키는 데 성심을 다해야 한다는 것이다. 따라서 신체 양육과 의식(衣食)은 쾌락이 아니라 건강과 활력에 중심을 두어야 할 것이다. 또한 우리 본성의 탁월성과 위엄을 깊이 헤아린다면, 사치로 녹아나고 방탕과 향락에 젖은 삶은 얼마나 추하며, 검소하고 금욕적이며 소박하고 절제된 삶은 얼마나 훌륭한지도 이해하게 될 것이다.

107 나아가 우리가 자연이 부여한 두 가지 인격을 말하자면 뒤집어쓰고 있다는 점을 이해해야 한다. 하나는 보편 인격인데, 이는 우리가 모두 동물을 뛰어넘는 우월성인 이성을

---

172 키케로, 『신들의 본성에 관하여』, II 56, 140. 〈우선 신은 그들을 땅에서 일으켜 높이 똑바로 서게 했습니다. 하늘을 올려보고 신들에 대한 앎을 가질 수 있도록 말입니다.〉 오비디우스, 『변신 이야기』 I 84행 이하. 〈다른 동물은 고개를 숙여 땅을 보지만 인간만은 유일하게 고개를 들어 하늘을 향하며, 얼굴을 똑바로 세워 별을 바라볼 수 있었다.〉

소유했다는 사실에서 비롯된다.[173] 이로부터 모든 훌륭함과 바름이 도출되며, 이로부터 의무 발견의 원리가 검토된다. 다른 하나는 각자에게 부여된 개별 인격이다. 신체에도 커다란 차이가 있어 어떤 이들은 달릴 때의 주력(走力)이 강하고 어떤 이들은 싸울 때의 완력이 두드러지고, 또 어떤 이들의 외모는 늠름함이 있고 어떤 이들은 우아함이 있는 것처럼, 영혼도 이와 마찬가지이며 다양성은 훨씬 더 크다.

108 루키우스 크랏수스,[174] 루키우스 필립푸스[175]는 재치

173 키케로,『신들의 본성에 관하여』, II 6, 16. 〈진정코, 만일 신들이 없다면 사물들의 본성 가운데 인간보다 우월한 무엇이 있을 수 있는가? 내 이런 말을 하는 것은, 인간에게만 이성이 있는데, 그것보다 더 뛰어난 그 무엇도 존재하지 않기 때문이다.〉

174 루키우스 리키니우스 크랏수스(기원전 140~기원전 91년)는 로마의 연설가이자 정치가다. 기원전 95년 집정관을 역임하였고 기원전 92년에는 호구 감찰관을 역임하였다. 크랏수스는 키케로의 평가에 따르면 당대 최고의 연설가다. 키케로,『브루투스』, 143. 〈내가 앞서 말한 만큼은 안토니우스를 높이 평가하지만, 그럼에도 크랏수스를 두고 말하자면, 더 이상 완벽할 수 없을 정도라고 생각한다. 크랏수스는 더없이 높은 위엄을 갖추었다. 위엄에다 재치와 세련미를 겸비한 연설가의 유쾌함을 갖추었다. 저속한 유쾌함이 아니었다. 그의 라티움어는 정확했고, 현학적이지 않은 세심한 우아함을 보여 주었다. 그의 논증은 놀라울 정도로 명확했다. 시민법은 물론 공정함과 훌륭함을 논할 때도 그의 논거와 비유는 현란(絢爛)했다Equidem quamquam Antonio tantum tribuo quantum supra dixi, tamen Crasso nihil statuo fieri potuisse perfectius. Erat summa gravitas, erat cum gravitate iunctus facetiarum et urbanitatis oratorius, non scurrilis lepos. Latine loquendi accurata et sine molestia diligens elegentia. In disserendo mira explicatio. Cum de iure civili, cum de aequo et bono disputaretur, argumentorum et similitudinum copia.〉 뒤의 II 13, 47절을 보라.

175 루키우스 마르키우스 필립푸스(기원전 141~기원전 73년)는 로마의 연설가이자 정치가였다. 그는 기원전 104년 호민관으로 곡물법을 통과시켰다. 기원전 91년 집정관을 역임하였고 기원전 86년에는 호구 감찰관이 되었다. 술

가 넘쳤고, 루키우스의 아들 가이우스 카이사르[176]의 재치는
— 노력의 결과로 — 훨씬 더 뛰어났다. 동시대를 살았던 마
르쿠스 스카우루스와[177] 젊은 날의 마르쿠스 드루수스[178]는

라와 마리우스의 내전 기간에 술라 편에 가담하였다. 키케로는 『연설가론』과
『브루투스』에서 필립푸스를 루키우스 리키니우스 크랏수스, 마르쿠스 안토니
우스와 함께 당대 최고의 연설가로 꼽았다. 키케로, 『브루투스』, 173. 〈크랏수
스와 안토니우스가 최고라고 할 때, 그다음은 루키우스 필립푸스였다. 물론 큰
차이를 두고 다음이었다. (……) 하지만 앞의 두 사람과 비교하지 않고 말한다
면 필립푸스는 충분히 대단한 자질을 지니고 있었다. 다시 말해 기탄없는 연
설은 더없이 대단하였고, 재치는 넘쳐났고, 주제를 발견하는 데 충분히 촘촘
했고, 주장을 표현하는 데도 거침이 없었다Duobus igitur summis, Crasso et
Antonio, L. Philippus proximus accedebat, sed longo intervallo tamen
proximus. (……) Sed tamen erant ea in Philippo, quae sine comparatione
illorum spectaret, satis magna diceret, summa libertas in oratione, multae
facetiae, satis creber in reperiendis, solutus in explicandis sententiis.〉

176 가이우스 율리우스 카이사르 스트라보 보피스쿠스(기원전 131경~기
원전 87년)는 루키우스 카이사르의 아들로 로마의 연설가이자 정치가였다.
기원전 90년에 안찰관을 역임하였다. 기원전 87년 가이우스 마리우스에 의해
살해되었다. 키케로, 『브루투스』, 177. 〈재담과 재치를 보면, 나는 말하노니,
루키우스의 아들 가이우스 율리우스는 선배들이나 동시대인 누구보다 훌륭했
다. 그는 절대 열정적인 연설가는 아니었지만, 어느 누구보다 농담이, 어느 누
구보다 재치가, 어느 누구보다 즐거움이 잘 버무려진 연설가였다Festivitate
igitur et facetiis, inquam, C. Iulius L. f. et superioribus et aequalibus suis
omnibus praestitit oratorque fuit minime ille quidem vehemens, sed nemo
umquam urbanitate, nemo lepore, nomo suavitate conditior.〉

177 앞의 I 22, 76절을 보라. 키케로, 『브루투스』, 111. 〈지혜롭고 고지식
한 사람 스카우루스의 연설은 어떤 자연적 인품인 더없이 큰 신뢰함을 품고
있었다. 그래서 그가 피호민을 위해 연설할 때 마치 변론이 아니라 증언을 하
는 것으로 생각될 정도였다In Scauri oratione, sapientis hominis et recti,
gravitas summa et naturalis quaedam inerat auctoritas, non ut causam, sed
ut testimonium dicere putares cum pro reo diceret.〉

178 마르쿠스 리비우스 드루수스(기원전 2세기에 활약)는 로마의 장군
이자 정치가였다. 기원전 112년 집정관을, 기원전 109년 호구 감찰관을 지냈

유난히 신랄했고, 가이우스 라일리우스는 대단히 쾌활했으며, 라일리우스의 친구 스키피오[179]는 야망이 대단했고 엄격한 삶을 살았다. 한편, 희랍인들 가운데 우리가 듣기로 소크라테스는 유쾌하고 세련되고 재담 넘치는 대화에 탁월했고, 모든 대화에서 — 희랍인들은 〈에이론$\epsilon\check{\iota}\rho\omega\nu$〉이라고 부르는데 — 도회(韜晦)의 대가[180]였다고 한다. 반면 최고의 위엄을

는데, 동료 호구 감찰관은 마르쿠스 스카우루스였다. 기원전 122년에는 가이우스 그락쿠스의 동료 호민관을 역임하면서 그락쿠스의 농지 개혁에 제동을 걸었다. 원문 〈adulescente〉 때문에 여기 언급된 드루수스가 기원전 91년 호민관을 지낸 드루수스를 가리킨다는 의견이 있다. 하지만 스카우루스와 동시대를 살았다는 점과 『브루투스』, 109에 나오는 〈가이우스의 아들 마르쿠스 드루수스는 동료 호민관으로서 두 번째 호민관을 역임하던 가이우스 그락쿠스를 좌절시킨 사람으로 연설과 인품이 신랄한 사람이었다M. Drusus C. f., qui in tribunatu C. Gracchum collegam iterum tribunum fregit, vir et oratione gravis et auctoritate(······)〉라는 키케로의 증언은 아버지 드루수스를 시사한다.

179 푸블리우스 코르넬리우스 스키피오 아이밀리아누스 아프리카누스를 가리키는데, 소위 소(少)스키피오라고 불린다. 그는 기원전 185년 루키우스 아이밀리우스 파울루스의 아들로 태어났으며, 노(老)스키피오의 아들에게 입양되었다. 제3차 카르타고 전쟁 당시인 기원전 147년에 집정관으로 선출되었는데, 이때 그의 나이는 37세에 불과했다. 기원전 134년에 집정관을 두 번째로 역임하였고, 기원전 129년에 갑작스럽게 사망하였다. 그는 희랍 문화를 애호하였으며, 그의 주변에는 그런 사람들이 모여 있었다.

180 플라톤의 『국가』, 337a에서 트라쉬마코스는 소크라테스에게 불평하며 다음과 같이 말한다. 〈맙소사! 소크라테스 선생이 또 무식한 체 시치미를 떼시는군. 내 그럴 줄 알았지. 그래서 내가 잠시 전에 여기 이분들에게 예언했소. 누가 무슨 질문을 하면 그대는 대답은 하지 않고 대답을 회피하기 위해 무식한 척 무슨 짓이든 할 것이라고 말이오.〉 희랍어 〈$\epsilon\check{\iota}\rho\omega\nu\epsilon\acute{\iota}\alpha$〉는 흔히 〈역설〉이라고 번역하지만 원래 뜻은 〈알면서도 모르는 척하기〉다. 아리스토텔레스, 『니코마코스 윤리학』, 1127b22 이하. 〈자기를 비하하는 사람들은 더 작은 쪽으로 이야기하는 사람들로서 품성상 더 매력 있는 것으로 보인다. 이득 때문에 그렇게 말하는 것 같지는 않고, 과시를 피하기 위해서 그렇게 말하는 것처럼 보이기 때문이다. 가령 소크라테스도 그랬던 것처럼 이들은 무엇보다도 세상

획득한 피타고라스[181]와 페리클레스[182]는 유쾌함이 전무했다. 우리가 듣기로 카르타고 장군들 가운데 한니발, 우리 장군들 가운데 퀸투스 막시무스[183]는 능청스러워서, 감추고 숨기고 가장하고 함정 파고 적의 작전을 간파하기에 능란했다고 한다. 이런 유형으로 희랍인들은 다른 누구보다 먼저 테미스토클레스,[184] 페라이의 이아손[185]을 꼽는다. 그 가운데 특

이 자기들을 높이 평가하는 것을 거부한다. 하지만 사소하고 뻔한 것들에서 그러는 사람들은 《시치미 떼는 사람》이라고 불리고 아주 쉽게 멸시를 받는다.〉키케로, 『투스쿨룸 대화』, V 4, 11. 〈그 가운데 특히 우리는 소크라테스도 사용하였다고 우리가 생각하는 바를 추종하였는데, 자신의 의견은 감춘 채 상대방을 오류로부터 해방하며 모든 논쟁에서 가장 개연적인 것을 찾는 것입니다.〉

181 디오게네스 『유명한 철학자들의 생애와 사상』, VIII 56. 〈엠페도클레스는 피타고라스에게서는 삶의 태도와 몸가짐에서의 위엄을 배우려고 애썼다.〉

182 플루타르코스, 『영웅전 페리클레스』, 5, 1. 〈아낙사고라스 덕분에 페리클레스는 마음가짐이 고결하고 진지해졌으며, 말투는 고상해 천민들의 수단 방법을 가리지 않은 뻔뻔스러움에서 벗어나 있었다. 또한 그 덕분에 페리클레스는 웃음으로 일그러지지 않는 단정한 용모, 점잖은 태도, 말하는 동안 감정으로 흐트러지지 않는 옷매무시, 차분한 억양, 그 밖에 듣는 이들을 탄복시키는 많은 다른 특성을 지니게 되었다.〉

183 앞의 I 24, 84절을 보라.

184 헤로도토스, 『역사』, VIII 75 이하에서 테미스토클레스는 호의를 가장하여 적군의 수장 크세르크세스에게 살라미스를 공격할 적기라고 알려 주는 모습을 보여 주었고, 투퀴디데스 『펠로폰네소스 전쟁사』, I 90, 3 이하에서 스파르타와 호의적으로 협상할 듯한 태도를 취하며 협상을 질질 끌었고, 아테나이로 파견된 스파르타 사신단을 아테나이에 붙잡아 두라는 지령을 몰래 보내, 아테나이의 방벽을 보강할 시간을 벌기도 하였다. 전자의 일은 소위 〈스킨노스 사건〉이라고 불리는데, 플루타르코스의 『영웅전 테미스토클레스』, 12, 2 이하에 언급된다.

185 페라이의 이아손은 기원전 370년대에 페라이의 참주였으며, 곧 테살리아 전체의 패권을 장악하였다. 아리스토텔레스, 『수사학』, 1373a27 이하. 〈그래서 테살리아의 이아손은 올바른 일을 많이 할 수 있기 위해서라도 가끔

히 솔론은 능청스럽고 노련한 사람이었다고 하는데 그는 생명을 보장받으면서 동시에 훨씬 더 중요한 국익을 도모하기 위해서 미친 척을 했다.[186]

109 이들과 크게 다른 사람들이 있는데, 솔직하고 숨김없는 자들이며, 이들은 어떤 것도 몰래 속임수를 써서 해서는 안 된다고 생각한다. 이들은 진리의 숭배자이며 기망의 적이로다. 또 다른 사람들은 그들이 원하는 것을 얻기 위해서라면 무엇이든 잘 참아 내고 누구에게든 곧잘 몸을 낮추는 자들이다. 예를 들어 그런 자로 술라와 마르쿠스 크랏수스[187]를 우리는 보았다. 이런 유형으로 라케다이몬 사람들 가운데 더

은 범죄를 저질러야 한다고 말했다고 한다.〉

186 플루타르코스, 『영웅전 솔론』, 8. 〈아테나이인들은 살라미스섬을 두고 메가라인들과 지루하고 힘겨운 전쟁을 하다가 지칠 대로 지치자 법을 만들어 앞으로 어느 누구도 아테나이가 살라미스에 대한 권리를 주장해야 한다는 내용의 글을 쓰거나 말하지 못하게 했고, 이를 어기면 사형에 처하게 했다. 솔론은 이러한 처사를 치욕으로 여겼는데 (……) 그래서 그는 실성한 척하며 가족을 시켜 자기가 제정신이 아니라는 소문을 퍼뜨리게 했다. 그러고 나서 (……) 머리에 펠트 모자를 쓰고 느닷없이 광장으로 뛰어나갔다.〉 이렇게 솔론은 살라미스의 회복을 주장하는 자는 사형에 처한다는 법적 처벌을 피하면서도, 법률이 금하는 살라미스의 회복을 주장하려고 미친 척하며 이를 찬양하는 이행시(二行詩)를 불렀다고 한다. 살라미스에 관련된 단편으로 전해지는 것은 아래가 전부다. 솔론 단편, 1 West. 〈나는 전령으로 사랑스러운 살라미스에서 몸소 왔다. 연설 대신 말을 아름답게 이은 노래를 부르겠다.〉 2 West. 〈나는 아테나이 사람이 되기보다 고향을 버리고 폴레간드로스 사람이나 시킨노스 사람이 되겠다. 왜냐하면 사람들 사이에서 이런 소문이 나돌 테니.《그는 아티카 사람, 살라미스를 희생시킨 사람이다.》〉 3 West. 〈너희는 오라, 우리는 용감하게 싸우러 살라미스로 간다. 사랑스러운 땅을 위해, 역겨운 수치를 버리고.〉

187 마르쿠스 리키니우스 크랏수스(기원전 70년 집정관)에 대해서는 앞의 I 8, 25절을 보라.

없이 노련하고 더없이 잘 참아 내는 자인 뤼산드로스[188]가 있
으며, 반대되는 인물로 뤼산드로스의 후임으로 함대를 지휘
한 칼리크라티다스가 있다고 우리는 들었다. 또 다른 사람을
누구든—무시무시한 권력자일지라도—평범한 자로 보이
게 할 만한 대화 솜씨를 카툴루스 부자에게서,[189] 또 퀸투스
무키우스[190]와 망키아[191]에게서 우리는 보았다. 이와 똑같은
모습을 푸블리우스 스키피오 나시카[192]가 보여 주었다고 나
는 어른들에게 들었으며, 그와 반대로 그의 부친, 그러니까
티베리우스 그락쿠스의 허황된 시도를 처벌한 분[193]의 언변

188 앞의 I 12, 76절을 보라.

189 아버지 퀸투스 루타티우스 카툴루스는 마리우스가 정권을 잡은 기
원전 87년에 자결하였다. 아들 퀸투스 루타티우스 카툴루스 카피톨리누스에
대해서는 앞의 76절을 보라. 아버지 카툴루스는 키케로의 『연설가론』에 화
자로 등장한다.

190 퀸투스 무키우스 스카이볼라 조점관은 로마 법률가로 기원전 117년
집정관을 역임하였다. 그는 키케로의 『연설가론』에 화자로 등장한다.

191 망키아가 키케로의 『연설가론』에 화자로 등장하는 헬리비우스 망키
아를 가리킬 가능성은 적어 보인다. 헬비우스 망키아는 키케로의 『연설가론』
에서 조롱의 대상으로 언급되는데, 여기에서 말하는 망키아는 카툴루스 부
자와 스카이볼라만큼 언변이 탁월한 인사여야 하기 때문이다.

192 집정관 푸블리우스 코르넬리우스 스키피오 나시카는 기원전 111년
집정관을 역임하였다. 키케로, 『브루투스』, 128. 〈푸블리우스 스키피오는 집
정관 재임 시에 사망하였는데, 말을 많이 하는 편도 자주 하는 편도 아니었지
만, 그의 라티움어는 다른 사람들만큼이나 깔끔했고, 재치와 농담은 모든 사
람을 압도하였다P. Scipio, qui est in consulatu mortuus, non multum ille
quidem nec saepe dicebat, sed et Latine loquendo cuivis erat par et omnis
sale facetiisque superabat.〉

193 앞의 76절에서 언급된 푸블리우스 코르넬리우스 스키피오 나시카
세라피오(기원전 138년 집정관)를 가리킨다. 그는 집정관의 승인 없이 대제
관의 권위를 빌려 일부 원로원 의원들과 그 추종자들을 규합하여 이들과 함

은 상냥한 구석이 도무지 없었지만, [더없이 엄격한 철학자 크세노크라테스도 전혀 그런 면이 없었다,][194] 바로 그 이유로 그는 대단했고 유명했다고 전해 들었다. 이처럼 사람들의 본성과 성품은 각양각색으로 무수하지만, 어떤 것도 결코 잘못되었다고 비난할 수 없다.

XXXI 110 각자는 반드시 저마다의 개성을 — 그것이 결함이 아니고 타고난 것이라면 — 견지해야 하는데, 우리가 지금 검토하는 바름을 좀 더 쉽게 갖추기 위해서다. 보편 본성에 맞서지 않아야겠고 보편 본성을 보존하면서 우리의 타고난 개별 본성을 따라야 하며 — 물론 더 중요하고 더 훌륭한 다른 것들이 있겠지만 — 우리 각자의 본성을 척도로 삼아 우리 각자의 열정을 평가해야 한다. 본성을 거역하는 것도, 얻을 수 없는 것을 추구하는 것도 쓸데없는 일이기 때문이다. 그리하여 바름이 어떤 것인지가 좀 더 선명해지는데, 속담처럼 미네르바가 반대하면, 다시 말해 본성이 반대하고 거부하면 무엇도 바를 수 없기 때문이다. **111** 바름이 무엇이냐면, 그것은 단연코 삶 전체의, 하나하나 모든 행동의 한결같음 이외에 다른 무엇이 아니다. 자신의 본성은 방기하고 타인들의 본성을 모방하다 보면 한결같음을 유지할 수 없다. 예를 들어 희랍어를 섞어 씀으로써 조롱당하는 것이 매우 마

께 티베리우스 그락쿠스와 그 지지자들을 공격하였고, 티베리우스 그락쿠스는 이들의 공격을 받아 살해되었으며, 시신은 밤중에 티베리스강에 던져졌다.

194 전승 사본은 크세노크라테스를 갑작스럽게 언급하고 있는데, 이 때문에 많은 편집자는 이를 후대에 삽입된 것으로 본다.

땅한 사람들처럼 되지 않도록 우리에게 익숙한 우리 모어(母語)를 써야 하듯, 우리는 생활과 활동 전반에 우리 본성과 상충하는 것을 끌어들이지 말아야 한다.

112 게다가 본성의 차이는 참으로 크기 때문에 같은 상황이라도 경우에 따라 누구는 자결해야 하고, 누구는 자결하지 말아야 한다.[195] 아프리카 속주에서 카이사르에게 항복한 사람들과 마르쿠스 카토[196]가 처한 상황이 과연 서로 달랐을까? 하지만 스스로 목숨을 끊더라도 다른 사람들의 경우는 아마도 그들의 결함이라 했을 것인데, 그들의 처세는 유연하고 성품은 순응적이었기 때문이다. 반면, 자연이 믿기지 않는 신중함을 주었고 이를 그 자신이 꾸준한 항심으로 보강했기에[197] 일단 정해져 공언한 결정은 절대 바꾸지 않는 사람이

195 키케로, 『최고선악론』, III 18, 60. 〈본성에 따르는 것이 더 많은 사람이라면 그에게는 삶에 머무는 것이 의무이겠고, 본성에 반하는 것이 더 많거나 많을 것 같은 사람이라면 그에게는 삶에서 떠나는 것이 의무이겠다. 이로부터 분명한 점은 현자는 때로 행복할 때일지라도 삶에서 떠나는 것이 의무이며, 어리석은 자는 비참할 때일지라도 삶에 머무는 것이 의무라는 사실이다.〉

196 마르쿠스 포르키우스 카토(기원전 95~기원전 46년)는 노(老)카토의 증손자다. 카토는 우티카에서 카이사르의 군대에 패하자, 독재자가 자신에게 사면을 내리는 것을 수치로 여겨 스스로 목숨을 끊었다. 그때가 기원전 46년 4월이었다. 플루타르코스는 카토의 자살을 매우 끔찍한 장면으로 묘사한다.

197 호라티우스, 『서정시』, II 1, 21~24행. 〈여기 추하지 않은 흙먼지를 뒤집어쓴 위대한 장군들이 내게 보이는 듯, 지독한 카토 정신을 제외한 세상 모든 것이 대지에 엎드렸고〉라는 구절 속에 〈지독한〉은 카토의 강직함을 말해 준다.

었던 카토는 폭군을 대면해야 했을 때[198] 차라리 자살을 택하지 않을 수 없었다.[199] **113** 울릭세스는 오랜 방랑길에서 얼마나 많은 일을 겪었는가! 키르케와 칼립소를 여인이라고 부를 수 있다면 그는 여인들의 시중을 들었고, 모든 대화에서 모두에게 상냥하고 정다운 사람이고자 했고, 집에 돌아와서는 원하는 바를 장차 이루기 위해서 심지어 하인들과 하녀들의 무례함까지 참아 냈다. 하지만 전해지는 바의 성정을 가진 아이아스는 이런 일들을 겪으니 차라리 1천 번이라도 죽음을 택했을 것이다. 이 사례들을 보면서 각자는 각자의 개성을 찾아 이를 바르게 취해야 하겠고, 자기와 맞지 않는 것을 두고 자기가 바르게 취할 바인지 아닌지 시험해 보지 말아야 하겠다. 가장 각별한 각자의 개성이 각자가 취할 바 가장 바른 것이다.

114 그러므로 각자는 자기 재능을 알아야 하고, 자기 강점

<hr />

198 플루타르코스, 『영웅전 마르쿠스 카토』, 66. 〈그러나 나는 불법적인 행위를 저지른 폭군을 찾아가 목숨을 구걸할 생각이 없습니다. 그가 사람을 살려 주고 말고 할 권리도 없으면서 마치 군주라도 되는 듯이 나를 살려 준다면 그것 자체가 불법적인 일입니다.〉 『영웅전 브루투스』, 40. 〈카토가 자살했을 때, 나는 그가 운명에 맞서지 않고 도망감으로써 그 자신의 악령에게 무릎을 꿇은 것은 생명을 존귀하게 여기지 않는 일이요, 남자답지 못한 짓이라고 비난한 적이 있습니다. 그러나 지금에 이르러 나는 생각이 바뀌었습니다.〉

199 키케로, 『투스쿨룸 대화』, I 30, 74. 〈하지만 카토는 죽을 수 있는 좋은 이유를 만나자 이에 기뻐하며 생을 스스로 마감하였습니다. 우리 안에서 우리를 다스리는 신은 우리가 그의 허락 없이 생을 마감하는 일을 금지합니다. 그러나 신이 우리에게 죽음의 정당한 이유를 제공할 때, 그러니까 예전 소크라테스나 최근 카토처럼, 그리고 종종 많은 다른 사람들처럼, 진정 하늘에 맹세코 현명한 사람은 기쁜 마음으로 이 땅의 어둠을 벗어나 천상의 빛으로 떠나갈 겁니다.〉

과 약점의 날카로운 판관이어야 한다. 우리가 배우들보다 어리석다고 사람들이 생각하지 않도록 해야 한다. 배우들은 불후의 명작이 아니라 자신들에게 가장 잘 맞는 작품을 선택한다.[200] 성량이 되는 배우들은 『테바이를 공격한 일곱 장수의 후손들』이나 『메두스』를, 연기가 되는 배우들은 『멜라닙파』나 『클뤼타임네스트라』를 고르고, 내가 기억하는 루필리우스는 항상 『안티오파』를 골랐던 반면, 아이소푸스[201]는 『아이아스』를 잘 고르지 않았다. 무대 위의 배우도 이것을 아는데, 세상 속 현자가 이것을 몰라서야 쓰겠는가?

그러므로 우리는 우리 자신과 가장 잘 맞는 일에 최대한 노력을 기울여야 하겠다. 그렇지만 언젠가 운명이 우리에게 우리 재능에 없는 일을 강요한다면, 품위 있게는 못해도 가능한 한 망신스럽지 않게는 할 수 있도록 전적으로 수고, 숙고, 정성을 쏟아야겠다. 그러니까 우리에게 없는 강점을 취하려 애쓰지 말며, 다만 과오를 면하도록 힘쓸 노릇이다.

XXXII 115 앞서 언급한 두 가지 인격에 더하여 세 번째 인격이 있는데, 이는 일종의 우연 혹은 시대 상황에 달려 있다. 또 우리 자신의 판단으로 우리 자신이 선택하는 네 번째 인격도 있다. 왕권, 고권(高權), 귀족, 관직, 재산, 재력 혹은

200 이하에 언급된 작품들은 현재 전해지지 않는 것이다. 『테바이를 공격한 일곱 장수의 후손들』과 『클뤼타임네스트라』는 아키우스의 작품이고, 『메두스』와 『안티오파』는 파쿠비우스의 작품이며, 『멜라닙파』와 『아이아스』는 엔니우스의 작품이다.

201 클로디우스 아이소푸스는 기원전 1세기의 비극 배우로 배우 로스키우스와 동시대인이다. 그는 키케로에게 발성법을 가르쳤다고 한다.

이와 반대되는 것들은 우연에 따라 주어지며 시대 상황의 지배를 받는다. 하지만 우리가 취하고자 하는 인격은 우리 자신의 의지로부터 시작한다. 그리하여 어떤 이들은 철학에, 어떤 이들은 시민법에, 어떤 이들은 웅변술에 헌신하는데, 저마다 탁월하고자 하는 덕이 다르다. **116** 부친이나 선조들이 어떤 분야에서 명예를 누렸을 경우, 그 후손들은 대개 똑같은 분야에서 탁월한 명성을 쌓고자 노력하게 된다. 예를 들어 푸블리우스의 아들 퀸투스 무키우스[202]는 시민법에서, 파울루스[203]의 아들 아프리카누스는 군사에서 그리하였다. 어떤 이들은 부친으로부터 물려받은 명성에 자기 나름의 명성을 보태기도 하는데, 예를 들어 방금 언급한 아프리카누스는 전쟁의 명예에 화룡점정 웅변[204]을 보탰으며, 이와 똑같은

---

202 퀸투스 무키우스 스카이볼라(기원전 140경~기원전 82년)는 푸블리우스 무키우스 스카이볼라(기원전 133년 집정관)의 아들이다. 기원전 95년 집정관을 역임하였고, 기원전 89년에 최고 대제관에 선출되었으며, 기원전 82년에 마리우스파(派)에 의해 살해되었다. 흔히 조점관 스카이볼라라고 불리는, 같은 이름의 퀸투스 무키우스 스카이볼라는 기원전 117년 집정관을 지냈고, 기원전 88년 사망할 때까지 법률 자문의 일에 종사하였다. 키케로는 이 두 사람에게서 법률을 배웠다.

203 루키우스 아이밀리우스 파울루스 마케도니쿠스는 기원전 182년과 기원전 168년의 집정관으로, 퓌드나에서 페르세우스를 물리치고 마케도니아 전쟁을 승리로 이끌었다.

204 키케로, 『브루투스』, 82. 〈가이우스 라일리우스와 푸블리우스 아프리카누스는 최고의 연설가들인데, 이들의 연설은 아직 전해지며 이로부터 그들의 연설가적 재능을 판단할 수 있다sed C. Laelius et P. Africanus in primis eloquentes, quorum exstant orationes, ex quibus existimari de ingeniis oratorum potest.〉

일을 코논의 아들 티모테오스[205]도 하였는바, 그는 전쟁의 명성이 부친 못지않은 사람으로 이 명성에 보태어 재능과 학식의 명예를 추가하였다. 하지만 조상들을 모방하지 않고 자신이 세운 목표를 좇는 사람들도 없지 않은데, 특히 이를 해내는 사람들은 대개 한미한 집안에서 태어나 스스로 대단한 포부를 품은 자들이다.

117 그러므로 이를 전체적으로 고려하여 따져 보면서 각자에게 바른 것이 무엇인지를 모색해야 하며, 무엇보다 먼저 어떤 사람이 되고자 하는지, 어떤 삶을 살고자 하는지 정해야 한다. 하지만 이런 숙고의 기회는 좀처럼 주어지지 않는다. 왜냐하면 청년기에 들어서면서, 그러니까 사리 판단이 가장 약할 때 다만 자기가 가장 좋아하는 것을 평생의 자기 진로로 결정하며, 그리하여 미처 무엇이 가장 좋은 것인지 판단하지 못한 채 특정 진로와 인생행로에 매이기 때문이다. **118** 프로디코스[206]는 크세노폰의 책[207]에서 헤라클레스가 청

---

205 코논은 펠로폰네소스 전쟁에서 아테나이 함대를 이끌고 분전한 아테나이의 해군 제독이고, 티모테오스(기원전 354년 사망)는 기원전 4세기에 활약한 아테나이의 장군이다.

206 프로디코스는 기원전 465년에 케오스 출신의 지식 교사였다. 플라톤의 『크라튈로스』, 384b 이하에 소크라테스는 돈이 없어서 이름들의 올바름에 대한 프로디코스의 50드라크마짜리 강의를 듣지 못하고 1드라크마짜리만 들었다 한다.

207 크세노폰, 『소크라테스 회상』, II 1, 21 이하. 〈그분 말씀으로는 헤라클레스가 어린 시절을 벗어나 한창 때에 접어들 무렵이었다고 하네. 젊은이들이 독립할 때가 되어 덕을 통한 인생의 길을 갈지 악덕을 통한 인생의 길을 갈지를 분명히 밝히는 그 시기에 헤라클레스는 어떤 길로 방향을 잡아야 할지 혼란스러워 조용한 장소를 찾아가 앉았다는 것일세.〉

소년기에 들어서자마자 — 이 시기는 어떤 인생길로 들어설지 각자에게 선택하라고 자연이 부여한 때인데 — 조용한 장소를 찾아 그곳에 앉아 오랫동안 홀로 곰곰이 생각하였다고 말한다. 그때 헤라클레스는 두 가지 길을 보았는데, 하나는 쾌락의 길이었고, 다른 하나는 덕의 길이었다. 이처럼 둘 중에 어떤 길이 좋을지 숙고하는 일은 아마도 〈유피테르의 혈통을 받은〉[208] 헤라클레스에게나 가능한 일일 것이다. 우리는 그렇지 못한데, 우리는 저마다 좋아하는 사람을 따르며 그의 열정과 교육에 이끌린다. 그래서 우리 대부분은 부모가 정한 준칙을 배우고 부모의 습성과 성품을 따르게 된다. 어떤 이들은 대중의 판단에 이끌려 다수가 가장 아름답다고 생각하는 것을 아주 간절히 바란다. 물론 일종의 행운에 의해서든 혹은 본성의 선함에 의해서든 부모의 훈육이 없었음에도 올바른 인생길을 걸은 사람들도 없지 않다.

XXXIII 119 그래서 탁월하고 대단한 재능 혹은 참으로 훌륭한 교육과 학문 혹은 이 둘을 모두 갖추고서 심지어 어떤 인생행로를 좇는 것이 최선일지 숙고할 여유까지 가진 사람들은 매우 드물다. 이런 숙고의 모든 지혜는 각자 자신의 본성으로 모아져야 한다. 모든 활동마다, 앞서 언급하였듯이, 각자에게 바른 것이 무엇인지를 타고난 본성에 비추어 탐색한다고 할 때, 인생 전체를 결정하는 데 타고난 본성은 훨씬 더 크게 고려되어야 한다. 그래야 인생 내내 우리는 우리 자신의 일에 굳건함을 지키며 우리 의무에서 절대 비틀거리지

208 출전 미상.

않을 수 있다. **120** 이런 고려에 본성은 가장 큰 힘을 미치며, 그다음은 운이다. 따라서 어떤 삶을 살지 선택하는 데 둘 다 헤아려야 하지만, 그래도 본성이 우선이다. 본성은 운보다 훨씬 더 확고하고 굳건하다. 운과 본성을 맞붙인다면 때로 마치 필멸자와 불멸자가 대결하는 것처럼 보일 정도다. 따라서 모든 지혜를 각자 자신의 본성에 — 결함이 없는 한 — 모아 인생행로를 정하였다면, 이제 항심을 유지해야 한다. 그것이 가장 바른 것이기 때문이다. 물론 혹여 어떤 삶을 살지 선택하는 데 자신이 실수하였음을 깨닫게 되기도 한다. 이런 일은 일어날 수 있기 때문에 그런 상황이 벌어진다면 성품과 목표를 바꾸어야 한다. 시대 상황이 이런 변침(變針)을 도와준다면, 좀 더 편리하고 손쉽게 해낼 것이다. 하지만 그렇지 못하다면, 점진적으로 조금씩 해야 한다. 현명한 사람들은 그들이 기쁘게 여기지 않고 옳다고 생각하지 않는 우정이라도 그것을 천천히 해소하는 것이 갑자기 잘라 내는 것보다 바른 일이라고 여긴 것처럼 말이다.[209] 하지만 무슨 방법을

209 키케로, 『라일리우스 우정론』, 76 이하. 〈그런데 절교(絶交)할 수밖에 없는 파국도 있기 마련이야. 이제 현자들의 친교가 아니라 평범한 자들의 우정으로 우리의 연설이 옮겨 가는 것이네. 흔히 친구들의 과오가 우정을 파국으로 이끌지. 과오라는 것은 친구들 본인에게 저지른 것일 수도 있고, 제3자에게 저질렀지만 그로 인한 치욕이 친구들에게까지 미치는 것일 수도 있어. 따라서 그러한 우정은 교제의 중단을 통해 지워져야 하며, 내가 들었던 카토의 말을 따르자면, 조금씩 해소하되, 매우 견디기 어려운 어떤 불의가 갑자기 불거져서 즉각적인 절연과 단절만이 옳고 훌륭하고 유일한 선택이라면 몰라도, 단번에 끊어 내지는 말아야 해. (……) 따라서 우선은 친구 간에 절교가 발생하지 않도록 노력하는 것일세. 하지만 그런 일이 일어나면, 우정이 억지로 꺼진 것이 아니라 저절로 꺼졌다는 인상을 주어야 해. 하지만 더욱더 주의를

썼든 일단 인생행로를 바꾸었다면, 선량한 판단에 따라 바꾼 것으로 보일 수 있도록 노력해야 한다.

121 조금 전에 조상들을 본받아야 한다[210]고 말했지만, 예외는 있다. 먼저, 결함을 모방해서는 안 된다. 다음으로, 본성적으로 모방할 수 없는 경우라면 ─ 예를 들어 노(老)아프리카누스의 아들, 그러니까 파울루스의 아들을 입양한 아들은 병약했기에 부친이 조부를 닮은 만큼 부친을 닮을 수가 없었는데[211] ─ 그래서 변론을 맡거나 민회에서 인민을 설득하거나 전쟁을 담당할 수 없겠다면, 그래도 자신의 능력이 닿는 것들, 그러니까 정의, 신의, 관대함, 자제, 절제를 보여 줌으로써 모자란 부분의 아쉬움이 느껴지지 않도록 해야 한다. 하지만 무엇보다 자손이 조상으로부터 물려받은 가장 훌륭한 유산은 어떤 상속 재산보다 소중한 명예, 덕과 업적의 명예다. 따라서 이를 더럽히는 일은 불경한 과오로 여겨져야 한다.

기울여야 할 점은 우정이 심각한 불화로까지 변질되지 않도록 하는 것인데, 심각한 불화는 말다툼과 욕설과 비방으로 이어지기 때문이지. 하지만 그래도 참아 줄 수 있으면 참아 넘겨야 하며, 이 정도의 존중은 옛 우정에게 베풀어야 하네.〉

210 사실 조상을 닮아야 한다는 내용은 없다. 앞의 I 32, 116절에서 언급한 내용은 부모와 조상을 닮으려는 경향이 있다는 것이었다.

211 키케로, 『노(老)카토 노년론』, 35. 〈아프리카누스의 아들, 자네의 양아버지 푸블리우스는 얼마나 유약했으며, 얼마나 허약, 아니 병약했던가! 그렇지 않았다면, 그는 공동체의 또 다른 빛이 되었을 것인데, 그는 부친에게 물려받은 높은 긍지에 보태어, 남다른 높은 학식이 있었기 때문이지. 그렇다면 젊은이들도 이를 피할 수 없을진대, 노인이 쇠약하다는 것이 뭐에 놀랄 일인가?〉

XXXIV 122 연령이 달라짐에 따라 의무도 달라지는데, 청년의 의무가 다르고 노년의 의무가 다르다. 이 차이와 관련하여 몇 가지 언급해야겠다. 윗사람들을 공경하는 것 그리고 그 가운데 더없이 훌륭하고 더없이 올바른 어른을 찾아 그분의 지혜와 권위에 따르는 것은 청년의 의무다.[212] 어린 나이의 미숙함은 노인들의 현명함으로 정돈되고 통제되어야 한다. 특히 청년기는 욕정을 단속해야 할 때이며, 영혼과 육체를 수고와 인내 가운데 단련해야 할 때인데, 그래야 청년의 재능이 병역과 정치의 의무 수행에서 십분 발휘될 수 있기 때문이다. 영혼의 긴장을 풀고 즐기고자 할 때에도 청년은 무절제를 삼가고 염치를 잊지 말아야 하겠다. 이를 용이하게 하려거든 그럴 때 윗사람들도 함께 자리하도록 하는 것이다. **123** 반면 노년은 육체의 수고를 줄여야 하고 영혼의 단련을 늘려야 할 때이며,[213] 실로 지혜와 현명으로 친구들과

---

212 키케로, 『라일리우스 우정론』, 1 이하. ⟨그런데 나는 성인 평복을 입고 성인식을 치르면서 아버지에게 이끌려 스카이볼라를 뵈었는데, 아버지는 내가 할 수 있는 한, 그리고 할 수 있을 때까지 그 어른의 곁을 절대 떠나지 말라고 하셨습니다. 그리하여 나는 그 어른께서 현명하게 논의하신 많은, 짧지만 적절했던 말씀들까지 머리에 담으려 하였으며, 그 어른의 전문 지식을 더욱 많이 배우려고 정진하였습니다. 그 어른이 돌아가셨을 때 나는 대제관 스카이볼라의 문하로 옮겼는데, 나는 이분의 재능과 정의감이 우리 나라 사람들 가운데 단연 최고로 탁월한 사람이라고 감히 주장합니다.⟩

213 키케로, 『노(老)카토 노년론』, 17 이하. ⟨이는 마치 어떤 이들은 돛대에 올라가고, 어떤 이들은 갑판 위를 뛰어다니고, 어떤 이들은 배 밑창에 고인 물을 퍼내는데, 선장은 키를 잡고 가만히 선미에 앉아 있기 때문에 그가 항해에서 아무것도 하지 않는다고 주장하는 사람들과 같은 짓이지. 그래, 선장은 청년들이 하는 일들을 하지는 않지만, 그것들보다 훨씬 더 중하고 커다란 일을 하고 있네. 큰일을 하는 것은 육체의 힘이나 순발력이나 민첩성이 아

청년들, 특히 국가를 최대한 돕도록 애써야 할 때라고 생각된다. 무엇보다 노년은 나태와 게으름을 삼가야 한다.[214] 또 사치는 모든 연령에서 추하지만, 노년에게는 더없이 수치스러운 일이다. 여기에 욕정의 무절제까지 보태진다면, 악은 두 배가 된다. 이로써 노년은 스스로 망신을 잉태한 것이고, 나아가 청년들에게 무절제가 부끄러운 것이 아니라고 가르친 것이기 때문이다.

124 논점을 벗어나지 않으므로, 정무관과 사인(私人), 시민과 외인(外人) 각각의 의무도 언급한다.[215] 정무관의 고유 임무는 자신이 나라를 대리하는 자[216]임을 되새기고, 국가적 위엄과 품위를 유지하고 법률을 수호하며 정의를 바로 세워야 하는[217] 자임을 인지하는 것이며, 이것이 그 자신의 신의

니라 지혜와 위엄과 판단이야. 이것들은 노년에 오그라지지 않고 오히려 더욱 커지는 법일세.〉

214 키케로, 『노(老)카토 노년론』, 37 이하. 〈네 명의 장성한 아들들을, 다섯 명의 딸들을, 커다란 가문을, 수많은 피호민들을 아피우스는 거느렸다네. 늙고 눈이 멀었지만 말일세. 그는 마치 활처럼 팽팽하게 정신을 유지하였으며, 노년에 굴복하여 시들어 버리지 않았지. 그는 위엄을 잃지 않았고, 나아가 가솔들에 대한 가부장권을 장악하고 있었어. 하인들은 그를 무서워하였고, 자식들은 그를 어려워하였지만, 모두가 그를 극진히 모셨네. 그의 집안에서는 조상 대대로의 전통과 규율이 엄격하게 지켜졌다네. 이렇게 만약 스스로 지켜 내고, 스스로의 권리를 보존하고, 누구에게도 종속되지 않으며, 마지막 숨을 토할 때까지 가솔들을 다스리는 노년이라면, 그런 노년은 아름다운 것이지.〉

215 앞의 I 32, 115에 따르면 이것들은 우연과 시대 상황에 따라 결정되는 부분이다.

216 키케로, 『법률론』, III 1, 3. 〈정말 정무직은 말하는 법률이고, 법률은 말 없는 정무직이라 할 수 있네.〉

217 앞의 I 5, 15절에 언급된 것처럼 〈각자에게 각자의 것이 돌아가게 하

에 맡겨졌음을 명심하는 것이다. 반면, 사인은 동료 시민들과 동등하고 공정한 권리를 누리며, 굴종하지도 멸시받지도 않고 군림하지도 않아야 하며, 국가의 명예로운 평온[218]을 추구해야 한다. 이런 사람을 우리는 선량한 시민이라고 생각하며 또 그렇게 부르곤 한다. **125** 하지만 외인과 거류 외인의 의무는 오직 자기 자신의 사업에 충실할 뿐, 남의 나랏일을 알려 하지 않으며, 남의 국정에 결코 관심을 기울이지 않는 것이다.

무엇이 적합한지, 무엇이 바른지를 인격, 시대, 연령에 비추어 묻는다면 그에 따른 의무들을 이렇게 거의 찾아내겠지만, 모든 사회 활동과 계획 수립을 하는 데는 항심을 유지하는 것이 무엇보다 바른 것이다.[219]

XXXV 126 바름은 모든 언행뿐 아니라 마침내 몸동작과 자세에도 드러난다. 이때 바름은 조촐한지, 정돈(整頓)됐는지, 사회 활동에 맞는 차림새인지, 이 세 가지에 달려 있다.

는 것)이 〈정의를 바로 세우는 일〉이다.

218 〈명예로운 평온〉은 시민이 시민적 덕을 실현할 수 있는 상태를 지시하는 것으로 보인다. 이는 무력으로 동료 시민을 통제하여 얻어지는 평온도 아니며, 무력과 폭력 앞에 굴복하여 생겨난 평온도 아니다. 아리스토텔레스, 『정치학』, 4권 11장. 〈그리하여 한쪽은 지배할 줄 모르고 노예처럼 지배받을 줄만 알며, 다른 한쪽은 복종할 줄 모르고 폭군처럼 지배할 줄만 안다. 그리하여 자유민의 도시가 아니라, 주인들과 노예들의 도시가 생겨나, 한쪽은 시기하고 한쪽은 경멸한다. (……) 국가는 가능한 한 동등하고 대등한 자들로 구성되려고 하는데, 이런 조건은 주로 그 구성원이 중산 계급일 때 충족된다.〉

219 앞의 I 31, 111절에 따르면 〈바름이 무엇이냐면, 그것은 단연코 삶 전체의, 하나하나 모든 행동의 한결같음aequabilitas 이외에 다른 무엇이 아니다.〉

이것들은 말로 설명하긴 어렵지만, 충분히 이해 가능하리라. 그런데 이 세 가지에는 우리가 우리와 함께 어울려 살아가는 동료 시민들에게 칭송[220]을 받으려는 관심도 담겨 있다. 이 또한 짧게나마 논의하겠다.

태초에 자연은 우리 신체를 두고 많은 계산을 했던 것 같다. 자연은 보기에 훌륭한 외모와 외형은 노출하였고, 반대로 자연의 필연성 때문에 주긴 했지만, 보기에 흉하고 추한 신체 부위는 가리고 숨겼다. **127** 자연의 이런 세심한 제작 솜씨를 모방하는 것이 인간의 염치다. 온전한 정신의 사람은 누구나 자연이 감춘 것들을 가리며, 필연성에 따르되 최대한 숨기려고 노력한다.[221] 이 신체 부위들의 필요는 필연성 때문인데, 사람들은 이 신체 부위들이나 그 필요성을 본래의 이름으로 부르지 않는다. 숨겨 한다면 추하다고 할 수 없겠으나, 대놓고 말하는 것은 저속한 일이다. 따라서 이런 일들의 노골적 실행이나 저속한 언급은 불손하다는 지적을 면하지 못한다.

128 견유학파나 견유학파에 가까운 일부 스토아학파 사람들[222]의 말은 귀여겨듣지 말아야 한다. 이들은 우리가 실제

---

220 앞의 I 28, 98절에 따르면 〈모든 언행의 적소, 항심, 절도 때문에 삶에서 영롱히 빛나는 바람은 동료 시민들의 칭송approbatio을 끌어낸다〉.

221 키케로, 『신들의 본성에 관하여』, II 55, 138. 〈한편 음식 중에 남은 것이 창자가 수축하고 이완할 때 어떻게 배출되는지는 말하기 전혀 어렵지 않습니다. 하지만 이야기가 유쾌하지 않은 데로 흘러가지 않도록 그냥 지나가야겠네요.〉

222 디오게네스, 『유명한 철학자들의 생애와 사상』, VII 33. 〈그(스토아학파의 제논)는 남자든 여자든 같은 의복을 입고 신체 어느 부분도 완전히

추하지 않은 것들은 창피하게 여기며, 실제 추한 것들은 본래의 이름으로 부른다고 혹평하며 조롱한다. 약탈, 횡령, 간통은 실제 추한 일로 그 언급은 저속하다 하지 않으면서, 대를 이으려 애쓰는 것은 실제 훌륭한 일인데 그 언급은 저속하다 한다. 그런 취지로 이들은 몰염치한 많은 것을 주장한다.[223] 하지만 우리는 자연을 따르며, 세상눈과 세상 귀의 칭송을 받지 못할 것을 일체 멀리하도록 하자. 이런 바름을 서고 걷고 앉고 기대는 등의 자세, 표정, 시선, 손동작에서 보여 주어야 한다. **129** 이때 특히 두 가지를 삼가야 하는데, 나약하거나 소심해서도 안 되고 거칠거나 투박해서도 안 된다. 이것이 배우와 연설가에게나 해당할 뿐 우리에게는 해당 없다는 말에 동의해서는 안 된다. 실로 옛 규율에 따른 무대 관례는 대단한 염치를 보여 주는데, 배우는 무대에 오를 때 필히 고의를 걸친다. 무대에서 신체 일부가 노출되는 사고가 일어나 품위를 잃지 않을까 저어한 것이다. 우리의 관례를 보더라도 아버지와 사춘기 자식은, 장인과 사위는 함께 목욕하지 않는다.[224] 이런 유의 염치를 특히 우리의 선생이자 지

덮어 두지 말라고 명했다고 한다.〉

  223 디오게네스, 『유명한 철학자들의 생애와 사상』, VI 46. 〈어느 날 그 (견유학파의 디오게네스)는 광장에서 자위에 탐닉하면서 《아, 배도 또 이렇게 문지르기만 하면, 시장하지 않게 되면 좋을 텐데》라고 말했다.〉

  224 플루타르코스, 『영웅전 마르쿠스 카토』, 20. 〈카토는 (……) 아들과는 목욕을 같이 한 적이 없다고 주장한다. 이것은 로마인들의 일반적인 관습이었던 것 같다. 그들은 옷 벗는 것을 창피하게 여겨 장인도 사위와 함께 목욕하기를 피했으니 말이다. 그러나 훗날 헬라스인들에게서 옷 벗는 것을 배우게 되자, 로마인들은 되레 여자들이 보는 앞에서도 옷을 벗도록 헬라스인들

도자인 자연이 이끄는 대로 지켜 내야 한다.

XXXVI 130 아름다움은 두 종류로 나뉘는데, 하나는 우아함이고 하나는 늠름함이다. 우아함은 여성적이고, 늠름함은 남성적이라고 생각해야 한다. 따라서 남성에게 맞지 않은 차림새는 일체 외모에서 걷어 내야 하고, 동시에 자세와 동작에서도 이와 유사한 과오를 범하지 않도록 살펴야 한다. 체육관에서 익힌 동작은 때로 오히려 더 혐오스럽고, 배우들의 어떤 자세는 억지스러운데, 두 경우에 칭송해야 하는 것은 자연스러움과 단순함이다. 한편, 외모의 늠름함은 좋은 혈색으로, 좋은 혈색은 신체 단련으로 보살펴야 한다. 더불어 말끔함을 갖추어야 하는데, 혐오스럽고 심각한 결벽은 아니면서 야만스럽고 비인간적일 정도의 무관심은 피해야 한다. 똑같은 원리가 의복에도 적용되어야 하는데, 이때도 다른 대부분과 마찬가지로 중용이 최선이다. **131** 한편, 걸음걸이는 마치 축제 행렬의 가마처럼 보일 정도로 무기력하고 굼뜨지 않아야 하며,[225] 동시에 혹은 바쁠 때라도 지나치게 서두르지 않아야 한다. 후자의 경우 호흡은 가빠지고 안색이 바뀌며 얼굴은 일그러지는데 이것들은 항심이 결여됐다는 큰 지표다.[226] 결국 궁극적으로 노력해야 할 바는 영혼 활동에게 가르쳐 주었다.〉

225 호라티우스, 『풍자시』, I 3, 9행 이하. 〈마치 어떤 때는 적을 피해 달아나는 사람같이 달려가다, 또 어떤 때는 유노 여신의 신상을 옮기듯 합니다.〉

226 아리스토텔레스, 『니코마코스 윤리학』, 1125a12 이하. 〈또 완만한 움직임과 깊이 있는 목소리, 안정적인 말투는 자긍심이 큰 사람에게 속하는 것 같다. 중요하게 여길 것이 별로 없는 사람은 매사에 서두르는 일도 없으며, 대단한 일은 아무것도 없다고 생각하는 사람은 긴장하는 일도 없기 때문이

이 본성에서 벗어나지 않는 것으로, 이는 격정[227]에 빠지지 않고 기함[228]하지 않고 품위 유지에 정신을 집중할 때 얻어진다.[229] 132 영혼 활동은 두 가지로서, 하나는 사유이며 하나는 충동이다. 사유는 주로 진리를 탐구하며, 충동은 행동을 야기한다. 따라서 관심을 기울여야 하는 바는 최대한의 최선을 얻기 위해 사유하면서 충동을 이성에 복종하게 하는 것이다.

XXXVII 말의 힘은 크다. 말은 두 종류로 구분되는데, 하나는 쟁론이고 하나는 대화다. 쟁론은 법정, 민회, 원로원에서 벌어지는 논쟁으로 나뉘며, 대화는 단체 회합, 철학 토론, 사교 모임(이어지는 회식을 포함하여)에서 행해지는 문답으로 나뉜다. 쟁론의 준칙은 수사학자들이 가르치는 반면, 대화의 준칙은 있을 것 같지만 실제 존재하지 않는다. 학생들에게 열정이 있을 때 가르치는 선생도 있는 법인데, 대화의

다. 이런 일들 때문에 음성이 날카로워지고 몸짓이 빨라지는 것이니까.〉

227 키케로, 『투스쿨룸 대화』, IV 4, 11. 〈제논은 이렇게 격정은 올바른 이성에서 벗어나 자연에 반하는 영혼의 동요라고 정의합니다. 어떤 이들은 더 짧게 격정은 유난히 격렬한 충동이며, 유난히 격렬한 충동을 지닌 사람이란 자연적 항심에서 너무 많이 벗어난 사람이라고 합니다.〉

228 키케로, 『투스쿨룸 대화』, IV 8, 19. 〈기함은 마치 공황의 동반자인 양 공황에 이어지는 공포다.〉

229 키케로, 『최고선악론』, V 12, 35 이하. 〈따라서 제멋대로 행동하는 사람들이나 유약한 사람들이 취하곤 하는 앉는 자세와, 비뚤어지고 약한 행동은 본성에 반하며, 이것이 영혼의 결함으로 발생했을지라도 인간 본성이 육체 속에서 변화된 것으로 보이게 된다quam ob rem etiam sessiones quaedam et flexi fractique motus, quales protervorum hominum aut mollium esse solent, contra naturam sunt, ut, etiamsi animi vitio id eveniat, tamen in corpore immutari hominis natura videatur.〉

준칙을 배우려는 사람은 없고, 수사학자들을 따르는 무리로 온통 사방이 가득했던 것이다. 하지만 어휘와 판단의 준칙이 있기 때문에 이를 대화에 적용할 수는 있겠다.

133 말의 전달자는 목소리로, 목소리와 관련하여 두 가지를 추구하자. 명확함과 호소력이다. 둘은 모두 본성에 달린 것이지만, 둘 다 한편으로 연습을 통해, 다른 한편으로 명확하고 나긋나긋하게 말하는 사람을 모방함으로써 좋아지겠다. 다른 사람들처럼 박식했던 카툴루스 부자[230]에게는 섬세한 문학적 판단력이 있다 할 만한 부분은 없었지만, 이들의 라티움어 구사 능력은 더없이 훌륭했다 생각된다.[231] 그들의 음색은 쾌적했고, 발음은 멋을 부리지도 뭉개지도 않아서 모호하거나 귀에 거슬리지도 않았고, 쟁론적이지 않은 목소리는 처지지도 새되지도 않았다. 루키우스 크랏수스[232]의 연설은 풍부한 구성이 돋보였고 세련미도 탁월했지만, 무엇보다 카툴루스 부자에 못지않은 훌륭한 대화 솜씨가 높은 평판을 얻었다. 또한 아버지 카툴루스의 형제인 카이사르[233]의 풍자

230 앞의 I 30, 109절을 보라.

231 키케로, 『브루투스』, 133. 〈그러므로 카툴루스는 라티움어 대화 투를 지니고 있었다. 이는 연설의 작지 않은 장점임에도 대부분의 연설가는 이를 무시한다. 그의 음성과 호소력에 관해 내가 언급하리라 기대하지 말라. 카툴루스의 아들을 당신도 잘 알고 있기 때문이다fuit igitur in Catulo sermo Latinus, quae laus dicendi non mediocris ab oratoribus plerisque neglecta est. nam de sono vocis et suavitate appellandarum litterarum, quoniam filium cognivisti, noli exspectare quid dicam.〉

232 앞의 I 30, 108절을 보라.

233 앞의 I 30, 108절을 보라. 아버지 카툴루스와 카이사르는 모두 어머니 포필리아가 낳은 이부형제(異父兄弟)다. 포필리아의 첫 번째 남편은 퀸투

와 재치는 모두를 뛰어넘었는데, 이런 대화 투로 법정에서 상대편의 쟁론을 물리칠 정도였다. 이 모든 것을 힘써 살펴야 하는데, 우리는 무엇이 바른지를 모든 경우에서 찾고 있기 때문이다.

134 그러니까 이런 대화 투는 — 이는 소크라테스의 추종자들이 매우 탁월하다[234] — 나긋나긋하여 결코 완고함이 배어나지 않는 데다 거기에 유쾌함도 있어야 한다. 대화가 제 소유물인 양 대화에서 상대방을 배제하지 말며, 다른 공유물들도 그렇지만 무엇보다 대화는 서로 갈마들 때 공정하다는 것을 명심해야 한다. 나아가 특히 대화 주제에 주목하여, 심각한 주제라면 엄중함을, 즐거운 주제라면 유쾌함을 보여 주어야 한다. 특히 주의해야 하는 점은 성품의 어떤 결함이 있다고 의심케 할 계기를 대화가 제공하지 않아야 한다는 것인데, 이런 일이 가장 빈번히 발생하는 경우는 흔히 동석하지 않은 자들을 두고 비방의 목적으로 농담조로 혹은 심각하게 험담과 악담을 열심히 해댈 때다. **135** 그런데 대화 주제는 대부분 개인 사안이나 정치 문제나 학문 탐구이므로, 대화가

스 루타티우스 카툴루스였고, 두 번째 남편은 루키우스 율리우스 카이사르였다.

234 키케로, 『연설가론』, II 67, 270. 〈내 생각에 이런 능청과 위장술을 보여 준 소크라테스는 유쾌함과 인간미에서 모두를 크게 능가하였다. 이는 엄정함과 풍자를 겸비한 매우 우아한 유형이며, 쟁론체 말투뿐 아니라 세련된 대화체 말투에도 어울리는 유형이다Socratem opinor in hac ironia dissimulantiaque longe lepore et humanitate omnibus praestitisse. Genus est perelegans et cum gravitate salum, cumque oratoriis dictionibus tum urbanis sermonibus accommodatum.〉

여기서 벗어나기 시작할 때 여기로 돌려놓도록 애써야 한다. 다만 대화자가 누구냐에 따라 주제는 달라져야 하겠는데, 같은 주제를 모두가 항상 같은 정도로 즐거워하는 것은 아니기 때문이다. 또한 대화의 길이도 즐거운 대화가 되는 데 신경을 써야 할 부분으로, 대화를 시작할 때 고려 사항이 있었던 것처럼, 대화를 마무리할 때도 적도(適度)가 있다.

XXXVIII 136 삶 전반에서 격정, 다시 말해 이성에 순응하지 않는 영혼의 과도한 격동[235]을 피하라는 더없이 옳은 준칙에 따라 대화에서도 이런 격동이 없어야 한다. 분노가 나타나거나 욕망 혹은 태만 혹은 무기력 등이 등장해서는 안 되며, 특히 대화를 나누고 있는 상대방에게 우리가 그를 존경하고 존중한다는 인상을 주도록 신경 써야 한다. 또한 종종 질책이 필수적일 때가 있는데, 이때 아마도 쟁론에 좀 더 가까운 말투와 신중하면서도 따끔한 어휘를 쓰고, 이렇게 할 정도로 분노했다는 인상도 줄 수 있어야 한다. 불로 지지고 칼로 자르는 처방처럼 이런 유의 질책은 가끔 어쩔 수 없을 경우, 그러니까 다른 처방이 없어 불가피할 때만 행할 일이

---

235 키케로, 『투스쿨룸 대화』, III 4, 7. 〈여타의 정신적 격정, 예를 들어 공포와 욕망과 분노 등은 어떻습니까? 이것들은 희랍인들이 《파토스πάθος》라고 부르는 것과 거의 같습니다. 나는 이 희랍어를 《질병》이라고 옮길 수 있겠지만, 이는 희랍어를 그대로 직역할 경우이며, 우리 언어 습관에는 잘 부합하지 않습니다. 희랍인들은 동정심, 질투심, 열광, 기쁨 등 이런 모든 것을 질병이라고 부른 것인데 이런 것들이 이성에 순응하지 않는 영혼의 격동이기 때문입니다. 반면 흥분된 영혼의 이 격동을 내 생각에는 격정perturbatio이라고 번역하면 적절하겠으며, 만약 당신이 다른 의견이라면 모를까, 《질병》이라고 번역하기에는 용례가 충분히 따라 주지 않습니다.〉

다. 다만 분노는 없어야 한다. 분노로는 무엇도 옳게, 무엇도 현명하게 처리할 수 없다. **137** 따라서 상당히 따뜻한 질책이어야 한다. 신중함을 잊지 않으면서 엄정함을 보이되 모욕은 삼가야 한다. 물론 질책에 신랄한 측면이 없을 수 없지만, 이마저도 질책받는 자를 위한 것임을 보여 주어야 한다. 심지어 더없이 적대적인 정적들과 벌이는 쟁론에서조차, 우리가 들을 말이 아닌 말을 듣게 되더라도 신중함을 유지하며 분노를 삭이는 것이 옳으니, 격정이 동반되면 항심을 유지할 수도, 그러면 주변 사람의 인정을 받을 수도 없다. 또한 자기 자랑은 특히 그릇된 방식이라면 창피스러운 일이며, 〈우쭐대는 병사〉를 흉내 낸다면 좌중의 비웃음을 사게 된다.[236]

XXXIX 138 모든 것을 설명하는 김에 — 우리는 실로 모든 것을 설명할 수 있기를 바란다 — 최고 권력자가 된 공직자의 집은 어떠해야 한다고 생각하는지 말해야겠다. 집의 목적은 주거이며, 목적에 맞는 건축을 해야 하겠지만, 쾌적함과 웅장함에도 정성을 다해야 한다. 옥타비우스 집안에서 처음으로 집정관에 오른 그나이우스 옥타비우스[237]는 팔라티

---

236 〈대화sermo〉와 〈쟁론contentio〉의 큰 차이점인데, 쟁론에서, 특히 키케로의 법정 연설들에서 우리는 연설가의 자기 자랑이 연설의 중요한 요소로 작동하는 것을 확인할 수 있다. 연설가의 〈품행ethos〉은 연설가가 청중의 신뢰를 얻는 토대이기 때문이다. 〈품행〉을 연설가가 청중에게 드러내는 일은 자기 자랑의 모습을 띤다.

237 그나이우스 옥타비우스는 기원전 165년 집정관을 역임하였다. 그는 기원전 170년, 제3차 마케도니아 전쟁(기원전 171~기원전 168년) 2년 차에 마케도니아 원정군 사령관 아울루스 호스틸리우스 망키누스 휘하에서 복무하였다.

움 언덕에 지은 화려하고 웅장한 저택 덕분에 관직을 얻었다고 전해진다. 그는 집을 대중에게 구경시켰고, 이는 평지돌출인 집주인에게 집정관에 오를 지지표를 선사해 주었던 것이다. 그런데 스카우루스[238]는 이 집을 뜯어다가 그것으로 자기 집의 별채를 지었다. 한 사람은 가문 최초로 집정관직을 집으로 들여왔고, 더없이 높고 저명한 인물의 아들은 곱절로 확장한 집으로 공직 선거 낙선뿐 아니라 불명예와 재앙을 들여왔다. **139** 집이 위신을 돋보이게 할 수는 있지만, 없는 위신을 세워 줄 수는 없다. 집이 집주인 덕분에 명성을 얻는 것이지, 집주인이 집 덕분에 명성을 얻을 수는 없다. 모든 일에서 자기뿐 아니라 남들도 고려해야 하는 것처럼, 저명인사의 집이 규모를 갖추어야 하는 것은 빈번히 접객해야 하고 다양한 부류의 대중을 맞이해야 하기 때문이다. 그렇지 않다면, 그러니까 그 큰 집이 적막강산이라면, 대저택은 집주인에게 때로 망신이 되며, 특히 주인이 바뀌기 전에는 문지방이 닳도록 빈객이 드나들었다면 더욱 그러하다. 지나가는 과객들이 이렇게 말할 테니 치욕적이지 않은가!

고대광실 저택아! 가당치도 않은 주인이

238 마르쿠스 아이밀리우스 스카우루스는 앞의 76절에 언급된 마르쿠스 아이밀리우스 스카우루스(기원전 115년 집정관)의 아들이다. 기원전 58년에 고등 안찰관을, 기원전 56년에 법정관을 역임하였고, 이듬해 사르디니아 총독으로 부임하였다. 기원전 54년에 차기 집정관 선거에서 낙선하였다. 기원전 53년에 속주 착취 혐의로 고발되었으나 무죄 판결을 받았고, 이어 선거 부정으로 고발되어 유죄 판결을 받고 망명하였다.

너를 차지하고 주인 노릇을 하는구나.[239]

이 시대 많은 저택을 두고[240] 이렇게 논할 수 있겠다. **140** 따라서 주의해야 하는 점은 특히 직접 건축하게 된다면, 사치와 호화가 과도해서는 안 된다는 것이다. 이런 유형의 사례는 단 하나라도 많은 해악을 끼친다. 대부분의 사람은 특히 이런 부분에서 최고 권력자들의 행동을 열심히 모방하기 때문이다. 예를 들어 더없이 위대했던 루키우스 루쿨루스[241]의 용기를 본받은 자는 과연 누가 있었던가?[242] 반면, 그가

239 저자와 작품은 미상이다. 클뤼타임네스트라와 아이기스토스가 살해된 아가멤논의 저택을 차지한 이야기와 가장 잘 어울린다(Dyck, 317면). 키케로는 이 인용구를 『필립포스 연설 II』에서도 언급한다.

240 카이사르와 폼페이우스의 패권 경쟁이 폼페이우스의 죽음으로 마감된 이후 폼페이우스를 지지했던 많은 사람의 저택을 카이사르 진영에서 차지하였다.

241 루키우스 리키니우스 루쿨루스(기원전 118/117~기원전 57/56년)는 기원전 88~기원전 80년에 술라의 휘하에서 제1차 미트라다테스 전쟁에 참전하였다. 기원전 74년 집정관을 역임하였고, 기원전 73~기원전 66년에 제3차 미트라다테스 전쟁의 총사령관을 맡았다. 기원전 66년 미트라다테스 전쟁의 지휘권을 폼페이우스에게 인계하였다. 그는 투스쿨룸에 호화로운 별장을 건축하였다. 키케로, 『법률론』, III 13, 30. 〈제1시민들의 욕심과 악덕으로 국가 전체가 영향을 받기 때문에 절제에 의해서 그것들이 고쳐지고 바로잡혀야 하지. 위대한 인물이며 우리 모두에게 가까운 루키우스 루쿨루스는 투스쿨룸 별장의 호화로움을 두고 시비가 붙었을 적에 아주 재치 있게 대꾸했다고 전해 오네. (이웃에 사는 해방 노예의 저택과 로마 기사의 저택을 언급한다.) (……) 루쿨루스, 그대는 알지 못하는가? (……) 그대가 하지 않았더라면 저 사람들에게도 허용되지 않았으리라는 것을?〉

242 호라티우스, 『서정시』, II 15, 1행 이하. 〈장차 제왕의 궁궐은 보습 대일 땅을 남겨 두지 않고, 여기저기 루크리누스 호수보다 넓게 정원 연못을 확장하며, 독신으로 살아가는 플라타누스나무는 느릅나무를 몰아낸다. 그리하

지은 시골 저택의 호화로움을 모방한 자는 무릇 얼마였던가! 이런 일들에는 적도를 두어야 하며 중용을 회복해야 한다. 중용은 모든 생활과 생활 향상에 적용되어야 한다.

141 이 주제는 여기까지 하자. 모든 사회 활동에서 준수해야 하는 것은 세 가지다. 먼저, 충동을 이성에 따르게 하는 것인데, 이는 의무 준행에 더없이 긴요한 바다. 다음, 하려는 일이 어떤 일인지 유념하여, 넘치지도 모자라지도 않은, 사안이 요청하는 만큼 정성과 수고를 쏟는 것이다. 셋째, 자유민다운 모습과 위신에 관련된 사안에서 주의하여 적도를 지키는 것이다. 그런데 적도의 궁극은 품위를 유지하는 것이며, 앞서 언급했던 대로[243] 과하게 하지 않는 것이다. 이 셋 중에 가장 중한 것은 충동을 이성에 복종시키는 것이다.

XL 142 이어서 언행의 적소(適所)와 적시(適時)를 언급해야 한다. 이것들은 희랍인들이 〈에우탁시아εὐταξία〉라고 명명한 앎에 속한다. 이를 우리는 〈적도(適度)modus〉라는 말을 품은 단어인 〈자제modestia〉로 번역하기도 하는데 여기서는 그 뜻이 아니다. 여기서 〈에우탁시아〉는 적소 안배를 뜻한다. 따라서 〈에우탁시아〉를 우리 말로 굳이 〈자제〉로 옮기면, 스토아학파의 정의에 따라, 언행을 제자리에 배치할 줄

여 제비꽃과 도금양과 온갖 향기로운 풀들이 가득, 옛 주인에게 풍요를 가져다주던 감람나무 숲에 무성하리라. (……) 이는 로물루스가, 장발의 카토가 가르친 바 아니며 선조들이 남긴 규범도 아니다.〉 II 18, 20행 이하. 〈집을 지어 파도 부서지는 바이아이에서 해안을 밀어낼, 바닷가에 집터가 모자란다 외쳐 댄다. 이웃과 붙은 토지 경계를 침범하여 땅을 넓히고 그래도 모자라 피호민들의 문턱까지 욕심 부려 넘는 이유가 무언가?〉

243 앞의 I 29, 102절을 보라.

아는 것이 〈자제〉가 된다. 이때 〈제자리에 배치한다〉는 적소를 의미하는 듯하다. 그들은 적소를, 언행을 알맞은 적절한 자리에 배정하는 것이라고 정의하기도 하기 때문이다. 그런데 그들에게 언행의 자리란 적절한 시기를 가리킨다. 언행의 적절한 시기는 희랍어로 〈에우카이리아εὐκαιρία〉이며, 우리 말로는 〈적기(適期)occasio〉가 된다. 그리하여 내가 앞서 말한 것처럼, 여기서 우리 말로 번역할 때의 〈자제〉는 언행에 알맞은 적시를 아는 것이 된다. **143** 그런데 이는 우리가 초입[244]에 다룬 현명함의 정의와 같을 수도 있다. 하지만 지금은 절도(節度)와 절제 등의 덕을 논의하는 자리다. 현명함에 속한 것들은 그 논의 자리에서 언급되었고, 여기서 계속 논의하고 있는 덕은 겸양 등 함께 살아가는 동료 시민들의 칭송을 들을 것들이다. 지금은 이것들을 이야기해야 한다.[245]

144 그러므로 언행은 적소에 따라야 한다. 논리 정연한 연설처럼 사회 활동의 모든 언행은 서로 부합하고 타당해야 한다. 진지한 논의에서 회식 자리에나 어울릴 법한 말이나 방종한 대화를 꺼내는 것은 매우 추한 과오다. 페리클레스는 시인 소포클레스와 장군직 동료가 되어 공무 때문에 자리를 함께했다. 이때 우연히 아름다운 청년이 지나갔고, 소포클레스는 〈페리클레스여, 얼마나 아름다운 소년인가!〉라고 외쳤다. 이에 페리클레스가 옳게 지적했다. 「소포클레스여, 실로 장군이란 모름지기 손짓뿐 아니라 시선도 조심해야 하는 법

244 앞의 I 5, 15절 이하를 보라.
245 앞의 I 28, 98절 이하를 보라.

이외다.」 물론 소포클레스가 이 말을 운동선수 심사장에서 했다면 정당하게 비난받지 않았을 것이다. 그만큼 적소와 적시의 힘은 어마어마하다. 소송을 앞둔 사람이 여행이나 산책 중에 혼자 중얼거리며 연습한다면, 혹은 무언가를 골똘히 생각한다면 이는 비난받을 일이 아니나, 이런 행동을 회식 자리에서 한다면 적시를 외면한 무례한 사람으로 생각될 것이다.

145 도리(道理)에서 크게 어긋난 것들은—예를 들어 광장에서 고성방가를 한다거나 다른 큰 추행을 저지른다거나[246] — 쉽게 밝혀지기에 대단한 훈계나 준칙을 요하지 않는다. 오히려 사소해 보이며 많은 사람의 눈에 띄지 않는 과실을 피하는 데 더욱더 열심이어야 한다. 칠현금이나 피리를 연주할 때 조금이라도 어긋나면 이를 아는 사람은 아는 법이니만치,[247] 사회 활동에서도 행여 조금이라도 어긋나지 않을까 살피되, 조화로운 합창보다 조화로운 언행이 훨씬 더 중하고 귀한 만큼 더 열심히 언행을 살펴야 한다. **XLI 146** 칠현금 연주에서 아주 미세한 것까지 감지하는 귀를 가진 음악가처럼, 결함의 감시자이자 예리하고 세심한 심판자이고자 한다면 우리는 종종 작은 것으로부터도 큰 것을 알아낼 수 있다.

246 뒤의 III 18, 75절 이하와 III 24, 93절을 보라.
247 키케로, 『신들의 본성에 관하여』, II 58, 146. 〈귀도 놀랍고 재주 있는 어떤 판정자입니다. 그것에 의해 목소리와 관악기, 현악기 들이 연주하는 음악에서 소리의 다양성과 간격, 높낮이가 판별됩니다. 그리고 목소리의 많은 성질들, 즉 낭랑한 것과 둔중한 것, 매끄러운 것과 거친 것, 묵중한 것과 날카로운 것, 유연한 것과 뻣뻣한 것, 이런 것들은 인간의 귀만이 구별하지요.〉

시선, 빈축(嚬蹙), 호안(好顔), 슬픔, 명랑, 웃음, 발언, 침묵, 고음, 저음 등등 가운데[248] 어떤 것이 합당하고 어떤 것이 의무와 본성에 어긋나는지를 쉽게 판단하겠다. 남들이 보여 주는 이것들을 보면서 이것들 각각이 어떤지 판단하는 일도 나쁘지 않은데, 남들에게 망신을 초래하는 유형을 알면 이를 삼가게 되기 때문이다. 무슨 이유에서인지 알 수는 없으나 흔히 우리는 우리 자신의 잘못은 못 보면서 타인들의 잘못은 잘도 알아챈다.[249] 그래서 선생님이 선도의 목적으로 학생의 결함을 모방해 보여 주면, 이를 깨달은 학생은 자신의 결함을 아주 쉽게 고치게 된다.

147 어떤 언행이 좋을지 망설임을 걷어 내기 위해 학식 있는 사람들이나 혹은 경험도 갖춘 사람들을 찾아가서 그들에게 각각의 의무를 자문하는 것도 나쁘지 않은 일이다. 많은 사람이 대개 이끌리는 것이라면 그것은 자연 자체가 이끄는

---

248 키케로, 『브루투스』, 316. 〈그리하여 나는 2년 후에는 더 잘 훈련되었고 올바르게 변모하였다. 너무 고음이던 내 목소리는 가라앉았고, 내 말투는 진정되었고, 호흡에 힘이 보태어졌고, 몸은 절도 있는 자세를 취하게 되었다.〉

249 키케로, 『투스쿨룸 대화』, III 30, 73. 〈실로 다른 사람들의 결함은 짚어 내면서 자신의 결함은 망각하는 것이야말로 어리석음의 본질입니다.〉세네카, 『분노에 관하여』, II 28. 〈우리는 남의 잘못은 보면서 우리 자신의 잘못은 외면합니다. 그리하여 자식보다 더한 아비가 자식의 때 이른 술자리를 질책하고, 자신에게는 어떤 사치도 마다하지 않는 사람이 남의 사치는 조금도 용서하지 않으며, 독재자가 살인자에게 분노하며, 신전 약탈범이 절도범을 벌합니다. (……) 우리가 만약 우리 자신을 돌아보며,《우리 자신도 그런 일을 저지르지 않았는가? 우리는 실수한 것이 없는가? 그런 것을 비난한다고 우리 자신에게 무슨 도움이 되겠는가?》라고 묻는다면, 우리는 훨씬 더 온화한 사람이 될 것입니다.〉

것이리라. 이때 누가 무슨 말을 하는지, 말뿐 아니라 누가 무슨 생각을 하는지, 그리고 왜 그렇게 생각하는지도 주목해야 한다.[250] 화가와 조각가, 실로 시인도 각자 자기 작품이 대중의 인정을 받기를 원하며, 그래서 상당수 사람이 비판하면 이를 고치기 위해, 무슨 잘못이 있는지를 자신에게만이 아니라 남들에게도 묻게 된다. 그처럼 남들의 판단을 받아들여 우리는 아주 많은 것을 행하고 행하지 않고 고치고 바로잡아야 한다.

148 그런데 공동체적 관례와 관습에 따른 언행은 따로 준칙을 구할 필요가 전혀 없다. 관례와 관습 자체가 이미 준칙이기 때문이다. 소크라테스[251]나 아리스팁포스[252]가 공동체적 관례와 관행에 반하는 언행을 했다고 해서 이것이 자신에게도 허용된다고 잘못 생각해서는 안 된다. 그것은 그들에게 위대한 신적 재능이 부여되었기에 허용되었던 것이다. 반면,

---

250 흔히 말과 생각의 괴리가 있을 수 있다. 키케로, 『밀로 변호 연설』, 38, 105. 〈심판인 여러분, 저는 여러분이 생각하는 대로 용기를 내어 평결하길 여러분에게 간청하고 탄원합니다.〉

251 플라톤, 『향연』, 174e 이하. 〈그런데 다른 아이 하나가 와서 소크라테스 선생님이 오시긴 했는데 이웃집 문전으로 피해 가서 계신다고, 자기가 들어오십사 부르는데도 한사코 안 들어오시겠다고 전했다고 했네. (……) 그게 그분이 지닌 일종의 버릇이야. 가끔 그냥 아무 데로나 피해 가셔서는 거기 서 계시곤 하지.〉

252 소크라테스의 제자로 퀴레네 학파의 창시자다. 디오게네스, 『유명한 철학자들의 생애와 사상』, VI 81 이하. 〈아들을 마치 자기가 낳은 자식이 아닌 것처럼 내버리고 돌보지 않는다고 누가 그(아리스팁포스)를 비난했다. 그래서 그는 《가래도 이도 우리한테서 나왔다는 것을 알지만 쓸모없기 때문에 우리는 그것들을 될 수 있는 대로 멀리 내던져 버린다오》라고 말했다.〉

견유학파의 주장은 일체 배척되어야 하는데, 그들은 염치의 적이기 때문이다. 염치를 부정하면 결코 옳음과 훌륭함이 있을 수 없겠다.[253]

149 따라서 훌륭하고 위대한 업적으로 인정받은 삶을 사신 분들, 국가를 위해 좋은 뜻을 세우고 실천하였거나 혹은 실천하고 있는 분들을 우리는 관직과 고권(高權)을 역임한 분들만큼 존경하고 숭상해야 한다. 또한 노인을 크게 공경해야 하고, 정무관직을 맡을 이를 존중해야 하고, 시민과 외인(外人)을 구분해야 하고, 외인이면 개인적으로 왔는지 공무로 왔는지도 구분해야 한다. 세부 논의는 각설하고 요약하자면, 이로써 전 인류 공동의 화합과 결속을 도모하고 유지하고 보존해야 한다.

XLII 150 기술과 직업 가운데 무엇을 자유민다운 것으로 보아야 하고 무엇을 비천한 것으로 보아야 하는지, 우리는 대체로 다음과 같이 전해 들었다. 먼저, 사람들의 혐오를 불러일으키는 직업은 옳다 여김을 받지 못하는데, 예를 들어 세금 징수업과 고리대금업이 그것이다. 또한 자유민답지 못하고 비천한 직업은 기술력이 아니라 단지 노동력을 파는 고용직[254]으로, 이들이 받는 임금은 예속의 대가(代價)이기 때문이다. 즉시 팔아 치울 만큼을 무역상들로부터 사들이는 장

---

253 앞의 I 35, 128절을 보라.
254 플라톤, 『국가』, 371e. 〈(……)그러나 힘쓰는 일을 하기에는 충분한 체력을 지닌 사람들일세. 그들은 자기의 힘을 팔아 돈을 받고 그 돈을 품삯이라고 부르기 때문에 그들은 날품팔이라고 불린다고 생각하네.〉

사꾼들도 비천한 직업으로 여겨져야 하는데,[255] 이들은 오직 상당한 거짓말을 통해 이익을 추구하는바 기만보다 추한 것은 없기 때문이다. 게다가 모든 수공업도 비천한 기술로서, 공방에는 자유민다운 것이 없기 때문이다.[256] 더불어 쾌락의 시녀 노릇을 하는 기술들도 옳다고 여김을 받아서는 결코 안되는데, 테렌티우스가 말한 것처럼 〈어물 장수, 도살업자, 요리사, 양계업자, 고기잡이〉[257] 등이 그것이다. 여기에 덧붙여도 좋다면, 향료 상인, 무용수, 도박업자 전체를 포함할 수 있다. **151** 반면, 상당한 현명함과 굉장한 유익을 요하는 기술들, 예를 들어 의술, 건축술, 고등 기술이 있는데, 이는 여기에 종사하는 것이 맞는 계급의 사람에게 명예를 가져다주는 기술이다.[258] 한편, 장사는 소규모라면 비천하다고 여김을 받

255 플라톤, 『국가』, 371d. 〈그런데 사고파는 일을 맡아 하기 위해서 장터에 앉아 있는 사람을 우리는 장사꾼이라고 부르고 여러 나라를 넘나드는 사람들은 무역상이라고 부르지 않는가?〉

256 크세노폰, 『경연론』, IV 2 이하. 〈단순 수공술이라고 불리는 것은 비난의 대상이 되며, 국가에서 완전히 멸시되기 때문입니다. 그도 그럴 만한 것이, 그런 기술은 노동자나 십장을 그늘 밑에 계속 앉아 있게 함으로써 그들의 신체를 망쳐 놓기 때문입니다. 또한 그들이 불 옆에서 온종일 지내야 하는 경우도 있습니다. 이처럼 육체가 유약해지면, 영혼도 심히 병들게 됩니다. 한편 소위 단순 수공술은 일꾼들의 친구나 국가를 함께 돌볼 여가를 허락하지 않습니다.〉

257 테렌티우스, 『환관』, 257행.

258 키케로, 『투스쿨룸 대화』, I 1, 3 이하에서 문학, 회화, 예술, 기하학, 연설술, 철학 등이 예로 언급된다. 로마에서는 이런 분야에 커다란 명예를 부여하지는 않았으며, 특히 귀족들이 이런 분야에 종사하는 것을 옳게 여기지 않았다. 〈그리하여 시인들에게 명예를 부여하지 않는 만큼 문학적 열정도 사그라졌다. (……) 칭송은 예술을 양육하며 명성은 모든 이의 열정에 불을 붙여 주지만, 예술이 비난받는 곳에서 예술은 변변히 성장하지 못한다.〉

아야 하겠지만, 대규모의 방대한 무역이라면, 그래서 세계 도처로부터 많은 물산을 수입하고 거대 시장에 기만 없이 공급하는 경우라면 크게 비난할 일은 아니다.[259] 게다가 만약 이 직업에 질려서 혹은 만족하여,[260] 종종 바다를 벗어나 항구에 들어가듯, 마침내 항구를 벗어나 소유지와 농토로 거처를 옮긴다면 이는 매우 정당하게 극찬할 일이다. 무언가 소득을 창출하는 모든 직업 가운데 농업보다 훌륭하고 풍요롭고 쾌적하고 자유민다운 것은 없다.[261] 이를 나는 『노(老)카토 노년론』에서 충분히 이야기했고,[262] 이 논소와 관련될 만

259 플라톤, 『법률』, 918d. 〈무엇을 필요로 할 때 그들은 과도하게 필요로 하며 적절한 만큼 이익을 취할 수 있음에도 탐욕스럽게 이득을 취하기를 선호합니다. 모든 종류의 소매업과 도매업, 그리고 여관업이 나쁜 평판을 받고 수치스러운 비난을 받는 것이 바로 이 때문입니다.〉

260 호라티우스, 『서정시』, I 1, 15행 이하. 〈이카로스 바다와 씨름하는 험한 서풍이 두려워 고향의 여가와 흙의 삶을 추켜세우던 장사꾼은 곧 파손된 배를 고쳐 가난을 참지 못하고 다시 길을 나선다.〉

261 크세노폰, 『경영론』, 5, 17. 〈농사술이 다른 모든 기술의 어머니이자 유모라고 주장한 사람이 있는데, 이것은 옳은 말입니다. 왜냐하면, 농사가 번영할 때, 다른 모든 기술도 번영할 것이기 때문입니다. 하지만 땅이 황량하게 버려져 있는 곳에서는, 다른 기술들 — 육지의 기술이건 해상의 기술이건 — 도 거의 사라집니다.〉

262 키케로, 『노(老)카토 노년론』, 51 이하. 〈이제 나는 요즘 내가 믿을 수 없을 만큼 크게 즐기고 있는 농부의 쾌락을 이야기해 볼 텐데, 이 쾌락은 결코 노년에게 막혀 있지 않고, 현자의 삶에 더없이 가까이 다가서 있는 쾌락이라고 나는 생각하네. (……) 그런데 물론 수확만이 나를 기쁘게 하는 것은 아니고, 다른 무엇보다 대지의 힘과 본성에 나는 즐거움을 느낀다오.〉 호라티우스는 『비방시』, II에서 이렇게 농촌의 삶을 칭송한다. 〈우선 농부는 선조들에게 물려받은 땅을 소를 부려 갈아야 한다. 봄과 함께 밭갈이(exercet, 3행)가 시작되고, 이어 포도나무 돌보기가 계속된다(maritat, 10행). 그러고 나면 다시 소 먹이기(mugientum greges prospectat, 11~12행)가 농부를 기다리

한 것들은 거기를 보도록 하라.

XLIII 152 훌륭함에 속한 것들부터 의무가 어떻게 파생되는지 충분히 검토된 것 같다. 그렇다면 훌륭한 것들끼리의 경쟁과 비교가 생겨날 수 있는바, 두 개의 훌륭함 가운데 어느 쪽이 더 훌륭하냐는 문제다. 이 논소는 파나이티오스가 간과한 것이다. 그러니까 훌륭함이 전적으로 네 가지로 나뉘

고, 과수원 돌보기(amputans inserit, 13~14행), 꿀을 얻기 위한 양봉하기(mella condit, 15행), 양털 깎기(tondet, 16행)도 빠질 수 없는 과제들이다. 혹서의 날들은 한가롭게 여유를 즐길 시간을 내어 준다(23~28행). 가을이 다가오면 잘 익은 과일들, 배와 포도를 수확한다(pomis (……) pira et uvam decerpens, 17~22행). 겨울과 함께 힘겨운 사냥이 시작되고 야생 멧돼지(apros, 32행), 새(turdis, 34행; gruem, 35행), 토끼(leporem, 35행)를 포획한다. 한편 부지런하고 일 잘하는 농촌 아낙은 집안일(iuvet domum atque libros, 39~40행)은 물론, 남편과 함께 매일 뜨거운 햇볕에 새까맣게 온몸을 태워 가면서도(perusta solibus, 41행), 남의 손을 빌리지 않고 손수(inempta, 48행) 농사일을 수행하며, 그래서 그보다 더 힘겨운 일들이 계절의 변화에 따라 주어질 때마다 이를 마다치 않는다. 화덕에 땔감으로 쓸 장작을 쌓기도 하고(exstruat lignis focum, 43행), 가축들을 가축우리에 가두고 문을 잠그는가 하면(claudens cratibus pecus, 45행), 퉁퉁 부어오른 젖을 짜고(distenta siccet ubera, 46행), 술통에서 포도주를 따라 놓고(vina promens dolio, 47행), 값비싸고 화려하지 않지만(49~54행) 소박하고 정갈한 식사를 준비한다(dapes apparet, 48행). 올리브와 수영 잎사귀와 아욱을 식탁에 올리고, 때로 토지 경계의 축제일에는 양고기, 간혹 염소 고기를 준비한다(55~60행). 해가 지고 저녁이 찾아오면 농촌 삶에도 힘겨운 노동에 이은 휴식이 찾아온다. 모든 가족 구성원은 하루의 노동을 마치고 풍족한 마음으로 화덕 근처에 마련된 고요한 저녁 식탁에 마주 앉는다(65~66행). 저녁 식사는 더없이 큰 즐거움을 제공하고(iucundior, 55행), 그리하여 식구들 모두에게는 아쉬울 것도 부족할 것도 없는 풍요로운 저녁이다(ditis domus, 65행). 즐겁고 유쾌한 저녁 식사의 따뜻하고 풍요로운 전경 가운데 시골 생활의 하루가 아름답게 그려진다. 이튿날 다시 힘겨운 노동을 위해 각자 일터로 가겠지만, 모두 근심과 걱정이 없다.〉

어 첫 번째는 인식, 두 번째는 공공성, 세 번째는 긍지, 네 번째는 절도(節度)인데, 의무를 선택해야 할 때 종종 불가피하게 이것들이 서로 상충하게 된다.

153 우선 공공성과 관련된 의무가 인식과 관련된 의무보다 본성에 더 적합하다고 생각된다.[263] 이는 다음의 논증으로 입증할 수 있다. 모든 것이 풍족하여 홀로 더없는 여가를 누리며 인식할 만한 가치가 있는 모든 것을 직접 고찰하고 사색하는 삶이 현자에게 허락될지라도, 만약 그 삶이 사람을 한 명도 만날 수 없을 정도로 고독하다면, 현자는 삶을 버리리라![264] 모든 덕 가운데 최고 덕은 희랍인들이 〈소피아σοφία〉라고 부르는 지혜다. 이는 희랍인들이 〈프로네시스φρόνησις〉라고 부르는 현명과 구분되는데, 현명은 취할 것과 피할 것을 아는 것이다. 그런데 내가 최고 덕이라고 말한 지혜는 신적인 것과 인간적인 것을 아는 데 있으며, 이 앎에는 신과 인간의 공동체, 인간의 결속이 포함된다. 지혜가 가장 중요한 덕이라고 할 때 — 실제 가장 중요한 덕임은 분명하다 — 필연

263 아리스토텔레스, 『니코마코스 윤리학』, 1177a18 이하. 〈행복이 탁월성에 따른 활동이라면, 그것은 당연히 최고의 탁월성을 따르는 활동이고, 최고의 탁월성은 최선의 탁월성이다. 최선의 탁월성이 지성이든 혹은, 본성상 우리를 지배하고 이끌며 고귀하고 신적인 것들에 대한 이해를 지닌 다른 무엇이든, 신적인 것이든 혹은 우리 안에 있는 것들 가운데 가장 신적이든, 최선의 탁월성에 따른 활동은 고유한 탁월성에 따른 활동으로 완전한 행복이다. 관조적 활동이 그것임은 앞서 말했다.〉

264 아리스토텔레스, 『니코마코스 윤리학』, 1169b18 이하. 〈또 아마 지극히 복된 사람을 외로운 사람으로 만드는 것도 이상한 일일 것이다. 홀로 지내면서 모든 좋은 것을 다 소유하라고 하면, 이것을 선택할 사람은 아무도 없을 테니까. 인간은 공동체적이며 함께 살게끔 되어 있기 때문이다.〉

적으로 공공성과 관련된 의무가 제일 중하다. 그도 그럴 것이 자연의 인식과 사색은, 실천이 뒤따르지 않는다면, 다소 기형적이고 미진하기 때문이다. 그런데 실천은 사람들의 이익을 보존하는 데서 가장 뚜렷이 확인된다. 그러므로 실천은 인간 결속에 이른다. 따라서 실천을 인식보다 중시해야 한다.

154 더군다나 더없이 훌륭한 사람은 누구나 그렇게 판단하고 그렇게 실천한다. 자연을 인식하고 통찰하길 열망하여, 인식할 만한 가치가 제일 큰 사태를 탐구하고 관조하는 중에 갑자기 조국에 위험과 위기가 닥쳐오고, 그가 조국을 구하고 보살필 수 있을 때, 자연 탐구를 모조리 제쳐 두지 않을 사람이 과연 있겠는가? 자신이 하늘의 별자리를 세고 지구의 크기를 측량할 수 있으리라 생각한다 한들 어찌 그렇게 하지 않겠는가? 또한 부모나 친구가 일을 당하고 위험에 처한다면 마찬가지로 그렇게 하지 않겠는가? 155 이로써 학문의 열정과 의무보다 정의의 의무가 중시되어야 함을 알게 된다. 정의의 의무는 인간의 유익에 속한 것으로, 이보다 인간에게 중요한 것은 없다.

XLIV 더군다나 평생과 열정을 세계 인식에 바친 사람일지라도 인간을 위한 이익과 이득의 증진을 외면한 것은 아니다. 그들은 많은 이를 교육함으로써 그만큼 더욱더 조국에 유익하고 훌륭한 시민들을 양성하였기 때문이다. 예를 들어 테바이 장군 에파메이논다스를 피타고라스학파의 뤼시스가, 쉬라쿠사이 참주 디온을 플라톤이, 그리고 많은 이를 다른 많은 이가 교육하였다. 또한 만약 우리가 기여한 바가 있다면 우리가 국가에 기여한 것은 모두 철학자들[265]과 그 학문의 가르침을 받고 소양을 길러 국사를 맡은 덕분이었다.[266] **156** 그들은 살아생전 배우려는 열정을 가진 이들을 가르쳤고 교육하였으며, 심지어 죽고 나서도 문헌 기록을 통해 같은 일을 수행하였다. 국가의 법률과 관례와 규율 가운데 그들은 어떤 논소도 간과하지 않았다. 그들은 우리의 복무를 위해 그들의 여가를 희생한 셈이다. 따라서 그들은 학문의 열정과 지혜에 헌신하여 그들의 지식과 현명함을 무엇보다 인간의

265 키케로, 『신들의 본성에 관하여』, I 3, 6. 〈하지만 나는 철학 공부를 갑작스레 시작한 것이 아니라, 인생의 초년부터 평범치 않은 노력과 주의를 거기 기울였으며, 가장 덜 그러한 것으로 보이는 때에, 가장 큰 정도로 철학을 연구해 왔던 것입니다. 그것은, 철학자들의 발언으로 채워진 내 연설들과, 내 집을 항상 꽃피게 해준 가장 박식한 인물들과의 친교가, 그리고 내가 가르침을 받은 디오도토스, 필론, 안티오코스, 포세이도니오스 같은 저 으뜸가는 인물들이 입증해 주는 바입니다.〉 디오도토스는 스토아 철학자로 키케로의 집에서 말년을 보내다 키케로의 집에서 기원전 60년경에 사망하였다. 라릿사의 필론은 아카데미아 학파의 철학자로 기원전 88년 로마에 왔고, 키케로는 그의 강의를 들었다. 아스칼론의 안티오코스는 라릿사의 필론에게서 배운 사람으로 기원전 79년에 아테나이를 방문한 키케로가 그에게서 배웠다. 로도스의 포세이도니오스는 중기 스토아학파를 대표하는 인물로 로도스섬에 학교를 설립하였고, 키케로는 그곳을 방문하여 그에게서 배웠다.

266 키케로, 『아르키아스 변호 연설』, 12. 〈그라티우스여, 당신은 왜 우리가 이분에 대해 그토록 호의적인지 묻습니다. 그 까닭은 바로 이 법정의 분주함에서 마음을 추스를 장소를 또 소란함에 지친 귀가 쉬어 갈 곳을 이분이 제공해 주기 때문입니다. 저 가르침으로써 마음을 가꾸지 않는다면, 각양각색의 사건에 대해 매일매일 말해야만 하는 우리가 일을 감당해 낼 수 있겠습니까? 바로 그 가르침으로써 마음을 추스르지 않고서도 그렇게 많은 다툼을 견뎌 낼 수 있다고 생각하는 것입니까? 고백건대, 실로 저는 저 분야에 몰두했습니다. 그토록 문학에 전념했으면서도 거기서 어떤 것도 어떤 공공의 이익도 드러내 놓고 보여 주지 못하는 다른 사람들은 수치심을 느끼라 하십시오.〉

유익을 위해 쏟아부었다. 이런 까닭으로, 현명함을 갖춘 현란(絢爛)한 말은 말 없는 첨예한 생각보다 훌륭할지니 생각은 저 홀로 감돌지만, 말은 공동체로 묶인 사람들을 보듬기 때문이다.[267]

157 벌떼는 벌집을 만들기 위해 군거(群居)하는 것이 아니라 군거 본성 때문에 모여 벌집을 만든다. 그와 같이 인간도 군거 본성에 따르지만, 인간은 그보다 훨씬 더 뛰어나게 생각과 행동의 수완을 발휘한다.[268] 그래서 인간 보호, 다시 말해 인류 결속의 덕과 함께하지 않는다면 인식은 공허한 외톨이 인식일 뿐이리라. 공동체와 인간 유대를 외면할 때 금지도 일종의 야만과 잔혹일 뿐이다. 따라서 인간 결속과 공동체가 인식의 열정보다 우선한다는 결론에 이른다.

158 일부가 말하는 대로 우리는 타인의 도움 없이 본성이 요구하는 것들을 취득하고 성취할 수 없기에, 그러니까 생활의 필요 때문에 우리가 인간 공동체와 결속을 맺게 되었다는 주장은 사실이 아니다.[269] 이는 마치 의식(衣食)과 생활 향상

267 키케로, 『연설가론』, III 35, 142. 〈사태를 파악하였으나 이를 말로 설명할 수 없는 사람의 침묵은 물론, 말은 부족하지 않으나 사태를 파악하지 못한 사람의 무지를 칭송해서는 안 된다.〉

268 아리스토텔레스 『정치학』, 1253a 1 이하. 〈따라서 이것들로부터 분명한 것은, 사회는 자연적으로 존재하는 것들에 속하며, 인간은 본성적으로 사회적 동물이라는 것이다. (……) 왜 인간이 벌이나 그 어떤 군집 동물보다 더 완전한 의미에서 사회적 동물인가는 분명하다. (……) 동물 중에서 인간만이 말이 있다.〉

269 루크레티우스, 『사물의 본성에 관하여』, V 1011행 이하. 〈이웃들은 서로 간에 해를 끼치기도 침해를 당하기도 원치 않아서 우정을 맺기 시작했고, 아이들과 여성의 세대들을 돌보도록 맡겼다.〉

122

에 요긴한 모든 것을 속담 속 요술 지팡이가 우리에게 마련해 주면, 재능이 뛰어난 사람은 누구나 모든 과업을 제쳐 두고 인식과 학문에 열중할 것이라는 주장과 같다. 하지만 그렇지 않다. 그때에도 사람들은 고독을 피하여 탐구의 동반자를 찾아 서로 가르치고 배우고 듣고 말하려 할 것이다. 따라서 인간 유대와 결속을 유지하는 데 유효한 모든 의무는 인식과 학문에 담긴 의무보다 우선하지 않을 수 없다.

XLV 159 인간 본성에 가장 잘 일치하는 공공성이라는 덕을 절도와 자제보다 항상 우선해야 하는지도 아마 물어야 하겠다. 나는 아니라고 생각한다. 실로 현자라면 조국을 위해서라도 하지 못할 만큼 더럽고 수치스러운 짓이 있다. 포세이도니오스[270]는 언급조차 추하다 할 이런 끔찍하고 더러운 망동(妄動)의 사례를 상당히 수집하였다. 그런데 현자라면 국가를 위해서일지라도 망동은 하지 않겠고, 국가도 현자가 국가 때문에 망동하길 바라지는 않으리라. 현자가 국익 때문에 망동할 경우는 일절 발생할 수 없는 고로, 이 사안은 보기보다 간명하다.

160 그러므로 의무를 선택하는 데 인간 결속을 유지하는 의무 유형이 제일 중요하다고 결론을 내려야 한다. 그도 그럴 것이 인식과 현명은 신중한 실천으로 이어져야 하기 때문이고, 따라서 현명한 생각보다 신중한 실천이 더 값지다는 결론에

---

270 포세이도니오스는 스토아 철학자로 파나이티오스의 제자다. 쉬리아 태생이지만, 로도스섬에서 활약했기에 로도스의 포세이도니오스라고 불린다.

이른다.[271]

이 논의는 여기까지 하자. 논소가 분명히 드러났기에, 의무를 두고 어떤 의무를 우선해야 하는지의 문제를 파악하는 것은 어려운 일이 아니다. 그런데 공공성 안에도 의무의 등급이 있고, 이 가운데 어떤 의무가 어떤 의무보다 앞서는지는 쉽게 파악할 수 있다. 공공성의 의무 가운데 으뜸은 불멸의 신들에 대한 의무이며, 두 번째는 조국에 대한 의무이며, 세 번째는 부모에 대한 의무이며, 이어 등급에 따라 나머지에 대한 의무가 있다.

161 이상 간략히 논의된 사안에서, 사람들은 무엇이 훌륭한지 추한지를 놓고 고민할 뿐만 아니라, 두 개의 훌륭함 가운데 어느 쪽이 더 훌륭한지를 놓고도 고민한다는 점을 파악할 수 있다. 이 논소는 앞서 내가 언급한 것처럼 파나이티오스도 간과한 바다.

그럼 이제 나머지 사안으로 넘어가 보자!

---

271 앞의 I 43, 153절을 보라.

제2권

I **1** 앞 권에서 나는, 아들 마르쿠스야, 훌륭함에서 도출된 의무들과 모든 종류의 덕을 충분히 설명했다고 생각한다. 다음은 생활 향상에 관련된 종류의 논의인데, 사람들이 사용하는 재화를 획득할 능력, 권력, 재력에 관련된 의무들이다.[1] 여기서 무엇이 이득인지, 무엇이 무익한지, 이득 가운데 무엇이 더 큰 이득인지, 혹은 무엇이 가장 큰 이득인지를 묻겠다고 나는 앞서 말했다.[2] 먼저 나의 의도와 판단을 설명한 연후에 논의를 시작하겠다.

2 우리 저서들은 여러 사람에게 독서와 저술의 열정을 불러일으켰다.[3] 하지만 그럼에도 선량한 사람들의 일부에게 철

---

1 앞의 I 2, 7절에서 〈모든 방면에서 생활에 적용될 수 있는 준칙들〉이라고 언급했다.

2 앞의 I 3, 10절에서 언급되었다.

3 키케로, 『신들의 본성에 관하여』, I 4, 8. 〈국가의 상황이, 단 한 사람의 계획과 돌봄에 의해 방향 지어질 수밖에 없는 쪽으로 돌아갈 때, 나는 무엇보다도 국가 자체를 위해서 우리 동료 시민들에게 철학을 설명해 주어야겠다고 생각했던 것입니다. (……) 그리고 나는, 나 자신이 얼마나 많은 사람들에게, 배우려는 의욕뿐 아니라, 글을 쓰려는 의욕까지 불러일으켰는지를 분명

학이라는 말 때문에 빈축(嚬蹙)을 사지 않을까, 수고와 시간을 철학에 그렇게까지 쏟는다고 그들이 나를 이상하게 여기지 않을까 하는 걱정이 없지 않다. 하지만 나는 국가가 그 책임을 맡은 자들에 의해 운영되는 동안 나의 모든 염려와 생각을 국가에 바쳤다. 하지만 1인 지배가 모든 것을 장악하여 원로원의 지혜 혹은 권위가 도처에서 소멸하고 국가를 수호하던 더없이 위대한 동지들을 잃었을 때,[4] 나는 저항하지 않았다면 나를 갉아먹었을 상심에도, 그렇다고 배운 사람에게 어울리지 않는 쾌락에도 빠지지 않았다. 3 국가가 원래 상태 그대로 유지되어, 국가 개혁보다 국가 전복을 꾀하는 자들[5]의 수중에 떨어지지 않았으면 좋았을 것을! 그랬다면 우선 우리는 국가가 존속할 때 늘 하던 대로 저술보다 연설에 더 많은 수고를 들였을 텐데 말이다. 또한 그랬다면 지금처럼 철학 저술이 아니라 과거처럼 우리가 하던 연설문 편찬에 전념했을 것이다. 나의 모든 염려와 생각과 수고를 쏟았던 국가가 완전히 사라진 이후, 과거의 법정 연설문과 원로원 연설문도 불가피하게 침묵하게 되었다. 4 하지만 영혼은 무엇이라도 하지 않을 수 없었기 때문에, 나는 초년부터 하던 철학 공부에 몰두하면 번민을 가장 명예롭게 떨쳐 낼 수 있다고 판단하였다. 나는 청년 때부터 철학을 배우려는 목적으로

하게 느끼는 데 비례해서, 일을 시작한 것을 덜 후회하게 되었습니다.〉

4 예를 들어 기원전 48년에 그나이우스 폼페이우스가 사망하였고, 기원전 46년에는 마르쿠스 포르키우스 카토가 우티카에서 자살하였으며, 마르쿠스 클라우디우스 마르켈루스는 기원전 45년 사망하였다.

5 안토니우스와 그 무리를 가리킨다.

많은 시간을 들였는데, 공직의 길을 걷기 시작하고 혼신을 다해 국가에 헌신한 이후에는 친구들과 국가를 위해 쓰고 남는 시간만큼만 겨우 철학을 공부할 여가가 있었다. 하지만 그 시간마저 모두 독서에 썼고 저술할 여가는 없었다.[6]

II 5 그리하여 우리는 최악의 상황에서도, 우리네 사람들에게는 잘 알려지지 않았으나 인식의 가치가 매우 큰 것들을 저술하는 좋은 일을 성취했다고 본다. 신들에게 맹세코, 지혜보다 바람직한 것, 지혜보다 훌륭한 것은 무엇이냐? 지혜보다 인간에게 좋은 것, 지혜만큼 인간다운 것은 무엇이냐? 지혜를 추구하는 사람은 철학자라고 불리며, 철학을 번역한다면 다름 아닌 지혜 탐구다. 그런데 지혜란, 옛 철학자들의 정의에 따르면, 신적인 것과 인간적인 것, 그리고 이것들의 원인에 대한 학문이다.[7] 지혜 탐구를 경멸하는 사람은 도대체 무엇을 칭송할 만하다고 생각하는지 나는 전혀 모르겠다.

6 키케로, 『투스쿨룸 대화』, I 1, 1. 〈브루투스여, 변호 업무와 원로원 의원 임무에서 이제 완전히 혹은 상당히 벗어날 수 있게 되어, 나는 당신의 조언에 따라 무엇보다 늘 마음에 두고는 있었으나 시간이 없어 소홀히 하였던, 오랜 시간 놓아 두었던 저술 작업에 다시 손을 대게 되었다. 그리하여 《올바르게 사는 방법》에 관련된 모든 학문의 내용과 가르침을 소위 철학이라 불리는 지혜의 탐구가 포괄한다고 할 때, 이를 우리 라티움어로 설명해야 한다고 나는 생각하였다.〉

7 앞의 I 43, 153절을 보라. 〈내가 최고 덕이라고 말한 지혜는 신적인 것과 인간적인 것을 아는 데 있다.〉 키케로, 『투스쿨룸 대화』, IV 26, 57. 〈지혜는 신들과 인간들의 일에 대한 앎이며 사물 각각의 원인에 대한 인식입니다.〉 디오게네스 『유명한 철학자들의 생애와 사상』, III 63. 〈플라톤은 지혜가 지성에 의해 알려지는 것들과 참으로 있는 것들에 대한 앎이라고 믿었으며, 그 지혜는 신과 영혼에 관한 것이고 육체와 동떨어진 것이라고 말한다.〉

6 혹은 영혼의 즐거움과 근심의 해방을 찾는다고 할 때, 행복한 삶의 의미와 그 관건을 계속해서 찾는 사람의 탐구만 한 것이 도대체 무엇인가? 혹은 항심 등 덕의 원리를 찾는다고 할 때, 우리가 이를 얻을 수 있는 길은 철학밖에 다른 길이 없다. 아주 자질구레한 것들의 학문도 있는데, 더없이 중요한 것의 학문이 없다는 주장은 신중하지 못한 발언, 아니 중대 사안을 두고 지껄인 망발이라 하겠다. 또 덕을 탐구하는 학문이 있다고 할 때, 지혜를 탐구하는 철학을 제외하고 달리 어디에서 그것을 찾겠는가? 이렇게 철학을 권유하면서 우리는 이를 좀 더 상세히 논의하곤 하였는데, 이는 다른 책에 담겨 있다.[8] 지금은 다만 우리가 국정에서 손을 떼고 물러 나와 철학에 완전히 몰두하게 된 연유를 얘기하려 했을 따름이다.

7 그런데 우리가 일관성 없어 보인다고 묻는 사람들을 —

---

8 키케로의 『예언에 관하여』, II 1, 1~4에 따르면 『호르텐시우스』는 주제가 철학을 권유하는 내용이며, 그에게는 철학적 주제를 다룬 다른 책들도 다수 있다. 〈어떻게 하면 되도록 많은 사람에게 이익을 줄 수 있을까, 그리고 그럼으로써 내가 국가에 봉사하기를 중단하지 않을 수 있을까를 오랫동안 많이 숙고하고 탐색해 본 결과, 가장 수준 높은 학문의 길을 나의 동료 시민들에게 제시하는 것보다 더 나은 일은 떠오르지 않았다. 한데 나는 그 일을 벌써 여러 권의 책으로써 수행했다고 스스로 믿는다. (……) 『호르텐시우스』라고 제목이 붙은 저 책을 통해, 철학 연구로 향하도록 사람들을 격려하였으며, 네 권의 『아카데미아 학파』를 통하여 철학의 체계를 (……) 철학의 기초는 선과 악의 구별에 놓여 있는 만큼, 이 주제는 나의 다섯 권의 책 『최고선악론』에서 (……) 같은 권수로 이루어진 『투스쿨룸 대화』가 뒤따라 나와서, 행복한 삶을 위해 가장 필요한 것들을 밝혀 주었다. (……) 『신들의 본성에 관하여』 (……) 『예언에 관하여』 (……) 『운명론』 (……) 『국가론』 (……) 『위로에 관하여』 (……) 『노년론』 (……) 『카토』 (……) 『연설가론』 (……) 『브루투스』 (……) 『연설가』 (……) 이상은 내가 지금까지 쓴 책들이다.〉

심지어 학식과 교양을 갖춘 인물들까지도 그렇게 묻는다 ― 우리는 만나곤 한다. 우리는 어떤 것도 파악할 수 없다고 말하는 동시에, 지금처럼 의무의 준칙을 설명하기도 하고 또여타 사안들을 주장하는 행태를 보이기도 한다. 그들이 우리의 의견을 제대로 이해했으면 좋았을 텐데. 사실 우리는 불확실성에 매여 늘 유보적인 영혼, 주장하는 바가 없는 영혼을 지닌 사람들이 아니다.[9] 토론의 근거뿐 아니라 삶의 근거마저 제거한대서야, 그런 정신은 도대체 어떤 정신이며, 그런 삶은 도대체 어떤 삶이란 말인가? 다만 우리는 어떤 것은 확실하다고 어떤 것은 불확실하다고 내세우는 사람들처럼 ― 하지만 이들과 의견을 달리하여 ― 어떤 것은 개연적이라고 어떤 것은 그렇지 않다고 주장할 뿐이다. 8 그리하여 나는 개연성을 따르고 그렇지 않은 것을 인정하지 않으며, 이로써 독단의 오만을 피하면서, 지혜와 가장 거리가 먼 경솔함을 벗어나려고 했을 뿐이니, 무엇이 이를 막겠는가?[10] 우리는 모든 입장에 맞서 논쟁적인데, 찬반 입장에서 공히 쟁론하지

9 키케로, 『신들의 본성에 관하여』, I 5, 12. 〈우리는 참된 것은 전혀 없다고 보는 사람들이 아니라, 모든 참된 것에는 어떤 거짓된 것이 묶여 있다고 보는 사람들이기 때문입니다. 한데 그것들은 너무나 진리와 유사해서, 진리에는 우리가 그것을 판정하고 동의할 만한 어떤 확정적 표지도 없게 된다는 것이지요. 여기서 다음 결론도 따라 나오게 되었습니다. 즉, 많은 것이 그럼 직하다는 것입니다. 이것들은 완전히 지각되는 건 아니지만, 어떤 뚜렷하고 분명한 인상을 지녀서, 현자의 삶은 이것에 의해 인도받게 됩니다.〉
10 키케로, 『예언에 관하여』, II 1, 1. 〈네 권의 『아카데미아 학파』를 통하여 철학의 체계를, 내가 생각하기에 가장 덜 오만하게, 가장 일관되고 우아하게 보여 주었기 때문이다.〉

않으면 개연성이 표출되지 않기 때문이다. 하지만 이 문제들은 우리의 『아카데미아 학파』에서 내 생각에는 아주 세심하게 설명되었다. 나의 키케로야, 네가 크라팁포스의 지도 아래 몰두하는 너의 철학이 — 그는 네가 배우는 탁월한 철학을 창안한 사람들에 버금가는 분이니 — 더없이 뛰어나고 더없이 고명한 철학이긴 하겠지만, 너의 철학에 대단히 가까운 우리의 철학도 무시하지 않기를 바란다. 이제 계획했던 바의 논의를 이어 가보자!

III 9 의무 탐구의 다섯 가지 구분을 앞서 제시하였는데,[11] 두 가지는 품위와 훌륭함과 관련되고, 두 가지는 삶의 편리, 재력, 권력, 능력과 관련되고, 다섯 번째는 이상 내가 열거한 것들이 서로 상충하여 보일 때 선택의 판단에 관련된다. 이로써 훌륭함의 부분이 전부 드러났고 이를 네가 완벽하게 알기를 바란다. 그런데 이제 우리가 논의하는 것은 이득이라고 불리는 바로 그것이다. 이득이라는 단어의 용법은 잘못된 길로 접어들어 점차 훌륭함과 이득을 구분하여 훌륭함은 이득이 아닌 것이고, 이득은 훌륭함이 아닌 것이라고까지 하게 되었다. 사람들의 삶에 이보다 해로운 것은 있을 수 없었다. **10** 실로 최고 권위의 철학자들은 혼화된 세 가지[12]를 아주 엄밀하게 구분하였는데, 훌륭하게도 이는 이론적인 구분이었

11 앞의 I 3, 9절을 보라.
12 〈세 가지tria〉가 아니라 〈두 가지duo〉가 올바른 판본이 아닌가 의심스럽다. 훌륭함, 이득, 정의라는 세 가지 개념이 언급되었지만, 정의는 훌륭함의 하위 개념으로 본다면 결국 키케로는 훌륭함과 이득, 이렇게 두 가지만 언급한 셈이다.

는바, 사실 그들은 모든 훌륭함은 정의이기도 하고 모든 정의는 이득이기도 하다고 생각하였다. 이로부터 모든 훌륭함은 이득이라는 결론에 이르는데, 이를 제대로 파악하지 못하는 사람들은 종종 교활하고 영악한 인간을 칭송하고 악행을 지혜라고 판단한다. 이런 오류는 발본해야 하며 이런 생각을 완전히 바꾸어야 할지니, 기망(欺罔)과 악행이 아니라 훌륭한 지혜와 정의로운 행동을 통해 사람들은 그들이 원하는 것을 얻을 수 있으리라고 희망해야 한다.

11 인간 생활 유지에 이로운 것은 한편으로 무생물이고 다른 한편으로 생물인데, 무생물은 예를 들면 금은 혹은 식물[13] 혹은 기타 이와 유사한 것들이며, 생물은 제 나름의 본능과 충동[14]을 지닌 것들이다. 다시 생물은 이성이 없는 것이 있고, 이성을 사용하는 것이 있다. 이성이 없는 것은 마소 등 가축과 꿀벌로, 이것들의 노동을 통해 인간 생활과 유용에 필요한 것이 생산된다. 이성을 사용하는 것은 두 종류로 나뉘는데, 하나는 신이고, 다른 하나는 인간이다. 경건과 경배[15]는 신들을 평온하게 하겠다. 신들 다음으로 인간에게 가장 가까

---

13 원문대로 번역하면 〈흙에서 자라난 것들〉이 된다. 이 말은 키케로, 『아카데미아 학파』, I 7, 26에서도 반복된다. 〈그래서 공기, 불, 물, 흙은 일차적인 반면, 동물 종들 및 땅에서 자라는 종들은 그것들로부터 파생됩니다.〉 『아카데미아 학파』의 역자에 의하면 〈땅에서 자라는 종들〉은 〈식물〉을 가리킨다. 뒤의 II 3, 12절에서 언급된 바에 따르면 키케로는, 아리스토텔레스와 달리, 스토아학파처럼 식물을 영혼이 없는 것으로 분류한다(Dyck, 378면).

14 앞의 I 28, 101절 이하에서 충동은 영혼을 정의하는 하나다.

15 키케로, 『신들의 본성에 관하여』, I 41, 116. 〈경배는 신들을 섬기는 일에 관해 아는 것이다sanctitas autem est scientia colendorum deorum.〉

운 것은 인간인데, 인간은 인간에게 가장 큰 이득일 수 있다. 12 다시 인간 생활 유지에 해롭고 손해가 되는 것들의 분류도 이와 똑같다. 흔히 신이 인간에게 해롭다고 생각되지 않기에[16] 신을 제외하면 인간에게 가장 큰 손해가 되는 것은 인간이라고 사람들은 생각한다.

우리가 무생물이라고 부른 것들은 대부분 인간 노동의 산물이다. 수공과 기술이 없었다면 우리는 이를 갖지 못했을 것이며, 인간의 관리가 없었다면 우리는 이를 사용하지 못했을 것이다. 보건도, 항해도, 농업도, 곡물과 기타 작물의 수확과 보관도 인간의 노동이 없었다면 모두 불가능했을 것이다. 13 또한 이것들을 맡은 인간의 공헌이 없었다면 잉여 물자의 수출도, 부족 물자의 수입도 결단코 모두 존재하지 않았을 것이다. 같은 원리로 인간의 노동과 수공이 없었다면 우리에게 필히 유용한 석재를 채석하지 못했을 것이고, 〈땅속 깊이 묻힌 철과 동과 금과 은도〉[17] 채굴하지 못했을 것이다. IV 한기를 쫓고 불쾌한 열기를 낮추기 위한 가옥이 어떻게 애초에

16 키케로, 『신들의 본성에 관하여』, I 17, 45. 〈우리는 신들이 행복하며 불멸적이라고 생각한다는 것입니다. (……) 행복하고 영원한 존재는 스스로 그 어떤 수고도 들이지 않고, 남에게 수고를 부과하지도 않으며, 따라서 분노에도 호의에도 사로잡히지 않는다는 것입니다. (……) 분노와 호의는 행복하고 불멸적인 본성과는 동떨어진 것으로 여겨지며, 이것들이 제거되면 위에 있는 존재들에 대한 그 어떤 두려움도 드리우지 않을 것으로 생각되니 말입니다.〉 세네카, 『분노에 관하여』, II 27. 〈남에게 위해를 가할 수 없는, 베풀고 살리는 능력만 있는 그런 존재들이 있습니다. 예를 들면 불멸의 신들은 해악을 원하지도 않고 행할 수도 없습니다. 신들은 본성상 온화하고 평온하며, 불의를 당하는 것만큼이나 불의를 행하는 것과도 멀리 떨어져 있습니다.〉
17 작자 미상의 비극 작품에서 인용되었다.

인간에게 주어질 수 있었으며, 나중에 날씨와 지진 혹은 노후로 인해 가옥이 무너졌을 때 어떻게 수리할 수 있었겠는가?[18] 이는 일상생활에서 이런 일들의 협력을 사람들로부터 구하는 법을 배웠기 때문이리라. 14 덧붙여 수도교, 운하, 관개 시설, 방파제, 항구는 어떤가?[19] 인간 노동이 없었다면 이런 것들을 우리가 어떻게 가질 수 있었겠는가? 이런 많은 사례로부터 분명한바, 인간의 수공과 노동이 없었다면 무생물에서 얻는 어떤 편의도, 어떤 이득도 결코 우리는 얻지 못했을 것이다.

마지막으로, 만약 인간의 협력이 없었다면 어떤 편의 혹은 어떤 편익을 짐승들로부터 얻을 수 있었을까? 우리가 각각의 짐승에서 어떤 유용성을 얻을 수 있을까를 최초로 발견한 사람들이 분명히 있었으며, 오늘날도 인간의 노동이 없으면 짐승들을 먹이지도 길들이지도 보살피지도 때맞춰 새끼들을 얻지도 못할 것이다. 또한 그 덕분에 인간은 해로운 짐승들을 구제(驅除)하고, 이익이 될 만한 짐승들을 포획하는 것이다.

---

18 키케로, 『신들의 본성에 관하여』, II 60, 151. 〈우리는 땅속 동굴로부터 철을 끌어냅니다. 그것은 들판을 경작하는 데 필수적인 것이지요. 우리는 깊이 숨어 있는 구리, 은, 금의 광맥을 찾아냅니다. 이것들은 사용하기에 적절하고 또 치장에 적합한 것들이지요. 우리는 나무들을 베어 내고, 키운 것들이든 숲에 자란 것이든 모든 목재를 더러는 불을 붙여 몸을 따뜻하게 하는 데에, 그리고 음식을 부드럽게 하는 데에 이용하며, 더러는 건축에 사용해서 집의 보호를 받고 추위와 더위를 몰아냅니다.〉

19 키케로, 『신들의 본성에 관하여』, II 60, 152. 〈우리는 강물을 막고, 곧게 흐르도록 하고, 방향을 돌립니다. 결국 우리 손으로 자연 속에 말하자면 다른 자연을 만들기를 시도하는 것입니다.〉

15 생활에 필수 불가결한 수많은 기술을 구태여 열거해야 할까? 수많은 기술이 우리를 돌보지 않았다면, 병자들은 어떻게 도움을 받았겠으며, 건강한 사람들에게 어떤 여흥[20]이 있었겠으며, 무슨 의식(衣食) 혹은 생활 향상이 있었겠는가? 수많은 기술 덕분에 인간 생활은 크게 향상되었으며, 짐승의 의식(衣食)과 생활로부터 멀리 떨어지게 되었다. 그런데 인간의 결속 덕분에 도시가 건설되고 어우러져 살 수 있었고, 이어 법률과 관습이 세워지면서 권리의 공정한 분배와 일정한 생활 규율이 마련되었다. 뒤이어 영혼의 온유와 겸양이 생겨났고, 그 결과 생활은 좀 더 안전해졌으며, 우리는 어우러져 주고받는 가운데, 능력을 교환하고 빌려주는[21] 가운데 무엇도 부족하지 않게 되었다.

V 16 이 논소에 우리는 필요 이상으로 길게 머물렀다. 파나이티오스가 여러 차례 거론했는데, 전시의 사령관도 평시의 최고 권력자도 타인들의 열의가 없었으면 위업을 성취할 수 없었음을 이해하지 못할 사람은 누구인가? 파나이티오스는 테미스토클레스, 페리클레스, 퀴로스, 아게실라오스, 알렉산드로스를 거론하며, 타인들의 협조가 없었으면 이들도 그런 위업을 완수할 수 없었음을 주장하였다. 그는 의심의

---

20 키케로, 『신들의 본성에 관하여』, II 60, 150. 〈그래서 손가락의 움직임으로 해서, 손은 그리기, 만들기, 새기기, 현악기와 관악기에서 소리를 끌어내기에 적합합니다. 이것들은 여흥에 속한 것이지만(……).〉

21 원문을 〈commodis〉로 읽는 사례가 다수인데, 이 경우 〈능력과 이득을 교환한다〉로 해석할 수도 있다. 우리는 〈commodandis〉로 읽고 〈빌려주다〉로 이해하였다.

여지가 없는 일에 불필요하게 증인들을 끌어낸다.

인간의 협동과 합심을 통해 커다란 이득에 이른다고 할 때, 인간이 인간에 가하는 해악만큼 가증스러운 것도 없다. 다작을 한 위대한 소요학파 철학자 디카이아르코스는 『인간 소멸』이라는 책에서 홍수, 역병, 기근, 유해 동물의 대발생 등 인류 멸망에 타격을 안겨 준 여러 원인을 열거한 후에, 다른 모든 재앙보다 훨씬 더 많은 인간이 인간의 타격, 그러니까 전쟁이나 내란으로 사라졌음을 증명하였다.

17 따라서 의심의 여지가 없는 논소인바, 인간이 인간에게 가장 큰 이득이면서 동시에 가장 큰 손해라고 할 때,[22] 내 생각에 인간의 유익을 위해 인간의 영혼을 화합하고 묶어 내는 것은 덕의 고유성이다. 그러므로 무생물 가운데, 돌보고 이용하는 동물들 가운데 인간 생활에 유익한 것이 수공 기술 덕분이라고 할 때, 우리의 이익 증진에 참여하려는 사람들의 열의를 고무하는 것은 탁월한 이들의 덕과 지혜 덕분이다. **18** 사실 덕은 통틀어 일반적으로 세 가지로 구분된다. 첫 번째 덕은 각 사안의 참되고 순수한 것이 무엇이냐, 각각에 일치되는 것은 무엇이냐, 귀결되는 것은 무엇이냐, 무엇으로부터 각각이 발생하느냐, 각 사안의 원인은 무엇이냐를 파악하

---

22 아리스토텔레스, 『정치학』, 1235a31 이하. 〈인간은 완전해졌을 때만 동물 중에서 최선인 것처럼, 그와 같이 법과 정의로부터 따로 떨어졌을 때는 모든 것 중에서 최악이다. 사실상 무장한 부정의는 가장 가혹한 것이고, 인간은 지성과 덕을 무기로 가지고 태어났지만, 이것은 반대의 목적에 대해서도 가장 유효하게 사용될 수 있다. 이런 까닭에 인간은 덕 없이는 가장 불의하고, 가장 잔혹하고, 또한 성애와 음식에 관련해서 최악인 것이다.〉

는 것이다. 두 번째 덕은 희랍인들이 〈파토스πάθος〉라고 부른 영혼의 격정을 억누르고, 희랍인들이 〈호르메ὁρμή〉라고 부른 충동을 이성에 복종하게 하는 것이다. 세 번째 덕은 절제와 지혜로써 동료 시민들과 협력하는 것이다. 동료 시민들의 열의 덕분에 우리는 우리의 본성이 요구하는 바를 충족하고 축적한다. 또 동료 시민들과 힘을 합쳐 우리는 우리에게 손해인 것을 배제하고, 우리에게 해를 끼치고자 하는 자들을 응징하여 도리(道理)와 공정성이 요구하는 만큼 처벌한다.[23]

VI 19 이렇게 사람들의 열의를 확보하고 이를 유지하는 능력을 여하히 얻을 수 있을까를 우리는 길지 않게 말하려고 하는데, 우선 먼저 간단히 언급해야 할 것이 있다. 운명이 순경에서나 역경에서나 모든 방향으로 큰 힘을 끼친다는 사실을 모르는 사람이 누구인가? 운명의 순풍에 힘입어 우리는 원하는 출구에 이르기도 하고, 역풍에 휩쓸려 고생하기도 한다. 바로 이러한 운명에 의해 드물지만 여러 재앙을 겪게 된다. 먼저 돌풍, 폭풍, 난파, 붕괴, 화재 등 무생물적 원인에 따른 재앙이 있고, 다음으로 짐승에 쏘이고 물리고 받히는 등의 재앙이 있다. 내가 말한 대로 이것들은 드문 일들이다. **20** 하지만 최근 있었던 세 사건[24]을 포함하여 자주 발생하는 일

---

23 여기서 지혜, 절제, 정의는 명시적으로 언급되었지만, 용기는 정의 항목 가운데 〈응징하다〉와 〈처벌하다〉에 함축되었다고 볼 수 있다.

24 기원전 48년 8월 9일 폼페이우스는 파르살리아에서 카이사르에게 패전하였고, 기원전 46년 4월 6일 스키피오는 탑수스에서 카이사르에게 패전하였다. 또 그나이우스 폼페이우스와 섹스투스 폼페이우스는 기원전 45년 3월 17일 문다에서 카이사르에게 패전하였다(Dyck, 387면).

로 군대의 괴멸, 최근 탁월한 최고의 승전 장군[25]이 당한 패배를 포함하여 장군들의 패전, 그 밖에 대중의 반감과 이에 따라 종종 훌륭한 업적을 쌓은 시민들이 당한 추방, 불행, 도피가 있고, 반대로 행운에 따라 얻어진 관직, 고권(高權), 승전 등이 있다. 하지만 이것들이 운명에 따른 일이라 하더라도, 사람들의 도움과 열의가 없었다면 이것들은 좋든 나쁘든 어느 쪽으로도 일어날 수 없다. 그러므로 이를 알았으니 우리는 이제 우리의 이득을 위해 인간의 열의를 어떻게 자극하고 끌어낼 수 있을지를 논해야 한다. 이 논의가 너무 길었다 싶다면, 이를 이득의 중요성에 비추어 살펴보아야 하겠다. 그러면 아마도 논의가 너무 짧았다고 생각하게 될 것이다.

21 사람들이 어떤 사람을 키우고 높여 주려는 뜻으로 무언가를 제공한다면, 이는 여하한 이유에서 그를 연모하는 호의 때문이거나, 그의 덕을 우러르고 더없이 큰 행운을 누릴 만한 사람으로 평가하는 존경 때문이거나, 그가 자신들의 사정을 각별히 돌보아 주리라 생각하고 그의 신의를 믿기 때문이거나, 그의 권력에 공포를 느끼기 때문이거나, 혹은 반대로 왕들과 대중 추수적인 자들이 후의를 제안할 때처럼 그에게서 무언가를 기대하기 때문이거나, 혹은 마지막으로 보상과 급료를 받고 고용되었기 때문이다. 그런데 이 마지막 이유는 더없이 더럽고 불결하다 하겠는데, 이에 넘어가는 자들이나 이에 호소하려는 자들이나 모두 마찬가지다. **22** 덕에 따라 처리되어야 할 일을 돈으로 탐하는 짓은 옳지 않은 일이다.

25 그나이우스 폼페이우스를 가리킨다(Dyck, 387면).

물론 이 수단이 이따금 불가피한 때가 있기 때문에 어떻게 이 수단을 써야 할지는 논의하겠으나, 우선 먼저 덕에 가까운 방책들에 대해 논의를 마친 후에 그리하겠다. [사람들은 여러 이유에서 다른 사람의 권력과 권세에 복종한다. 호의 때문이거나, 큰 은혜 때문이거나, 높은 위엄 때문이거나, 복종이 장차 이득이 되리라는 기대 때문이거나, 강압적으로 굴복당할지 모른다는 공포 때문이거나, 후의에 대한 희망과 약속에 사로잡혔기 때문이거나, 혹은 마지막으로, 때로 우리 나라에서 목격되는 것처럼, 급료를 받고 고용되었기 때문이다.][26]

VII 23 이 모든 이유 중에 연모만큼 권력을 장악하고 유지하는 데 적절한 것도 없으며, 공포만큼 부적절한 것도 없다. 엔니우스가 탁월했다.

> 두려운 건 싫어지고 싫으면 그 패망을 희망하게 된다.[27]

전대미문이었다면 이제 확인된바, 대중의 혐오에 맞설 수 있는 권력은 없다. 우리네 폭군[28]의 최후는 — 폭군의 무력에 억눌려 지내던 시민들은 그가 죽었는데도 여전히 그에게 복종한다 — 사람들의 혐오가 얼마나 큰 불행인지를 알려 준다. 유사한 최후를 맞은 거의 모든 다른 폭군들의 최후도 같은 것을 말해 준다. 공포는 영속의 어설픈 보초인 반면, 호의

---

26 앞의 내용을 그대로는 아니지만 다시 반복한 내용으로 보건대, 진위가 의심되고 후대에 삽입된 것으로 보인다(Dyck, 387면).

27 아마도 『튀에스테스』에서 인용된 것으로 보인다.

28 카이사르를 가리킨다.

는 영원무궁의 충실한 수호자다. **24** 따라서 폭력으로 억압하여 권력을 행사할 사람들은, 마치 주인이 노예들에게 달리 어찌할 수 없을 때처럼, 참으로 잔인해야 하겠다. 하지만 자유 시민들에게 공포를 야기하는 것보다 미친 짓은 없다. 독재자의 권력이 법을 익사시키고 자유를 공포로 질식시킬지라도, 법과 자유는 언젠가 침묵의 심판인들 혹은 무명의 유권자들에 의해 다시 살아난다. 누리던 자유를 박탈당했을 때 자유의 칼날은 더욱 잔혹한 법이다.[29] 따라서 상당히 넓게 적용되는 원칙인바, 공포를 멀리하고 사랑을 얻도록 하자. 무사 안녕은 물론 권력과 권세를 얻는 데도 더없이 크게 작용하는 이 원칙을 받아들이면 우리는 사적으로는 물론 공적으로도 원하는 바를 아주 쉽게 달성하게 되겠다.

공포를 조장한 자도 반드시 두려움에 떨던 이들을 무서워하게 되리라. **25** 노(老)디오뉘시오스를 어찌 평가하는가? 이 발용 칼이 두려워 벌건 숯으로 머리카락을 태우게 하였다니, 도대체 그는 어떤 불안의 고문 속에 고통스러워하였던가?[30]

29 소위 해방자들이 휘두른 칼에 카이사르는 스무 군데 이상의 상처를 입었다고 한다. 독재자 처단에 참여한 공모자들은 예순 명이 넘는다고 하는데, 오늘날 우리는 열여섯 명의 이름을 알고 있다.

30 디오뉘시오스 1세는 기원전 405~기원전 367년에 쉬라쿠사이를 통치하였다. 키케로, 『투스쿨룸 대화』, V 20, 57 이하. 〈디오뉘시오스는 스물다섯 살에 권력을 잡았고, 이후 38년 동안 쉬라쿠사이의 참주였습니다. 그는 얼마나 아름다운 도시를, 얼마나 부유한 국가를 억압하고 속박하였습니까! 권위 있는 기록자들이 이 사람에 관해 적어 놓은 바를 받아들이자면, 생활에서 그는 더없이 큰 절제력을 보여 주었고, 일 처리에서 예리하고 근면했던 사람이었지만, 본성은 사악하고 정의롭지 못하였습니다. (……) 불의한 권력욕 때문에 그는 자신을 일종의 감옥에 가두었으며, 심지어 이발사에게까지 목을 맡

페라이의 알렉산드로스[31]가 어떤 마음으로 살았다고 생각하는가? 우리가 읽은 기록에 따르면, 그는 아내 테베를 무척 사랑했지만, 그럼에도 식사를 마치고 아내를 찾아 침소에 들 때면 야만인에게, 기록에 따르면 트라키아풍 문신을 한 야만인에게 검을 들려 앞세웠다고 하는데, 그것도 심지어 시종들을 먼저 보내 혹시 옷가지 사이에 무기를 숨겨 놓지는 않았는지 살피고자 아내의 옷상자들을 뒤져 보게 한 뒤였다고 한다. 가련한지고, 배우자가 아니라 낙인찍힌 야만인[32]을 어찌 믿을 만하다고 여긴 것인가! 한데 그는 틀리지 않았다. 바로 그 아내가 첩을 얻었다는 의심 때문에 그를 살해하고 말았으니 말이다.

공포를 휘두르는 권력은 결코 영원할 수 없다. **26** 팔라리스[33]가 그 증인이다. 그의 잔인함은 비견될 사람이 없을 정도로 악명 높았다. 그는 방금 언급한 알렉산드로스처럼 함정에

기지 않으려고 자신의 딸들에게 머리 깎는 법을 가르쳤습니다. 그래서 이 천한 하녀의 기술을 익혀 왕가의 처녀들이 여자 이발사처럼 아비의 수염과 머리카락을 깎았습니다. 그러고도 모자라 딸들이 장성하자, 이들에게 칼을 빼앗고, 불타는 호두 껍데기를 이용하여 머리와 수염을 그을려 다듬게 하였습니다.〉

31 알렉산드로스는 기원전 369년부터 기원전 359년까지 테살리아의 페라이를 통치한 참주다.

32 키케로가 낙인과 문신을 섞어 쓰고 있는데, 고대 세계에서 낙인이나 문신은 전쟁 포로 등을 뜻한다. 하지만 알렉산드로스는 아마도 트라키아 출신의 귀족을 경호원으로 고용하였을 것이다(Dyck, 399면).

33 기원전 570~기원전 554년에 시킬리아섬 아크라가스(아그리겐툼)의 참주였으며, 잔혹한 폭군의 대명사다. 그는 자신의 정적들을 황소 모양으로 만든 청동 통 속에 넣고 구워 죽였다고 한다.

빠져 살해된 것도 아니고, 우리네 독재자처럼 소수에 의해 살해된 것도 아니고, 아그리겐툼의 대중 전체가 그를 공격했다. 어떤가? 마케도니아인들은 데메트리오스[34]를 버리고 모두 퓌로스왕에게 도망치지 않았던가? 어떤가? 불의하게 군림하는 라케다이몬인에게서 거의 모든 동맹이 갑자기 이탈하여 레욱트라의 참패[35]를 한가롭게 구경하지 않았던가?

VIII 나는 이런 일에서는 국내 사례보다 오히려 외국 사례를 기록하려는 편이다. 그도 그럴 것이 실로 로마 인민의 패권이 불법이 아니라 은혜의 기반 위에 유지되는 동안에 로마의 전쟁은 동맹 수호나 패권 수호를 위해서 수행되었고, 로마의 전후 처리는 온건했거나 불가피한 수준에 머물렀으며, 로마 원로원은 왕들과 인민들과 이민족들의 항구였고, 나아가 우리네 정무관들과 승전 장군들은 속주와 동맹을 신의와 공정으로 수호한 것, 이 한 가지에서 더없이 큰 명성을 얻고자 하였다. 27 따라서 이는, 좀 더 정확히 말하자면, 세계 지배가 아니라 세계 두호(斗護)였다고 할 수 있다. 하지만 우리는 이런 관례와 규율을 전부터 조금씩 무시하였고, 술라의 승리 이후에는 끝내 완전히 내팽개쳤다. 동맹에 어떤 일을 행해도 이를 불공정하다고 생각하지 않게 된 것은, 동료 시민들에게 술라의 만행이 자행된 이후부터였다. 즉, 술라의 훌륭한 명분은 훌륭한 승리로 이어지지 않았다. 그는 선량한

34 기원전 294년 아버지 안티고노스의 뒤를 이어 마케도니아의 왕이 되었다. 안티고노스는 알렉산드로스 원정에 참여한 장군 가운데 한 명이다.

35 기원전 371년에 보이오티아의 레욱트라에서 벌어진 전투에서 스파르타는 테바이에게 패하여 패권을 상실했다.

부유층 시민들, 그래 분명 시민들의 재산을 광장에서 경매로
처리하면서 전리품을 처분한다고 감히 주장하였다. 뒤를 이
어 불경한 명분을 내세워 더욱 흉악한 승리를 구가하는 자가
나타났고, 그는 시민들 개개인의 재산을 공매한 것이 아니라,
재앙이라는 단 하나의 법률로 속주와 식민지 전체를 장악해
버렸다. **28** 이렇게 이민족들이 공격당하고 파괴되고 세계 보
호의 원칙이 무시된 사례로 우리는 개선식에 등장한 마살리
아를 보았다.[36] 우리네 승전 장군들이 갈리아 원정에서 개선
하는 데 빼놓을 수 없는 역할을 했던 도시가 개선식에 끌려
가는 것을 우리는 목격하였다. 하늘 아래 이보다 부당한 일
이 없었을진대, 동맹에 행해진 다른 많은 무참한 짓은 열거
해 무엇하겠는가? 그리하여 우리는 응분의 대가를 치르고 있
다. 많은 이의 범죄를 좌시하지 않고 처벌하였다면, 그렇게
엄청난 방종이 한 사람에게 이르는 일은 없었을 텐데. 그의
가산은 소수에게 상속되었지만, 그의 탐욕은 수많은 모리배
들에게 상속되었다.

29 모리배들이 피 묻은 경매를 기억하고 희망하는 한, 내
전의 씨앗과 원인은 늘 남아 있을 것이다. 친척이 독재관을
지닐 때 푸블리우스 술라는 경매를 맡았고 36년 후에도 주저
없이 더욱 흉악한 경매를 맡았다.[37] 그리고 지난 독재관 때는

---

36 마살리아는 로마 내전에서 폼페이우스와 원로원 측에 가담하였고, 카
이사르에게 반기를 들었다. 이에 카이사르는 마살리아를 봉쇄하고 포위 공
격하여 마침내 도시를 함락시켰다.

37 기원전 82년 독재관 루키우스 코르넬리우스 술라의 밑에서 몰수 재산
의 경매를 맡았고, 다시 기원전 46년 카이사르가 독재관일 때도 같은 일을

비서였고, 이번 독재관 때는 도시 재무관이었던 또 다른 푸블리우스 술라도 있었다.[38] 이로부터 명심해야 할 것은 이런 보상이 주어지는 한 결코 내전은 종식되지 않을 것이라는 점이다. 그리하여 수도 로마는 이제 겨우 벽체만 남았고, 그마저도 극악한 범죄 앞에 두려워하고 있다. 우리의 국가는 송두리째 없어져 버렸다. 우리는 이제 파멸에 이르렀다. 본론으로 돌아가자면, 그것은 우리가 연모와 사랑보다 공포를 선택했기 때문이다. 불의한 지배자 로마가 이런 파멸의 나락에 떨어질 수도 있겠다면, 각 개인은 어떻게 될 것이라고 생각해야 할까?

호의의 힘이 크고 공포의 힘이 약한 것, 이제 이것이 명백해졌으므로, 계속해서 우리는 어떤 방법으로 우리가 원하는 바를 매우 편리하게 얻을 수 있을지 논의하겠다. 그러니까 존경과 신의에 따르는 사랑 말이다. **30** 하지만 우리가 모두 똑같은 사랑을 필요로 하는 것은 아니다. 다시 말해 각자의 생활 계획에 비추어 대중의 연모가 필요할지 소수의 연모가 필요할지 정해야 한다. 다만 분명히 해야 할 것은, 우리를 사랑하고 우리 성취를 칭찬할 친구들의 신망과 우정을 얻는 것이 최우선이고 절대 불가결하다는 점이다. 이 한 가지는 분명 신분 높은 사람들이나 신분 낮은 사람들이나 큰 차이가 없으며, 우정은 귀천을 막론하고 누구나 열심히 쌓아야 하겠

했다. 기원전 65년 집정관으로 당선되었으나, 뇌물 수수로 당선이 취소되었다.
38 〈또 다른 푸블리우스 술라〉는 거의 알려진 바가 없다.

다. 31 하지만 동료 시민들의 존경과 세평과 호의는 모두가 똑같이 필요로 하지는 않는다. 물론 이것들의 도움은 다른 일에서처럼 우정을 쌓는 데도 힘이 되겠다.

IX 우정은 먼저 『라일리우스 우정론』이라고 제목을 붙인 다른 책에서 논하였으니, 지금은 다만 세평을 논의하자. 세평을 다룬 우리의 두 권짜리 책이 있긴 하지만, 이를 다루도록 하자. 세평은 좀 더 큰 일을 맡는 데 아주 큰 도움이 되기 때문이다. 더할 나위 없이 드높은 세평은 다음 세 가지, 대중이 그를 연모하느냐, 대중이 그에게 신의가 있느냐, 대중이 그를 경탄하고 존경할 만하다고 생각하느냐에 달렸다. 단순하고 간단하게 이야기해야 한다면, 이것들은 각 개인이나 대중이나 거의 마찬가지다.[39] 하지만 대중에 이르는 또 다른 길이 있는데, 이를 통해 우리는 모두의 마음속으로 말하자면 흘러 들어갈 수 있다.[40]

32 방금 언급한 세 가지 가운데 우선 호의를 얻기 위한 준칙을 살펴보자. 호의는 은혜를 베풀 때 가장 크게 획득된다. 하지만 다음으로 선한 의지만으로도 — 실제로 실현되지 않더라도 — 호의가 발생한다. 실로 대중적 사랑을 격하게 일

---

39 키케로, 『라일리우스 우정론』, 50. 〈무엇이 무엇을 이끌고 당긴다고 할 때, 우정을 이끌고 당기는 것으로 유사성만 한 건 없어. 실로 참된 것이라 할 수 있는데, 선한 사람들은 선한 사람들을 연모하고 마치 혈연으로 결속된 것처럼 끌어안는다네. 혈연은 무엇보다 강하게 자기와 닮은 것들을 욕심내고 움켜쥐려 하지. 판니우스와 스카이볼라처럼. 따라서 내 생각에는 명백한데, 선한 사람들은 선한 사람들에게 흡사 필연적인 호의를 가지는바, 이는 자연이 부여한 우정의 원천이야. 물론 이 선함은 또한 대중을 향하기도 한다네.〉

40 이하 II 13, 44~14, 51절에서 다루는 〈후의〉를 의미한다.

으키는 것은 관대, 은혜, 정의, 신의, 그리고 성품의 온유와 친절에 속한 모든 덕에 대한 평판과 명망이다. 우리가 훌륭하다 바르다 일컫는 것은 그 자체로 우리를 기쁘게 하고, 그 본성과 아름다움으로 모든 사람의 영혼을 감동하게 하며, 특히 방금 내가 열거한 덕들로 인해 더없이 밝게 빛을 뿜어내기 때문에, 그 덕들을 지녔다고 생각되는 사람들을 우리는 본성적으로 연모하지 않을 수 없다. 이것이 바로 연모의 가장 중요한 이유이며, 그 밖에 사소한 이유들이 있을 수도 있다.

33 대중의 신의를 얻을 수 있는 두 가지는 정의와 현명[41]인데, 이것들을 갖추었다고 평가될 때 우리는 대중의 신의를 얻는다. 우선 우리보다 더 많은 것을 알고 있다고 우리가 생각하는 사람들, 미래를 내다본다고 우리가 생각하는 사람들, 문제가 발생한 위기의 순간에 문제를 해결하고 상황에 따른 대책을 내놓을 수 있다고 우리가 생각하는 사람들은 우리의 신의를 얻는다. 대중은 이런 현명을 유익하고 진정한 현명이라고 여긴다. 한편 [신망 있고][42] 정의로운 사람들, 다시 말해 선량한 사람들은 기망과 불법의 혐의가 전혀 없으리라는 신의를 얻는다. 그리하여 우리는 이들에게 우리의 안녕을, 우

41 플루타르코스, 『영웅전 마르쿠스 카토』, 44. 〈본래 민중은 용맹한 자를 존중하듯 정의로운 자를 존중하고, 지혜로운 자를 칭송하듯 정의로운 자를 칭송한다. 그러나 민중은 정의로운 사람들을 신뢰하는 반면, 용맹한 자는 두려워하며 현명한 자는 믿지 않는다.〉

42 전승 사본의 〈et fidis〉를 후대 삽입으로 보고 지워야 한다는 Facciolati의 의견이 있다. 문맥상 〈et prudentibus현명하고〉로 수정하자는 제안도 있다 (Dyck, 414면).

리의 재산을, 우리의 자식들을 맡기는 것이 더없이 옳다고 믿는다. **34** 정의와 현명 가운데 신의를 다지는 데 정의가 더 중요하다. 정의는 현명이 없어도 충분한 영향력을 지니지만, 정의가 없는 현명은 신의를 다지는 데 전혀 힘을 쓰지 못한다. 실로 교활하고 영악한 사람일수록, 올바르다는 평판을 잃으면, 그만큼 더 미움과 의심을 받기 마련이다. 따라서 지혜를 겸비한 정의는 신의를 다지는 데 얼마든지 원하는 만큼 힘을 발휘하겠다. 현명하지 못한 정의는 많은 힘을 가지지만, 정의롭지 못한 현명은 아무런 힘을 가지지 못한다.

X 35 그런데 하나의 덕을 지닌 사람은 모든 덕을 지닌다고 분명 모든 철학자가 주장하고 나도 종종 그렇게 주장하면서,[43] 지금은 왜 이를 분리하여 마치 현명하진 못하지만 정의로울 수는 있는 것처럼 주장하는지 의아해하지 않도록 말하자면, 철학적 토론에서 진리 자체를 탐구할 때의 정교함은 전적으로 대중적 평판을 논할 때의 정교함과 다르다. 따라서 여기서 우리는 대중이 그러는 것처럼 누구는 용감하고, 누구는 선량하고, 누구는 현명하다고 이야기한다. 대중적 평판을 논할 때는 대중적이고 일상적인 언어로 논해야 하겠고,[44] 파

---

43 키케로, 『투스쿨룸 대화』, III 8, 17. 〈따라서 건실함은 용기와 정의와 지혜의 세 가지 덕을 포함하는데(물론 이것은 덕 일반의 공통 현상인데, 모든 덕은 서로 연결되어 있고 엉켜 있기 때문입니다), 그리하여 이것들은 나머지 네 번째 덕에 의해 포섭되고 건실함은 최고의 덕입니다.〉『아카데미아 학파』, I 10, 38 〈또한 선학들은 제가 앞서 말한 종류의 덕들이 분리될 수 있다고 여긴 반면, 제논은 어떤 식으로도 분리될 수 없다고 논했습니다.〉

44 키케로, 『법률론』, I 6, 19 〈그렇지만 우리는 모든 언어를 인민의 지성 수준에 맞추어 구사해야 할 것이고, 대중이 일컫는 대로 명하거나 금지함으

니이티오스도 그렇게 했었다.

그럼 이제 다시 본론으로 돌아가자. 36 세평과 관련된 세 가지 가운데 세 번째는, 대중이 우리를 경탄하고 대중이 우리를 존경받을 만한 사람이라고 평가하는 것이다. 일반적으로 대중은 자기 생각을 뛰어넘는 위대한 모든 것에 주목하지만, 각 개인에게서 예상치 못한 훌륭한 것을 보았을 때 특히 그러하다. 그리하여 대중은 탁월하고 독보적인 덕을 지녔다고 생각되는 사람들을 우러러보며 더없이 큰 칭송으로 드높이고, 반면 덕도 용기도 줏대도 없는 사람들을 얕잡고 깔본다. 그렇다고 형편없다고 생각되는 사람 모두를 하찮게 보는 것은 아니다. 대중은 악담하고 사기 치고 불법에 이골 난 악인들을 형편없다 여기긴 하지만, 그렇다고 얕잡지는 않는다. 따라서 앞서 말한바 사람들이 깔보는 것은 속담처럼 〈자신에게도 남에게도 쓸모없는〉 자들, 성의도 노력도 정성도 없는 자들이다. 37 반면 사람들이 경탄하는 것은 남들을 능가하는 덕을 지녔다, 망신스러운 일이 전혀 없다, 남들은 쉽게 떨쳐낼 수 없는 결함들이 없다 생각되는 자들이다. 더없이 매력적인 지배자인 쾌락 때문에 대부분의 영혼은 덕과 멀어지며, 고통의 불길 때문에 대부분은 과도하게 두려워한다.[45] 삶과

로써 일단 문자로 기록해 승인한 것을 법률이라고 불러야 할 것이네.〉

45 키케로, 『투스쿨룸 대화』, V 27, 76 이하. 〈고통은 덕의 가장 지독한 적으로 보입니다. 고통은 불타는 횃불을 휘두르고, 용기와 자긍심과 인내를 무력화하겠노라 위협합니다. 그리하여 덕이 고통에 굴복하겠으며 여일한 현자의 행복한 삶이 고통에 항복하겠습니까? 선한 신들이여! 이 얼마나 추한 일입니까! 스파르타 소년들은 채찍의 고통으로 살이 찢어지면서도 신음하지 않습니다. 우리는 스파르타 청년들이 무리 지어 주먹과 발과 손톱과 이빨로

죽음, 부와 가난은 모든 인간을 아주 격하게 흔들어 놓는다. 하지만 긍지 높은 영혼은 이것들 모두에 초연하고…… 높고 훌륭한 일이 주어질 때 전적으로 이에 몰두하고 헌신한다면, 덕의 광채와 아름다움을 누가 경탄하지 않겠는가?[46] **XI 38** 따라서 이렇게 고고(孤高)한 영혼은 커다란 경탄을 불러일으킨다. 특히 정의를 — 이것 하나만으로도 선량한 사람이라고 불린다 — 대중은 놀라운 일로 생각하지만, 불법은 그렇지 않다. 죽음, 고통, 추방, 가난을 두려워하거나 이와 반대되는 것들에 이끌려 공정을 아랑곳하지 않는 자는 결코 정의로울 수 없다. 특히 돈에 흔들리지 않는 자는 더욱더 큰 존경을 받는다. 어떤 사람에게서 이런 모습이 발견될 때 사람들은 그를 불의 시험대를 거친 자로 여긴다.

세평과 관련하여 세 가지를 제시하였는데, 이 모두는 정의로 귀결된다. 다시 말해, 정의는 최대 다수를 이롭게 하고자 한다는 점에서 호의에 이르며, 그리고 똑같은 이유에서 신의에 이른다. 그리고 정의는 대부분의 사람이 탐욕에 불타 손에 쥐려는 것들을 멀리하고 가볍게 여긴다는 점에서 경탄에 이른다.

39 내 생각이지만, 사회 활동의 모든 방식과 목표에는 동

상상을 초월하는 싸움을 벌이며, 죽으면 죽었지 결코 상대에게 승복하지 않는 모습을 직접 보았습니다. 어떤 이방의 땅이 인도보다 황량하고 거칩니까? 그런데도 먼저 인도인들 가운데 현자라고 간주되는 자들은 평생 옷을 입지 않고, 카우카소스의 한설과 추위를 견디면서도 고통스러워하지 않으며, 불로 접근하여 살이 타들어 가도 신음을 토하지 않습니다.〉

46 전승 사본의 일부는 누락된 것으로 의심된다(Winterbottom).

료 시민들의 협력이 필요하다. 무엇보다 더불어 우정 어린 대화를 나눌 사람들을 얻기 위해서인데, 이는 선량한 사람이 라는 인상을 주지 않으면 어려운 일이다. 시골에서 홀로 살 아가는 사람에게도 정의의 평판은 필수적인데, 이런 평판을 얻지 못하고 정의롭지 못하다고 여겨지면[47] 아무런 보호도 없이 온갖 불법에 시달리게 될 것이기 때문에 더욱 그러하다. **40** 또한 물건을 사고팔거나, 품을 사고팔거나, 상거래에 종 사하는 사람들에게도 정의는 사회 활동을 위해 필수적이다. 정의의 힘은 실로 강력하여, 악행과 범죄로 밥 벌어 먹는 사 람들조차 살아가려면 일말의 정의는 필수적이다.[48] 그러니까 함께 강도질하는 동료 강도의 물건을 훔치거나 빼앗는 자는 강도질에 낄 자리를 잃게 되며, 수괴라는 자가 장물을 공평 하게 분배하지 않으면 동료들에게 살해되거나 쫓겨나는 법 이다. 그래서 강도들도 따르고 복종할 법규가 있다고들 하지 않더냐. 약탈물의 공평한 분배 덕분에 일뤼리아 강도 바르둘 리스[49]는 테오폼포스[50]가 전하는 바에 따르면 커다란 세력을

47 전승 판본 〈non habebunt〉와 〈iniusti habebuntur〉의 중간에 접속사 〈sed〉가 있어야 할 것으로 보인다. 접속사가 없는 특이한 구문이며 일부 학 자는 뒷부분을 생략하자고 제안하였다.

48 플라톤, 『국가』, 371c 이하. 〈나라라든가, 군대라든가, 강도나 절도단 이라든가, 또는 그 밖에 어떤 부정한 목적을 함께 추구하려는 무슨 집단이라 든가가 만약 저희끼리 서로 부정한 짓을 한다면 뭔가 이루어질 수 있다고 생각하는가?〉

49 바르둘리스(기원전 448~기원전 358년)는 일뤼리아 왕으로, 마케도 니아 영토를 침범할 정도로 세력이 막강하였으며, 기원전 358년 마케도니아 필립포스 2세에게 패하였다.

50 테오폼포스(기원전 380~기원전 315년)는 희랍의 역사가였다. 그의

얻었고, 그보다 훨씬 더 큰 세력을 루시타니아의 비리아투스가 얻었다.[51] 비리아투스는 우리의 군대와 승전 장군들을 굴복시킬 정도였지만, 현자라고 불리던 가이우스 라일리우스가 총독으로 부임하여 그를 격파하고 위축시키고 그의 오만함을 꺾어 놓았기에 후임자들은 그나마 수월하게 전쟁을 수행하게 되었다.[52]

정의의 힘은 심지어 강도들의 세력도 이처럼 강력하게 키워 놓을 정도이니, 법률과 법정을 갖춘 국가에서 정의의 힘은 얼마나 강력하겠는가? **XII 41** 내가 보기에 헤로도토스가 전하는 메디아인들뿐 아니라[53] 우리 조상들도 정의의 확립을 위해 과거 훌륭한 성품의 왕들을 옹립하였다. 처음에 대중은 더 큰 힘을 가진 자들에게 억압당하자 어떤 탁월한 덕을 지닌 일인(一人)에게 기탁하였고, 그는 약한 자들을 위해 불법을 막아 주면서 공정성을 확립하고는 지위 고하를 막론하고 동일한 법을 적용하였다. 법의 제정과 왕의 옹립은 목

『헬레니카』는 투퀴디데스의 『펠로폰네소스 전쟁사』가 끝나는 기원전 411년부터 기원전 394년까지의 역사를 기록하였다고 한다.

51 키케로는 로마의 패권에 굴복하지 않는 폭력적인 속주민 집단을 〈강도latro〉라고 부르고 있지만, 우리가 흔히 생각하는 범죄자들과는 다르다.

52 라일리우스는 기원전 144년 혹은 기원전 145년에 비리아투스에 맞서 승전하였다. 하지만 비리아투스는 기원전 139년 살해될 때까지 계속해서 로마와 대결을 펼쳤다.

53 헤로도토스, 『역사』, I 96 이하. 〈데이오케스는 그가 살던 부락에서 이미 명망이 높았으나 이제는 정의롭다는 명성을 얻으려고 더욱 열심히 노력했다. (……) 메디아인들은 그의 태도를 보고 그를 자신들의 재판관으로 선출했고, 그는 권력욕에 사로잡혀 공명정대하게 처신했다. (……) 그들은 결국 그를 자신들의 왕으로 삼기로 합의했다.〉

적이 같다. **42** 사람들은 늘 공평한 법을 찾았다. 그렇지 않으면 법이 아닐 테니. 늘 공평한 법이 정의롭고 훌륭한 일인(一人)에 의해 성취될 때 사람들은 이에 만족했다. 하지만 그렇지 못했을 때, 사람들은 누구에게나 늘 동일한 하나의 목소리를 내도록 법이란 것을 고안하였다. 따라서 분명한 사실은 정의롭다고 대중들 사이에서 명망이 높은 자들이 통치자로 선출되었다는 점이다. 덧붙여 통치자로 선출된 자들이 현명하기까지 하다면, 사람들은 이들의 통치하에 이루지 못할 것이 없다고 생각하였다. 따라서 정의를 확립하고 실천하는 데 모든 노력을 기울여야 한다. 이는 정의 그 자체 때문이며(그렇지 않다면 정의가 아닐 테니),[54] 나아가 존경을 얻고 세평을 증대하기 위해서다.

그런데 자유민다운 필수적이고 지속적인 지출을 충당할 돈을 합리적 방법으로 얻고 투자하는 것처럼, 세평도 합리적 방법으로 얻고 투자해야 한다. **43** 소크라테스가 탁월하게 말했는데, 세평을 얻는 가장 빠른 길, 첩경은 세상에 보여 주고 싶은 모습의 사람이 실제로 될 수 있도록 하는 것이다.[55] 기실 헛된 과시와 가식, 거짓된 말과 표정으로 굳건한 세평을 얻으리라 여긴다면 이는 대단한 착각이다. 참된 세평은 뿌리

54 플라톤, 『국가』, 357d 이하. 〈이것들 중 어떤 종류에다 정의를 넣으시겠습니까? (……) 나는 가장 아름다운 종류에다 넣었으면 하네. 그 자체를 위해서도, 또 거기서 생기는 결과를 위해서도 축복받고 싶어 하는 사람이 사랑하지 않으면 안 되는 종류에다 말일세.〉

55 크세노폰, 『소크라테스 회상』, II 6, 39. 〈자네가 좋은 사람으로 보이고 싶은 분야가 어느 분야이든지 가장 빠른 지름길이자 가장 확실하고 아름다운 길은 (……) 실제로도 좋은 사람이 되려고 노력하는 것일세.〉

를 내리고 가지를 뻗어 가지만, 모든 거짓은 꽃잎처럼 금세 시들어 버리고 모든 가식은 오래 지속될 수 없다. 양쪽 모두를 증언해 줄 증인은 많고 많지만, 간략하게 하나의 가문만을 언급하는 것으로 만족하겠다. 푸블리우스 그락쿠스의 아들 티베리우스 그락쿠스[56]는 로마 역사가 이어지는 한 계속해서 칭송받을 것이다. 하지만 그의 아들들은 살아서는 선량한 사람들의 인정을 받지 못했고, 죽어서는 죽어 마땅한 사람으로 분류되었다. 따라서 참된 세평을 얻고자 하는 자는 정의의 의무를 완수하라! 정의의 의무가 무엇인지는 앞서 제1권에서 다루었다.

XIII 44 어떤 사람이라는 세평을 아주 손쉽게 얻으려 한다면, 세상에 보여 주려는 모습의 사람이 실제로 되는 것이 가장 강력한 방법이겠지만, 그 밖에도 따라야 할 몇 가지 준칙이 있다. 물론 소년 시절부터 유명세를 누린 사람, 그러니까 부친으로부터 물려받았거나 — 나의 키케로야, 네가 거기에 해당한다고 나는 생각한다 — 혹은 우연과 행운의 덕으로 그렇게 된 사람은 만인의 주목을 받고, 그가 어떻게 행동하는지, 어떻게 생활하는지 사람들은 묻게 되며, 그리하여 마치 더없이 밝은 빛 아래 선 것처럼 그의 모든 언행은 세상의 무관심 속에 있을 수 없다. **45** 하지만 비천함과 한미함 때문에 소년 시절을 사람들의 무관심 속에 보낸 사람이라면, 청

---

56 티베리우스 셈프로니우스 그락쿠스는 호민관으로 유명한 그락쿠스 형제의 아버지로 기원전 177년과 기원전 163년에 집정관을 역임하였고, 기원전 169년에 호구 감찰관을 역임하였다. 그는 노(老)스키피오의 딸과 결혼하였다.

년이 되자마자 큰 뜻을 품고 올곧은 열정으로 그 성취를 위해 진력해야 한다. 확신을 갖고 이를 실천해야 할 것인데, 그런 청년을 세상은 질투하지 않는 것은 물론이려니와 도리어 후원하기 때문이겠다. 그러므로 세평을 얻고자 하는 청년에게 주는 첫 번째 권고는 군무(軍務)를 통해 세평을 얻을 수 있다면 그리하라는 것이다. 우리네 선조들은 청년 시절 이로써 명성을 얻었는데, 전쟁은 거의 끊이지 않았기 때문이다. 실로 너의 청년기도 너무 많은 범죄를 저지른 당파와 너무 불운한 당파의 전쟁을 마주했다. 이 전쟁에서 폼페이우스는 너를 기병대장으로 임명했고, 너는 말 타고 창 던지고 군역의 갖은 노고를 견뎌 냄으로써 더없이 위대한 사내와 군대로부터 커다란 칭송을 받았다.[57] 그러했던 너의 명성도 국가와 존망을 함께하였구나. 그렇지만 나의 권고는 네가 아니라 일반적인 군 복무를 염두에 둔 것이다. 그렇다면 나머지 권고들로 이어 가보자.

46 대부분의 분야에서 육체의 업적보다 정신의 업적이 훨씬 더 큰 것처럼, 사람들의 호의도 체력보다 우리 성품과 이성의 성과다. 따라서 청년에게 우선 권고하는 바는 자제이며, 이어 부모를 향한 효심과 친지를 향한 호의다. 하지만 청년이 세상의 인정을 받는 가장 쉬운 최선의 길은 국가를 위해 봉사한 유명하고 지혜로운 어른들에게 기탁하여 그들과 자

57 기원전 49~기원전 48년에 아들 키케로는 그나이우스 폼페이우스 휘하에서 기병대장으로 복무하였는데, 그때 그의 나이는 16~17세였다. 기원전 48년 파르살루스 전투에서 폼페이우스는 카이사르 당파에게 패하였고, 이후 이집트로 피신하였다가 살해되었다.

주 교류하는 것인데, 이로써 청년은 닮고자 하는 직접 택한 어른들과 장차 똑같은 사람이 되겠구나 하는 인민의 평판을 얻게 된다. **47** 푸블리우스 루틸리우스[58]는 청년기에 푸블리우스 무키우스[59]의 집에 머물렀으며, 이는 청렴하다는 평판은 물론 법학자라는 평판을 그에게 안겨 주었다. 한편 루키우스 크랏수스[60]는 약관의 나이에 벌써 다른 사람에게 기대지 않고 자력으로, 주지의 환영받은 고발[61]을 통해 더없이 큰 명성을 얻었다. 데모스테네스가 그랬다고 전하는 것처럼 연설 훈련으로 칭송받는 바로 그 나이에, 루키우스 크랏수스는 집에서 연습 삼아 했어도 칭송받았을 연설을 이미 법정에서

---

58 푸블리우스 루틸리우스 루푸스는 기원전 105년에 집정관을 역임하였다. 그는 스토아학파에 경도되었으며, 파나이티오스의 제자였고, 또한 조점관 푸블리우스 무키우스 스카이볼라에게서 법학을 배웠다. 스카이볼라가 기원전 95년 집정관을 지내고 이듬해 아시아 속주의 총독으로 부임했을 때 루틸리우스 루푸스는 참모로 동행하였다. 그때 그는 아시아 속주의 징세업자들이 자행하던 약탈적 징세를 엄단하는 정책을 펼친 것 때문에 이에 대한 보복으로 기원전 94년 수탈 재산 반환법에 따라 기소되었다. 그는 자진해서 망명하여 스뮈르나에서 사망하였다.

59 푸블리우스 무키우스 스카이볼라는 기원전 133년 집정관직을 역임하였다.

60 앞의 I 30, 108절을 보라.

61 몸젠의 평가에 의하면 카르보는 민중 당파에게 고발당했을 뿐 아니라 귀족 당파에게도 버림받았다. 『몸젠의 로마사』, V, 190면 이하. 〈가이우스 카르보는 일찍이 그락쿠스 형제의 동맹자였다가 오래전에 변절했고, 최근에는 오피미우스의 지지자로서 열성과 유용성을 보여 주었다. 하지만 그는 변절자였다. 민중 당파가 오피미우스와 같은 죄목으로 그를 고발했을 때, 정부는 주저 없이 그를 버렸고, 카르보는 두 당파 사이에서 길을 잃은 자신을 발견하자 스스로 죽음을 택했다.〉

아주 훌륭하게 해낼 수 있음을 증명해 냈다.[62]

XIV 48 말은 둘로 나뉘는데, 하나는 대화이고 다른 하나는 쟁론이다.[63] 쟁론이 세평을 얻는 데 더 큰 힘이 된다는 점은 의심의 여지가 없다. 그래서 그러한 쟁론을 우리는 웅변이라고 부르는 것이다. 하지만 대화의 유쾌함과 상냥함이 사람들의 마음을 얻는 데 얼마나 효과적인지는 이루 다 헤아려 말하기 어렵다. 필립포스가 알렉산드로스에게 보낸 서한들, 안티파트로스가 카산드로스에게 보낸 서한들, 안티고노스가 아들 필립포스에게 보낸 서한들이 전해 오는데,[64] 우리가 전해 들은 바에 따르면 더없이 현명했던 세 사람은 편지글에서 가르친바, 다정한 말로 대중의 마음을 호의로 이끌며, 상냥하게 부르는 대화로 병사들을 달래라 가르쳤다. 하지만 대중 앞에서 펼치는 쟁론도 때로 널러 좋은 세평을 듣게 한다. 현란(絢爛)하고 지혜로운 연설가는 커다란 경탄을 불러일으키며, 청중은 이런 연설가가 자신들을 누구보다 잘 이해하는 지혜로운 사람이라고 생각한다. 하지만 자제와 신중이 담긴 말보다 훌륭한 것은 있을 수 없으니, 청년이 이를 보여 준다

---

62 루키우스 리키니우스 크랏수스(기원전 95년 집정관)는 21세였던 기원전 119년에 가이우스 파피리우스 카르보를 살인죄로 고발하였고, 카르보는 유죄 판결을 받고 자살하였다. 앞의 I 30, 108절을 보라.

63 앞의 I 36, 132절 이하를 보라.

64 필립포스는 알렉산드로스 대왕의 아버지이며, 안티파트로스는 알렉산드로스 대왕을 따라 종군했던 장군들 가운데 한 명으로 알렉산드로스 대왕을 이어 마케도니아를 통치하였다. 카산드로스는 안티파트로스의 아들이다. 안티고노스는 알렉산드로스 대왕을 따라 종군했던 장군들 가운데 한 명으로 아시아를 통치하였다.

면 더욱 훌륭하다 하겠다.

49 웅변을 요구하는 여러 종류의 계기가 있고, 우리 나라의 많은 청년은 법정과 민회와 원로원에서 연설을 통해 칭송을 받는데, 가장 큰 경탄을 얻는 곳은 법정이다. 법정 연설은 두 가지다. 탄핵 연설과 변호 연설이다. 변호 연설이 좀 더 큰 칭송을 주긴 하지만, 탄핵 연설도 흔히 인정받는다. 방금 언급한 크랏수스가 그렇게 했고, 마르쿠스 안토니우스도 청년 시절 그렇게 했다.[65] 또 푸블리우스 술피키우스가 불온하고 유해한 인물 가이우스 노르바누스를 법정에 소환한 탄핵 연설은 그의 웅변술을 널리 알렸다.[66] **50** 하지만 탄핵 연설은 남발해서는 안 된다. 방금 내가 언급한 이들처럼 국가를 위해서거나, 혹은 루쿨루스 형제[67]처럼 복수를 위해서거나, 혹은 내가 시킬리아 사람들[68]을 위해서, 율리우스[69]가 사르디

---

65 마르쿠스 안토니우스는 기원전 99년 집정관을 역임하였으며, 기원전 97년 호구 감찰관을 지냈다. 그는 연설술로 유명한데, 크랏수스와 함께 키케로의 『연설가론』에 대화자로 등장한다.

66 푸블리우스 술피키우스 루푸스(기원전 88년 호민관)는 20세에 가이우스 노르바누스(기원전 83년 집정관)를 탄핵함으로써 연설가로서 처음 등장했다. 기원전 95년 노르바누스는 반역 혐의로 고발되었으며 마르쿠스 안토니우스가 변론을 맡아 그를 무죄로 방면시켰다.

67 형 루키우스 리키니우스 루쿨루스(기원전 74년 집정관)와 동생 마르쿠스 리키니우스 루쿨루스(기원전 73년 집정관)를 가리킨다. 동생의 이름은 테렌티우스 가문에 입양되어 나중에 마르쿠스 테렌티우스 바로 루쿨루스가 된다. 아버지 루키우스 리키니우스 루쿨루스(기원전 104년 법정관)를 고발한 조점관 세르빌리우스를 횡령죄로 고발하였다. 앞의 I 39, 140절을 보라.

68 기원전 70년 키케로는 시킬리아 총독을 역임한 가이우스 베레스를 부당 이득 취득 혐의로 고발하였다.

69 가이우스 율리우스 카이사르 스트라보 보피스쿠스는 사르디니아 총

니아인들을 위해서 했던 것처럼 피호민의 두호(斗護)를 위해서가 아니면 하지 말아야 한다. 루키우스 푸피우스의 재능도 마니우스 아퀼리우스[70]를 탄핵함으로써 널리 알려졌다. 하지만 탄핵은 한 번이나 할까 결코 여러 번 해서는 안 된다. 탄핵 연설을 여러 차례 하지 않을 수 없다면, 그것은 국가를 위해 맡은 임무여야 할지니, 국가의 적을 수차 응징한다손 결코 비난받을 일이 아니다. 하지만 이에도 적도는 있어야 한다. 많은 이를 상대로 두격(頭格)[71] 박탈의 탄핵을 제기하는 것은 모진 인간 혹은 비인간으로 비치기 때문이다. 직업적 고발자라고 불리는 일은 탄핵을 제기한 본인의 신상에 위험을 초래하며 본인의 평판마저 더럽히게 된다. 이런 일이 명문가의 자손, 특히 시민법에 능통했던 분의 자제 마르쿠스 브루투스에게 있었다.[72] **51** 더더욱 의무의 준칙으로 명심해야 하는바,

독을 역임한 알부키우스를 부당 이득 취득 혐의로 고발하였다. 앞의 I 30, 108절을 보라.

70 마니우스 아퀼리우스는 기원전 101년의 집정관을 역임하였다. 기원전 98년에 루키우스 푸피우스에게 고발당했고, 이때 마르쿠스 안토니우스가 변호를 맡았다.

71 로마 법학의 관행에 따라 원문 〈caput〉를 〈두격〉으로 번역한다. 최병조(2016) 252면 이하. 〈흥미로운 것은 인간의 법적 지위를 caput(머리)라는 人身의 일부에 의탁하여 지칭하면서, 그 개별적 요소로 좁은 의미의 시민법상의 가족적 지위에서 더 나아가 시민권은 물론, 자연법적으로 만인에게 전제된 것으로 관념된(D.1.1.4) 자유까지를 아우르는 총괄 개념을 발전시킴으로써 고전 법학의 persona 개념에 앞서 이미 확고한 人중심주의(personalism)의 법문화 풍토를 조성하였다는 사실이다.〉

72 법률가 마르쿠스 유니우스 브루투스는 시민법에 관한 세 권의 책을 남겼고, 그의 아들 마르쿠스 유니우스 브루투스는 직업적 고발자로 악명을 떨쳤다. 키케로, 『브루투스』, 130 이하. 〈동시대에 속하는 마르쿠스 브루투스

무고한 자를 두격 박탈로 탄핵하는 일은 없어야 한다. 그것은 악행이 아닐 수 없다. 도대체 인류의 수호와 안녕을 지키는 데 쓰도록 자연이 부여한 웅변 능력[73]을 선량한 자들의 파멸과 멸망에 남용하는 것만큼 비인간적인 일이 있겠는가? 이런 일이 없어야 하는 것과 마찬가지로, 또한 죄인이라고 해도 참혹하고 불경한 사람이 아니라면 그를 변호하는 데 양심의 가책을 가질 필요는 없다. 이는 민중이 요청하는 바며, 관습이 용인하는 바며, 인정(人情)이 요구하는 바다. 재판에서 심판인의 본분은 어떤 경우라도 진실을 추구하는 것이지만, 경우에 따라 진실이 아닌 개연적인 부분이라도 주장하는 것은 두호인(斗護人)의 책무다. 나는 무엇보다 철학 책에서는 감히 이렇게 주장하지 못했을 텐데, 이는 스토아학파 중 가장 엄격한 파나이티오스도 동의하는 바다. 특히 변호는 세평과 신임(信任)을 얻게 하며, 어떤 권력자의 힘에 압박과 고통

___

는, 브루투스여, 자네 집안의 커다란 수치였으니, 명문가의 후손이며 법률가로 탁월했던 더없이 훌륭한 아버지를 두었으면서도, 아테나이의 뤼쿠르고스처럼 탄핵을 일삼았다. 그는 공직에 출마하지 않았고 다만 지독하고 추한 고발자로만 활동했다Isdem temporibus M. Brutus, in quo magnum fuit, Brute, dedecus generi vestro, qui, cum tanto nomine esset patremque optimum virum habuisset et iuris peritissimum, accusationem factiverit, ut Athenis Lycurgus. Is magistratus non petivit, sed fuit accusator vehemens et molestus.〉

73 키케로, 『발견론』, I 2, 2이하. 〈웅변이라고 불리는 것의 기원을 살펴보자면, (……) 그것은 더없이 훌륭한 이유에서 생겨났고 더없이 훌륭한 원리로 발전하였음을 우리는 발견할 것이다. (……) 이렇게 생겨나고 크게 발전한 웅변 능력은 나중에는 전쟁과 평화와 같은 더없이 큰일에서 인류의 더없이 큰 유익을 위해 종사하게 되었다.〉

을 당하는 사람을 변호하는 경우라면 더욱 그러하다. 나는 여러 차례 이런 변호를 맡았는데, 젊은 시절 독재관 루키우스 술라의 힘에 맞서 아메리아 사람 섹스투스 로스키우스의 변호를 맡았다. 너도 알다시피 이 변호 연설은 책으로 출판되었다.[74]

XV 52 청년이 세평을 얻는 데 유효한 의무를 설명하였으므로, 다음으로 은혜와 관대를 말해야 하는데, 그 방법은 두 가지다. 필요로 하는 이들에게 노무나 돈을 너그럽게 제공하는 것이다. 여유가 있으면 돈이 훨씬 편리하겠지만, 훌륭하고 빛나는 것은 노무 제공이며, 이는 뛰어나고 용감한 사람에게 더 잘 어울린다. 두 방법 모두에 공히 베풀고자 하는 자유민다운 의지가 담겨 있긴 하지만, 하나는 돈궤에서 나오고 하나는 덕에서 나온다. 그런데 가산(家産)에서 나오는 후의는 관후함의 원천 자체를 고갈시킨다. 그리하여 관후함이 관후함 때문에 고갈되는 격인지라, 널리 사람들에게 베풀면 베풀수록 점점 더 관후함을 베풀 수 없게 된다. **53** 반면 노무 제공을 통해, 다시 말해 덕과 재능의 제공을 통해 선함과 관대함을 보인 사람은, 널리 사람을 이롭게 하면 할수록 후의를 베풀 수 있도록 도와줄 사람들을 더 많이 얻게 되고, 이어 은혜를 베푸는 습관을 통해 널리 사람들에게 공헌하는 훈련을 하는 것처럼 공헌할 준비를 하게 된다. 필립포스왕은 아들 알렉산드로스를 어떤 서한에서 대단히 탁월하게 질타하였

---

74 기원전 80년에 키케로가 맡았던 섹스투스 로스키우스 사건에 관해서는 『설득의 정치』(민음사, 2015) 13면 이하의 로스키우스 변호 연설을 보라.

다. 알렉산드로스가 마케도니아 사람들의 호의를 후의로써 얻으려 했기 때문이다. 필립포스는 말했다. 〈어리석은 자여, 어떤 생각으로 너는 그런 희망을 품었더냐? 돈으로 매수하면 그자들이 너에게 충직할 것이라 생각한 것이냐? 혹은 마케도니아 사람들로 하여금 너를 왕이 아니라 시종이나 물주로 여기게 하려고 그리한 것이냐?〉 왕에게 창피스러운 행동이었기에 〈시종이나 물주〉는 옳은 지적이었고, 후의를 〈매수〉라고 한 것은 더욱 옳은 지적이었다. 후의를 얻은 자는 점차 잘못된 버릇이 들어 후의에 기대를 품고 계속 얻으려고 할 것이기 때문이다. 이를 필립포스가 아들에게 준 준칙이 아니라 모두에게 준 준칙이라고 생각하자. **54** 따라서 의심의 여지가 없는바, 노무와 재능을 제공하는 관후함이 더 훌륭하고 더 광범위하고 더 널리 사람들을 이롭게 한다.

하지만 때로 필요하다면 돈을 써야 한다. 이런 유의 관후함을 전적으로 배격해서는 안 되며, 필요로 하는 적절한 이들에게 가산의 일부를 때로 나누어야 한다. 물론 세심함과 절도(節度)가 있어야겠다. 무분별하게 베푼 많은 이들이 유산을 탕진하였다. 하고 싶은 일을 오랫동안 이어 갈 수 있게끔 관리하지 못하는 것보다 어리석은 게 무엇인가? 그래서 퍼 주기식의 후의는 심지어 강탈을 수반하기도 한다. 퍼 주다 모자라기 시작하면 남의 재산에 손을 대는 상황으로 내몰리기 때문이다. 그러다 보면 호의를 얻기 위해 선행을 나누려다가, 받은 사람들의 애정이 빼앗긴 사람들의 증오에 못미치는 지경에 이른다. **55** 그렇기 때문에 관후함을 위해 열지 못할 정도로 가산을 봉쇄해서도 안 되고, 아무에게나 열 정도로 가산을 개방해서도 안 된다. 적도가 있어야 하며, 적 도는 재력에 따라 정해져야 한다. 우리는 여기서 우리네 사 람들이 아주 빈번히 사용해서 거의 속담이 된 말을 명심해야 하는데, 후의는 밑 빠진 독에 물 붓는 일이기 때문이다. 사실 받는 데 익숙한 사람들은 계속해서 또 받으려 할 것이니 어 찌 한도가 있을 수 있겠는가?[75]

XVI 돈을 쓰는 사람은 두 종류다. 하나는 헤픈 사람이고, 다른 하나는 관대한 사람이다. 헤픈 사람은 향연이나 고기 잔치나 검투사 경기, 연극 공연이나 사냥 공연 등 잠깐 기억 되거나 혹은 전혀 기억되지 않을 일에 돈을 쏟아붓는 사람이 다. 관대한 사람은 그의 재력으로 해적에게 납치된 자의 몸 값을 치러 주거나 친구들의 부채를 떠안거나 혹은 그 여식들 의 지참금을 보태 주거나 혹은 그들의 재산 획득이나 증식을 지원하는 사람이다. **56** 따라서 테오프라스토스가 『부에 관 하여』라는 책에서 무슨 생각을 한 건지 그저 놀랄 뿐이다. 그 책에서 많은 것을 탁월하게 기술하였지만, 어처구니없는 것 이 있었으니, 즉 그는 민중 축제의 호화스러운 준비를 장황

---

75 이 문장은 앞의 II 15, 53절에서 〈후의를 얻은 자는 점차 잘못된 버릇 이 들어 후의에 기대를 품고 계속 얻으려 할 것이기 때문이다〉를 변형한 문장으로 보인다. 아리스토텔레스, 『정치학』, 1267b1 이하. 〈인간의 악행은 물릴 줄 모른다는 것이다. 맨 처음에는 단지 2오볼로스면 충분하다. 일단 이 것이 관습으로 굳어지게 되면, 그들은 모든 한계를 넘어설 때까지 항상 더 많 은 것을 계속 요구한다.〉 1320a31 이하. 〈그들은 잉여분을 분배하지만, 가난 한 자들이 이것을 받자마자 그들은 다시 동일한 것을 필요로 하기 때문이다. 이런 식으로 가난한 자들을 돕는 것은 《구멍 뚫린 항아리》와 같은 것이니까.〉

하게 칭송하면서 그렇게 지출하는 능력을 부의 결실이라고 여겼다. 하지만 나는 관대함의 결실이 ─ 방금 몇 가지 예를 들었다 ─ 훨씬 더 크고 확실하다고 생각한다. 눈도 끔쩍 않고 대중을 달래는 데 돈을 헤프게 쓰는 우리를 혹독하게 비난한 아리스토텔레스[76]는 옳았다. 그는 말한다.[77] 〈적에게 봉쇄되어 물 한 되를 1백 드라크마[78]에 구입하지 않을 수 없던 사람들을 처음에 우리로서는 믿기 어렵고 그 사실에 모두가 놀랄 것이다. 하지만 좀 더 듣다 보면 결국 그 절박함에 동의하여 이런 엄청난 손실과 무절제한 낭비에 크게 놀라진 않게 된다. 이것이 절박함의 해소에 도움이 되지 못하고, 존엄을 높여 주지도 못하며, 다만 대중에게 아주 짧은 시간의 쾌감을, 쾌락의 기억만큼이나 짧은 만족을 추구하는 더없이 경박한 자가 좇을 만한 쾌감을 보장하는 일일 뿐인데도 말이다.〉 **57** 아리스토텔레스는 결론도 적절했다. 〈따라서 이는 어린아이들이나 아녀자들이나 노예들이나 노예와 진배없는 자유민들이나 반길 일이다. 하지만 신중한 사람, 주어진 사태를 확고한 판단에 따라 검토하는 사람이라면 결코 수용할 수 없는 일이다.〉

우리 나라에서도 물론 좋았던 옛날에는 안찰관직을 맡은 더없이 훌륭한 사람들에게 호화찬란함을 요구하던 오랜 관

---

76 이하에 인용된 아리스토텔레스의 글을 포함한 저서는 현재 알려진 바 없다.

77 전승 사본 〈at〉를 〈ait〉 내지 〈ait enim〉으로 고쳐 읽었다.

78 원문 〈sextarius〉는 약 0.5리터에 해당한다. 원문 〈mina〉는 1백 드라크마 상당의 금액으로 1드라크마는 노동자의 하루 품삯에 해당한다.

행이 있었음을 나는 안다. 그래서 별칭도 부자지만 실제로도 부자였던 푸블리우스 크랏수스[79]는 안찰관직을 맡아 더없이 성대한 공연을 베풀었고, 그리고 얼마 후에는 루키우스 크랏수스[80]가 누구도 넘볼 수 없는 절도를 갖춘 퀸투스 무키우스[81]와 함께 더없이 화려한 공연을 거행하였으며, 이어 아피우스의 아들 가이우스 클라우디우스[82]가, 이후에도 루쿨루스 형제,[83] 호르텐시우스,[84] 실라누스[85] 등 많은 안찰관이 그리하였다. 하지만 내가 집정관일 때 푸블리우스 렌툴루스[86]는 모든 전임 안찰관을 압도하는 공연을 열었고, 그를 스카우루스[87]가 모방하였다. 하지만 무엇보다 더없이 화려한 공연들로는 우리의 폼페이우스[88]가 두 번째 집정관직을 수행하면서 주최

79 푸블리우스 크랏수스(기원전 97년 집정관)는 기원전 102년 안찰관을 역임하였다. 삼두 정치로 유명한 크랏수스의 부친이다.

80 앞의 I 30, 108절, II 13, 47절을 보라. 루키우스 리키니우스 크랏수스는 기원전 95년 집정관을 역임하였다.

81 앞의 I 32, 116절을 보라. 흔히 대제관 스카이볼라라고 불리는 인물이다.

82 가이우스 클라우디우스 풀케르는 기원전 99년 안찰관을, 기원전 92년 집정관을 역임하였다. 그는 코끼리 전투를 공연하였다.

83 앞의 II 14, 50절을 보라. 기원전 79년에 코끼리 전투를 공연하였다.

84 퀸투스 호르텐시우스 호르탈루스(기원전 69년 집정관)는 키케로와 함께 당대 가장 유명한 연설가였다.

85 데키무스 유니우스 실라누스는 기원전 62년 집정관을 역임하였다.

86 푸블리우스 코르넬리우스 렌툴루스 스핀테르는 키케로가 집정관이던 기원전 63년에 안찰관직을 수행하였고, 기원전 57년에는 집정관을 역임하였다.

87 앞의 I 29, 108절을 보라.

88 기원전 55년 그나이우스 폼페이우스는 두 번째 집정관직을 수행하면서도 최초의 석조 극장을 건설하였고, 극장 입구에는 원로원 의사당을, 극장

한 것들에 비길 것이 있겠는가! 이 모든 것을 두고 내가 어찌 생각할지 너는 이미 알고 있다. **XVII 58** 하지만 그래도 인색하다는 의심은 받지 말아야 한다. 더없이 부유했던 마메르쿠스[89]는 안찰관직을 역임하지 않았기에 집정관직 선거에서 낙선하였다. 따라서 인민의 요구가 있다면, 선량한 사람들은 원하지 않더라도 받아들여 다만 능력에 맞게 이를 행해야 한다. 바로 나 자신이 그렇게 하였다.[90] 또 인기 영합적 후의일지라도 더 크고 유용한 일을 성취하는 데 필요하다면 그래야 하는데, 최근 그렇게 오레스테스는 십일조라는 명목으로 골목길 점심 잔치를 개최하여 커다란 관직을 얻었다.[91] 또 마르

에 덧붙여 회랑을, 극장 관람석 옆에는 승리의 베누스 여신 신전도 함께 지었다. 또 성대한 공연을 주최하여, 체육 경합, 검투사 경기, 맹수 싸움 등의 화려한 볼거리를 제공하였다.

89 마메르쿠스 아이밀리우스 레피두스 리비아누스(기원전 77년 집정관)는 안찰관직 출마를 거절하였고, 유권자들에게 인기를 얻지 못했던 것으로 보인다.

90 키케로는 안찰관으로서 기원전 69년에 각각 케레스 여신, 리베르 남신과 리베라 여신, 플로라 여신에게 봉헌하는 축전을 세 차례 주최했다. 키케로, 『무레나 변호 연설』, 40 이하. 〈사람들은 축전을 정녕 즐기는바, 즐겁다고 인정하는 자들뿐 아니라, 아닌 체하는 자들까지도 그러합니다. 그 점을 저는 출마 때 몸소 느꼈습니다. 저 또한 연극 무대로 경쟁했기 때문입니다. 그런데 제가 안찰관으로서 축전을 세 차례나 개최했음에도 안토니우스의 축전에 경탄했을진대(⋯⋯).〉

91 큰 경제적 이득을 얻으면 일반적으로 헤라클레스에게 바치는 희생제를 열어 이웃들과 이익을 나누는 관습이 로마에 있었다. 그나이우스 아우피디우스 오레스테스 아우렐리아누스는 기원전 71년 집정관을 역임하였다. 그는 기원전 79년 안찰관으로서 헤라클레스에게 바치는 희생제를 거행하였고 사람들에게 식사를 제공하였다. 이후 이 일로 사람들의 인기를 얻어 정무관 선거에서 승승장구하였다.

쿠스 세이우스[92]는 곡물 품귀 현상이 벌어졌을 때 넉 되의 곡물을 한 푼만 받고 인민에게 풀었지만 악덕으로 몰리지 않았고, 오히려 안찰관이었기 때문에 추하지도 엄청나지도 않은 비용으로 오래 묵은 커다란 반감에서 자신을 구제하였다. 하지만 이와 관련하여 단연 최고의 존경을 받는 사람은 우리의 밀로인데, 그는 나의 무사 귀환을 비롯한 국가의 안녕을 위해 최근 검투사들을 고용하여 푸블리우스 클로디우스의 모든 시도와 광기를 제지하였다.[93]

59 따라서 필요하거나 유익하다면 인기 영합적 후의도 양해의 이유가 있다. 하지만 여기에도 최고의 척도는 중용이다. 퀸투스의 아들 루키우스 필립푸스[94]는 커다란 재능을 지닌 더없이 뛰어난 인물이었는데, 종종 그는 자신은 공연에 아무런 지출 없이 더없이 높은 모든 지위를 얻었다고 우쭐대곤 하였다. 코타와 쿠리오도 그렇게 말하곤 했다.[95] 우리도 어느

---

92 마르쿠스 세이우스는 기사 계급 출신의 부자로 퀸투스 호르텐시우스와 함께 재무관을 역임하였다. 안찰관이던 기원전 74년에는 산지 가격보다 낮은 가격으로 곡물을 시장에 풀었다고 한다.

93 티투스 안니우스 밀로(기원전 55년 법정관)는 기원전 57년 호민관일 때 검투사들을 고용하여 푸블리우스 클로디우스 풀케르의 정치 폭력배 무리에 맞섰다. 이때 호민관 밀로 덕분에 키케로는 망명 생활을 접고 로마로 돌아올 수 있었다. 기원전 52년 밀로는 클로디우스를 살해하였고 집정관 폼페이우스는 밀로를 기소하였다. 키케로가 변호했음에도 밀로는 유죄 판결을 받았다.

94 앞의 I 30, 108절을 보라.

95 가이우스 아우렐리우스 코타(기원전 124년 출생)는 기원전 75년 집정관이었고, 가이우스 스크리보니우스 쿠리오는 기원전 76년 집정관이었다.

정도까지는[96] 그러했다고 자랑할 수 있겠다. 우리는 피선거권 연령[97]에 이르자마자 바로 그때마다 만장일치로 공직에 당선되었는데 ─ 이는 방금 언급한 이들 가운데 누구도 성취하지 못한 것이다 ─ 그 공직들의 위엄에 비하면 안찰관 때의 지출은 솔직히 말해 사소하기 때문이다.

60 하지만 차라리 정당하다 할 지출은 성벽, 선착장, 항구, 수도교 등 국가에 유용한 모든 일에 돈을 쓰는 것이다. 손에 잡히는, 당장 눈앞에 놓인 것이 많은 즐거움을 주기는 하겠지만 후손들은 오히려 앞서 언급한 것들을 반길 것이다. 폼페이우스[98]를 생각해서 나는 극장, 회랑, 신전 신축을 삼가 비난하지 않겠지만, 더없이 박학한 사람들은 이를 옳게 여기지 않는다. 예를 들어 내가 이 책을 쓰면서 상세히는 아니지만 자주 인용한 파나이티오스가 우선 그러하다. 또 팔레론의 데메트리오스[99]가 그러한데, 그는 희랍의 지도자 페리클레스가 엄청난 돈을 저 유명한 일주문[100]에 쏟았다고 비판하였다. 이런 것 일반은 내가 쓴 『국가론』에 세심하게 기술되어 있다.

따라서 이런 인기 영합적 후의는 일체 악덕이지만, 때로 필요하긴 하며, 그때에도 다만 능력에 맞게 중용을 지켜야 한다.

XVIII 61 한편 돈을 쓰는 두 번째 종류는 관대함에서 나

96 키케로는 호구 감찰관에는 이르지 못했다.

97 키케로는 매번 피선거권 연령에 이르러 각각 공직에 출마하였다고 하는데, 당시 피선거권 연령은 재무관 30세, 안찰관 37세, 법정관 40세, 집정관 43세였다.

98 앞의 II 16, 57절을 보라.

99 앞의 I 1, 3절을 보라.

100 아테나이의 아크로폴리스로 올라가는 관문이다.

오는 지출이다. 그런데 상이한 각각의 사정을 살펴 달리 베풀어야 한다.[101] 다시 말해 재난에 시달리는 사람의 경우와, 불행은 없지만 더 나은 것을 구하려는 사람의 경우는 다르다. **62** 관후함은, 재난을 당해 마땅한 사람이라면 몰라도, 오히려 재난을 당한 사람들 쪽으로 향해야 한다. 하지만 불행을 벗어나기 위해서가 아니라 좀 더 높은 곳으로 도약하기 위해서 도움을 받고자 할 때라도 이들에게 결코 완전히 문을 닫아서는 안 되며, 적합한 사람들을 선별하여 도울 수 있도록 세심하게 판단해야 한다. 엔니우스는 다음과 같이 탁월하게 말했다.[102]

내 생각에는 선행도 잘못 베풀면 잘못이 된다.

63 그런데 고마워하는 선량한 사람에게 베풀 관후함은 당사자에게서 그치지 않고 다른 사람들에게서도 결실을 맺는다. 경솔함을 피한다면 관대함은 더없이 반가운 것이고, 대부분의 사람은 관대함을 열렬히 칭송한다. 지극히 높은 누군가의 선함은 모두가 공유할 피난처이기 때문이다. 그래서 우리는 최대한 다수에게 은혜를 베풀 수 있도록 수고해야 하는데, 그 기억은 수혜자의 자식들과 후손에게 전해지고 그들은 은혜를 잊지 않을 것이다.[103] 따라서 모든 사람은 배은망덕한

101 여기서 수혜자 선택의 문제는 앞의 I 14, 45절에서 자세히 논의되었다.
102 엔니우스 비극 단편, 409 Vahlen.
103 소포클레스 『아이아스』, 521행 이하. 〈사람은 환대받으면 마땅히 마음속에 간직하고 있어야 해요. 호의는 언제나 호의를 낳는 법이니까요. 그러

자를 미워하며, 관대함의 의욕을 꺾는 이 침해 행위가 자신들에게도 피해라고 생각하여, 배은망덕한 자를 빈자 모두의 적으로 본다.

나아가 피랍자의 자유를 위해 몸값을 내는 것, 빈자들이 부대끼지 않게 베푸는 것 등의 관후함은 국가에도 이득이다. 우리 원로원 계급이 이런 관후함을 널리 베풀곤 하였다고 크랏수스의 연설에 현란(絢爛)하게 기록되어 있음을 우리는 안다.[104] 나는 이런 관후함의 관행을 공연이라는, 인기에 영합하는 후의보다 훨씬 중하게 여긴다. 전자는 신중하고 위대한 사람의 일이며, 후자는 말하자면 인민의 아첨꾼, 쾌락으로 대중의 경박함을 자극하는 사람의 일이다.

64 그런데 줄 때는 관대하고 받을 때는 모질지 않게 하는 것이 합당하다.[105] 모든 계약, 매매, 임차, 주택 및 토지 경계 분쟁에서 공정하고 관대하게 처분하되, 자신의 권리를 많은 경우 상당히 양보하고, 소송은 가능한 한 혹은 가능한 것보

나 환대를 받고도 기억하지 못하는 자는 더는 고귀한 자로 간주될 수 없어요.〉

104 앞에서 여러 번 언급되었던 루키우스 리키니우스 크랏수스(기원전 95년 집정관)를 가리킨다. 크랏수스는 기원전 106년 세르빌리우스 카이피오가 제안한 법률안을 지지하는 연설을 하였는데, 이때 원로원 계급이 국가를 위해 공헌한 일들을 열거하였던 것으로 보인다. 세르빌리우스 법안은 기사 계급의 독점을 깨고 원로원 계급에게도 심판인 자격을 부여하자는 법안이었다. 키케로, 『클루엔티우스 변호 연설』, 140. 〈세르빌리우스 법안을 지지하며 그(역자 주: 크랏수스)는 원로원 계급을 최고의 칭송들로 장식하였고, 기사 계급을 향해서는 그 연설에서 많은 말을 거칠게 외쳤다.〉

105 아리스토텔레스, 『니코마코스 윤리학』, 1121a10 이하. 〈낭비는 주는 것과 받지 않는 것이 지나치며 받는 것이 모자라는 반면, 인색은 주는 것이 모자라며 받는 것이 지나치되, 단 작은 일에서만 그렇다.〉

다 조금 더 많이 삼가는 것이 옳다. 때로 권리를 약간 양보하는 것이 관대한 일인 동시에 이따금 이익이 되기 때문이다. 물론 이때 가산을 계산해야 하지만 — 가산이 새는 것을 방치하는 것은 수치다 — 옹졸하고 인색하다는 의심도 사지 말아야 한다. 상속 재산을 탕진하지 않으면서 관대함을 보일 수 있는 것은 단언하건대 돈의 가장 큰 결실이다.

접빈객은 테오프라스토스도 적절히 칭송한 바 있다. 내 보기에도 귀한 사람의 집이 귀한 빈객에게 열려 있는 것은 매우 바른 일인 고로, 외국인들이 우리 도시에서 이런 유의 관대함을 누린다는 것은 국가적으로도 자랑스러운 일이다. 나아가 훌륭하게 권력을 잡으려는 사람이라면, 빈객을 통해 국외에서 세력과 신임을 얻는 것도 무척 커다란 이익이 된다. 테오프라스토스는 실로 이렇게 기록하였는바, 아테나이 사람 키몬은 그가 속한 라키아다이 동민들을 잘 대접하였는데, 집안 관리인들에게 라키아다이 사람들이 누구든 자기 집을 찾아오면 모든 편의를 제공하라고 지시하였고 그런 관행을 세웠다고 한다.[106]

XIX 65 이제 후의가 아니라 노무를 제공하는 은혜를 보자면 이는 때로 국가 전체에, 때로 개별 시민에게 제공된다. 법

106 키몬은 아테나이 사람으로 기원전 5세기의 유명한 장군이자 정치가다. 플루타르코스, 『영웅전 키몬』, 10. 〈키몬은 부자였기 때문에 전쟁으로 얻은 재산을 시민들에게 아낌없이 썼다. (……) 그는 자기 집에서 날마다 저녁 식사를 베풀었는데, 호화롭지는 않았으나 많은 사람이 먹기에 넉넉하여 오고 싶은 사람은 모두 와서 먹게 했다. (……) 키몬이 아테나이의 모든 시민에게 식사를 대접하지는 않았다고 한다. 그는 자기가 살던 라키아다이 구역의 사람들만 대접했고, 그나마도 자유민에게만 해당되었다고 한다.〉

정 변호, 법률 자문, 법학 지식으로 가능한 한 많은 이에게 조력을 제공하는 일은 세력 확장이나 신임 확보와 무척이나 크게 관련된다. 조상들의 탁월한 업적이 많지만, 특히 탁월한 업적은 더없이 훌륭하게 만들어진 시민법의 지식과 해석을 언제나 더없이 높이 존경한 점이다. 혼란의 시대 이전에는 국가 지도자들이 시민법 지식을 지녔으나, 요즘은 관직이나 존엄의 모든 지위처럼 법학의 광휘도 빛을 잃었다. 더욱 참담한 것은, 이 일이 관직에서는 대등했던 선배들 모두를 법학으로 크게 능가한 사람[107]이 지켜보는 가운데 일어났다는 사실이다. 아무튼 따라서 이런 노무 제공은 다수가 반기는 일이며, 수혜자들의 호의를 얻는 데 제격인 일이다.

66 이 법학과 매주 인접한 것은 진지한 웅변술인데, 이는 더 많은 호감을 얻는 좀 더 존경받는 학문이다. 청중의 경탄을 얻는 데나, 절실한 자들의 희망이 되는 데나, 피호민들의

---

107 여기서 언급된 사람은 기원전 51년의 집정관 세르비우스 술피키우스 루푸스(기원전 105~기원전 43년)다(Dyck, 454면). 키케로, 『무레나 변호 연설』, 19 이하. 〈세르비우스는 저와 마찬가지로 법률 자문에 응하여 대답하고, 법률 문서를 작성하고, 사람들을 법정 분쟁에 대비시키는, 걱정과 불쾌로 가득 찬 도시 전투를 맡았습니다. 그는 시민법을 배웠고, 밤새 자지 않고 노력했고, 격무에 시달렸고, 많은 사람을 도왔으면서도 그들의 어리석음을 참아 냈고, 그들의 오만함을 견뎌 냈고, 그들의 까다로움을 버텨 냈습니다. 달리 말해 다른 이들의 의지에 따라 살았고, 자기 뜻대로 살지 못했던 것입니다. 많은 이들에게 이익이 될 법률 분야에서 홀로 격전을 치르는 것은 큰 자랑이자 뭇사람들에게 영향력 있는 일입니다.〉 『브루투스』, 152. 〈이때 브루투스가 말했다. 《우리의 세르비우스를 퀸투스 스카이볼라보다 앞에 놓으시겠습니까?》 나는 말했다. 《그렇다네. 스카이볼라 등 많은 사람이 시민법의 실천적 경험을 다수 가지고 있었지만, 법학은 오로지 세르비우스만이 유일하지.》

감사를 받는 데나, 무엇이 웅변보다 탁월한가? 그리하여 우리 조상들은 웅변술이 평복을 입고 얻을 수 있는 위엄 가운데 최고봉이라 하였다. 기꺼이 수고를 감당하려는 웅변가가, 조상들의 관례에 따라 기꺼이 무보수로[108] 여러 사람의 소송을 맡는다면, 은혜를 베풀고 두호(斗護) 관계를 맺을 기회는 활짝 열려 있다. 67 이 주제에 이르러 여기서도 — 웅변의 소멸이란 말은 삼가고 — 웅변의 중단을 한탄하지 않을 수 없다.[109] 내가 나 자신 때문에 이런 불평을 한다고 생각해도 어쩔 수 없는 일이지만, 오늘날 연설가들이 사라져 가는 가운데 기대할 만한 연설가는 겨우 몇 안 됨을, 능력 있는 연설가는 더 없음을, 한편 무모한 연설가는 많아졌음을 우리는 목도한다.

모두가 법률에 정통하거나 웅변가일 수 없고, 기실 그런 사람은 많지 않기 때문인데, 그래도 누구든지 수고로써 여럿에게 이득이 될 수 있다. 사람들을 위해 은혜를 호소한다든지, 사람들을 심판인들과 정무관들에게 추천한다든지, 타인의 일을 위해 정성을 다한다든지, 사람들을 법률가들이나 웅

108 두호인은 피호민으로부터 금전적 보상을 받지 않는 것이 오래된 로마 전통이었다. 하지만 이런 전통이 무너지면서 기원전 204년 킹키우스 법이 제정되어 법적 조력의 대가가 금지되었다. 하지만 간접적인 방식으로 사례는 제공되었다.

109 키케로, 『브루투스』, 330. 〈브루투스여, 더없이 저명한 호르텐시우스가 사망한 이후 고아가 되어 버린 웅변술을 우리는 마치 후견인처럼 맡게 되었다. 따라서 우리는 웅변술을 집 안에 잘 보호하여 자유민다운 보살핌으로 돌보아야 하겠고, 무지하고 파렴치한 자들이 청혼자로 접근하지 못하게 막아야 하겠고, 웅변술이 처녀로 순결하게 장성할 수 있도록 지켜야 하며, 할 수 있는 한 구애자들의 공격에서 웅변술을 지켜야 하겠다.〉

변가들에게 부탁한다든지 등의 수고로 말이다. 이런 것을 행하는 사람은 아주 큰 감사를 받으며, 그 노력은 매우 큰 이름을 얻는다. **68** 당연한 일이라 새삼 환기할 필요도 없겠지만, 남을 돕고자 할 때 그들의 마음을 다치지 않게 조심해야 한다. 우리는 상처 입혀서는 안 될 사람들을, 상처 입혀서 득이 되지 않는 사람들을 왕왕 상처 입힌다. 모르고 그랬다면 나태한 것이고, 알고도 그랬다면 경솔한 것이다. 본의 아니게 마음을 다치게 했다면 왜 그 행위가 어쩔 수 없었는지, 왜 달리 행할 수 없었는지를 최대한 해명해야 하며, 침해했다고 생각되는 만큼 다른 노무와 헌신으로 보상해야 한다.

XX 69 사람을 도울 때 흔히 성품이나 재산을 살피게 되는데, 사람들은 은혜를 베풀 때 사람의 성품만을 보고 재산은 보지 않는다고 흔히 그렇게 말하며 그렇게 말하기가 쉽다. 훌륭한 말이다. 하지만 노무를 제공해야 할 때, 가난하지만 더없이 선량한 사람의 사정보다 재산 있고 권력 있는 자의 감사를 중시하지 않는 사람이 있는가? 보답을 용이하고 빠르게 받겠다 싶은 쪽으로 대부분 우리의 의지는 기울어지기 때문이다. 하지만 사태의 본질을 좀 더 세심하게 관찰해야 한다. 가난한 사람은, 만약 그가 선량한 사람이라면, 은혜에 보답은 할 수 없을지라도, 분명 감사의 마음은 품을 수 있다. 누가 말했는지 정확하게 이야기했다. 〈돈은 가지고 있으면 아직 갚지 않은 것이고, 갚으면 없어지는 것이다. 하지만 감사의 마음은 가지고 있으면 이미 갚은 것이며 갚아도 없어지지 않는 것이다.〉 그런데 스스로 부유하고 존경받고 유복하다고 여기는 사람들은 은혜를 입어 신세 지기를 원하지 않는다. 심지어 이들은 자신들이 아무리 큰 은혜를 입었어도 오히려 그것이 은혜를 베푼 것이라고 생각하기까지 하며, 나아가 자신들에게서 은혜를 요구하거나 기대할 것이라고 의심할 뿐, 두호를 받는 것이나 피호민으로 불리는 것은 죽음과 진배없다고 생각한다. 70 하지만 빈한한 자는 어떤 은혜든 입으면 이는 자신의 형편이 아니라 자기 자신을 본 것이라고 믿고, 은혜를 베푼 사람만이 아니라 은혜를 기대할 수 있는 사람들에게도 — 실로 그는 많은 사람의 은혜가 필요하다 — 감사의 마음을 가질 줄 아는 사람으로 평가되도록 노력하며, 어쩌다 보답하게 되면 이를 말로써 과장하지 않고 오히려 약소했다고 말한다. 그러므로 명심해야 하는데, 만약 풍족하고 재산 있는 사람을 변호하면, 당사자 한 명이나 혹은 그 자식들이 감사의 마음을 가지겠지만, 만약 가난하지만 올바르고 절도 있는 사람을 변호한다면, 빈약하지만 올바른 사람들은 모두 — 인민의 대다수는 그러하다 — 자신들에게도 보호자가 생겼다고 여기게 된다.

71 따라서 나는 재력 좋은 사람이 아니라 사람 좋은 사람에게 은혜를 베푸는 것이 좋겠다고 본다. 일반적으로는 모든 사람을 만족시킬 수 있게 봉사를 베풀어야 하겠지만, 사정상 선후를 가려야 한다면 테미스토클레스의 권위를 따르는 것이 마땅하다. 그는 딸을 선량한 가난뱅이에게 출가시키느냐 아니면 불량한 부자에게 보내느냐 하는 자문에 답하여 말했다. 〈나는 사람이 부족한 돈이 아니라 돈이 부족한 사람에게

보내겠다.⟩[110] 세태는 타락하고 부패하여 부를 경탄하기에 이르렀다. 다른 사람의 커다란 부가 우리 각자에게 무슨 상관이란 말인가? 어쩌면 거부(巨富)를 소유한 본인에게는 유익할 수 있겠다. 항상은 아니겠지만, 그래도 도움이 된다고 하자. 돈이 더 넉넉하다고 해서 어찌 더 훌륭한 사람이겠는가? 부가 그를 돕는 동기가 되어서는 안 되지만, 부자가 선량하기까지 하다면, 부는 그를 돕지 않을 이유가 되어서도 안 된다. 모든 판단은 얼마나 부유한가가 아니라 개인이 어떠한가에 따라야 한다.

은혜와 노무를 제공하는 데 마지막 지침은 공정함에 반하고 불의를 위하는 무엇도 하지 말라는 것이다. 영원한 추천과 평판의 토대는 정의다. 정의를 잃으면 칭송은 결코 얻을 수 없다.

XXI 72 개인을 향한 은혜는 논의를 마쳤으므로, 시민 전체와 국가를 향한 은혜를 논해야 한다. 그 은혜 가운데 일부는 시민 전체에게 관계되고, 일부는 개별 시민에게 관계된다. 물론 후자가 훨씬 더 환영받는다. 하지만 일반적으로는 가능하다면 양자에 똑같이 노무를 제공해야 한다. 개별 시민을 돕는 것도 중하지만, 그런 일이 국가에 도움이 되거나 적어도 결코 손해가 되어서는 안 된다. 가이우스 그락쿠스가 시행한 곡물 배급은 엄청난 후의였고 이로써 국고는 탕진될 판

---

110 플루타르코스, 『영웅전 테미스토클레스』, 18. ⟨그리고 두 남자가 그의 딸에게 구혼했을 때, 그는 사람 없는 돈보다는 돈 없는 사람을 원한다며 부유한 남자보다는 유능한 남자를 골랐다.⟩

이었다.[111] 마르쿠스 옥타비우스가 시행한 곡물 배급은, 평민들은 절실했고 국가는 견뎌 낼 수 있을 적절한 후의였고, 따라서 시민들에게는 물론 국가에도 득이 되었다.[112]

73 앞으로 국가를 통치할 사람이 특히 살펴야 할 바는 각자가 자기 재산을 지키며 개인 재산의 공적 상실이 없도록 하는 것이다. 필립푸스[113]는 호민관에 재직할 당시 농지법을 제안하여 위기를 초래하였으나 법안이 부결되자 이를 순순히 받아들였다. 이때 그는 극히 온건한 사람으로 보였지만, 돌이켜 보면 상당히 대중 추수적인 연설이 많았고, 재산을 가진 사람이 국가를 통틀어 2천 명도 안 된다는 잘못된 발언도 있었다. 이는 재산의 균등 분배를 꾀하는 극악한 발언이었다. 균등 분배보다 큰 역병이 있을 수 있는가? 국가와 공동체가 만들어진 가장 큰 목적은 자기 재산을 지키기 위함이었기 때문이다. 비록 본성에 이끌려 인간이 모여 살기는 하지만, 자기 재산을 보전하기를 기대하여 국가의 보호를 찾았던 것이다.

74 또한 우리 조상들은 국고 고갈과 전쟁 지속을 이유로

111 기원전 123년 호민관에 당선된 그락쿠스는 곡물법을 제안하였는데, 국고를 투입하여 곡물을 사들여 매입가보다 훨씬 낮은 가격으로 시장에 공급하자고 하였다. 키케로, 『투스쿨룸 대화』, III 20, 48. 〈가이우스 그락쿠스도 엄청나게 퍼 주고 국고를 물 쓰듯 하면서도 말로는 국고를 아꼈다고 했습니다.〉

112 티베리우스 그락쿠스의 동료 호민관이었던 동명의 마르쿠스 옥타비우스가 아니라, 티베리우스 그락쿠스 이후에 활동한 인물로 보인다. 그가 제안한 곡물법은 국고의 부담을 어느 정도 완화하는 수준이었다.

113 루키우스 마르키우스 필립푸스(기원전 91년 집정관)는 기원전 104년의 호민관이다. 앞의 I 30, 108절과 II 17, 59절에 따르면 촉망받던 연설가 가운데 한 명이었다.

때로 세금을 징수하였지만,[114] 장차 국가를 통치할 사람은 이런 세금을 걷지 않도록 노력해야 하며, 그런 일이 발생하지 않도록 사전에 대비해야 한다. 만약 어떤 국가에 이런 부담을 짊어져야 할 필연성이 발생한다면 — 여기서 나는 우리나라의 불길한 전조가 되지 않도록 어떤 나라라고 말하고 있지만, 우리 나라를 포함한 모든 나라를 두고 논하는 바다 — 안녕을 위해서는 그 필연성에 복종해야 함을 모두가 이해할 수 있도록 노력해야 하겠다. 앞으로 국가를 통치할 모두는 또한 의식에 필요한 물자가 넉넉히 공급되도록 돌보아야 한다. 어떤 물자를 어떻게 마련해야 할지까지 논의할 필요는 없는데 이는 아주 분명하기 때문이다. 다만 이 논소를 언급하지 않을 수 없을 뿐이다.

75 모든 행정 관리와 공공 직무의 핵심은 탐욕의 아주 조그마한 의심도 일절 받지 않는 것이다. 삼니움 사람 가이우스 폰티우스는 말했다.[115] 〈운명이 나의 출생을 보류하였다면! 로마인들이 언젠가 뇌물을 받게 될 때에 태어났으면 좋

114 시민들이 재산 정도에 따라 부담했던 세금은 기원전 167년 이후 징수되지 않았다. 이때 아이밀리우스 파울루스가 마케도니아 전쟁에서 승리하면서 속주에서 들어오는 수입과, 마케도니아와 일뤼리아에서 거두어들이는 세금이 충분했기 때문이다(Dyck, 465면). 이하 II 22, 76절을 보라.

115 가이우스 폰티우스는 제2차 삼니움 전쟁(기원전 326~기원전 304년) 중 기원전 321년 삼니움의 카우디움에서 로마를 상대로 거둔 승전으로 유명하다. 그는 제3차 삼니움 전쟁(기원전 298~기원전 290년)에서 퀸투스 파비우스 막시무스 구르게스(기원전 292년의 집정관)에 의해 포로가 되었으며, 기원전 292년 막시무스의 개선식에서 쇠사슬에 묶인 채 끌려가 처형되었다. 키케로, 『노(老)카토 노년론』, 41 이하에 언급된 헤렌니우스 폰티우스는 가이우스 폰티우스의 부친이다.

으련만. 그럼 그들의 지배를 더는 받지 않았을 텐데.〉 참으로 그는 여러 세대를 기다려야 했을 것이다. 이 악행은 얼마 전에야 이 나라를 침범했기 때문이다. 실제로 폰티우스에게 그런 힘이 있었다면 그가 그때 살았던 것이 오히려 다행이라고 나는 생각한다. 루키우스 피소에 의해 그 전에 없었던 수탈 재산 반환법이 제정된 것이 이제 채 110년이 되지 않았다.[116] 하지만 이후 수많이 제정되고 매번 더욱 강화된 수탈 재산 반환법들,[117] 수많은 피고들, 수많은 유죄들, 심판인에서 배제[118]된다는 두려움 때문에 야기된 이탈리아 전쟁,[119] 법과 법

116 루키우스 칼푸르니우스 피소(기원전 133년 집정관)는 호민관으로서 기원전 149년에 속주에 파견된 총독의 전횡을 처벌하기 위해 수탈 재산 반환법을 제정하였다.

117 칼푸르니우스 반환법 이후, 기원전 149년에서 기원전 123년 사이에 유니우스 반환법이 제정되었다. 기원전 123~기원전 122년의 아킬리우스 반환법은 보상을 두 배로 강화하였다. 기원전 111년에 세르빌리우스 반환법은 그 처벌 대상을 속주 총독을 포함하여 모든 정무관으로 확대하였고, 시민권 박탈이 포함되어 있었다. 기원전 81년 독재관 술라의 코르넬리우스 반환법, 기원전 59년 집정관 카이사르의 율리우스 반환법 등이 제정되었는데, 후자는 처벌을 네 배로 강화하였다(Dyck, 467면 이하).

118 몸젠에 따르면(『몸젠의 로마사』, V, 323면 이하), 기원전 91년 리비우스 드루수스는 기사 계급 재산 등급의 시민을 심판인 자리에서 배제하고 심판인 자리를 원로원에게 돌려주자는 주장을 펼쳤으며, 또한 매수의 죄책이 있었거나 있다고 하는 심판인의 자격을 박탈하기 위한 특별 법정의 설치를 제안하였다. 여기에 덧붙여 곡물법, 농지법 등을 포함하여 이탈리아 동맹시에 로마 시민권을 부여하자는 의견도 냈다. 리비우스 드루수스는 곡물법과 농지법과 심판인법을 묶어 표결에 붙였는데, 이는 통과되었다가 이후 심판인법에 반대하는 자본가 당파에 의해 다시 폐기되었고 리비우스 드루수스도 살해되었다. 이후부터 리비우스 드루수스의 개혁을 지지하던 이탈리아 동맹시들의 반란이 시작되었다.

119 허승일, "The Social War, 91 to 88 BCE: A History of the Italian

정의 붕괴[120] 이후 엄청난 동맹국 수탈과 약탈. 이렇게 볼 때 우리가 견뎌 온 것은 다른 사람들의 나약함 때문이었지, 우리의 용기 때문은 아니었다. **XXII 76** 파나이티오스는 아프리카누스[121]를 그의 금욕 때문에 칭송하였다. 어찌 칭송하지 않겠는가? 아프리카누스는 다른 더 큰 장점들을 지녔다. 금욕이라는 칭송은 그 개인만이 아니라 그의 시대 전반에도 속한다. 파울루스[122]는 마케도니아의 모든 보물, 실로 엄청난 재화를 획득하여 이를 국고에 그대로 집어넣었는데, 이로써 한 명의 승전 장군이 획득한 전리품으로 세금 징수를 멈추게 하였다. 그런데 파울루스가 그의 집으로 가져간 것은 오로지 영원한 명성뿐이었고, 이런 부친을 닮은 아프리카누스의 가산은 카르타고[123]를 정복한 이후에도 조금도 늘지 않았다. 어떤가? 아프리카누스와 호구 감찰관 동료였던 루키우스 뭄미

Insurgency Against the Roman Republic" 서평, 『지중해지역연구』 23 (2021), 163면. 〈당시에는 중부 이탈리아에 사는 마르시인들의 반란이라 하여 마르시 전쟁bellum Marsicum이라 불리다가 술라 이후에 이탈리아 전쟁bellum Italicum이라고도 하였다. 로마 제정기에 황제들에 의해 동맹국 전쟁bellum sociale이라 호칭되기도 하였는데, 이것이 오늘날 통용되는 것으로서, 엄밀히 말하자면, 로마와 이탈리아 동맹국들 간의 전쟁이라 할 것이다.〉

120 앞의 II 8, 27절 이하에 따르면 코르넬리우스 술라의 독재가 시작된 것과 동시에 속주의 착취가 시작되었다.

121 스키피오 아이밀리아누스를 의미한다.

122 루키우스 아이밀리우스 파울루스 마케도니쿠스(기원전 182년과 기원전 168년의 집정관)는 기원전 167년에 마케도니아를 정복하였다. 위에 언급된 아프리카누스의 생부다. 파울루스가 국고에 넣은 액수는 1억 2천만 세스테르티우스라고 알려져 있다.

123 스키피오 아이밀리우스(기원전 142년 호구 감찰관)는 기원전 146년 카르타고를 파괴하였다.

우스의 부가 더없이 부유한 도시[124]를 철저히 파괴한 이후에 불어났더냐? 그는 자기 집보다 이탈리아를 치장하길 원했다. 하지만 이탈리아가 장식됨으로써 그의 집은 더욱 빛나게 장식되었다고 나는 생각한다.

77 원래의 논의로 돌아가자면, 특히 최고 권력자와 국가 통치자에게 탐욕보다 혐오스러운 악덕은 없다. 국가를 사익 추구의 도구로 삼는 것은 추한 일이며 나아가 흉악한 범죄다. 그리하여 퓌티아의 아폴로는 신탁을 내리되, 스파르타를 다른 무엇도 아닌 탐욕이 멸망케 하리라 하였는데, 이는 라케다이몬 사람들만이 아니라 모든 부유한 국가의 인민을 염두에 둔 예언이라 하겠다.[125] 국가를 이끄는 사람이 대중의 호의를 얻는 첩경은 다른 무엇이 아닌 오직 금욕과 극기다.

78 그런데 대중 친화적이라고 주장하고 그래서 멀쩡한 소유자에게서 그들의 농지를 박탈하는 농지 개혁을 시도하고 혹은 부채 탕감을 생각하는 자는 국가의 근간인 화합과 공정을 무너뜨리는 사람이다.[126] 돈을 여기서 빼앗아 저기에 주면

---

124 루키우스 뭄미우스 아카이쿠스(기원전 142년 호구 감찰관)는 집정관이던 기원전 146년 코린토스를 점령하였다. 코린토스 전리품은 헤라클레스 신전을 건립하고, 로마와 이탈리아 그리고 속주들의 공공건물을 치장하는 데 필요한 비용으로 사용되었다(Dyck, 469면).

125 이 신탁은 스파르타의 왕 알카메네스와 테오폼포스에게 내려진 것이라고 전한다. 플루타르코스가 전해 주는 신탁의 문구는 다음과 같다. 〈스파르타를 다른 무엇도 아닌 탐욕이 멸망케 하리라ά φιλοχρηματία Σπάρταν ὀλεῖ, ἄλλο δὲ οὐδέν.〉

126 티베리우스 그락쿠스는 기원전 133년 최초로 농지 분배를 위한 농지 법안을 제안하였다. 플루타르코스, 『영웅전 가이우스 그락쿠스』, 5. 〈가이우스는 민중을 이롭게 하고 원로원을 견제하기 위해 여러 법안을 제출하였다.

화합은 있을 수 없고, 각자에게 자기 재산을 지키도록 보장하지 않으면 공정은 완전히 무너진다. 앞서 말한 것처럼 나라와 도시의 임무는 침해받지 않는 자유로운 재산권 행사를 각자에게 허용하는 데 있다. **79** 그렇다고 이렇게 국가를 붕괴시킨 자가 그가 받으리라 생각한 신임을 얻게 되는 것도 아니다. 재산을 빼앗긴 자는 적이 되고, 재산을 얻은 자는 얻으려 하지 않은 척하며, 상환 능력이 없었음을 드러내지 않기 위해 부채가 탕감된 기쁨을 감춘다. 그런데 침해를 입은 사람은 이를 기억하고 그가 당한 고통을 세상에 드러내기에, 올바르지 않게 재산을 얻은 사람들보다 수는 많지 않지만, 불의하게 재산을 빼앗긴 사람들이 힘은 더 크다. 문제는 머릿수가 아니라 영향력이다. 더군다나 수년 혹은 수 세대 동안 누군가 소유하던 토지를 다른 사람이 소유하게 되고, 소유하던 사람은 이를 잃게 되는 일 어디에 공정이 있는가?

XXIII 80 이런 유의 불의 때문에 라케다이몬 사람들은 행정관 뤼산드로스를 탄핵하였고, 왕 아기스를 그들 역사상 처음으로 살해하였다.[127] 그 이후 커다란 혼란이 이어졌고 폭군

그중 하나는 농지에 관한 것으로, 국유지를 빈민들에게 나눠 주자는 내용이었다.〉

127 플루타르코스, 『영웅전 아기스』, 4 이하. 〈재산은 몇몇 사람의 손으로 빠르게 넘어갔고, 가난이 널리 퍼지면서 자유민들에게 고결한 가치를 추구할 기회를 빼앗고 가치도 없는 일에 몰두하게 하여, 부자들에 대한 시샘과 미움만 가득 차게 되었다. (……) 아기스는 뤼산드로스를 행정관으로 당선시켜 곧 그가 원로원에 법안 하나를 제출하도록 했는데, 그 내용은 다음과 같다. (1) 시민의 빚을 모두 탕감한다. (2) 모든 시민에게 토지를 나누어 준다.〉 아기스가 살해된 것은 기원전 241년의 일이다.

들이 출현하는가 하면 귀족들이 추방당했으며, 더없이 탁월했던 국가 체계도 붕괴하였다. 거기에 그치지 않고 라케다이몬에서 시작된 감염병이 널리 퍼지면서 나머지 희랍도 온통 쑥대밭이 되어 버렸다. 어떤가? 우리의 그락쿠스 형제, 더없이 위대한 사내 티베리우스 그락쿠스의 아들들, 아프리카누스의 손자들도 농지 쟁론으로 파멸하지 않았던가?

81 따라서 시퀴온의 아라토스[128]를 칭송하는 것은 정당하다. 그는 나라가 폭군의 지배를 받은 지 50년이 되던 때에 아르고스를 출발하여 시퀴온 도시로 비밀리 잠입하고는 도시를 장악해서 폭군 니코클레스를 순식간에 제압하였고, 이어 과거 그의 나라에서 가장 부유했으나 이제 망명자로 전락한 6백 명을 복권하였다. 이렇게 그의 귀국으로 국가는 해방되었다. 하지만 그는 재산과 토지를 두고 큰 어려움에 봉착하였다. 이제 복권된 사람들이 과거 남들에게 빼앗겼던 재산을 되찾지 못하는 것은 더없이 불공정하다고 생각했지만, 또한 다른 한편 지난 50년 동안의 소유권을 이제 와 변동시키는 것도 가히 공정한 일은 아니라고 여겼는데, 길고 긴 시간 동

---

128 아라토스는 희랍 아카이아 동맹을 이끈 정치가로 기원전 251년 참주 니코클레스를 내쫓은 뒤 정권을 잡았고, 곧 시퀴온을 아카이아 동맹에 가입시켰다. 플루타르코스 『영웅전 아라토스』, 4 이하. 〈니코클레스는 넉 달 동안 시퀴온의 폭군 노릇을 했다. 그동안에 그는 많은 잘못을 저질러 아이톨리아인이 쳐들어왔을 때 나라를 거의 잃을 뻔했다. 이 무렵에 이제 성인이 된 아라토스는 좋은 가문과 훌륭한 정신으로 많은 사람에게 존경받고 있었다. (……) 아라토스는 니코클레스가 추방한 여든 명의 망명객과 지난 독재자들의 통치 기간에 해외로 망명한 5백 명의 인사들을 불러들였다. 그들은 거의 50년 가까이 다른 나라에서 떠돌았다.〉

안 상당수 소유권이 유산 상속, 매매, 혼인 증여로 변동은 있었지만, 불법은 없었기 때문이었다. 따라서 그는 이들에게서 재산을 몰수해서도 안 되고, 원래 소유자들에게 보상하지 않을 수도 없다고 생각하였다. **82** 그리하여 그는 이 일을 바로잡기 위해 돈이 필요하다고 판단하였기에 알렉산드리아를 방문하고자 한다고 말하고, 그가 돌아올 때까지 이 문제는 그대로 놓아 두라고 지시하였다. 그리하여 그는 서둘러 그를 빈객으로 대접하는 프톨레마이오스를 찾아갔는데, 당시 알렉산드리아는 프톨레마이오스 2세가 통치하고 있었다. 왕에게 그는 조국을 해방하는 데 걸림돌이 있음을 알리고, 더없이 위대한 사내는 부유한 왕에게서 어렵지 않게 엄청난 자금을 융통하는 데 성공하였다. 융통한 돈을 가지고 시퀴온에 돌아온 그는 15인 최고 회의를 주재하였고, 이들과 더불어 사안들을 검토하되 남의 재산을 가지고 있던 자들 및 자기 재산을 잃어버린 사람들을 살피고, 재산 평가를 통해, 때로 돈을 받고 재산권을 포기하도록 설득하기도 하였고, 때로 재산 회복보다 재산 가액을 받는 것이 이익임을 설득하기도 하였다. 그렇게 모두가 분쟁 없이 돌아갔고 평화가 회복되었다. **83** 얼마나 위대한 사내인가! 우리 나라에도 이런 사람이 태어났어야 하는데! 시민들을 이렇게 대하는 것이 온당하다. 우리는 두 번이나 목격했지만,[129] 광장에 창을 꽂고 시민들의 재산을 경매인의 목소리에 내맡기는 것은 온당치 못하다. 한데 지혜롭고 출중한 희랍인은 모두를 보살펴야 한다고 생각

---

129 술라와 마리우스의 독재를 가리킨다.

하였듯이, 이처럼 선량한 시민의 최고 이성과 지혜는 시민들의 이익을 침해하지 않고 한결같은 공정함으로 시민 모두를 보호하는 데 있다.

〈무상으로 남의 땅을.〉[130] 〈어찌 그럴 수가? 내가 사서 내가 짓고 내가 고치고 내가 고생했는데, 내 허락도 없이 내 것을 쓰겠다니? 이는 남의 재산을 빼앗아 다른 사람에게 주는 것과 무엇이 다른가? **84** 사실 부채 탕감의 논리는 내 돈으로 네가 땅을 사서 그 땅을 네가 갖고 나는 돈을 못 받는 것과 무엇이 다른가?〉 **XXIV** 따라서 국가에 해가 되는 이런 부채가 발생하지 않게 살펴야 하고 여러 방법을 강구할 수 있겠지만, 그래도 발생하였다면 채권자가 자기 재산을 잃고 채무자가 남의 재산을 차지하는 일이 없도록 조치해야 한다. 국가를 무엇보다 강력하게 결속시키는 힘은 신의[131]인바, 신의는 채무 이행이 강제되지 않으면 지켜질 수 없다. 내가 집정관이

130 마르쿠스 카일리우스 루푸스(기원전 48년 법정관)가 제안하고 당시 집정관 카이사르가 시행한 감세 정책과 연관된다. 카이사르, 『내전기』, III 1. 〈선거가 끝난 후 이탈리아 전체에 걸쳐 신용이 경색되고 채무 이행이 어렵게 되어 카이사르는 이를 중재인들에게 맡기기로 결심하였다. 중재인들을 통해 재산과 토지의 평가가 이루어져, 전쟁 이전에 그것들 각각의 가액이 산정되었고, 그것들은 채권자들에게 양도되었다. 이것이 부채 탕감의 두려움(이 때문에 전쟁과 내전이 생기곤 했다)을 없애고 줄이는 방법으로, 채무자의 평판을 지켜 주는 방법으로 더없이 적절한 것이라고 카이사르는 생각했다.〉 21. 〈카일리우스는 먼젓번 법률을 철폐하고 두 가지 법률을 제안하였는데, 하나는 세입자에게 1년 동안 집세를 감면해 주는 법안이었고, 다른 하나는 부채 탕감 법안이었다.〉

131 앞의 I 7, 23. 〈그런데 정의의 토대는 신의다. 다시 말해 말과 계약의 일관성과 실행이다fundamentum autem est iustitiae fides, id est dictorum conventorumque constantia et veritas.〉

었을 때 부채를 상환하지 않겠다는 외침이 어느 때보다 강력했다. 무기를 들고 군영을 꾸려 온갖 종류와 온갖 신분의 인간들이 채무 불이행을 시도하였고, 나는 이들에 맞서 국가의 이런 악을 모두 뿌리 뽑았다.[132] 당시 채무는 어느 때보다 극심했지만 어느 때보다 훌륭하고 수월하게 변제되었는데, 편취의 희망은 없어지고, 상환의 강제가 뒤따랐기 때문이다. 하지만 당시 패자였던 오늘의 승자[133]는 자신에게 이득이었을 때 생각했던 부채 탕감을 자신에게 하나도 이득이 되지 않는 때에 이행한 것이다. 악행의 엄청난 욕정에 휩싸인 그는 아무런 이득도 없는 악행 자체에 기뻐한다.

85 따라서 국가를 통치할 사람은 어떤 사람에게 빼앗아 다른 사람에게 주는 식의 이런 후의는 멀리해야겠고, 특히 법과 재판의 공정성 가운데 모두가 각자의 재산을 지킬 수 있게 해주어야겠고, 또 빈자가 비천함 때문에 고통받는 일이 없도록, 부자가 시샘 때문에 재산 보전이나 재산 회복에 어려움을 겪지 않도록 도와야겠고, 나아가 전시든 평시든 가용 수단을 모두 동원하여 국가의 패권과 영토와 조세를 늘릴 수 있도록 노력해야 하겠다. 이는 긍지 높은 사람의 본분이자, 우리 조상들이 이룩한 업적이며, 더없이 큰 국익을 도모하는

132 기원전 63년 키케로는 집정관으로서 카틸리나를 탄핵하였다. 키케로, 『카틸리나 탄핵 연설』, 14. 〈또 돌아오는 변제일에 재산을 모두 탕진했음을 당신이 실감하게 될 파산은 그대로 묻어 두자. 당신 악덕의 개인적 파렴치는 제쳐 두고, 당신 집안의 파탄과 추행도 접어 두고, 다만 국가와 우리 모두의 안녕과 존립이 걸린 문제로 넘어갈까 한다.〉

133 키케로는 카이사르가 카틸리나 내란 음모에 연루되어 있다고 생각한 것으로 보인다. 하지만 카이사르가 참여하였다는 증거는 없다(Dyck, 478면).

동시에 자신은 커다란 신임과 세평을 얻을 사람의 의무다.

86 이득과 관련된 이런 준칙들 가운데 두 가지를 튀로스의 안티파트로스[134]는 — 그는 스토아 철학자로 최근 아테나이에서 별세하였다 — 파나이티오스가 놓쳤다고 보았다. 건강 관리와 금전 관리가 그것이다. 이것들을 최고의 철학자는 모두가 아는 바라고 여겨 간과하였으리라고 나는 믿는다. 이것들도 이득에 해당한다. 건강은 자기 몸의 이해, 이로운 것과 해로운 것의 주의, 의식과 생활 전반의 극기, 기력 보중을 위한 쾌락의 절제, 마지막으로 이것들을 다루는 전문가들의 학문에 의해 유지된다. **87** 한편 가산 형성은 추함과 멀리 떨어진 일들을 통해 이루어져야 하며, 성실과 검약을 통해 유지되고 증식되어야 한다. 이를 소크라테스의 제자 크세노폰이 『경영론』에서 더없이 적절하게 다루었다. 우리는 이 책을 희랍어에서 라티움어로 번역하였는데, 지금의 네 나이쯤 되었을 때였다. 재산 형성과 투자를 — 나아가 가능하다면 재산 활용까지도 — 여느 철학자나 여느 학교보다 적절하게 논하는 사람들은 야누스 신전 옆 중앙 홍예문 근처에 앉아 있는 더없이 선량한 사람들이다.[135] 하지만 우리도 이를 알아야 하는데, 이는 이 책에서 논의된 이득과 연관되기 때문이다.

134 파나이티오스의 제자였던 안티파트로스는 우티카의 카토를 가르친 사람이다. 플루타르코스, 『영웅전 마르쿠스 카토』, 4. 〈그는 페니키아 티로스 출신의 스토아 철학자인 안티파트로스와 가까이 사귀면서 윤리학과 정치학을 깊이 공부했다.〉

135 로마 광장 동편에 야누스 신전이 있는데, 이곳을 통해 홍예 지붕을 갖춘 시장 골목이 세 개가 있었다고 한다. 특히 금융업 종사자들은 중앙 홍예문을 통해 들어가는 시장 골목에서 활동했다고 한다.

XXV 88 이익 교량(較量)은 — 파나이티오스가 간과한 네 번째 논소인바 — 때로 필수적이다. 신체적 이익과 외적 이익, 외적 이익과 신체적 이익, 외적 이익과 외적 이익, 신체적 이익과 신체적 이익 등의 교량이 이루어지곤 한다. 외적 이익과 신체적 이익의 교량이란 예를 들어 부자가 되기보다는 건강하기를 원할 때다. 신체적 이익과 외적 이익의 교량이란 예를 들어 누구보다 강한 신체적 위력을 갖기보다는 부자가 되기를 원할 때다. 신체적 이익끼리의 교량은 예를 들어 쾌락보다는 건강을, 순발력보다는 근력을 앞세울 때다. 외적 이익끼리의 교량은 예를 들어 재산보다는 세평을, 농촌 소득보다는 도시 소득을 앞세울 때다. **89** 이런 유의 교량으로 노(老)카토의 사례가 있다. 카토는 가산 가운데 제일 이로운 것이 무엇이냐는 질문에 〈잘된 목축이네〉라고 답했다. 그다음은 무엇이냐는 질문에 〈그런대로 잘된 목축이네〉라고 답했다. 그다음은 무엇이냐는 질문에 〈실패한 목축이네〉, 그다음은 무엇이냐는 질문에 〈농업이네〉라고 말한다. 질문자가 〈그럼 돈놀이[136]는 어떻습니까?〉라고 묻자, 카토는 〈그럼 살인은 어떤가?〉라고 되물었다. 이런 많은 사례를 통해 이익 교량이 이루어지곤 한다는 점, 이 부분이 의무 탐구의 네 번째 영역으로 추가되어야 한다는 점을 알아야 한다.

이어 나머지 문제들을 다루어 보자.

---

136 앞의 I 42, 150절을 보라. 〈먼저, 사람들의 혐오를 불러일으키는 직업은 옳다 여김을 받지 못하는데, 예를 들어 세금 징수업과 고리대금업이 그것이다.〉

제3권

I 1 아들 마르쿠스야, 처음으로 아프리카누스라 불린 푸블리우스 스키피오[1]는 그와 거의 동년배였던 카토의 기록에 따르면, 한가할 때 오히려 한가하지 못하고 혼자일 때 오히려 혼자이지 못하다고 말하곤 했다. 위대하고 지혜로운 사내가 할 법한 고매한 말씀이다. 이 말이 이야기해 주듯 그는 여가 중에도 공무를 숙고하고 혼자일 때도 홀로 마음속으로 분주하여 휴식을 취한 때가 없었고 때로 남과 대화할 시간도 없었다. 따라서 다른 사람들에게는 무기력을 불러일으키는 두 가지, 여가와 고독은 그를 더욱 예리하게 벼리었다.

이렇게 똑같이 우리도 말했으면 좋겠다만. 위대한 재능의 탁월성에 우리가 모방으로 닿을 수는 없겠지만, 의지로라도 최대한 가까이 다가가련다. 우리는 국정 업무와 변론 사무에서 쫓겨나 흉악한 폭력과 무력 때문에 여가를 갖게 되었고,

---

1 푸블리우스 코르넬리우스 스키피오 아프리카누스(기원전 236~기원전 184년경)는 기원전 205년과 기원전 194년 집정관으로 제2차 카르타고 전쟁을 승리로 이끈 인물이다.

이런 이유로 수도를 떠나 때로 시골을 떠돌며 홀로 있게 되었다.[2] **2** 하지만 이런 여가는 아프리카누스의 여가에, 이런 고독은 아프리카누스의 고독에 비할 바가 아니다. 그는 더없이 아름다운 국가적 소임에서 벗어나 일정 기간 여가를 얻고, 때로 사람들과의 모임과 회합에서 벗어나 마치 항구를 찾듯 고독을 찾은 것인데 반해, 우리의 여가는 휴식의 열망에서 나온 결정이 아니라 단지 공무 박탈에 지나지 않았다. 원로원이 봉쇄되고 법정이 닫힌 상황에서[3] 우리가 원로원 의사당과 법정에서 무엇을 할 수 있었을까? **3** 그리하여 한때 더없이 큰 군중과 시민들의 시선 아래 살았던 우리는 이제 온 세상에 넘쳐나는 범죄자들의 눈을 피해 최대한 몸을 숨기며 때로 홀로 생활하고 있다.

하지만 나는 악 중에 최소악을 택해야 하고,[4] 나아가 최소악 가운데 뭔가 선이 있다면 이를 찾아내야 한다고 박식한 사람들로부터 배웠기에, 그런 이유로 일찍이 나라의 평온을 이룩한 사람[5]이 누려야 할 그런 여가는 아니지만, 나의 여가

---

2 키케로는 기원전 44년 4월 이래로 안토니우스의 암살 위협을 피해 여기저기 그의 시골 별장들에 머물렀다(Griffin & Atkins, 101면 각주 2번).

3 기원전 44년의 집정관 마르쿠스 안토니우스는 카이사르 암살 이후 원로원 의사당을 군대로 봉쇄하였고, 기원전 44년의 법정관 브루투스와 카시우스는 카이사르 암살자로서 망명을 떠났으며, 법정관이 사라지면서 재판 업무도 중단되었다.

4 아리스토텔레스, 『니코마코스 윤리학』, 1109a33 이하. 〈그런데 중간을 맞추는 것은 극도로 어려우므로, 이른바 제2의 항해에 따라 악덕들 가운데 가장 작은 것을 취해야 할 것이다.〉

5 키케로는 카틸리나 반역 사건을 성공적으로 막았다는 이유로 기원전 63년 원로원으로부터 〈국부pater patriae〉라는 칭호를 받았다.

를 즐기기로 하였고, 또 내 의지가 아니라 강제적으로 내게 주어진 고독이지만, 나의 고독 가운데 게을리 지내지 않기로 하였다. **4** 생각해 보면 물론 아프리카누스는 더 큰 공적을 쌓았지만, 그의 재능, 그의 여가, 그의 고독을 글로 적은 어떤 문헌 성과도 남기지 않았다. 이는 그만큼 그가 많은 일로 사유에 몰두하였고 그런 사유와 탐색 활동 때문에 결코 한가할 틈도 고독할 틈도 없었음을 말해 준다고 보아야 한다. 하지만 우리는 고독할 틈도 없이 묵묵히 사유에 몰두할 만큼 강한 정신력이 없기 때문에, 저술 노동에 모든 열정과 관심을 쏟아부었다. 그렇게 국가가 건재하던 때 여러 해 동안 썼던 것보다 많은 것을 국가 붕괴 이후의 짧은 시간 동안에 우리는 저술하였다.[6]

II 5 나의 키케로야, 철학의 전 분야가 기름지고 비옥하며 일구지 않고 버려둘 부분이 전혀 없다고 할 때, 그 가운데 의무론보다 더 생산적이고 풍요로운 논소가 없으니, 항심을 지키며 훌륭하게 살아가는 준칙들은 의무론에서 나온다. 따라서 우리의 크라팁포스, 이 시대 최고의 철학자에게서 이런 가르침을 네가 부지런히 배우고 익히고 있으리라 확신하지만, 그럼에도 다짐을 두자면, 철학의 목소리들이 네 귀 주변을 가득 채워 가능하다면 다른 것들은 네 귀에 들리지 않았으면 좋겠다고 나는 생각한다.[7] **6** 이는 훌륭한 삶을 살고자

---

6 기원전 48년부터 기원전 44년 사이에 대부분의 철학 저술과 수사학 저술이 생산되었다.

7 플라톤, 『크리톤』, 54d. 〈그리고 내 귀에서는 바로 이 말소리가 윙윙거리며 내가 다른 것들을 들을 수 없게 하네.〉

마음먹은 모두가 행해야 하는 것인바, 다른 사람은 몰라도 너는 그래야 한다. 너는 우리의 노력을 본받으리라는 적잖은 기대를, 우리의 관직을 본받으리라는 커다란 기대를, 어쩌면 우리의 명성을 본받으리라는 약간의 기대를 받고 있다. 더군다나 아테나이와 크라팁포스가 안긴 무거운 책임도 짊어졌으니, 마치 훌륭한 학문들의 장터를 찾았던 네가 빈손으로 돌아온다면, 이는 도시와 스승의 권위에 먹칠하는 더없이 추한 일이다. 따라서 네 정신이 이겨 낼 수 있을 만큼, 공부라는 노고가 쾌락이 아니라 그저 노고라면 네가 노고를 감당할 수 있을 만큼 해내도록 노력을 다하여, 우리가 모든 것을 지원해 주었는데도 네가 게을리하였다고 여기게 할 일은 하지 마라.

이것은 여기까지 하자. 앞서도 너를 격려하기 위해 빈번히 많은 편지를 썼으니 말이다. 이제는 앞서 나눈 구분의 나머지 부분으로 돌아가자.[8]

7 파나이티오스가 의무론을 더없이 정교하게 논했다는 점은 논쟁의 여지가 없다. 우리는 그저 약간의 수정을 보태었을 뿐 대체로 그를 따랐다. 그는 사람들이 흔히 의무를 두고 숙고하고 검토하는 바를 세 가지 부분으로 나누었는데, 하나는 어떤 행동이 훌륭한지 추한지를 음미하는 부분이고, 두 번째는 이득인지 아닌지를 음미하는 부분이고, 세 번째는 〈흡사 훌륭함〉이 〈흡사 이득〉과 충돌할 때 이를 어떻게 결정

---

8 앞의 I 3, 10절에서 키케로는 이렇게 말했다. 〈그러므로 먼저 훌륭함을 두고 두 가지를, 이득을 두고 똑같이 두 가지를 논의하고, 마지막으로 훌륭함과 이득을 비교해야 하겠다.〉 훌륭함은 앞서 1권에서, 이득은 앞서 2권에서 다루었다. 이제 3권에서는 훌륭함과 이득을 비교해 논의한다.

할지를 음미하는 부분이다. 파나이티오스는 앞의 두 부분을 세 권의 저서를 통해 설명하였으나, 세 번째 부분은 곧이어 다루겠노라 썼지만 이 약속을 이행하지 않았다. **8** 나를 더욱 놀라게 한 것은, 그의 제자 포세이도니오스가 기록한 것에 따르면, 파나이티오스가 앞서의 저서 출판 이후에도 30년을 더 살았다는 사실이다. 또 나에게 놀라운 것은, 포세이도니 오스가 그의 어떤 주석서에서 세 번째 논소를 간단히 언급하 며 이 논소가 철학을 통틀어 가장 필요한 부분이라고 기록하 였다는 점이다.

9 파나이티오스가 그 논소를 간과한 것이 아니라 일부러 방치한 것이라고 주장하며, 사실 이득과 훌륭함이 절대로 상 충할 수 없기 때문에 이 논소를 다룰 필요는 전혀 없다고 말 하는 사람들이 있는데, 나는 이들에게 전혀 동의하지 않는다. 여기서 우선 파나이티오스의 구분에서 세 번째에 해당하는 이 부분이 추가되어야 했는지 아니면 전적으로 생략되어야 했는지는 의문일 수 있지만, 파나이티오스가 이를 계획은 하 였으나 미완인 채로 방치한 사실은 의문의 여지가 없다. 누 군가 세 부분으로 나누어 두 부분은 완성하였다면, 세 번째 부분은 장차 다루려 했다고밖에 볼 수 없다. 게다가 그는 3권 의 말미에서 곧이어 이 부분을 다루겠다고 약속까지 하였다. **10** 여기에 덧붙여 포세이도니오스는 믿을 만한 증인이다. 또 포세이도니오스는 파나이티오스의 제자였던 푸블리우스 루 틸리우스 루푸스[9]가 자주 말하였다고 어떤 편지에서 기록하

9 앞의 II 13, 47절에서 언급되었다.

였는바, 코스의 베누스는 아펠레스가 착수하였다가 미완으로 남겨졌으나 이를 완성할 다른 화가를 찾지 못한 것처럼[10] — 얼굴의 아름다움 때문에 아무도 나머지 신체 부위를 마저 그려 넣을 엄두를 내지 못했다 — 꼭 그처럼 파나이티오스가 완성한 부분의 탁월함 때문에 그가 간과한 부분을 채워 넣겠다는 사람이 없었다.

III 11 이처럼 파나이티오스의 판단은 의심의 여지가 없다. 하지만 의무를 탐구하는 데 이 세 번째 부분을 추가하는 것이 옳은지 아닌지는 아마도 여러 논의가 있을 수 있다. 훌륭함만이 오로지 선이라는 스토아학파의 주장이 있고, 훌륭함은 저울 반대편에 올려놓는 다른 모든 선을 압도하는 가치를 가지는 최고선이라는 너희 소요학파의 의견이 있지만, 누구나 의심치 않는 바는 이득과 훌륭함은 서로 비견될 수 없다는 생각이다. 그래서 우리가 듣기로 소크라테스는 본성적으로 하나인 이득과 훌륭함을 개념적으로 처음 구분한 자들을 저주하곤 했다고 한다.[11] 스토아학파는 소크라테스의 입장에 동의하여, 훌륭한 것은 무엇이든 이득이며 훌륭하지 않은 것은 무엇이든 이득이 아니라고 믿었다. **12** 만약 파나이티오스가 — 예를 들어 욕망할 만한 것들을 쾌락으로 혹은 고통의 부

---

10 플리니우스의 『박물지』, 35, 92에 따르면 화가 아펠레스는 코스섬의 아스클레피오스 신전에 바치는 첫 번째 베누스 여신을 그렸는데, 이는 바다에서 나오는 베누스 여신이었다. 이후 아펠레스는 첫 번째를 능가할 만한 두 번째 베누스 여신의 작업에 착수하였지만, 완성하지 못하고 사망하였다고 한다.

11 키케로, 『법률론』, I 12, 33. 〈최초로 법에서 유용성을 분리해 냈다는 인물을 소크라테스가 두고두고 저주하고 다닌 것은 옳았네.〉

재로 저울질하는 사람들처럼[12] ── 덕이 이득을 산출하기 때문에 덕을 닦아야 한다고 주장하는 사람이었다면 그는 훌륭함과 이득이 때로 상충한다고 말했을지도 모른다. 하지만 그는 오직 훌륭함만이 선이라고 판단한 사람[13]으로, 훌륭함에 흡사 상충하는 이득들이 더해진다고 삶이 좋아지지도 않고 없어진다고 삶이 나빠지지도 않는바, 〈흡사 이득〉을 훌륭함과 비교하는 식의 숙고까지 할 필요는 없다고 보았다.[14] **13** 더

---

12 키케로, 『투스쿨룸 대화』, V 29, 84 이하. 〈내 생각에 최고선의 견해 가운데 아직 주장되고 옹호되는 것은 이것들입니다. 먼저 단순한 네 가지 의견이 있는데, 스토아학파처럼 훌륭함 이외에 어떤 선도 없다, 에피쿠로스처럼 쾌락 이외에 어떤 선도 없다, 히에로뉘모스처럼 고통의 부재만이 선이다, 스토아학파에 반대하던 카르네아데스처럼 자연의 최초 선 전부나 혹은 그중 가장 큰 선을 누리는 것만이 선이다라는 주장입니다. 이것들이 단순한 것이라면, 다음은 섞인 것입니다. 선에 세 가지가 있는데, 제일 큰 것은 영혼의 선이고, 두 번째는 육체의 선이며, 마지막은 외적 선이라는 소요학파의 입장이고, 소요학파와 크게 다르지 않은 구(舊)아카데미아 학파의 입장입니다. 디노마코스와 칼리폰은 쾌락과 훌륭함을 연결하였고, 소요학파의 디오도로스는 고통의 부재를 훌륭함에 연결하였습니다. 이들의 생각은 아직 건재합니다.〉

13 키케로, 『법률론』, I 18, 48 이하. 〈따라서 정의 역시 아무런 상급이나 아무런 대가를 바라지 않는다네. 그렇다면 그 자체로 추구되는 것이지. 모든 덕목에 관해서도 같은 원인, 같은 의도가 통해. 그리고 덕이라는 것이 그 자체로 추구되지 않고 이득을 바라고 추구된다면, 무릇 이득이라는 덕 하나만 존재할 텐데. 그것은 덕은커녕 간악(奸惡)이라고 불러야 지극히 온당한 일일세. 그리하여 누가 무엇을 하더라도 일신의 편익과 결부하는 사람은 조금도 선한 사람이 아니고, 상급을 갖고 덕을 저울질하는 사람은 간악함 외에는 그 어떤 것도 덕이라고 여기지 않는 셈이지.〉

14 디오게네스, 『유명한 철학자들의 생애와 사상』, 7, 128. 〈제논이 말하고 크뤼십포스가 『덕들에 대하여』 1권에서 말하며 헤카톤이 『좋은 것들에 대하여』 2권에서 말하는 바에 따르면 덕은 행복을 위해서 자족적인 것이라고도 한다. (……) 하지만 파나이티오스와 포세이도니오스는 덕이 자족적이지 않다고 이야기하며 건강, 재원, 힘도 필요하다고 말한다.〉 이렇게 키케로는

군다나 스토아학파에 따르면 최고선이라 하는 것은 자연에 따르는 삶[15]인데, 내가 보기에 이 말은, 그러니까 〈항상 덕에 따라 살며, 여타는 그것이 본성에 따른 것일지라도 덕과 상충하지 않는 한에서 선택한다〉는 의미다. 그러므로 그들은 실로 훌륭함과 이득을 비교하는 것은 옳지 않으며 이런 유는 전혀 가르칠 필요가 없다고 여긴 것이다.

그런데 고유하고 참되다고 말해지는 훌륭함, 덕과 결코 분리될 수 없는 훌륭함은 오로지 현자만이 가진다. 반면, 완벽한 지혜를 지니지 못하는 사람은 결코 완벽한 훌륭함을 가질 수 없고 다만 〈유사 훌륭함〉을 가질 수 있을 뿐이다. **14** 우리가 이 책에서 다루는 의무는 스토아학파가 부르듯이 〈보통의 의무〉다.[16] 〈보통의 의무〉는 널리 보편적으로 적용되는 의무인바, 많은 사람이 성품의 선함과 도야의 진전을 통해 성취하는 것이다. 반면, 스토아학파가 〈올곧은 의무〉라고 부르는 완전한 절대적 의무가 있는데, 이는 스토아학파가 가로되 갖춰야 할 〈모든 수〉를 가진 의무이며, 현자 이외에 누구에게도

디오게네스와 다른 견해를 피력한다.

15 키케로, 『법률론』, I 8, 25. 〈무릇 덕이란 완전한 자연 본성, 최고에 이른 자연 본성 외에 다른 것이 아니네.〉

16 앞의 I 3, 8절에서 완전한 의무와 보통의 의무를 구분하였다. 〈보통의 의무라고 불리는 것과 완전한 의무라고 불리는 것이다. 내 의견인바, 완전한 의무를 옳은 의무라고 부르자! 이를 희랍 사람들은 《카토르토마κατόρθωμα》라고 부르고, 보편적인 보통의 의무를 《메손μέσον》이라고 부른다. 그리고 이것들을 정의할 때, 그들은 완전한 의무를 올곧은 것이라고 하며, 한편 개연적으로 설명할 수 있는 것을 보통의 의무라고 말한다.〉

속할 수 없는 의무다.[17] **15** 그런데 대중은 〈보통의 의무〉를 실천한 어떤 행위라도 그만하면 충분히 완벽한 행위라고 생각하기도 하는데, 그것이 완벽함에서 얼마나 멀리 떨어져 있는지를 거의 알지 못하고, 그들이 아는 한에서 부족함이 없기 때문이다. 이처럼 문외한이 칭송하지 못할 바를 칭송하고 즐거워하는 일이 시 문학이나 회화 등에서도 벌어지는바, 내 생각에 그 이유는 무지한 자들을 사로잡는 올바른 무언가가 그것에 있기 때문이고, 무지한 자들은 각 사안에 어떤 결함이 있는지 판단할 능력이 없기 때문이다. 그래서 그들은 전문가로부터 배우게 되면 또 쉽사리 그들의 의견을 버린다. **IV** 이 책에서 우리는 스토아학파가 일종의 아류 홀륭함이라고 말하는 의무를 논했는데, 이는 현자만이 아니라 인류 전체에 속하는 보편적 의무다. **16** 따라서 이 의무는 덕의 자질을 지닌 사람이라면 모두에게 영향을 미친다. 그런데 사실 두 명의 데키우스[18] 혹은 두 명의 스키피오[19]는 용감한 사람이라고 기억되고, 파브리키우스[20] 혹은 아리스테이데스[21]는

---

17 키케로, 『최고선악론』, III 7, 24. 〈우리가 올곧은 것 혹은 올곧은 행위라고 부르며, 덧붙이자면 스토아학파가 《카토르토마 κατόρθωμα》라고 부르는 행위는 덕의 모든 수를 포함한다.〉 IV 6, 14. 〈자네가 《카토르토마》라고 부르는 전자는 올곧은 의무인바 오로지 현자에게만 가능하다. 하지만 후자는 완벽하지 않은 미완성의 누구에게나 속하는 것으로, 때로 어리석은 자들에게도 속할 수 있다.〉

18 앞의 I 18, 61절을 보라.

19 앞의 I 18, 61절을 보라.

20 앞의 I 13, 40절, III 22, 86절을 보라.

21 III 22, 87절을 보라. 아리스테이데스는 테미스토클레스와 동시대인이다. 헤로도토스, 『역사』, VIII 79. 〈뤼시마코스의 아들 아리스테이데스라는

정의로운 사람이라고 기억되어 전자에게서 용기의 모범을, 후자에게서 정의의 모범을 찾지만, 이는 현자에게서 찾을 수 있는 용기와 정의의 모범에 비할 바가 아니다. 따라서 이들 중 누구도 우리가 현자라고 여길 만큼 현자가 아니었으며, 현자라고 불렸고 그렇게 인정받은 마르쿠스 카토[22]와 가이우스 라일리우스[23]는 물론 심지어 7현인조차 사실 현자가 아니었다. 다만 그들은 〈보통의 의무〉를 거듭 실천함으로써 현자와 어떤 유사성이 있거나 현자의 외관을 갖춘 것뿐이다.

17 따라서 고유한 의미의 참된 훌륭함은 현자의 몫이고, 우리가 이해하는 수준의 훌륭함은 우리가 준수하고 실천할

사람이 아이기나에서 살리미스로 건너왔다. 그는 아테나이인으로 민중에 의해 도편 추방이 되었다. 하지만 그의 성격에 관하여 들은 바에 따르면, 그는 아테나이에서 가장 훌륭하고 가장 정의로운 인물이라고 생각된다.〉플루타르코스, 『영웅전 아리스테이데스』, 6.〈아리스테이데스의 덕망 가운데 민중에게 가장 칭송을 들은 것은 정의감이었다. 그의 생애를 통틀어 한 번도 변함이 없었던 정의감은 여러 분야에서 나타났다. 그는 가난한 평민 출신이었지만, 가장 제왕답고 신의 경지에 가장 가까운 이에게 주어지는 의인이라는 칭호를 들었다.〉

22 키케로, 『노(老)카토 노년론』, 5.〈우리가 지혜롭다고 하는 것은 우리가 최선의 지도자인 자연을 마치 신처럼 따르고 복종하기 때문이네.〉『라일리우스 우정론』, 6.〈카토는 많은 사물에 밝았기 때문이었습니다. 카토가 원로원은 물론 로마 광장에서 행한 많은 일, 그러니까 그의 현명한 대처들이나 한결같은 처신들이나 날카로운 유권 해석들이 언급되곤 하였습니다. 그 때문에 카토는 노년에《현자》를 이름처럼 달고 다녔습니다.〉

23 키케로, 『라일리우스 우정론』, 6.〈사람들은 아버님을 현자라고 부르고 그렇게 여기고 있습니다. 이 별호는 얼마 전에는 마르쿠스 카토에게도 주어졌고, 우리 선조들은 루키우스 아킬리우스도 현자라 불렀다고 저희는 알고 있습니다.〉

몫인바,[24] 참된 훌륭함을 이에 상충하는 듯 보이는 이득과 비교하는 것은 정당하지 않고, 우리가 일상적으로 훌륭함이라고 부르는 것도 — 이는 자신이 선량한 사람으로 평가받길원하는 사람들이 실천하는 것인데 — 유익과 결코 비교해서는 안 된다. 그 경우에만 덕을 향해 첫걸음 뗀 정진(精進)이 끝마쳐질 수 있기 때문이다. 이는 의무를 실천함으로써 선량한 사람으로 평가되는 사람에 관한 논의였다. **18** 반면, 이익과 유익으로 모든 것을 평가하고 매사에 훌륭함보다 이익과 유익을 앞세우려는 사람들은 숙고할 때 그들이 이득이라고 믿는 바를 훌륭함과 흔히 비교하는데, 선량한 사람들은 흔히 그러지 않는다. 따라서 사람들은 이런 비교를 흔히 피한다고 파니이티오스가 말했는데, 이 말은 글자 그대로 흔히 피한다는 것이지, 피해야 한다는 뜻은 아니라고 나는 생각한다. 사실 〈흡사 이득〉을 훌륭함보다 더 중하게 여기는 것도, 나아가 양자를 비교하는 것도, 양자의 비교를 두고 망설이는 것조차 모두 더없이 추한 일이지만 말이다.

그렇다면 때로 망설이게 되고 좀 더 고민해 보아야 한다고 판단하게 되는 이유는 무엇인가? 내 생각에, 이는 고민 대상

---

24 키케로, 『라일리우스 우정론』, 18 이하. 〈아무튼 내가 생각하는 첫 번째 것은 선한 사람들이 아니면 우정이 불가능하다는 것이네. 하지만 나는 이것들을 지나치게 엄밀하게 논의하였던 사람들처럼 글자 그대로 받아들이지는 않네. 이들의 논의는 아마도 이론적으로 참되겠지만, 일반적인 유익을 도모하는 데는 그다지 크게 기여하지 못하니까. 이들은 현자만이 선한 사람이라고 말하기 때문이지. 거기까지는 그렇다고 치세. 하지만 이들은 이제까지 인간 가운데 누구도 지혜에 이르지 못한 것으로 보고 있어. 반면 우리는 일상과 관행을 응시해야 하지, 상상이나 희망을 주목해서는 안 된다네.〉

이 실제로 무엇인지 의심이 들기 때문에 일어나는 일이다. **19** 대부분이 추하다고 여기는 일이 특수 상황에서 추하다 여겨지지 않는 일이 종종 발생한다. 광범위하게 적용될 특수 상황을 예로 들어 보자! 사람을, 그것도 친한 사람을 죽이는 일보다 큰 범죄가 있을 수 있을까? 그러나 친한 사람이지만 독재자이기에 죽였다면 이는 범죄를 저지른 것일까? 로마 인민은 아니라고 생각하는데, 이를 모든 탁월한 행위 중에 가장 아름다운 행위라고 판단하기 때문이다. 그렇다면 이때 이득이 훌륭함을 물리친 것인가? 아니, 훌륭함이 이득을 물리친 것이다.[25]

따라서 우리가 훌륭함으로 알고 있는 것과 우리가 유익이라고 부르는 것이 맞선다고 여겨질 때 이를 정확하게 판단할 수 있도록 일종의 공식을 찾아야 한다. 상충되는 사안을 비교하는 데 이 공식을 쓴다면 우리는 결코 의무를 저버리지 않게 되겠다. **20** 그런데 이 공식은 스토아학파의 이론과 주장에 상당히 부합할 것이다. 이 책의 다른 부분에서는 스토아학파의 의견을 우리는 따르고 있다. 구(舊)아카데미아 학파는 물론, 한때 아카데미아 학파와 하나였던 너희 소요학파

---

25 〈훌륭함이 이득을 뒤따른다secuta est〉고 해석될 수도 있다. 키케로, 『라일리우스 우정론』, 51절에서 언급된 〈그러므로 우정이 유익을 따른 것이 아니라, 유익이 우정을 따른 것이네non igitur utilitatem amicitia, sed utilitas amicitiam secuta est〉라는 문장을 보면, 여기서 사본의 〈뒤따르다secuta est〉는 사리에 맞지 않기 때문에 생략하자는 의견이 있다(Dyck, 519면). 브루투스 등이 독재자의 권력에 기대어 출세하는 〈흡사 이득〉을 버리고, 특수 상황이기에 카이사르 암살이라는 〈훌륭한 일〉을 따랐고, 훌륭함을 따랐기 때문에 그들은 〈참된 이득〉을 얻었다.

도 훌륭함을 〈흡사 이득〉보다 중시하긴 하지만, 소요학파는 훌륭하면서 이득이 아닌 무엇이나 훌륭하지 않으면서 이득인 무엇이 있다고 생각하는 반면, 스토아학파는 모든 훌륭함은 이득이고 모든 훌륭하지 않음은 이득이 아니라고 주장하는데, 후자가 한층 빛나고 돋보이기 때문이다. 한편, 우리 아카데미아 학파는 각자에게 커다란 재량권을 부여하는바, 우리는 개연성이 가장 높은 것은 무엇이든 이를 우리의 권리에 따라 옹호할 수 있다. 이제 공식을 살펴보자.

V 21 타인의 재산을 침해하고 타인에게 손해를 입히면서 자신의 이익을 추구하는 것은 죽음보다, 가난보다, 고통보다, 신체적 혹은 외적 여타 악보다 오히려 더 자연에 반한다.[26] 첫 번째로, 이는 인간 유대와 결속을 파괴하기 때문이다. 우리가 재산 때문에 타인의 유익을 약탈하거나 침해할 마음에 이른다면, 이는 무엇보다도 자연에 따른 것인바 인류 결속을 반드시 끊어 놓는 일이다. **22** 인간의 각 지체가 인접 지체의 건강을 빼앗아 자신이 건강해질 수 있다고 믿는다면 인간 신체는 전체적으로 반드시 약해지고 무너진다.[27] 꼭 그처럼 만

---

26 아리스토텔레스, 『니코마코스 윤리학』, 1098b13. 〈좋음들은 통상 세 가지 유형으로 나뉘어 왔다. 즉 외적인 좋음이라고 이야기되는 것, 영혼에 관계된 좋음이라고 이야기되는 것, 육체와 관련된 좋음이라고 이야기되는 것이 그 세 유형이다.〉 플라톤, 『고르기아스』, 477b 이하는 외적으로 나쁜 상태로 가난을, 몸의 나쁜 상태로 허약함, 질병, 추함을 들고, 영혼의 몹쓸 상태로 불의, 무지, 비겁을 들고 있다.

27 리비우스, 『로마사』, II 32. 〈지난날 지금처럼 인간의 모든 지체가 하나로 화합하지 못하고 각 지체는 각자의 생각, 각자의 목소리가 있었습니다. 다른 지체들은 그들의 수고, 노력과 봉사에 의존하여 모든 것을 요구하는 위장

약 우리 각각이 타인의 이익을 빼앗아 자신의 유익을 채우기 위해 빼앗을 수 있는 모든 것을 약탈한다면 인간 결속과 공동체는 반드시 파괴된다. 각자가 생활에서 필요한 것을 타인이 아닌 자신을 위해 획득하는 것은 자연에 반하지 않지만, 우리가 우리의 능력, 재력, 세력을 키우기 위해 타인을 약탈하는 것은 용납되지 않는다.

23 개별 공동체의 국가가 제정한 시민법에서, 나아가 자연, 즉 만민법에서도 동일하게 확립된 바는 자신의 이익을 위해 타인을 침해해서는 안 된다는 점이다. 이때 시민법이 지향하는 목표는 시민의 온전한 유대다. 그리하여 이를 파괴하는 자를 시민법은 사형, 추방, 구금, 벌금으로 다스린다. 하지만 이를 훨씬 더 분명하게 확립한 것은, 신법(神法)이자 인법(人法)인바 자연의 이성이다.[28] 자연의 이성에 복종하려는 사람은 — 자연에 따라 살고자 하는 자는 모두 자연의 이성

에 분노하여, 위장은 가만히 몸 중앙에 앉아 주어지는 쾌락을 즐기는 것 말고는 어떤 것도 하지 않는다고 불평하였습니다. 그리하여 각 지체는 공모하여, 손은 입으로 음식을 나르지 않고, 입은 주어진 음식을 삼키지 않고, 치아는 음식을 씹지 않기로 하였습니다. 이런 분노로 위장을 굶주림으로 굴복시키고자 하였지만, 결국 지체들 하나하나뿐 아니라 전신이 완전히 탈진되어 버렸습니다. 이로부터 명백해진 사실은 위장이 맡은 직무도 전혀 무익하지 않다는 것입니다. 위장은 부양받는 것이 아니라 부양하고 있었습니다. 위장은 신체의 모든 부분으로 우리를 살리고 강건하게 하는 이 혈액을 보내 줍니다. 혈관을 따라 공평하게 나누어 소화된 음식으로 양분이 가득한 혈액을 보내 줍니다.〉

28 키케로, 『법률론』, I 7, 23. 〈인간에게 신과 연합된 점이 있다면 그 첫째는 이성의 연합일세. (……) 그들 사이에는 이성이, 아니 둘 사이에는 바른 이성이 공통되네. 그것이 법률이기도 하다면 우리 인간들은 법률로도 신들과 결속되어 있다고 생각해야 할 것일세.〉

에 복종한다 — 결코 타인의 재산을 탐하지 않으며, 타인에게서 빼앗은 것을 자기 것으로 취하지 않는다. **24** 영혼의 긍지, 상냥함, 정의, 관대함은 쾌락보다, 목숨보다, 재산보다 오히려 더 자연에 따른 일이다. 공공 이득을 앞세우고, 쾌락과 목숨과 재산을 무가치하게 여겨 이에 초연한 것은 긍지 높은 영혼의 특징이다. 자기 이익을 위해 타인의 재산을 빼앗는 것은 죽음과 고통 등등보다 더 자연에 반하는 일이다. **25** 마찬가지로 가능하면 모든 민족을 보호하거나 돕는 데 아무리 큰 고생이라도 수고를 아끼지 않는 것은 오히려 자연에 따른 것인데, 이는 헤라클레스를 본받는 일이다. 그의 선행을 기억하는 세상의 평판에 힘입어 그는 신들의 회합에 함께한다.[29] 어떤 고생도 없이 더없는 쾌락과 온갖 풍족이 넘쳐흐르는 가운데 아름다움과 힘이 돋보이지만 고독한 삶이 있다고 할 때, 더없이 선량하고 빛나는 성품을 지닌 사람은 이 삶이 아니라 전자의 삶을 선택한다. 따라서 결론적으로 자연에 복종하는 인간은 타인을 해할 수 없다.

26 두 번째로, 타인을 범하여 자신의 이익을 도모하는 자는 이를 자연에 반한 행동이 아니라고 생각하는 자거나, 혹은 죽음과 가난과 고통, 덧붙여 자식과 친족과 친구의 상실을 피하기 위해서는 타인에게 불법을 행해도 좋다고 생각하는 자다. 만약 타인을 범하면서도 자연에 반하는 행동이라고 여기지

---

29 앞의 I 32, 118절을 보라. 키케로, 『투스쿨룸 대화』, I 11, 28. 〈희랍인들에게서 그리고 희랍인들로부터 전해져 우리에게서, 그리고 이후 오케아노스에 이르기까지 헤라클레스는 구원의 위대한 신으로 받아들여집니다.〉

않는 자라면, 그는 인간에게서 인간을 송두리째 없애 버리는 자이니, 그런 자와 무엇을 논하겠는가? 만약 이것은 피해야 할 행동이긴 하지만 이보다 더 큰 악을, 그러니까 죽음, 가난, 고통을 먼저 피해야 한다고 믿는 자라면, 그는 영혼의 결함보다 신체나 재산의 손실을 더 크게 여기는 과오를 범하는 자다.

VI 따라서 모든 경우에 적용되어야 할 단일 원칙은, 개개의 이득은 전체의 이득과 하나라는 점이다. 한 개인이 타인의 이득을 강탈하면 인간 공동체 전체가 붕괴한다.

27 덧붙여, 만일 인간이 인간을, 그가 누구이든, 인간이란 바로 그 이유로 도와야 하는 것이 자연이 명한 바라면, 모든 개개인의 이득은 공동의 이득이라는 점 또한 바로 그 자연에 따라 필연적이다. 그렇다면 우리는 모두 하나같이 자연의 법에 구속되고, 그렇다면 우리는 자연의 법에 따라 결코 타인의 재산을 범하지 말아야 한다. 그런데 첫 명제가 참이므로, 따라서 결론도 참이다. **28** 어떤 사람이 그는 자기 이익을 위해 부모와 형제의 재산을 강탈하지 않겠지만, 여타 동료 시민들의 재산은 경우가 다르다고 말한다면 이는 부조리하다. 이 사람은 자신과 동료 시민들 사이에 공동의 이득을 위한 어떤 법도, 어떤 결속도 존재하지 않는다고 선언하는 셈이다. 이는 시민 공동체의 결속을 송두리째 파괴하는 생각이다. 한편, 동료 시민들의 재산은 고려해야 하지만, 외인들의 재산은 그럴 필요가 없다고 말하는 자가 있다면, 그는 인류의 결속을 무너뜨리는 자다.[30] 인류의 결속이 사라지면, 은혜도,

---

30 세네카, 『분노에 관하여』, II 31. 〈조국에 해악을 끼치는 것은 불경한

관대함도, 선함도, 정의도 완전히 없어진다. 이것들을 없애는 사람은 불멸의 신들에게도 불경한 사람으로 단정되어야 한다. 신들이 정립한 인간 결속을 전복하기 때문이다. 이때 인간 결속의 더없이 강력한 연결 고리는, 자기 이익을 위해 타인의 재산을 강탈하는 것을, 정의롭지 못하고 억울한 모든 손해를 외적으로나 신체적으로 심지어 정신적으로 견뎌 내는 것에 비하여, 훨씬 더 자연에 반하는 행동이라고 여기는 견해다. 바로 이 정의의 덕이 모든 덕의 유일한 지배자이자 제왕이기 때문이다.

29 어쩌면 이렇게 말하는 사람도 있을 수 있다. 「현자라도 굶어 죽게 되면 세상 무익한 사람의 음식은 탈취하지 않겠는가?」「전혀 아니다. 목숨보다 영혼의 상태, 그러니까 나의 이익을 위해 타인을 침해할 수는 없다는 마음 자세가 나에게 이득이기 때문이다. 어떤가? 혹여 잔인하고 끔찍한 폭군 팔라리스[31]에게서 선량한 사람은 얼어 죽을 지경에 이르러 옷을 빼앗아 입을 수 있는가? 그렇다고 그렇게 하겠는가?」

30 여기까지는 판단하기가 매우 쉽다. 만약 세상 무익한

일입니다. 시민 개개인에게도 마찬가지입니다. 그들은 조국의 일부이기 때문입니다. 전체가 공경할 만한 것이면 부분도 경건한 것입니다. 따라서 인간에게도 마찬가지입니다. 인간은 더 큰 나라의 세계 시민이기 때문입니다. 손이 발에, 눈이 손에 어찌 해악을 입히려고 하겠습니까? 각 부분을 존중하는 것이 전체를 위해 유익하기 때문에 모든 지체(肢體)가 서로 단결하는 것처럼, 인간은 인간 개개인을 아껴야 합니다. 왜냐하면 인간은 공동체를 위해 태어났으며, 공동체의 안녕은 구성원들을 아끼고 사랑하는 것에서만 가능하기 때문입니다.〉

31 앞의 II 7, 26절을 보라.

사람일지라도 그에게서 너 자신의 이득을 위해 무언가를 빼앗는다면 이는 자연에 반하는 비인간적 행위이기 때문이다. 하지만 만약 네가 국가와 인간 결속에 많은 이득을 가져오기 위해 목숨을 부지해야 할 사람이라면, 그래서 만약 이런 목적으로 타인을 침해해야 한다면 이는 비난할 수 없는 행위다. 하지만 이런 목적이 아니라면, 각자는 자신의 손해를 감내해야 하고 타인의 이익을 침해하지 않아야 한다. 타인의 재산을 탐하고 탈취하는 것은 자연에 반하는 짓이며, 질병과 가난 등은 그만큼 자연에 반하지는 않는다. 그렇지만 공공 이득을 방치하는 것은 자연에 반하는 행위다. 이는 불의한 일이기 때문이다. 31 따라서 인간의 이득을 보호하고 보존하는 자연의 법은 실로 무익하고 안일한 인간에게 명령하여, 생존에 필요한 물건을 지혜롭고 선량하고 용감한 사람에게 양도하라 시킬 것인데, 지혜롭고 선량하고 용감한 사람의 죽음은 공공 이득의 커다란 손실이기 때문이다. 다만 지혜롭고 선량하고 용감한 사람은 지나친 자만과 자기애에 기대어 이를 불법의 구실로 삼지 말아야 한다. 따라서 지혜롭고 선량하고 용감한 사람은 항상 타인의 이득에, 내가 자꾸 언급하는 인간 결속에 이바지한다는 의무를 다해야 하겠다.

32 팔라리스와 관련하여 판단은 매우 용이하다. 폭군과 우리 사이에는 어떤 결속도 없으며 더없이 큰 분열만이 있을 뿐이다. 가능할 경우 폭군의 재산을 탈취하는 것은 자연에 반하는 행위가 아니며 폭군을 살해하는 것은 훌륭한 일이다. 이런 해롭고 불경한 인간 부류는 인간 공동체로부터 추방해

야 한다. 그러니까 예를 들어 과다 출혈로 목숨이 위협받고 신체의 다른 부분들도 위태로울 경우 해당 지체를 절단하는 것처럼, 꼭 그처럼 인두겁을 쓴 동물적 야만과 잔인함은 말하자면 보편적 도리(道理)라는 신체에서 잘라 내야 한다.[32] 특수 상황의 의무를 묻는 문제는 모두 이런 종류다.

VII 33 파나이티오스의 계획에 어떤 사고나 바쁜 업무로 차질이 없었다면, 믿거니와 그는 계획대로 이런 종류의 문제를 검토하였을 것이다. 이런 검토와 관련해서 그의 다른 저서들에는, 추하기 때문에 피해야 할 것은 무엇이고, 전혀 추하지 않기 때문에 피할 필요가 없는 것은 무엇인가를 파악할 수 있는 충분히 많은 가르침이 들어 있다. 하지만 우리는 착수하여 이제 거의 끝나 가는 과제에 지붕을 얹기 위해, 기하학자가 모든 것을 하나하나 설명하지 않고, 증명하고자 하는 것만 수월하게 설명하기 위해, 일부는 증명된 것으로 보자고 요청하는 것처럼, 꼭 그처럼 나도, 나의 키케로야, 너에게 오직 훌륭함만이 그 자체로 추구될 수 있는 것이라는 전제에 가능하다면 동의해 주기를 요청하는 바다. 하지만 크라팁포스 때문에 안 되겠다면, 훌륭함은 그 자체로 추구될 수 있는 것들 가운데 제일 큰 것이라는 전제, 다만 이것만이라도 동의해 주길 바란다. 나에게는 어느 것이든 상관없다. 때로는 전자가 때로는 후자가 좀 더 개연성이 높아 보일 뿐이며, 그

---

32 아리스토텔레스, 『니코마코스 윤리학』, 1149a14 이하에서 짐승 같은 품성을 이야기하며 팔라리스를 언급한다. 〈팔라리스는 어린아이를 먹어야겠다는 욕망을, 혹은 이상야릇한 성적인 즐거움을 억제하곤 했던 것이다.〉

밖에 다른 것들은 개연성이 없어 보인다.

34 먼저 파나이티오스를 변호하자면, 그는 훌륭함과 이득이 상충할 수 있다고 말한 적이 없는데, 이는 그에게 가당치 않은 일이었기 때문이다. 다만 훌륭함과 〈흡사 이득〉이 상충한다고 보았다. 그는 훌륭함만이 이득이고 이득은 오직 훌륭함이라고 종종 증언하고, 인간 삶에서 가장 큰 해악은 이 양자를 분리하려는 생각이라고 주장한다. 그리하여 그는 이득을 훌륭함보다 중시하려는 뜻에서가 아니라, 경우에 따라 오류 없이 양자를 구분하기 위해서, 실재하지 않고 다만 그렇게 보일 뿐인 상충을 끌어들였다. 이렇게 그가 남겨 놓은 부분을 우리는 어떤 도움도 받지 않고, 속담처럼 우리 나름의 전술로 논의해 보고자 한다. 파나이티오스 이후 이 문제와 관련하여, 내 손에 들어온 어떤 설명도 나에게는 개연적이지 않았기 때문이다.

VIII 35 흡사 이득으로 보이는 것을 보면 필연적으로 사람은 흔들린다. 하지만 정신을 차려 〈흡사 이득〉에 달라붙은 추함을 깨닫게 된다면, 이때 버려야 할 것은 이득이 아니니, 추함이 있는 곳에 이득이 있을 수 없다는 깨달음을 얻어야 한다. 추함은 무엇보다 자연에 반하는 것이고 — 자연은 올곧음과 조화와 항심을 원하고 그 반대의 것들을 피한다 — 이득은 무엇보다 자연에 따른 것이라고 할 때 분명 추함과 이득은 하나일 수 없다. 또한 만약 우리가 훌륭함을 위해 태어났고, 제논의 생각처럼 오직 훌륭함만이 추구할 만한 것이라면, 혹은 아리스토텔레스의 생각처럼 훌륭함이 다른 무엇보다 큰 무게를 가진 것이라면, 필연적으로 훌륭함은 유일한 선이거나 최고선이고, 그런데 선한 것은 분명히 이득이므로, 따라서 모든 훌륭함은 이득이다.

36 올바르지 못한 자들의 과오는 〈흡사 이득〉을 취하면서 훌륭함을 도외시한다는 점이다. 이로부터 암살, 독살, 유언장 위조가 나오고, 이로부터 절도, 횡령, 동맹국과 그 시민들을 향한 착취와 강탈이 발생하고, 이로부터 과도한 재산 욕심, 용납될 수 없는 권세 집착, 마지막으로 자유 시민 가운데 불가능한 왕권 추구가 일어난다. 이보다 혐오스럽고 가증스러운 것은 떠오르지 않는다. 이들은 잘못된 판단으로 재산상의 이득에 주목할 뿐 — 이들이 범한 법이 가하는 처벌이 아니라 — 추함에서 비롯되는 더없이 고통스러운 처벌은 보지 못한다. **37** 따라서 훌륭하다고 생각하는 것을 따를지 아니면 알면서도 범죄로 자신을 더럽힐지를 놓고 고민하는 부류는 멀리 내쳐야 할 자들로 불경한 범죄자의 무리다. 범죄 행위에 이르지는 않더라도, 사실 이런 고민 자체가 범죄 행위다. 따라서 고민하는 것 자체가 추한 일은 고민조차 해서는 안 된다.

나아가 저지른 범죄를 기이고 속이려는 희망과 생각도 없어야 하며 절대로 고민해서도 안 된다. 우리가 철학에서 무언가를 성취하였다면 우리는 이렇게 믿어야 하는바, 신들과 인간을 모두 기일 수 있을지라도 결코 탐욕스러운, 불의한, 욕망에 끌린, 무절제한 행동을 삼가야 한다. **IX 38** 이런 연유에서 플라톤은 귀게스를 끌어들였다. 전해지는 바에 따르면

큰 홍수로 대지가 갈라졌을 때 귀게스는 갈라진 틈으로 내려
가 청동 말을 발견했는데, 말의 옆구리에는 들창이 뚫려 있
었다. 들창을 열었을 때 이례적으로 큰 몸집의 시신이 보였
고,[33] 망자의 손가락에는 황금 반지가 끼워져 있었다. 귀게스
는 반지를 빼서 끼고, 왕의 목동이었기에 목동들의 회합에
참석하였다. 그곳에서 반지의 포엽(苞葉)[34]을 손바닥 쪽으로
돌리자 그는 모두를 보지만 누구도 그를 보지 못하게 되었다.
다시 반지를 제자리로 돌려놓자 사람들은 다시 그의 모습을
보았다. 그리하여 그는 반지가 제공한 좋은 기회를 활용하여
왕비와 간통하였고, 왕비의 도움으로 주인인 왕을 제거하였
으며, 방해된다고 생각되는 자들을 처리하였다. 하지만 이런
범죄 행위를 저지르는 동안 그는 아무에게도 목격되지 않았
다. 그리하여 반지 덕분에 그는 갑작스럽게 뤼디아의 왕위에
올랐다. 하지만 현자라면 이런 반지를 갖게 되더라도, 반지
가 없을 때와 마찬가지로 자신은 범죄를 용납할 수 없다고
생각해야 한다. 선량한 사람은 거짓이 아니라 훌륭함을 추구
하기 때문이다.

39 여기서 실로 훌륭하지만 아주 명민하지는 않았던 철학
자들[35]은 이 이야기가 플라톤이 꾸며 낸 거짓된 이야기라고

---

33 플라톤, 『국가』, 359d 이하에서 시신은 〈사람보다 좀 크다〉라고 언급
된다.

34 사본에 따라 반지의 보석을 붙잡고 있는 〈거미발pala〉이라고 읽는 경
우도 있고, 반지의 보석을 감싸고 있는 〈포엽(苞葉)palea〉이라고 읽는 경우
도 있다.

35 키케로, 『투스쿨룸 대화』, II 19, 44. 〈에피쿠로스가 등장합니다. 그는

비판한다. 플라톤이 실제로 있었던 일이라거나 있을 법한 일이라고 말한 적도 없는데 말이다. 반지 사례의 의미는 이러하다. 누군가 부와 권세와 권력과 욕정을 지향할 때, 누구도 이를 모르고 누구도 의심조차 하지 않고 신들과 인간들을 영원히 속일 수 있다면, 과연 이를 행하겠느냐. 그들은 속일 수 없다고 주장한다.[36] 속일 수도 있을 텐데 말이다.[37] 하지만 내가 묻는 것은, 속일 수 없다고 그들이 내세우지만 만약 속일 수 있다면 과연 그들은 행하겠느냐. 그들은 정말로 아주 촌스럽고 고집스럽다. 그들은 그럴 수가 없다고 우기며 그럴 수가 없다고만 되풀이한다. 〈그럴 수〉라는 말의 의미를 그들은 전혀 이해하지 못한다. 우리가 묻는 것은 속일 수 있다면 어떻게 하겠느냐이지, 속일 수 있느냐 없느냐가 아니다. 그리하여 우리는 그들을 말하자면 고통스러운 궁지로 몰아붙인 셈이다. 처벌받지 않는다면 그들에게 이로운 것을 행하겠다고 그들이 답한다면 그들은 범죄자라고 자백하는 것이고, 만약 행하지 않겠다고 답한다면 그들은 모든 추함은 그

전혀 형편없는 사람이 아닌, 오히려 매우 훌륭한 남자입니다.〉

36 디오게네스, 『유명한 철학자들의 생애와 사상』, 10, 151. 〈불의는 그 자체로 나쁜 것이 아니다. 그것은 다만 그와 같은 불의를 처벌하는 임무를 맡은 자들의 눈을 피하지 못할 것이라는 우려에 따른 두려움에서 성립하는 것이다. (……) 앞으로도 발각되지 않을지 어떨지는 삶을 마칠 때까지 분명하지 않기 때문이다.〉

37 〈신을 속일 수 있다〉는 것은 아카데미아 학파에 속하는 키케로의 입장에서 충분히 가능한 가정이다. 전승 사본을 〈nequaquam〉으로 바꾸자는 수정 제안은 〈결코 신들을 속일 수 없다〉는 입장을 키케로가 피력한다는 가정에 기반하지만, 이 가정은 이어지는 키케로의 물음과 상충한다.

자체로 피해야 할 것이라는 데 동의한 것이기 때문이다. 이제 원래의 주제로 돌아가 보자.

X 40 〈흡사 이득〉으로 인해 마음이 혼란스러워지는 경우가 많다. 이때 커다란 이득 때문에 훌륭함을 버릴 수 있느냐는 결코 고민거리가 아니다. 단연코 이는 올바르지 않은 일이다. 이때 고민거리는 〈흡사 이득〉을 추함 없이 취할 수 있느냐다. 브루투스는 동료 집정관 콜라티누스[38]의 고권(高權)을 박탈하였는데 이는 흡사 불의한 일로 보일 수도 있다.[39] 콜라티누스는 왕족을 축출할 때 브루투스의 계획을 지지한 동지이며 조력자였기 때문이다. 하지만 시민 지도자들이 오만왕의 혈족, 타르퀴니우스라는 이름, 왕정의 기억을 없애야 한다는 생각을 했을 때, 이는 이득이 되는 일, 조국을 위한 일, 훌륭한 일이었고, 그래서 콜라티누스도 찬동하지 않을

---

38 루키우스 유니우스 브루투스와 루키우스 타르퀴니우스 콜라티누스는 둘 다 기원전 509년 초대 집정관이다.

39 리비우스, 『로마사』, II 2. 〈맹세를 지키는 데 온 힘을 쏟아야 합니다. 이와 연관된 어떤 일도 경시할 수 없습니다. 개인적 이유로 이런 말을 하는 것은 내키지 않으며, 국가를 사랑하는 마음이 앞서지 않았다면 이런 말을 하지 않았을 겁니다. 로마 인민은 자유가 확고하게 확보되었다고 생각하지 않습니다. 왕족이, 왕가의 이름이 시민들 사이에 남아 있으며, 나아가 통치권을 가지고 있습니다. 이것이 자유를 방해하며, 자유를 가로막고 있습니다. 그대는 그대 의지에 따라, 루키우스 타르퀴니우스여, 이런 우려를 불식시키시오! 우리는 기억합니다. 우리는 고백합니다. 그대는 왕들을 내쫓아 냈습니다. 그대 공헌을 완성하시오! 왕가의 이름을 여기서 없애 주시오! 내가 보증하건대, 그대의 시민들은 그대의 재산을 그대에게 내줄 것이며, 만약 모자란다면 아낌없이 보태어 줄 것입니다. 친구로서 떠나시오! 분명 헛된 두려움이겠지만 이 짐을 시민들에게 지우지 마시오! 마음속으로 이렇게 믿는바, 타르퀴니우스 집안이 여기서 떠날 때 왕정도 여기서 사라지게 될 것입니다.〉

수 없었다. 이득이 힘을 얻는 것은 훌륭함 때문이며, 훌륭함이 없었다면 이득은 결코 존재할 수 없었다. **41** 하지만 로마를 건국한 왕은 이와 달랐다. 〈흡사 이득〉이 그의 마음을 움직였기 때문이다. 다른 사람과의 공동 통치가 아니라 단독 통치가 그에게 흡사 이득으로 보였기에 그는 동생을 살해했다.[40] 그는 경건함도 도리도 모두 저버리면서까지, 흡사 이득으로 보이나 이득이 아닌 것을 얻고자 하였다. 성벽 때문이라는 명분을 내세웠으나, 이는 흡사 훌륭함처럼 보이나 솔직히 말해 개연성과 설득력이 떨어지는 핑계였다. 퀴리누스[41] 혹은 로물루스에게 죄송한 말씀이지만 그가 저지른 일은 악행이었다. **42** 그렇지만 우리는 우리의 이득을 포기해서는 안 되며, 우리 자신이 필요한 때에 타인에게 이득을 양도해서도 안 되고, 타인을 침해하지 않는 한에서 각자는 각자의 이득에 충실해야 한다. 크뤼십포스는 흔히 그러하듯 적확하게 말

---

40 리비우스, 『로마사』, I 7. 〈먼저 레무스에게 전조가 내렸다고 하는데 여섯 마리 독수리였다. 그리고 이제 전조가 사람들에게 고지되었을 때 로물루스에게는 그 두 배 수가 모습을 나타냈다. 양자를 양자의 대중은 각각 왕이라고 판단하였다. 전자의 대중은 시간적으로 앞서기 때문에, 후자의 대중은 수적으로 앞서기 때문에 할아버지의 왕권을 가져가려고 하였다. 그리하여 말다툼으로 맞붙었다가 분노의 대결로 인하여 유혈 사태에 이르게 되었다. 이때 혼란 속에서 레무스는 부상을 입고 사망하였다. 좀 더 널리 알려진 이야기는, 레무스가 로물루스를 놀리며 새로 지은 성벽을 뛰어넘었고, 이에 격분한 로물루스에 의해 레무스가 살해되었다는 것이다. 로물루스는 괴성을 지르며 다음과 같은 말도 덧붙였다. 《누구든 내 성벽을 뛰어넘는 자가 있으면, 이후에도 이렇게 되리라.》 그리하여 로물루스는 지배권을 독차지하였다. 건설된 도시는 건설자의 이름을 따랐다.〉

41 로물루스를 사후에 신성시하여 부르는 이름이다.

했다. 〈경기장을 달리는 사람은 승리하기 위해 전력을 기울여 최선을 다해야 한다. 경쟁자의 발을 걸거나 경쟁자를 손으로 밀쳐서는 안 된다. 그처럼 삶에서도 각자가 자신의 유용을 위한 것을 추구하는 일은, 타인에게서 탈취하는 불법이 아니면, 불공정이 아니다.〉

43 그런데 의무를 가장 큰 혼란에 빠뜨리는 경우는 우정이다. 친구를 위해 옳은 일을 하지 않는 것이나, 친구를 위해 공정하지 못한 일을 하는 것은 의무에 반하는 일이다. 이런 모든 종류의 일에 어렵지 않고 짧은 준칙이 있다. 흡사 이득처럼 보이는 것, 그러니까 관직, 재산, 쾌락 등을 결코 우정보다 중시해서는 안 된다.[42] 선량한 사람은 친구를 위해 국가에 반하는 행동을, 서약과 신의를 어기는 행동을 삼가야 한다.[43] 심판인으로 친구를 심판해야 하는 경우에도 그러하다. 그때 우리는 친구의 인격을 내려놓고 심판인의 인격을 걸치기 때문이다. 우리가 우정을 위해 할 수 있는 것은 친구의 변론이 진실이기를 바라는 것뿐이며, 변론 기일을 법률이 허용하는

---

42 아리스토텔레스, 『니코마코스 윤리학』, 1169a19. 〈신실한 사람이 친구와 조국을 위해 많은 일을 한다는 것, 필요하다면 그들을 위해 죽기까지 한다는 것은 사실이다. 그는 자기 자신에게 고귀한 것을 만들어 내기 위해서 돈도 명예도 내놓을 사람, 한마디로 다툼의 대상이 되는 좋은 것들을 내놓을 사람이기 때문이다.〉

43 키케로, 『라일리우스 우정론』, 39. 〈그렇다면 이분들 가운데 누군가가 신의에 반하는 것, 맹세에 반하는 것, 국가에 반하는 것을 친구에게 요구하지 않았을까 하는 일말의 의심도 우리는 품을 수 없네. 이런 분들을 두고, 요구했다 한들 관철시킬 수 없었음은 말해 무엇 하겠는가? 그분들은 더는 경건할 수 없는 분들이었고, 그런 것을 요구받아 행하는 것이나 요구하는 것이 공히 불의한 것일진대.〉

한에서 친구를 위해 조정해 주는 정도다. **44** 서약한 심판인은 판결할 때 자신이 신을, 즉 ─ 내 생각에 신이 인간에게 준 무엇보다 신성한 ─ 인간 정신을 증인으로 세웠음을 기억하라.[44] 따라서 조상들로부터 물려받아 ─ 우리가 이를 지킬 수 있다면 훌륭한 일인데 ─ 〈양심에 따라 행할 수 있는 것〉을 행하도록 심판인에게 요구하는 전통이 우리에게 있다. 이런 요구는 좀 전에 내가 말했던바, 심판인이 친구를 위해 훌륭함을 잃지 않는 한에서 허용할 수 있는 것들과 관련된다. 만약 친구들이 원하는 모든 것을 해준다면 이는 우정이 아니라 공모라고 여겨야 한다. **45** 여기서 내가 말하는 것은 일반적

---

44 플라톤, 『법률』, 897b. 〈혼이 신적인 지성을 받아들여 그 자체가 정말로 신적인 존재가 됨으로써(……).〉 키케로, 『법률론』, II 11, 27 이하. 〈만인의 정신이 불사불멸하지만 굳세고 선량한 사람들의 정신은 신적인 존재임을 가리키지. 멘스, 피에타스, 바르투스, 피데스가 인간적인 덕목이지만, 신으로 성별(聖別)되는 것이 좋으며 로마에는 공식적으로 이들 모두의 신전이 있네.〉 『투스쿨룸 대화』, I 27, 66 이하. 〈영혼의 기원을 흙에서 찾을 수 없다. 영혼에 흙에서 생겨나 만들어졌다고 보이는 어떤 것이 섞이거나 합성되지 않기 때문이고, 나아가 어떤 습기도 바람도 불도 들어 있지 않기 때문이다. 그러니까 이 원소들에는 기억하고 예측하고 파악하는 능력, 지나간 것을 잊지 않으며 앞으로 올 것을 예측하며 지금 있는 것을 파악하는 것과 관련된 어떤 것도 있지 않다. 이 능력들은 오롯이 신적이다. 이 능력들이 신으로부터가 아니면 어디에서 인간에게 올 수 있을지 발견되지 않을 것이다. 영혼의 본성과 능력은 이렇게 탁월하여 앞서 일반적으로 알려진 원소들과 구분된다. 따라서 지각하고 생각하고 살아 있고 활동하는 그것은, 그것이 무엇이든 간에 천상의 것이며 신적일 수밖에 없으며, 따라서 영원불멸한 것은 필연적이다. 우리가 아는 신은 다른 어떤 것도 아닌 오로지 어떤 독립된 자유로운 정신, 모든 사멸하는 육체와 분리된 정신, 모든 것을 지각하며 운동하게 하며 영원한 운동을 갖춘 정신이다. 이런 종류로 이와 똑같은 본성에 인간 정신도 포함된다.〉

우정이다.[45] 지혜롭고 완벽한 사람들 사이에는 그런 일이 있을 수 없기 때문이다. 다몬과 핀티아스는 피타고라스학파로 서로에게 다정한 친구였다고 한다. 폭군 디오뉘시오스가 이들 가운데 한 명의 사형을 언도하였을 때, 죽음을 선고받은 자가 권속을 주변에 부탁하기 위한 며칠의 말미를 요청하자, 그의 출두를 보증하기 위해 다른 한 명은 목숨을 걸고 그가 돌아오지 않으면 자신이 죽겠다고 하였다. 떠났던 자가 약속한 날에 출두하였을 때, 참주는 이들의 신의에 경탄하며 자신도 세 번째 친구로 우정에 끼워 달라고 요청하였다.[46] **46** 우정에서 〈흡사 이득〉을 훌륭함과 견줄 때 〈흡사 이득〉은 굴복해야 하고 훌륭함이 압도해야 한다. 우정에서 훌륭하지 않은 것을 요청하면 우정보다 양심과 신의가 위선(爲先)해야 한다. 우리가 구하고 있는 의무 선택은 이러하다.

XI 〈흡사 이득〉을 얻기 위해 국가적으로 아주 흔히 악행이

45 키케로, 『라일리우스 우정론』, 38. 〈만약 우리가 친구들이 원하는 무엇이든 들어준다거나 친구들에게 우리가 원하는 무엇이든 관철시키는 것을 옳다 여긴다면, 우리가 완벽한 지혜를 가지는 한에서 아무런 잘못이 없을 수도 있어. 그러나 우리는 우리 눈앞에 있는 친구들, 우리가 보거나 이야기 들은 친구들, 일상생활에서 만나는 친구들을 말하고 있네.〉

46 디오뉘시오스 1세(기원전 405~기원전 367년의 쉬라쿠사이 참주)와 관련된 이 고사는 키케로, 『투스쿨룸 대화』, V 22, 63에 이렇게 언급된다. 〈그런데 그(디오뉘시오스)가 친구들의 배신을 두려워하면서도 얼마나 우정을 원했었는지는 피타고라스학파에 속하는 두 사람과의 일화에 나타납니다. 한 명이 자신의 목숨을 담보로 제공하였으며, 다른 하나는 사형 집행 시각까지 돌아오기로 한 약속을 지켜 친구의 목숨을 담보에서 풀어 주었을 때, 디오뉘시오스는 《내가 너희 둘의 친구가 되었으면 좋겠구나》라고 말했다고 합니다.〉

벌어진다. 예를 들어 우리는 코린토스 파괴를 감행했다.[47] 아테나이 사람들은 더 잔혹한 악행을 결의하였는데, 막강한 함대를 가진 아이기나 사람들에게 그들의 엄지손가락을 자르게 한 것이다.[48] 이렇게 하는 것이 흡사 이득이라고 생각하였기 때문인데, 아이기나섬이 페이라이에우스항을 크게 위협하는 근접 거리에 놓여 있었다는 이유에서였다. 하지만 잔인함은 이득이 아니다. 잔인함보다 우리가 따라야 할 인간 본성에 반하는 것은 없다. 47 또한 거류 외인의 시내 거주를 금하고 도시 밖으로 추방한 자들의 악행도 있다. 우리 아버지 시대의 펜누스가 그리했고, 최근에 파피우스가 그리했다.[49] 시민 아닌 자는 시민으로 대우하지 않는 것이 올바른 처사다. 이런 법을 더없이 지혜로운 집정관 크랏수스와 스카이볼라는 제정하였다.[50] 하지만 거류 외인의 시내 거주를 금지하는 것은 참으로 비인간적인 일이다.

국가적 〈흡사 이득〉을 훌륭함 앞에서 경시한 탁월한 사례들이 있다. 우리 나라에는 이런 사례들이 흔하고 가득한데, 특히 제2차 카르타고 전쟁에서 그러했다. 칸나이 참패가 벌

47 로마 원로원의 결의에 따라 로마는 기원전 146년 코린토스를 파괴하였다. 이는 로마 제국주의가 저지른 야만적 행위의 사례로 거론된다.

48 아테나이는 기원전 431년 아이기나 사람들을 눈엣가시로 여겨 내쫓고 아테나이 사람들을 그곳에 이주시켰다. 아이기나섬은 아테나이의 페이라이에우스항 맞은편에 아주 가까이 놓인 섬이다.

49 마르쿠스 유니우스 펜누스는 기원전 126년의 호민관이었다. 가이우스 파피우스는 기원전 65년의 호민관이다.

50 기원전 95년 집정관 루키우스 리키니우스와 무키우스 스카이볼라가 제정한 법으로, 비시민권자가 시민권을 주장하지 못하게 금하는 법이었다.

어졌을 때 우리 조상들은 어느 때보다 높은 긍지를 보여 주었다. 누구도 두려움을 드러내지 않았고 휴전을 언급하지 않았다. 이것이 바로 〈흡사 이득〉을 무색하게 하는 훌륭함의 커다란 힘이다. **48** 아테나이 사람들은 페르시아의 공격을 버텨낼 수 없었기 때문에 도시를 버리고, 처자식을 트로이젠에 맡기고, 전함에 올라 희랍의 자유를 해전으로 지켜 내기로 결정하였다. 그때 퀴르실로스라는 자가 도시에 남아 크세르크세스를 맞이하자고 주장하였는데, 그를 아테나이 사람들은 돌로 쳐 죽였다.[51] 그는 〈흡사 이득〉을 따른다고 믿었지만, 훌륭함에 반하는 것이기에 결코 이득이 아니었다. **49** 페르시아인과 싸운 전쟁에서 승리한 이후, 테미스토클레스는 민회에서 그에게 국가의 안녕을 도모할 계획이 있는데 공개적으로 알릴 수는 없는 내용이라고 말하고, 그가 소통할 수 있는 사람을 인민이 지명해 달라 요청하였다. 이에 아리스테이데스가 지명되었다. 그에게 테미스토클레스는 귀테이온[52]에 정박한 라케다이몬 함대를 은밀히 불태워 이를 통해 라케다이몬의 무력을 무너뜨려야 한다고 이야기했다. 이를 들은 아리스테이데스는 큰 기대를 품고 기다리던 민회로 가서, 테미스토클레스가 제안한 계획은 더없이 이롭지만 동시에 더없이 훌륭하지 못하다고 주장했다.[53] 그리하여 아테나이 사람들은

51 데모스테네스의 연설문에 전해지는 내용이다. 하지만 헤로도토스의 『역사』, IX 5에 따르면 돌에 맞아 죽은 사람의 이름은 뤼키데스였다.

52 귀테이온은 라코니아의 항구 도시다.

53 플루타르코스, 『영웅전 테미스토클레스』, 20에 따르면 테미스토클레스가 제안한 내용은 파가사이에 정박해 있는 그리스 연합 함대 전체를 불태

훌륭하지 못함은 결코 이득이 될 수 없다고 생각하였고, 전체 계획을 듣지는 않았지만 아리스테이데스의 제안에 따라 이를 거부하였다. 이들은 우리보다 훌륭했는데, 우리는 해적들에게 세금을 감면해 주면서 동맹국들에는 세금을 부과하였기 때문이다.[54]

XII 추함은 결코 이득이 아니라는 점을 확고히 하자. 이득이라고 여겨서 취하겠지만 그렇지 않다. 추함을 이득이라 여긴 것 자체가 재앙이다.

50 앞서 말했다시피 이득이 훌륭함과 상충되어 보이는 경우가 자주 있다. 따라서 이득이 전적으로 훌륭함과 상충하는지 아니면 훌륭함과 화해 가능한지를 살펴야 한다. 이런 유의 문제는 다음과 같다. 예를 들어 선량한 사람이 알렉산드리아에서 로도스로 많은 양의 곡물을 들여왔는데, 당시 로도스는 기근과 곡물 품귀 현상으로 곡물가가 대단히 높았다. 또 그는 많은 상인이 알렉산드리아에서 출발하였고 곡물을 실은 배들이 로도스를 향하고 있음을 알고 있었다. 이 경우 그는 로도스 사람들에게 이 사실을 알려야 하겠는가, 아니면 침묵한 채 그의 곡물을 최대한 높은 가격에 팔아야 하겠는가? 우리는 지혜롭고 선량한 사람을 상정하여 그의 생각과

위 버리자는 것이었다.

54 그나이우스 폼페이우스는 기원전 67년 킬리키아 해적을 소탕하였는데, 로마의 내전 기간에 다시 그 숫자가 증가하였고, 안토니우스가 브루투스와 카시우스와 싸울 때 해적의 힘을 빌렸다고도 한다. 동맹 마살리아는 로마 내전에서 원로원을 지지하였으며, 이 때문에 나중에 카이사르에게 보복당한다.

고민을 묻고 있다. 추하다고 판단한다면 그는 로도스 사람들에게 숨기지 않겠지만, 그는 그것이 추한지 아닌지를 숙고하는 것이다.

51 이런 경우에서 하나는 대단하고 진중한 스토아 철학자 바빌론의 디오게네스[55]가 흔히 옳게 여기는 견해이고, 다른 하나는 그의 제자로 더없이 예리한 안티파트로스[56]의 견해다. 안티파트로스는 판매자가 알고 있는 바를 구매자가 모르지 않도록 모든 것을 공개해야 한다고 생각하였다. 디오게네스에 따르면, 판매자는 시민법에서 정해진 바에 따라 상품의 하자를 말해야 하고 그 밖에 속임수가 없어야 하며, 나아가 판매자이므로 최대한 좋은 가격에 상품을 팔아야 한다. 「나는 상품을 들여왔고 진열하였다. 다른 판매자들보다 높지 않은 가격으로 상품을 판매하고 있다. 공급량이 늘어나면 어쩌면 지금보다 낮은 가격으로 판매할 것이다. 누가 불법을 저지른 것인가?」 **52** 반대편에서 안티파트로스의 반론이 시작된다. 「무슨 말씀이십니까? 선생님은 사람들을 도와야 하고 인간 결속에 이바지해야 하며, 복종하고 따라야 할 자연의 원칙을 법으로 삼아 태어났고 그 법에 따라 살아가고 계십니다. 따라서 선생님의 이득이 공동의 이득이고, 공동의 이득이 선생님의 이득입니다. 사람들에게 그들이 곧 얼마만큼의

---

55 디오게네스는 바빌론의 셀레우키아 출신으로 크뤼십포스의 제자였고 그의 뒤를 이어 스토아학파의 수장이 된다. 기원전 156년 아테나이 사람들이 로마로 파견했던 세 명의 철학자들 가운데 한 명이다. 나머지 두 명은 소요학파의 크리톨라오스, 아카데미아 학파의 카르네아데스였다.

56 타르소스의 안티파트로스는 기원전 2세기의 스토아 철학자다.

식량과 이익을 얻게 될 것인지를 감춘단 말씀이십니까?」아마도 디오게네스는 이렇게 답할 것이다. 「감추는 것 다르고, 침묵하는 것 다르다. 신들의 본성이 무엇인지, 최고선은 무엇인지, 이를 아는 게 저렴한 곡물가보다 자네에게 더 큰 이익일 텐데, 자네에게 이를 말하지 않는다고 내가 자네에게 이를 감추는 것은 아니다. 들어 두면 자네에게 이득이 될 것이고 뭐든지 이를 내가 자네에게 반드시 말해야 하는 건 아니지 않은가.」**53** 안티파트로스는 이렇게 이야기할 것이다. 「아닙니다. 본성적인 인간 결속을 고려하신다면, 반드시 말해야 합니다.」디오게네스는 이렇게 이야기할 것이다. 「고려했네. 그런데 자네가 말하는 인간 결속이 누구도 자기 것을 갖지 못하는 결속은 아니겠지? 만약 그렇다면 무엇도 판매해서는 안 되고 뭐든지 무상으로 제공해야 하네.」**XIII** 너도 알다시피 이 논쟁에서 누구도 〈추하지만 그래도 이익이니까 행한다〉고 주장하지 않는다. 논쟁의 한쪽은 〈이익이면서 추하지 않다〉고 말하고, 다른 한쪽은 〈추하니까 해서는 안 된다〉고 말한다.

54 선량한 사람이 주택을 매매한다고 해보자. 매도인은 알고 다른 사람은 모르는 어떤 하자 때문이었는데, 살기 좋은 집이라고들 생각하지만 실은 살기 좋은 집이 아니었다. 침실마다 뱀이 출현했고 자재가 좋지 않아 무너질 지경이었는데, 이를 집주인 말고는 아무도 모른다고 해보자. 나는 묻는다. 만약 매수인에게 이를 매도인이 알리지 않고 적정하다고 생각한 가격보다 아주 높은 가격으로 주택을 매매하였을 때,

이는 불의하고 올바르지 못한 행동이 아닌가? 안티파트로스는 말한다. 「그렇다. 이렇게 매수인이 성급하게 달려들어 실수로 더없이 큰 손해를 입도록 방치한 행위는, 아테나이에서 공적 처벌로 엄격하게 금지하는바 길 잃은 자에게 길을 알려 주지 않은 행위와 매한가지가 아닌가? 아니, 길을 알려 주지 않는 것보다 더 나쁜 짓이다. 고의로 타인을 실수하게 하였기 때문이다.」 디오게네스가 반박한다. 55 「한 번도 구매를 권하지 않았는데 주인이 구매를 강요한 것인가? 매도인은 마음에 들지 않아 내놓았을 뿐이고, 매수인은 마음에 들어 구매했을 뿐이다. 실제로는 합리적으로 건축된 훌륭한 주택이 아닌데도 훌륭하게 잘 건축된 주택이라고 내놓은 사람을 속였다고 보지 않는 게 세상인심이니, 집을 크게 선전하지 않은 자는 전혀 속인 게 아니다. 매수인의 판단이 가능한 곳에 매도인의 기망(欺罔)은 불가능하지 않은가? 매도인이 그가 말한 모든 걸 책임지지 않을 수 있는 마당에, 말하지 않은 것까지 책임져야 한다고 여기는가? 매도인이 판매 물건의 하자를 떠벌리는 것만큼 어리석은 짓이 또 있겠는가? 집주인의 명을 받아 집주릅이 물건을 내놓으며 살기 안 좋은 집을 내놓는다고 떠드는 것만큼 우스꽝스러운 짓이 또 있겠는가?」

56 이렇게 어느 쪽이 맞는지 불확실한 사례들을 보면, 한쪽은 훌륭함을 지지하고, 다른 쪽은 이득을 내세워 〈흡사 이득〉을 행함이 훌륭하고 행하지 않음이 추하다고 말한다. 이는 훌륭함과 이득 사이에 종종 노정되는 대립이다. 우리는 어느 쪽으로든 판결해야 한다. 우리는 문제를 제기하기 위해

서가 아니라 문제를 해결하기 위해 이야기를 꺼냈기 때문이다. **57** 곡물상은 로도스 사람들에게, 주택 판매자는 구매자에게 아무것도 감추지 말아야 한다고 생각한다. 감춘다는 단순히 〈침묵한다〉가 아니라, 너는 알고 너 자신의 유익을 위해 관련자들은 모르길 바란다는 것이다. 이런 식으로 감추는 행동이 어떤 것인지, 어떤 사람이 하는 짓인지를 누가 모르겠는가? 이는 솔직하고 꾸밈없고 고상하고 정의롭고 선량한 사람이 아닌, 간교하고 불측하고 교활하고 농간부리고 악의적이고 능청스럽고 노회하고 간사한 사람의 짓이다. 게다가 이런 많은 악덕의 이름을 얻는 것은 이득이 아니지 않은가?

XIV 58 이렇게 침묵한 자는 비난받아야 하는데, 그렇다면 거짓말을 지어낸 자는 어떻게 비판해야 하는가? 로마 기사 계급의 가이우스 카니우스는 세련되고 그럭저럭 학식 있던 자로 그가 말하듯이 일하기 위해서가 아니라, 쉬기 위해 쉬라쿠사이를 찾았을 때, 친구들을 초대하여 훼방꾼 없이 즐길 수 있는 작은 농장을 구매하고자 한다고 이야기했다. 이 말이 널리 퍼지자 쉬라쿠사이에서 은행업을 하는 퓌티오스라는 자가 카니우스에게, 그에게 팔려는 건 아니지만 농장이 하나 있는데 만약 원한다면 집처럼 편하게 사용할 수 있다고 말했으며, 그와 동시에 카니우스를 그 농장에서 이튿날 펼쳐질 저녁 식사에 초대하였다. 카니우스가 그렇게 하겠다고 약속하자, 은행가로서 사회 전반에 영향력이 있던 퓌티오스는 어부들을 불러 모아, 그들에게 그의 농장 앞에서 이튿날 물고기를 낚으라고 요청했고 그들이 해주길 바라는 것을 이야기했다. 카니우스는 저녁 식사 시간에 맞추어 찾아왔다. 퓌티오스가 준비한 진수성찬, 눈앞의 수많은 어선, 각자 잡아 올린 것을 대령하는 어부들, 퓌티오스의 발아래 내려놓은 생선들. **59** 그때 카니우스는 말했다. 「퓌티오스여, 내 묻거니와, 이것은 무엇이오? 이렇게 많은 생선은? 이렇게 많은 어선은?」퓌티오스가 말했다. 「대단한 일은 아닙니다. 이곳은 쉬라쿠사이의 온갖 생선들이 잡히는 곳입니다. 여기에 수원지가 있습니다. 어부들은 이 농장이 없으면 생업을 이어 갈 수 없습니다.」카니우스는 욕망에 불타올라 농장을 팔라고 졸랐다. 퓌티오스는 처음엔 거절하였다. 더 말해 무엇 하겠는가? 카니우스는 뜻을 관철시켰다. 욕망에 사로잡힌 부자 퓌티오스가 제시한 값에 농장을 구매하였고, 농장에 딸린 살림살이도 구매하였다. 퓌티오스는 명목을 장부에 기입하고 거래를 마쳤다. 이튿날 카니우스는 친구들을 초대하였고 자신은 먼저 농장에 왔다. 조각배조차 보이지 않았다. 옆집 사람에게 어부들이 하나도 안 보이는데 오늘이 어부들의 휴일이냐고 물었다. 이웃은 말했다. 「내가 아는 한, 아닙니다. 여기서는 보통 고기를 잡지 않습니다. 그래서 어제는 무슨 일인가 했습니다.」**60** 카니우스는 화가 났다. 하지만 어쩌겠나? 나의 동료이자 친구 가이우스 아퀼리우스[57]가 아직 악의적 기만에 대한 방식서를 만들기 전이었다. 그는 이 방식서에서 악의적

---

57 가이우스 아퀼리우스 갈루스는 대제관 퀸투스 무키우스 스카이볼라의 제자로서 로마를 대표하는 법률가 중 하나다. 기원전 66년에 키케로와 함께 법정관을 역임하였다.

기만이 무엇이냐는 질문에 표리부동한 경우라고 답하였다.[58] 이것이야말로 정의에 탁월한 사람의 실로 놀라운 정의가 아닌가. 퓌티오스 등 표리부동한 모든 사람은 신의 없는, 올바르지 못한, 간악한 자이며, 이 행위는 온갖 악덕으로 오염되었기에 결코 이득일 수 없다. **XV 61** 아퀼리우스의 정의를 따른다면 평생 우리는 표리부동을 삼가야 한다. 선량한 사람은 무언가를 좋게 팔려고 혹은 좋게 사려고 표리부동한 일은 하지 않는다.

물론 악의적 기만은 법적으로도 처벌된다. 후견을 두고 이루어진 사기는 12표법으로, 청년을 대상으로 행해진 사기는 라이토리우스 법[59]으로, 법률이 미비한 경우에는 재판에서 〈선량한 신의에 따라〉 처벌된다. 여타 재판에서 다음 문구가 특히 부각되는데, 아내 재산과 관련된 재정(裁定)에서는 〈더 형평에 맞고 더 선량하게〉가, 신탁에서는 〈선량한 자들 사이에서 선량하게 행해져야 하듯이〉가 그러하다.[60] 어떤가? 〈더 형평에 맞고 더 선량하게〉라는 문구에 어디 일말의 기망(欺罔)이 들어 있는가? 〈선량한 자들 사이에서 선량하게 행해져

---

58 키케로, 『신들의 본성에 관하여』, III 30, 74. 〈또 그것 때문에 모든 악행에 대한 그물인, 악의적 계략에 대한 법령이 나왔습니다. 이것은 우리의 친구 아퀼리우스가 발의한 것인데요. 이 아퀼리우스의 의도는, 어떤 사람이 어떤 일을 하는 척하면서 다른 일을 했을 때, 그 악행을 잡으려는 것이지요.〉

59 라이토리우스 법 혹은 플라이토리우스 법이라고 불리는 법으로, 기원전 192년 이전에 이미 제정된 것으로 보인다. 25세 미만의 청년을 불리한 계약으로부터 보호하기 위해 법정관이 지정한 후견인의 입회하에서만 계약하게 정한 법이다.

60 키케로, 『토피카』, 66과 같다.

야 하듯이〉라는 문구가 언급될 때 기만적 혹은 악의적 행위가 있을 수 있을까? 아퀼리우스의 말처럼 악의적 기만은 표리부동에 포함된다. 따라서 계약 체결에 전혀 거짓이 없어야 한다. 판매자는 거짓 매수자를 붙여선 안 되며, 구매자도 호가를 올리지 않을 거짓 매수자를 붙여선 안 된다. 판매자나 구매자는 모두 호가(呼價)할 상황에 이르러 딱 한 번씩만 가격을 불러야 한다.

62 푸블리우스의 아들 퀸투스 스카이볼라[61]는 구매할 토지의 가격을 한 번만 부르라고 요청했고 판매자가 그렇게 했을 때, 자신이 생각한 가격보다 호가가 낮다고 말하고 호가에 10만 세스테르티우스를 덧붙여 대금을 지불하였다. 이것이 누구도 부정할 수 없는 선량한 사람의 행동이다. 그런데 더 낮은 가격에 거래할 수 있었는데 그러지 못한 것은 지혜롭지 못한 행동이라고 세상은 이야기한다. 하지만 선량한 사람과 지혜로운 사람의 이런 구분은 위험하다. 이런 구분에 따라 엔니우스는 〈제 이익을 챙기지 못하는 현자의 헛된 지혜〉라고 지적했는데,[62] 이익을 챙기다의 의미를 엔니우스와 같이 볼 경우에나 그의 말이 옳겠다.[63]

63 나는 파나이티오스의 제자, 로도스의 헤카톤[64]이 퀸투

61 대제관 스카이볼라에 관해서는 앞의 I 32, 116절을 보라.
62 엔니우스의 『메데이아』 단편. 플라톤, 『히피아스 I』, 283b. 〈지혜로운 자야말로 무엇보다도 자신을 위해 지혜로워야 한다는 데 대다수 사람들은 의견을 같이합니다. 그러니까 지혜로운 자의 기준은 누가 돈을 가장 많이 버느냐가 되는 거지요.〉
63 키케로의 생각에 현자는 세속적 이익을 챙기지 않는 사람이다.
64 기원전 100년경에 활약했던 스토아 철학자다.

스 투베로[65]에게 헌정하여 쓴『의무론』여러 권에서 〈현자는 법률과 관습과 제도에 반하지 않는 한에서 가산(家産)을 도모한다〉는 구절을 보았다. 우리는 우리 자신을 위해서만이 아니라 자식들이나 친척들이나 친구들, 나아가 국가를 위해서도 우리 자신이 부자이길 원한다. 각 개인의 능력과 재력은 공동체의 부강이기 때문이다. 그래서 헤카톤은 방금 언급한 스카이볼라의 행동에 찬성할 수 없었다. 헤카톤은 허용되지 않는 행위만 아니라면 자기 이익을 위해 하지 못할 행위는 없다고 주장하기 때문이다. 하지만 이런 헤카톤에게 크게 칭송도 감사도 보낼 수 없다.

64 사실 표리부동을 악의적 기만이라고 한다면 악의적 기만이 아닌 경우는 거의 없고, 또 할 수 있는 누구에게나 이익을 제공하고 누구에게도 해를 끼치지 않는 사람을 선량한 사람이라 한다면 사실 선량한 사람은 쉽게 찾을 수 없다. 여하튼 악행을 저지르는 것은 늘 추하기 때문에 결코 이득이 아니며, 선한 사람이 되는 것은 늘 훌륭하기 때문에 늘 이득

---

65 퀸투스 아일리우스 투베로(기원전 130년의 호민관)는 루키우스 아이밀리우스 파울루스의 손자이며 소(少)스키피오의 조카다. 그는 스토아 철학자로 파나이티오스의 제자였다. 키케로,『브루투스』, 117 이하. 〈스토아 철학자들을 언급하면 동시대의 퀸투스 아일리우스 투베로가 있었다. 그는 루키우스 파울루스의 손자였다. 그는 연설가에 속하지는 않지만, 그는 그가 숭배하는 철학과 일치하는 엄격한 삶을, 아니 그것보다 좀 더 엄격한 삶을 살았다. (……) 그의 언어는 그의 삶처럼 투박하고 거칠어 세련되지 못했다Et quoniam Stoicorum est facta mentio, Q. Aelius Tubero fuit illo tempore, L. Paulli nepos, nullo in oratorum numero, sed vita severus et congruens cum ea disciplina quam colebat, paulo etiam durior.(……) sed ut vita sic oratione durus incultus horridus.〉

이다.

XVI 65 부동산 거래에서 우리 시민법은 매도인은 매매 목적 부동산의 하자를 파악된 한에서 모두 고지해야 한다고 정하고 있다. 12표법에 따르면, 구술로 언명된 바를 급부(給付)하는 것으로 족하고, 이를 부인(否認)한 자는 두 배액의 벌금을 배상해야 하였는데, 법률가들도 또한 묵비(默祕)에 대한 벌금을 규정하였다.[66] 이들에 따르면 매도인이 부동산의 모든 하자를 알고 있으면서도 이를 거명하여 고지하지 않으면 그에 따라 급부(給付)해야 한다. **66** 예를 들어 조점관들이 카피톨리움 언덕에서 조점을 치려 했는데, 티투스 클라우디우스 켄투말루스가 카일리우스 언덕에 소유한 집이 고도 때문에 조점에 방해가 되자 그에게 해당 건축물을 철거하라고 명하였다. 이에 클라우디우스는 공동 주택을 매물로 내놓았고, 푸블리우스 칼푸르니우스 라나리우스가 매수하였다. 다시 조점관들은 칼푸르니우스에게 건물의 철거를 통고하였다. 칼푸르니우스는 건물을 철거하였고 클라우디우스가 건물 철거를 통고받고 나서 매물로 내놓은 사실도 알게 되었다. 그는 재정인(裁定人)을 통해 〈선량한 신의에 따라 지불하고 수행해야 할 바의 모두〉를 다투었다. 우리 친구 카토의 부친 마르쿠스 카토[67]가 이에 판결을 내렸다. (다른 사람들은 부친 덕분에 유명해지는데, 우리 시대의 자랑을 낳은 그는 아들

---

66 『12표법』, 6표의 1에 부속된 키케로 증언을 번역한 최병조를 대체로 따랐다.

67 기원전 99년에 호민관을 역임하였고, 기원전 93년 법정관 선거에 출마했으며, 기원전 91년 이전에 사망하였다.

덕분에 이름을 얻었다.) 심판인인 그는 이렇게 선고하였다. 매도인은 매매 당시 그 사실을 알았고 이를 알리지 않았기 때문에 매수인의 손실을 책임져야 한다. **67** 그는 선량한 신의에 따라 매도인이 알게 된 하자를 매수인에게 반드시 알려야 한다고 보았다. 이 판결이 옳다면, 앞서 곡물상의 묵비(默祕)나, 살기 안 좋은 주택을 판 매도인의 묵비는 옳지 못하다.

하지만 이런 유의 묵비를 시민법이 — 시민법으로 포괄할 수 있는 것은 세심하게 처벌받지만 — 모두 포괄하지 못한다. 우리의 친척인 마르쿠스 마리우스 그라티디아누스[68]는 가이우스 세르기우스 오라타[69]에게 주택을 팔았는데, 몇 년 전 동일인에게서 그가 구입했던 주택이었다. 그 주택은 용익역권이 설정되어 있었으나 마리우스는 악취(握取) 행위[70] 중에 이를 말하지 않았다. 이 사안은 재판에 넘겨졌다. 크랏수스는 오라타를, 안토니우스는 그라티디아누스를 변호하였다.[71] 크랏수스는 법조문을 강조하여 〈악취물의 하자를 만일

---

68 마르쿠스 마리우스 그라티디아누스는 외삼촌인 마르쿠스 마리우스에게 아들로 입양된 사람이며, 가이우스 마리우스의 조카가 된다. 그는 기원전 82년 술라가 정권을 잡았을 때 살해되었다. 그의 친부 마르쿠스 그라티디우스의 딸이 키케로의 할머니다.

69 가이우스 세르기우스 오라타는 캄파니아의 루크리누스 호수 근교를 거점으로 활동한 기원전 1세기의 부유한 상인이다. 그는 굴 양식에 성공한 것으로 유명하다.

70 현승종, 『로마법』, 113면 이하. 〈악취 행위는 수중물(手中物)의 소유권을 이전하기 위하여 사용되었던 시민법상의 요식 행위이다.〉

71 루키우스 리키니우스 크랏수스는 기원전 95년 집정관이고, 마르쿠스 안토니우스는 기원전 99년의 집정관이다. 키케로, 『연설가론』, I 39, 178. 〈어떤가? 최근에 내가 민사 소송에서, 여기 있는 우리 안토니우스에 맞서 가이

매도인이 알면서도 명시적으로 알리지 않았다면 그것에 대해 급부(給付)해야 한다〉고 말했다. 안토니우스는 형평성을 강조하여 〈해당 주택을 매수한 세르기우스도 이 하자를 모르지 않았기에 마리우스는 이 사실을 반드시 언급할 필요는 없었고, 매수인은 구입한 주택의 권리 관계를 알고 있었기 때문에 매수인이 속은 것이 아니다〉라고 말했다. 내가 문제를 왜 다루냐 하면, 우리 조상들은 불측(不測)한 사람을 용납하지 않았음을 너에게 알리고자 해서다.

XVII 68 하지만 법률가와 철학자는 서로 다르게 불측함을 근절한다. 법률가는 힘으로 할 수 있는 한에서, 철학자는 이성과 지식으로 할 수 있는 한에서 그리한다. 이성은 모해(謀害)하지 말고, 거짓되지 말며, 교활하지 말라 요청한다. 몰아대며 쫓지 않아도 덫을 놓는 것이 모해가 아닌가? 누가 쫓는 것도 아닌데 덫에 걸리는 야생 짐승처럼 그렇게 너는 주택을 내놓고 덫처럼 게시물을 내걸고 하자 있는 주택을 팔고, 누군가가 거기에 부주의하게 걸린다면 어떤가? **69** 이 행위를 성품상 추하거나 법률 내지 시민법상 금지된 일로 간주하지 않는 타락한 세태를 나도 아는 바이나, 이는 분명 자연법상 금지 행위다. 이미 여러 번 언급되었으나 앞으로도 빈번

우스 세르기우스를 변호했을 때, 나의 변호는 온통 법에 관한 것이 아니었던가? 왜냐하면, 마르쿠스 마리우스 그라티디아누스가 오라타에게 주택을 매도하면서, 그 주택의 어떤 부분에 용익 역권이 설정되어 있다는 점을 말하지 않았을 때, 나는 다음과 같이 변호했네. 즉 악취물에 하자가 있는 경우, 만일 매도인이 그것을 알았지만, 명시적으로 알리지 않았다면, 그것에 대해 책임 져야 한다고 말일세.〉

히 언급되어야 하는바, 가장 넓게는 모든 인간의 결속이 있고, 이보다 좁게는 동일 민족의 결속이 있고, 이보다 더 좁게는 동일 시민의 결속이 있다. 그래서 우리 조상들은 만민법과 시민법을 구분하고자 하였다. 시민법은 반드시 만민법은 아니지만, 만민법은 반드시 시민법이다. 하지만 우리의 법은 진정한 법과 참된 정의라는 완벽한 실체적 형상이 아니다. 그저 그 그림자와 모상일 뿐이다. 그나마 그것이라도 잘 준수한다면 좋을 텐데! 어찌 되었든 자연과 진리라는 최고 모범에서 따른 것이니 말이다. **70** 〈너와 너의 신의 덕분에 내가 기만당하고 사기당하지 않기를!〉 이는 얼마나 대단한 말인가! 〈선량한 자들 사이에서 속이지 않고 선량하게 행해야 하듯이.〉 이는 얼마나 대단한 금과옥조인가! 하지만 선량한 사람들이 누구이고, 선량하게 행한다는 것이 무엇인지는 커다란 의문이다. 최고 대사제 퀸투스 스카이볼라는 늘 〈선량한 신의에 따라〉라는 문구가 붙은 재정 사건은 더없이 중요하다고 말하였고, 〈선량한 신의〉라는 문구가 굉장히 폭넓게 효력을 미친다고 생각하였는데, 이 문구는 후견, 조합, 신탁, 위임, 매매, 임대차 등 삶의 공동체를 유지하는 근간 모두와 연관되어 있으며, 이때 대부분은 무엇을 누가 누구에게 급부해야 하는지를 놓고 쌍방 다툼의 여지가 있는 경우인지라 그 판결은 유능한 심판인이 맡아야 한다고 하였다. **71** 따라서 불측함은 근절되어야 한다. 불측함은 흡사 현명함처럼 보이길 원하는 악의인바, 현명함과 무관하고 현명함과 대척(對蹠)한다. 현명함은 선악을 구별하는 데 있고, 악의는 모든 추함이 악일 때 선보다 악을 택하는 데 있다. 자연에 따른 시민법은 부동산의 경우 악행과 기망(欺罔)을 처벌하며, 나아가 노예 매매의 경우에도 매도인의 기망을 일체 배척한다. 노예의 건강 상태, 도주 여부, 절도 행위를 알아야 했던 매도인은 안찰관 고시(告示)에 따라 급부한다. 물론 상속의 경우는 이와 다르다. **72** 여기에서 자연은 법의 원천[72]이기 때문에 타인의 무지를 이용하여 이득을 편취하지 않는 것이 자연의 순리에 따르는 일이라는 점이 밝혀진다. 악의를 감춘 〈흡사 현명함〉[73]에서 이득과 훌륭함이 상충해 보이는 수많은 일이 발생하므로 이보다 삶에 해로운 질병은 없다. 만인을 속이고도 처벌받지 않는다면 불법을 삼갈 수 있는 사람이 얼마나 되겠는가!

XVIII 73 여기서 네가 원한다면 인민 대중이 아마도 죄악이라고 생각하지 않을 사례들을 검토해 보자. 살인, 독살, 유언장 위조, 절도, 횡령 등은 여기서 논외로 하겠는데, 철학자들의 말과 토론이 아니라 감금과 감옥으로 처벌해야 할 일이기 때문이다. 여기서 다루려는 것은 선량한 사람이라고 여기는 자들이 저지르는 일이다.

부유한 사람 루키우스 미누키우스 바실루스[74]의 위조 유언

---

72 키케로, 『법률론』, I 6, 18. 〈법률이란 자연 본성에 새겨진 최고의 이치이며, 그 이치는 행해야 할 것은 명하고 상반되는 것은 금한다.〉

73 앞의 I 43, 153절에서 〈현명은 취할 것과 피할 것을 아는 것〉이라고 하였으며, 방금 III 17, 71절에서 불측함은 〈불측함은 흡사 현명함처럼 보이길 원하는 악의〉라고 하였다.

74 루키우스 미누키우스 바실루스는 기원전 88년 술라를 도와 로마에 진

장을 들고 어떤 이들이 희랍에서 로마에 왔다. 유산을 좀 더 쉽게 차지하기 위해 이들은 당대의 가장 유력한 인사였던 마르쿠스 크랏수스[75]와 퀸투스 호르텐시우스를 상속자 명단에 적어 넣었다. 그들은 혹시 위조된 유언장이 아닐까 의심은 했지만, 범죄에 공모하지 않았기 때문에, 타인의 범죄로 얻은 선물을 거절하지 않았다. 어떤가? 위법 행위로 보이지 않는 것만으로 충분한가? 내가 보기엔 그렇지 않다. 한 사람은 살아생전 내가 사랑한 사람이고, 다른 사람은 이제 고인이라 더는 미워하지 않는 사람이다. 74 사실 바실루스는 누이의 아들인 마르쿠스 사트리우스를 이름의 후계자로 지명하고 상속인으로 삼고자 했다. (내가 말하는 사람은 지금 피케눔 농지와 사비눔 농지의 두호인인 사트리우스다.) 이 시대의 얼마나 추한 이름과 오점인가! 최고 권력자였던 시민들이 재산은 차지하고, 사트리우스는 오직 이름만 물려받았으니, 공정하지 않은 일이다. 제1권에서 내가 다루었던바, 동료가 당하는 불법을 할 수 있는데도 막고 격퇴하지 않는 사람이 불의를 행한 것이라면, 불법을 격퇴하지 않은 것은 물론 오히려 협력한 사람은 어떤 사람이라고 생각해야 하겠는가? 내가 보기에, 합법적 상속도 진정한 의무가 아닌 거짓된 의무와, 악의와 아첨으로 얻은 것이라면 훌륭해 보이지 않는다.

흔히 이런 사례들에서 이득과 훌륭함이 나뉘는 듯 보인다.

입하였던 사람으로 이후 제1차 미트라다테스 전쟁에 참전하였다.
    75 기원전 70년과 기원전 55년 집정관 마르쿠스 리키니우스 크랏수스를 가리킨다. 앞의 I 8, 25절을 보라.

하지만 아니다. 훌륭함의 척도가 바로 이득의 척도이기도 하다. 75 이를 파악하지 못한 사람에게는 하지 못할 기망(欺罔)이나 범행이 없을 것이다. 〈이것은 훌륭하고, 저것은 이익이다〉라고 생각하는 사람은 자연이 하나로 결합한 것을 둘로 가르는 오류를 범하는 것인데, 이것이 모든 기망, 악행, 범죄의 온상이다. **XIX** 따라서 선량한 사람은 손가락을 튀겨 부자의 유언장에 자기 이름을 집어넣을 수 있는 힘을 가지고 있어도, 누구도 이를 눈치채지 못하리라는 확신이 있어도, 이 힘을 쓰지 말아야 한다. 마르쿠스 크랏수스[76]에게 이런 힘이 생긴다면, 손가락을 튀겨 상속자도 아닌데 상속자 명단에 이름을 올릴 수 있게 된다면, 내 보장하거니와 그는 좋아서 광장에서 춤이라도 출 것이다. 하지만 정의로운 사람, 그러니까 우리가 선량하다고 생각하는 사람은 어떤 것도 남에게서 빼앗아 자기 것으로 만들지 않을 것이다. 이를 놀라워하는 사람은 선량한 사람이 무엇인지 모른다고 고백해야 한다. **76** 그렇지만 만약 영혼의 생래적 개념[77]을 펼쳐 보기만 해도 바로 알 수 있겠는바, 선량한 사람이란 이익을 줄 수 있는 사람에게 이익을 주며, 불법적 가해자를 제외한 누구에게도 손해를 입히지 않는 사람이다. 그럼 어떤가? 말하자면 어떤 술수를 써서 진짜 상속인들을 몰아내고 그 자리를 차지한 사람이 있다면 이 사람은 남에게 손해를 입힌 사람이 아닌가? 누

76 앞의 I 8, 25절을 보라.

77 키케로, 『토피카』, 31. 〈나는 희랍인들이 엔노이아라고도, 프롤렙시스라고도 부르는 것을 개념이라고 부르려 하네. 개념은 자연적으로 박혀 있고 정신에 확고히 잡혀 있는 각 사물에 대한 인식인데 분절될 것이 필요하지.〉

군가 말할지도 모른다. 「이득이 될 이로운 일을 한 것이 아닐까?」 그런 사람은 불의한 일이 이롭지도 이득이 되지도 않음을 이해해야 한다. 이를 모른다면 선량한 사람이 될 수 없겠다.

77 나는 어릴 적에 우리 아버지에게서 들었다. 집정관 역임자 가이우스 핌브리아[78]는 마르쿠스 루타티우스 핀티아 소송의 심판인이었는데, 핀티아는 로마 기사 계급의 참으로 훌륭한 사람으로 자신이 〈선량한 사람〉이라는 데 공탁금을 걸었다. 그리하여 핌브리아는 핀티아에게 자신은 이 사안을 판결하지 않겠노라고 말하며, 아니라고 판결하면 올바른 사람에게서 평판을 빼앗는 일이 되고, 그렇다고 판결하면 어떤 사람을 선량한 사람으로 만들게 되는데, 사실 선량함이란 헤아릴 수 없을 만큼 많은 의무와 업적을 쌓아야 하는 것이기 때문이라고 하였다. 그러므로 소크라테스가 알았고 핌브리아가 알았던 〈선량한 사람〉이라면 훌륭하지 않은 것을 도저히 이득이라고 여길 수 없다. 그런 사람은 감히 입에 담지 못

78 가이우스 플라비우스 핌브리아는 기원전 104년 집정관을 역임한 인물이다. 그는 평지돌출로 집정관에 오른 인물로 마찬가지로 평지돌출인 가이우스 마리우스의 동료 집정관이었다. 키케로, 『브루투스』, 129. 〈가이우스 핌브리아는 (……) 퉁명스럽고 까다롭고 욕 잘하는 두호인이었다. 전체적으로 약간 격정적이고 격렬한 사람이었지만, 세심함이나 영혼의 능력이나 삶을 보건대 좋게 평가받는 원로원의 입법자였다. 그는 참아 줄 만한 두호인이었고 시민법에 조예가 없지 않았으며 그의 성격이나 말씨는 솔직 담백했다 C. Fimbria (……) truculentus patronus asper maledicus. genere toto paulo fervidior atque commotior, diligentia tamen et virtute animi atque vita bonus auctor in senatu. idem tolerabilis patronus nec rudis in iure civili et cum virtute tum etiam ipso orationis genere liber.〉

할 일은 절대 행하지도 않을 것이며 생각조차 하지 않을 것이다.

촌사람들에게조차 명명백백한 사실을 철학자들이 의심한다면 이는 추한 일이 아닌가? 촌사람들에게서 만들어져 널리 쓰이는 오래된 속담으로, 어떤 사람의 신의와 선함을 칭찬할 때 쓰는 말이 있다. 〈눈 감고 가위바위보를 해도 좋을 사람〉이라는 말이다. 이는 아무런 이의 없이 차지할 수 있을지라도 차지해서 안 될 것이라면 득하지 않는다는 의미, 바로 그런 의미를 지닌 속담이다. **78** 앞서 말한 귀게스나, 손가락을 튀겨 모든 이의 상속 재산을 싹쓸이할 수 있는 사람이라고 방금 내가 지어낸 인물도 이 속담에 따르면 용서할 수 없음을 너는 알겠느냐? 꼭꼭 숨기더라도 추함이 절대로 훌륭함일 수 없는 것처럼, 훌륭함이 아닌 것이 이득이 되는 일은 절대로 일어날 수 없다. 이는 자연에 반(反)하고 역(逆)하기 때문이다.

XX 79 「하지만 보상이 막대하다면 악행이라도 하지 않을 이유가 없다.」 가이우스 마리우스는 집정관에 오를 가망이 아예 없었고, 법정관 역임 이후 7년째 허송하며 집정관에 입후보하려는 뜻조차 없어 보였다. 마리우스는 부사령관으로 위대한 사내이자 시민인 퀸투스 메텔루스[79] 사령관을 모셨는데, 사령관의 허가로 로마에 오게 되었을 때, 퀸투스 메텔루

---

79 퀸투스 카이킬리우스 메텔루스 누미디쿠스는 기원전 109년 집정관으로 기원전 109~기원전 108년까지 유구르타 전쟁을 이끄는 로마 원정군 사령관을 지냈다.

스를 로마 민회에 고발하였다. 그가 전쟁을 지연한다는 것이었다. 만약 자신을 집정관으로 뽑아 준다면 자신은 단시간 내에 죽여서든 살려서든 유구르타[80]를 로마 인민 앞에 굴복시켜 데려오겠노라고 공언하였다. 그리하여 그는 집정관으로 선출되었으나, 신의와 정의는 저버리고 말았다. 그는 더없이 훌륭하고 중요한 시민을, 그를 로마로 보내 준 그의 사령관을 무고(誣告)하여 인민의 미움을 사게 했기 때문이다.

80 우리의 친척 그라티디아누스는 선량한 사람의 의무를 다하지 못하였다. 그가 법정관이었을 적에 호민관들은 법정관단을 소집하여 주화의 가치를 공동으로 결정하고자 하였다. 당시 누구도 자산이 얼마인지 알 수 없을 정도로 주화의 값어치가 불안정했기 때문이었다. 위원회는 재판과 처벌의 내용을 담은 고시를 공동으로 작성하였고, 오후에 모두 함께 연단에 오르기로 하였다. 다른 사람들은 각자 흩어졌을 때, 마리우스 그라티디아누스는 회의 석상에서 연단으로 곧장 올라가서 공동으로 작성한 고시를 홀로 발표해 버렸다. 원한다면 말해 주겠는데, 이 일로 그는 커다란 명예를 얻었다. 동네마다 그의 동상이 세워졌고 동상 앞에서 사람들은 향과 초를 태웠다. 더 말해 무엇 하겠는가? 그는 누구보다 큰 대중적 사랑을 누렸다.

81 이것들은 우리를 때로 고민에 빠뜨리는 혼란스러운 일이다. 공정성의 훼손은 그다지 심하지 않았지만 거기서 얻은

---

80 유구르타(기원전 160~기원전 104년)는 북아프리카 누미디아의 왕이다.

혜택은 너무나 커 보이기 때문인데, 마리우스 그라티디아누스가 호민관들과 동료 법정관들을 따돌리고 홀로 대중의 감사를 가로챈 것은 과히 추해 보이지 않고, 이 덕분에 그가 희망하던 집정관에 가까워진 것은 아주 굉장한 이득으로 보였다. 그런데 네가 깊이 명심하기를 바라는바, 이런 모든 일의 척도는 단 하나다. 흡사 이득처럼 보이는 것은 조금이라도 추해선 안 되며, 추하다면 절대 이득으로 여기지 말라는 것이다. 그럼 어떤가? 전자의 마리우스나 후자의 마리우스를 선량한 사람이라고 판단할 수 있을까? 너의 지식을 깨우고 펼쳐서, 너의 지식 안에 담긴 선량한 사람의 형상과 개념은 어떠한지 살펴보아라! 유익을 위하여 거짓말하고 남을 중상하고 가로채고 속이는 것이 과연 선량한 사람이 할 바인가? 절대로 그렇지 않다. **82** 선량한 사람이라는 광휘와 명성을 버릴 만큼 값어치가 있는 일이나 혹은 추구할 이익이 있을까? 선량한 사람이라는 명성을 빼앗기고 신의와 정의를 잃었을 때 상실된 만큼 보상해 줄 수 있다고 말할 만한 이득이 과연 무엇일까? [사람이 짐승으로 변모하는 것이나, 인두겁을 쓰고 짐승의 야만을 행하는 것이나 무슨 차이가 있겠는가?][81]

XXI 그럼 이건 어떤가? 권세를 얻기 위해서라면 모든 올곧음과 훌륭함을 무시하는 사람은 그러니까 권력자가 되기 위해서 무모한 자를 장인으로 모시는 사람[82]과 똑같지 않은가? 장인이 세상의 미움을 받고 자신은 최고 권력자가 되는

---

81 후대 삽입으로 보인다.
82 그나이우스 폼페이우스는 기원전 59년 카이사르의 딸과 결혼하였다.

것이 이득이라고 사위는 생각했겠지만, 그것이 조국에 대한 불의이며 추한 행위임은 알지 못했다. 한편 장인은 늘 『포이니케 여인들』의 희랍어 시구를 입에 달고 다녔는데, 이 시구를 내가 할 수 있는 한, 아마도 조잡하겠지만, 뜻을 전달하기 위해 옮겨 보았다.[83]

법을 범해야 한다면 그건 왕이 되기 위해서
범하는 것이다. 아니라면 경건해야 한다.

에테오클레스, 아니 에우리피데스는 죽어 마땅하다. 그는 모든 범죄 가운데 가장 극악한 범죄를 예외로 하였기 때문이다. 83 그러고 보니 뭣 하러 여태까지 기만적 상속, 거래, 판매 등 자잘한 사례를 거론하였던가? 여기 로마 인민의 왕이자 모든 민족의 주인이고자 했고 그렇게 된 자를 보라! 이런 욕망을 훌륭한 욕망이라고 말하는 자가 있다면 그는 정신 나간 자다. 법과 자유의 파괴를 옳다 하고 법과 자유의 끔찍하고 가증스러운 억압을 영광스럽게 여기는 자이기 때문이다. 자유 시민이었으며 자유 시민이어야 하는 곳에서 왕으로 군림하는 것은 훌륭한 일은 아니지만, 그래도 그렇게 할 수 있는 사람에게는 적어도 이득이지 않겠냐고 주장하는 사람이 있다면, 이 사람을 어떤 질책과 어떤 책망으로 그와 같이 큰

83 에우리피데스, 『포이니케 여인들』, 524행 이하를 키케로가 약간 바꾸어 번역하였다. 오이디푸스의 두 아들 폴뤼네이케스와 에테오클레스의 갈등을 다룬 비극 작품이다.

오류에서 떼어 놓아야 할까? 더없이 혐오스럽고 끔찍한 조국 살해가 도대체 누구에게, 불멸의 신들이여, 조국 살해를 저지른 자는 그가 탄압한 시민들에 의해 국부라고 불리고 있지만, 도대체 누구에게 이득일 수 있겠는가? 그러므로 이득은 훌륭함의 감독을 따라야 하는데, 이로써 두 단어가 서로 글자는 다르지만, 내용적으로는 한목소리를 내는 것으로 보인다.

84 대중의 생각에 왕권 장악보다 큰 이득은 없겠지만, 반대로 진리를 향해 이성을 소환할 때, 불의하게 왕권을 장악한 사람에게 이보다 해로운 것이 없음을 나는 발견한다. 염려, 걱정, 밤낮 없는 공포, 음모와 위험이 가득한 삶이 도대체 누구에게 이득일 수 있겠는가?

다수는 왕에게 불만과 불신이고, 호의는 소수뿐이다.[84]

아키우스는 이렇게 말했다. 그런데 어떤 왕에게였는가? 탄탈로스와 펠롭스에게서 적법하게 왕권을 획득한 왕에게였다. 그렇다면 로마 인민의 군대로 로마 인민을 억압한 왕에게는, 세계를 다스리던 자유 시민을 자신에게 굴종하라 강압한 왕에게는 얼마나 더 많은 불만과 불신이 있겠는가? **85** 이 사람이 얼마나 큰 양심의 가책, 얼마나 많은 상처를 영혼에 입었다고 생각하는가?[85] 이 사람의 생명을 빼앗는 사람이 더

84 제목 미상의 비극 단편.
85 플라톤, 『국가』, 577e. 〈그렇다면 독재 체제 밑에 있는 영혼도, 영혼 전

없이 큰 명예와 감사를 누리게 되는 상황에서 이 사람의 삶은 도대체 그에게 이득일 수 있는가? 이렇게 흡사 아주 큰 이득처럼 보인 것도 사실 추함과 망신으로 가득하여 이득이 아닐진대, 이로써 충분히 납득되어야 하는바, 훌륭함이 아닌 것은 결코 이득이 아니다.

XXII 86 〈훌륭함이 아닌 것은 결코 이득이 아니다〉라는 주장은 다른 때에도 종종 나왔지만, 특히 퓌로스 전쟁 당시 재선 집정관 가이우스 파브리키우스[86]와 원로원에 의해 강조되었다. 퓌로스왕이 먼저 로마 인민에게 전쟁을 선포하여 로마 인민이 고귀하고 강력한 왕과 패권을 놓고 다투던 와중에, 퓌로스왕의 도망병이 파브리키우스의 진영을 찾아와, 만약 자신에게 상급을 약속한다면 자신이 몰래 도망쳐 왔을 때처럼 그렇게 몰래 다시 돌아가 퓌로스왕을 독살하겠다고 장담하였다. 파브리키우스는 이 도망병을 퓌로스왕에게 인계하게 하였고, 후에 이 일은 원로원의 칭송을 받았다. 만약 우리가 〈흡사 이득〉의 억견을 좇았다면, 도망병을 이용하여 단번에 엄청난 전쟁과 패권의 막강한 적수를 처리했었을지 모른다. 하지만 그랬다면 명예를 다투던 적을 덕이 아니라 범죄로 정복했다는 엄청난 망신과 불명예를 뒤집어썼을 것이다.

체에 관해서 말한다면, 자기 원하는 것을 잘 행할 수 없다는 것이 되겠네. 그런 영혼은 늘 미쳐 날뛰는 욕망으로 해서 억지로 끌려다녀 난동과 뉘우침으로 가득 차 있을 걸세.〉 579e. 〈진짜 독재자란 설사 남이 그렇게 생각하지 않는다고 하더라도 실제로는 다시없이 굽실거리고, 노예 짓을 하는 진짜 노예이고, 가장 악한 자들을 섬기는 아첨꾼인데 (……) 그는 한평생을 통해서 공포에 싸이고 경련과 괴로움에 차서 지내게 된다네.〉

86 파브리키우스에 관해서는 앞의 I 12, 38~40절, III 4, 16절을 보라.

87 우리에게는 아테나이의 아리스테이데스와 같은 사내 파브리키우스[87]나 혹은 이득을 존엄과 하나로 생각한 우리 원로원이 판결 내리기에, 적과 무기로 겨루는 것, 혹은 독약을 사용하는 것, 어느 쪽이 이득이었을까? 명예를 위해 패권을 추구해야 할 때, 명예와 하나일 수 없는 범죄는 멀리해야 한다. 여하한 방법으로 권력 자체를 추구할 때 불명예가 따라온다면 권력은 절대로 이득일 수가 없다.

그러므로 퀸투스 필립푸스의 아들 루키우스 필립푸스[88]의 판단은 이득이 되는 판단이 아니었다. 그는 루키우스 술라가 뇌물을 받고 원로원 결의로써 몇몇 나라들에 면제해 주었던 세금을 다시 거두어야 하며, 면제 대가로 받은 돈도 그 국가들에 돌려주지 말자고 하였다. 그런데도 원로원은 그의 판단을 따랐다. 로마 패권의 추함이여! 원로원의 신의가 해적의 신의만도 못했다.「세수가 증가하였으니, 이득이 아닌가!」하지만 훌륭함이 아닌 것을 두고 세상은 도대체 언제까지 이득이라고 내세우려는가? **88** 명예에 그리고 동맹들의 호의에 기대야 하는 패권에 증오와 불명예가 어떻게 이득일 수 있는가? 나는 나의 카토와도 때로 의견을 달리했다. 그는 내가 보기에 국고와 세수를 방어하는 데 지나치게 엄격하였고, 징세도급업자들의 모든 요청을, 동맹들의 많은 요청을 거부하였다. 하지만 이들에게 우리는 은혜를 베풀어야 했고, 이들을 마치 우리의 소작인들 대하듯 대했어야 했다. 국가의 안녕이

---

87 앞의 III 4, 16절을 보라.
88 앞의 I 30, 108절을 보라.

신분 질서 간의 단결에 달려 있기에 더욱 그러했어야 했다. 쿠리오도 파두스 저쪽 사람들의 주장은 공정하다고 말하면서도 늘 입버릇처럼 덧붙이던 〈이득이 우선이다〉라는 주장에 따라 잘못된 판단을 하였다.[89] 그는 국가에 이득은 안 된다고 얘기하면서 그래도 공정은 하다고 고백했는데, 그렇게 우기지 말고 차라리 국가에 이득이 아니기 때문에 공정하지 않다고 통보했어야 한다.

XXIII 89 헤카톤의 『의무론』 제6권은 이런 문제들로 가득하다. 예를 들어 곡물 품귀 현상이 아주 심할 때 가내 노예를 굶기는 것이 선량한 사람이 할 바인가? 그는 찬반 논쟁을 펼치고 최종적으로 그가 생각하는 바 도리가 아니라 이득에 따라 의무를 정한다. 그는 묻는다. 만약 풍랑 때문에 화물을 해양에 투기해야 할 경우라면 값비싼 경주마를 버려야 할까, 아니면 값싼 노예를 버려야 할까? 이때 한쪽은 가산이, 한쪽은 도리가 우리에게 결정을 내리라 재촉한다. 「난파했을 때 현자는 바보가 가진 널빤지를 가능하다고 해서 빼앗아도 될까?」 헤카톤은 불법 행위이기 때문에 안 된다고 했다. 「그럼 어떤가? 선주(船主)는 자기 것이니 널빤지를 빼앗아도 되지 않을까?」「안 된다. 배가 자기 것이라고 선주가 승객을 바다에 던져 버리는 짓과 다름없는 일이다. 목적지에 이르기까지 배는 선주가 아니라 뱃삯을 낸 승객의 것이다.」 **90** 「그럼 어

89 가이우스 스크리보니우스 쿠리오는 기원전 76년 집정관이었다. 이탈리아 내전 과정에서 기원전 89년에 파두스 이쪽 사람들에게는 로마 시민권이 부여되었으나, 파두스 저쪽 사람들에게는 부여되지 않았다. 파두스 저쪽 사람들에게 로마 시민권이 주어진 것은 기원전 49년 카이사르에 의해서다.

떤가? 널빤지는 하나고 조난자가 둘인데 하필 둘 다 현자인 경우, 각자 널빤지를 차지하려 다투어야 하겠는가, 아니면 서로 양보해야 하겠는가?」「개인적으로나 국가적으로 살 가치가 더 큰 자에게 양보해야 한다.」「양자 모두 살 가치가 같다면?」「다투지 말고, 제비뽑기나 가위바위보로 이긴 사람에게 양보해야 한다.」「그럼 어떤가? 아버지가 성소를 약탈하여 국고에 이르는 땅굴을 판다면, 아들은 이를 정무관들에게 고발해야 할까?」「아버지가 고발당하면 오히려 변호해야 할 판에, 고발은 절대 안 될 일이다.」「그렇다면 모든 의무에서 조국이 우선하는 게 아니란 말인가?」「물론 우선한다. 하지만 부모에게 충직한 시민을 두는 게 조국에도 이롭다.」「그럼 어떤가? 아버지가 폭군 자리에 앉으려 하거나, 조국을 배신하려 할 때 아들은 침묵해야 할까?」「아들은 우선 간청하여 아버지를 말려야 한다. 그래도 아무런 소용이 없으면 아들은 아버지를 질책하고 협박할 것이다. 그래도 결국 사태가 조국의 패망을 향한다면 그때 아들은 조국의 안녕을 부친의 안녕보다 앞세워야 한다.」 **91** 헤카톤은 이렇게도 묻는다. 만약 진짜 주화가 아니라 위조 주화를 실수로 받은 현자는 이를 깨닫고도 진짜 주화가 아니라 위조 주화로 그의 빚을 갚아야 할까? 디오게네스는 그래도 좋다고 말하고, 안티파트로스는 그러면 안 된다고 말하는데, 나는 후자에 동의한다. 곧 상할 포도주를 알고도 팔려는 판매자는 이를 알려야 할까? 디오게네스는 그럴 필요가 없다고 이야기하고, 안티파트로스는 알리는 것이 선량한 사람의 의무라고 믿는다. 이것들은 마치

스토아학파의 법률 논쟁 같다. 시민법에 따라 고지하지 않으면 노예가 반환되어야 할 하자는 아니고, 단지 거짓말한다, 노름한다, 도둑질한다, 술주정한다는 하자인 경우 이를 노예 매매 시에 말해야 할까? 한쪽은 고지해야 한다고 생각하고, 한쪽은 고지할 필요가 없다고 생각한다. **92** 만약 어떤 사람이 황금을 팔면서 자신은 황동을 판다고 여길 때 선량한 사람은 그것이 황금임을 알려 줘야 할까, 아니면 1천 데나리우스 값어치의 물건을 1데나리우스에 사도 될까? 이제 내 생각이 어떤지, 내가 언급한 철학자들 사이에 어떤 논쟁이 있는지가 명백하다.

XXIV 협약과 약속은 여하한 경우에도 반드시 지켜야 할까? 그것이 만약 법정관 고시에서 흔히 얘기하듯이 〈어떤 폭력이나 악의적 기만으로 의한 것이 아니라면〉 말이다. 만약 누군가가 수종(水腫) 치료제를 누군가에게 내주면서 이 약으로 건강해지면 이 약을 이후 다시는 사용하지 않겠다는 약속을 받았다면, 그래서 그가 이 약으로 건강해졌다가 몇 년 후에 다시 같은 병에 걸렸다면, 그런데 약속받고 약을 내준 사람이 이 약을 다시 사용하는 것을 허락하지 않는다면, 어떻게 해야 할까? 이를 허락하지 않는 사람은 인간적 도리를 저버린 것이기 때문에, 그리고 어떤 권리 침해도 발생하지 않기 때문에, 병자는 자신의 생명과 안녕을 도모해도 좋겠다. **93** 그럼 어떤가? 현자는 그를 상속자로 삼아 그에게 1억 세스테르티우스의 돈을 유증하겠다는 사람이 상속자가 되기 전에 대낮에 모두가 보는 광장에서 춤을 추라는 조건을 달았고, 현자는 이를 하겠다고 약속하였다. 그렇게 하지 않으면 상속자로 기록하지 않겠다고 하였기 때문이었다. 그렇다면 현자는 약속을 이행해야 하겠는가? 그는 차라리 약속 자체를 하지 말았어야 했다. 이는 위엄과 관련된 문제라고 나는 생각한다. 하지만 이왕 약속했으니, 광장에서 춤추는 것을 추하게 여긴다면, 상속자가 되는 것보다는 상속자가 되지 못하더라도 약속을 어기는 길밖에 없고, 이것이 더 훌륭한 일일 것이다. 그 돈이 국가의 커다란 위기에 쓰일 돈이라면 혹시 모르는데, 조국을 위한 춤이라면 절대 추하다 할 수 없기 때문이다.

XXV 94 또한 너의 약속을 받은 당사자에게 이득이 되지 않는 약속을 너는 지키지 말아야 한다.[90] 신화를 예로 들자면, 태양의 신은 아들 파이톤에게 무엇이든 원하는 것을 해주겠다고 말했다. 파이톤은 태양의 마차를 몰기를 원했고, 태양의 신은 아들을 마차에 태웠다. 파이톤은 마차를 다 몰지도 못하고 벼락을 맞아 불타 죽었다. 아버지가 이런 약속을 지키지 않았다면 얼마나 좋았을까! 테세우스가 넵투누스에게 받은 약속은 어떠한가? 넵투누스는 그에게 세 가지 소원을 들어주겠다고 약속했고, 테세우스는 그의 아들 힙폴뤼토스의 죽음을 소망했다. 힙폴뤼토스는 새어머니 때문에 테세우스의 의심을 받았기 때문이다. 소원이 이루어졌을 때 테세우

---

90 앞의 I 10, 32절에서 〈무언가 약속과 계약을 이행하는 것이 약속한 사람이나 약속받은 사람에게 손해가 되는 경우가 있을 수 있다〉라고 말하고 테세우스의 예를 거론하였다.

스는 더없이 큰 비탄에 빠졌다. **95** 아가멤논은 어떤가? 그는 디아나 여신에게 그해 그의 왕국에서 태어난 것들 가운데 가장 아름다운 것을 제물로 바치겠다고 맹세하였고, 그해 태어난 것들 가운데 무엇보다 아름다운 이피게네이아를 희생 제물로 바쳤다. 끔찍한 범죄를 저지르느니 차라리 약속을 지키지 말았어야 했다.

약속일지라도 때로 이행해서 안 되며, 보관물을 반드시 돌려주어야 하는 것도 아니다. 어떤 사람이 제정신일 때 너에게 칼을 맡겼고, 제정신이 아닐 때 이를 돌려 달라고 요구한다면, 돌려주는 것은 죄책이고 돌려주지 않는 것은 의무다.[91] 그럼 어떤가? 너에게 돈을 맡긴 사람이 조국을 상대로 전쟁을 일으킨다면 너는 맡긴 돈을 내주어야 할까? 나는 그렇게 생각하지 않는다. 그 경우 더없이 소중하게 여겨야 할 국가에 반하는 짓을 하게 될 것이기 때문이다. 이처럼 본성상 훌륭하다고 판단되는 많은 일이 상황에 따라 훌륭하지 않은 일이 되기도 한다. 약속을 지킨다, 계약을 이행한다, 보관물을 돌려준다 등은 당사자에게 이득이 되지 않을 때 훌륭하지 않은 일이 된다.

이상으로 현명함을 가장하여 흡사 이득처럼 보이나 실은 정의에 반하는 사안을 충분히 검토하였다. **96** 우리는 제1권

---

91 플라톤, 『국가』, 331c. 〈이를테면 내가 말하는 것은 다름 아니라 누군가가 친구에게 정신이 멀쩡할 때 무기를 맡겼다가 실성해서는 무기를 돌려 달라 요구한다면, 그것을 되돌려주어서는 안 되며, 또 되돌려주는 사람은 옳지 못하고, 그리고 또 실성한 상태에 있는 사람에게 사실을 곧이곧대로 말할 생각이 있는 사람도 옳지 못하다고 누구나 다 그렇게 말할 것입니다.〉

에서 훌륭함의 네 가지 원천에서 각각 의무를 도출하였으므로, 이와 똑같이 하여 〈훌사 이득〉이 덕과 얼마나 상극인지를 여기서 살펴보도록 하자. 그런데 현명함을 가장하려 한 악의와 언제나 이득인 정의는 앞서 논의하였다. 이제 훌륭함의 나머지 두 부분이 남았는바, 하나는 영혼의 긍지와 탁월함이 드러난 부분이고, 다른 하나는 극기와 절제의 체득, 절도가 드러나는 부분이다.

XXVI 97 비극 시인들에 따르면 — 최고의 작가 호메로스의 책에서는 울릭세스의 그런 모습이 보이지 않는다 — 울릭세스는 이득이라고 생각했던 대로 전쟁에 참전하지 않기 위해서 미친 척했고, 비극들은 그런 그를 고발하였다.[92] 어떤 사람은 이타카에서 통치하고 평화롭게 부모, 아내, 자식을 데리고 사는 것이 훌륭하지 않아도, 최소한 이득이라고 말할지 모른다. 이런 평온한 삶이 매일 노고와 위험 속에 살아가는 품위와 비교할 수 있을 거라 믿는가? 하지만 나는 훌륭하지 않은 것은 이득이 되지 않는다고 여기기에 이런 평온한 삶을 경시하고 버려야 한다고 본다. **98** 울릭세스가 계속 미친 척했다면 과연 어떤 소리를 들었을 거라고 생각하는가? 전쟁에서 누구보다 큰 공을 세운 울릭세스가 이런 소리를 아

---

92 사실 비극 작품들 가운데 이런 모습의 오디세우스를 그린 작품은 현재 전해지지 않는다. 다만 기원후 5세기 내지 기원후 6세기 작가 헤쉬키우스는 소포클레스의 작품에서 이런 모습의 오디세우스를 다룬다고 말한다. 오비디우스, 『변신 이야기』, 제13권 36행 이하에서 〈팔라메데스가 비겁한 자의 속임수를 폭로하여 그가 피하려 했던 무구들이 있는 곳으로 끌고 갈 때까지 그는 미친 체하며 전쟁을 회피〉했다고 언급한다.

이아스에게서 들었다는데 말이다.

> 그런 서약을 맨 처음 제안한 자였으나,
> 모두 알다시피 혼자 신의를 배반했다.
> 참전을 피하려고 미친 척을 고집했다.
> 날카로운 팔라메데스가 현명함으로
> 그의 악랄한 몰염치를 보지 못했다면,
> 신성, 신의, 맹세를 영원히 버렸으리라.[93]

99 이방인들과 전쟁하기로 의견을 모은 희랍을 배신하느니, 적은 물론 파도에 맞서 싸우는 것이 그에게 훨씬 더 좋은 일이었고, 그는 실제로도 그렇게 했다.

신화와 외국 사례는 그만 거론하자. 역사적인 우리네 사례로 가보자. 마르쿠스 아틸리우스 레굴루스[94]는 재선 집정관으로 한니발의 아버지 하밀카르가 사령관으로 전쟁을 이끄는 아프리카에서 라케다이몬 출신의 장군 크산티포스의 함정에 걸려 포로가 되었다. 그는 로마 원로원으로 보내지기 전에, 로마의 포로가 된 몇몇 카르타고 귀족들을 석방하는 데 실패하면 자신은 곧장 카르타고로 돌아오겠다고 서약하였다. 그는 로마에 왔다. 〈흡사 이득〉을 보았으나, 그것을 사실 그대로 거짓된 이득이라고 판단하였다. 흡사 이득처럼 보인 것은, 조국에 그대로 머무는 것, 아내와 자식들과 함께 자

---

93 작자 미상의 비극 작품.
94 앞의 I 13, 39절을 보라.

기 집에 남는 것, 전쟁의 패배를 전쟁의 공통된 운명으로 치부하고 집정관의 위엄과 지위를 유지하는 것이었다. 누가 이것이 이득이 아니라고 하겠는가? 누가 그러리라고 보는가? 하지만 긍지와 용기는 이를 부정한다. 이보다 확실한 증인이 있겠는가? **XXVII 100** 긍지와 용기라는 덕의 본성은 무엇도 두려워하지 않는 것, 모든 인간사에 초연한 것, 인간에게 일어나는 어떤 일도 견뎌 낼 수 없다고 생각하지 않는 것이다. 레굴루스는 어떻게 했는가? 그는 원로원에 왔다. 위임받은 사안을 보고하였다. 적에게 서약으로 매여 있는 몸이기에 자신은 원로원 의원이 아니라며 원로원 표결에 참여하지 않겠다고 하였다. ― 누군가는 말할지 모른다. 〈자신의 이득을 걷어차는 어리석은 인간이여!〉 ― 거기다 한술 더 떠서 포로 교환은 이득이 아니라며, 포로들은 젊고 훌륭한 지도자지만 자신은 이미 늙어 버린 사람이기 때문이라고 얘기했다. 그의 위엄이 아직 살아 있었기 때문에 포로들은 억류되었고 그는 카르타고로 돌아갔다. 조국의 애정 어린 만류와 친지들의 설득도 소용없었다. 그때 더없이 잔인한 적에게로, 절묘하게 고안된 고문을 향해 돌아간다는 사실을 모르지 않았으나 그는 서약을 지켜야 한다고 믿었다.[95] 내 의견을 말하자면, 포

95 호라티우스, 『서정시』, III 5, 41행 이하. 〈시민의 자격을 잃은 사람처럼 그는 정숙한 처의 입맞춤과 어린 자식들을 외면하였고, 사내다운 얼굴을 떨구어 끝내 들지 못했다고 한다. 흔들리는 원로들을 그 전에 누구도 한 적 없는 조언으로 굳건히 다지고, 슬퍼하는 친구들 사이로 자랑스러운 망명을 바삐 서둘러 갔다 한다. 야만의 형리가 무엇을 준비하는지 알고 있던 길은, 막아서는 친척들과 복귀를 말리는 사람들을 뿌리치고, 약속을 지켜 돌아가는 길은, 마치 피호민을 변호하는 오랜 소송을 승소로 마무리 짓고 베나프룸

로였던 늙은이로, 서약을 어긴 전직 집정관으로 고향에 남느니보다, 고문으로 잠 못 들다 죽는 편이 그에게는 더 나았다.

101 「어리석은 짓이다. 포로들을 돌려보내지 말아야 한다는 생각을 생각에 그치지 않고 이를 남들에게 설득하다니.」 하지만 어찌 어리석은가? 국가에 기여하였는데도 어리석은가? 국익이 되지 못하는데 어느 한 시민에게인들 이득일 수 있는가?

XXVIII 이득과 훌륭함을 분리하는 것은 자연의 토대를 전복시키는 짓이다. 모든 이는 이득을 추구하고 이득에 이끌리며 이득이 없으면 절대로 아무것도 하지 않는다. 이득을 피할 자가 과연 있을까? 아니, 전력을 다해 이득을 열심히 추구하지 않을 자가 과연 있을까? 그런데 명성과 품위와 훌륭함에서가 아니면 우리는 어디에서도 이득을 찾을 수 없다. 바로 이 때문에 우리는 명성과 품위와 훌륭함을 최고 최선으로 여기며, 이득이라는 이름은 광휘라기보다 그저 소용(所用)으로 간주한다.

102 누군가는 말할지 모른다. 〈도대체 서약이란 무엇인가? 분노한 유피테르를 두려워한 것인가?〉 신은 스스로 어떤 고통을 가지지 않으며, 남에게 어떤 고통도 주지 않는다고 주장하는 철학자들[96]은 물론, 신은 늘 무언가를 행하고자 하

영지로 길을 재촉할 때, 혹은 스파르타인들의 타렌툼으로 돌아갈 때와 같았다.〉

96 에피쿠로스, 『중요한 가르침』, 1. 〈축복받았으며 불멸하는 본성(신의 본성)은 그 스스로 어떤 고통도 모르며, 다른 것들에게 고통을 주지도 않는다. 그래서 그런 본성은 분노나 호의에 포함되어 있지 않다. 왜냐하면 분노나

고 이루고자 한다고 주장하는 철학자들까지 모두의 공통된 의견인바, 신은 분노하지도 해를 끼치지도 않는다. 또 분노한 유피테르가 도대체 레굴루스 본인이 택한 고통보다 더 큰 고통을 그에게 줄 수 있을까? 따라서 종교는 이득을 뒤집을 만큼 힘이 있지 않았다. 그렇다면 혹은 추한 행동을 하지 않을까 두려워한 것인가? 우선, 악 중 최소악을 택해야 한다.[97] 약속을 어기는 추함이 그가 당할 고문만큼 그에게 악인가? 다음으로, 아키우스[98]의 말을 보라. 「그대는 신의를 깨는가?」 「나는 신의 없는 자에게 신의를 지키지 않았고 지키지 않는다.」 비록 불경한 왕의 말이지만, 빛나는 말이다. **103** 또 여기에 더해 이들은, 흡사 이득처럼 보이지만 실은 이득이 아니라고 우리가 이야기하는 것처럼, 흡사 훌륭함처럼 보이지만 실은 훌륭함이 아니라고 이야기한다. 그러니까 서약을 지키기 위해 돌아가 고문을 받은 일이 흡사 훌륭해 보이지만, 훌륭함이 될 수 없다고 말한다. 적의 강압에 못 이겨 한 일을 훌륭하다고 해서는 안 된다는 것이다. 또 이들은 앞서는 그리 보이지 않았어도 뭐든지 아주 이득이 큰 것은 훌륭한 것이라고 덧붙인다.

　레굴루스에 대한 비판의 논리는 대충 이러하다. 처음부터

호의는 단지 약한 것들에게만 존재하기 때문이다.〉
　97 앞의 III 1, 3. 〈하지만 나는 악 중에 최소악을 택해야 하고, 나아가 최소악 가운데 뭔가 선이 있다면 이를 찾아내야 한다고 박식한 사람들로부터 배웠기에(……).〉
　98 아키우스, 비극 『아트레우스』, 227~228행. 튀에스테스와 아트레우스의 대사다.

살펴보자. **XXIX 104** 〈유피테르가 분노하여 해를 끼칠 것을 두려워할 필요는 없다. 유피테르는 분노하지도 해를 끼치지도 않는다.〉 이는 사실 레굴루스의 서약만이 아니라 모든 서약을 무효로 만드는 논리다. 서약에 어떤 두려움이 아니라 어떤 힘이 작동하는지를 알아야 한다. 서약은 신을 앞에 둔 확언이다. 마치 신을 증인으로 세운 양 그렇게 확언한 약속은 반드시 지켜야 한다. 신들이 절대 내지 않을 분노 때문이 아니라 정의와 신의 때문이다. 엔니우스는 탁월했다.[99]

세상을 키운, 날개 달린 신의, 유피테르의 서약이여!

따라서 서약을 어긴 자는, 카피톨리움 언덕에 지고 지선(至高至善)의 유피테르와 나란히 모셔진 — 이는 카토의 연설처럼 우리 조상들이 소원하였던 바인데 — 신의의 여신[100]을 저버린 것이다. **105** 〈그런데 분노한 유피테르라도 레굴루스 본인이 자초한 해악보다 더 큰 해악을 그에게 입히지 못했으리라.〉 물론 육체적 고통만이 악이라면 맞는 말이다. 최고 권위의 철학자들은 육체적 고통은 최고악은커녕 악도 못된다고 확언하였다.[101] 레굴루스는 이 확언을 입증할 대단한

99 엔니우스, 비극 단편, 403행.
100 키케로, 『신들의 본성에 관하여』, II 23, 61. 〈예를 들어 신의, 지성 같은 것들인데, 이들을 모시는 신전이 최근에 카피톨리움 언덕에 마르쿠스 아이밀리우스 스카우루스에 의해 세워진 것을 우리는 봅니다. 물론 그 전에 아울루스 아틸리우스 칼라티누스는 신의를 성스러운 것으로 모셨었지만요.〉
101 키케로, 『최고선악론』, V 28, 84. 〈현자가 눈이 멀고 무기력하고 병들고 추방당하고 자식을 잃고 가난하고 고문을 겪는다면, 제논이여, 우리는 그

증인이며, 모르긴 몰라도 가장 중요한 증인인바 부탁하건대 레굴루스를 조롱하지 말라. 의무를 지키기 위해 자발적으로 고문을 택한 로마 인민의 지도자보다 신뢰할 수 있는 증인을 우리는 찾을 수 있겠는가?

이들은 악 중 최소악을 택해야 한다고, 다시 말해 고통을 당하느니 차라리 추하게 행동하라고 말한다. 하지만 추함보다 더 큰 악이 있을까? 신체적 결함이 혐오감을 다소 준다면, 추악한 영혼의 비틀림과 끔찍함이 주는 혐오감은 얼마여야 하는가? 106 이를 좀 더 엄격하게 다루는 자들은 추함이 악이라고 감히 이야기하며, 이를 좀 더 느슨하게 다루는 자들조차 추함이 최고악이라고 이야기하길 주저하지 않는다.

한편 〈나는 신의 없는 자에게 신의를 지키지 않았고 지키지 않는다〉라는 말은 아트레우스를 묘사하면서 인물 됨을 드러낼 때 쓰던 말이었는데, 이로써 시인은 제대로 인물 됨을 그려 냈다. 그러니 신의 없는 자에게 신의를 지키지 않는 것을 거짓 서약의 핑계로 삼지 말아야 한다.

107 그런데 전쟁법이라는 것도 있다. 적과의 신의와 서약이라도 지켜져야 한다. 서약을 하면서 이를 지켜야겠다는 생각이 마음에 있었다면 이는 지켜져야 한다. 그런 마음이 없었다면 설사 서약을 지키지 않았더라도 거짓 서약은 아니다. 예를 들어 해적과 약속한 목숨값을 이행하지 않았더라도, 설

를 뭐라 부릅니까? 제논은《행복한 사람》이라고 이야기한다. 나아가 가장 행복한 사람인가? 그가 말했다.《그렇다. 내가 입증하였던바 행복은 행복 자체를 결정하는 덕처럼 단계를 갖지 않기 때문이다.》

사 서약까지 하고 이행하지 않았더라도 이는 기망(欺罔)이 아니다. 해적은 합법적 적으로 정의되지 않는 그저 만인 공동의 적일 뿐이기 때문이다. 해적은 신의나 서약을 함께해서 안 될 존재다. **108** 부당한 서약은 거짓 서약이 아니다. 우리의 관습적인 문구로 표현하자면 〈당신 영혼의 판단에 따라〉서약한 것을 이행하지 않는 것이 거짓 서약이다. 이를 에우리피데스가 멋지게 표현했다.[102]

맹세한 것은 내 혀이고, 내 마음은 맹세하지 않았소.

하지만 레굴루스는 적과의 전쟁 협정과 협약을 거짓 서약으로 훼손할 수 없었다. 그것은 정당하게 합법적인 적과 맺은 것이기 때문이며, 그런 적과는 조약(條約)법 전체는 물론 많은 법이 공유되기 때문이다. 그렇지 않았다면 원로원은 우리의 유력 인사들을 결박하여 적에게 넘겨주지 않았을 것이다. **XXX 109** 그러니까 티투스 베투리우스[103]와 스푸리우스 포스투미우스가 재선 집정관으로 카우디움 전투[104]에서 크게 패했고, 우리의 로마 군단에게 굴종의 치욕을 가져왔으며, 삼니움인과 강화 조약을 맺었다. 이 일로 이들은 적에게 인

---

102 에우리피데스, 『힙폴뤼토스』, 612행.
103 티투스 베투리우스 칼비누스는 포스투미우스 알비누스 카우디누스와 함께 기원전 334년과 기원전 321년 집정관이었다.
104 가이우스 폰티우스가 이끄는 삼니움인은 제2차 삼니움 전쟁에서 로마인을 여러 차례 이겼고, 기원전 321년 삼니움의 카우디움에서 거둔 승전은 유명하다.

도되었는데, 로마 인민과 원로원의 명령 없이 강화 조약을 체결하였기 때문이었다. 당시 티베리우스 미누키우스[105]와 퀸투스 마일리우스는 호민관이었는데 이들의 재가로 강화 조약이 조인되었기 때문에 이들도 함께 적에게 넘겨졌고, 삼니움인과의 강화 조약은 거부되었다. 그런데 이 신병 인도의 권유자이며 지지자는 바로 이렇게 신병이 인도된 포스투미우스였다. 이와 똑같은 일을 오랜 세월이 지난 뒤에 가이우스 망키누스[106]도 했다. 그는 원로원의 재가 없이 누만티아인과 조약을 맺었고, 그리하여 루키우스 푸리우스와 섹스투스 아틸리우스[107]가 원로원 결의에 따라 그를 누만티아인에게 넘기라는 법안을 제출하였을 때, 그는 이 법안에 찬성하였다. 법안은 통과되었고 그는 적에게 넘겨졌다. 훌륭했던 그의 처신과 달리, 퀸투스 폼페이우스는 동일한 경우였는데도 법안 채택을 반대하였고 법은 통과되지 않았다.[108] 그의 사례에서는 훌륭함보다 〈흡사 이득〉이 더 크게 작용하였던 것이고, 앞의 사례들에서는 훌륭함의 위엄이 거짓된 〈흡사 이득〉을 굴복시킨 것이다.

110 〈하지만 강압 때문에 행한 서약을 유효하다고 해선 안

---

105 전승 사본에 따라 〈Numicius(누미키우스)〉로 읽는 경우도 있다.

106 가이우스 호스틸리우스 망키누스는 기원전 137년 집정관을 역임하였다.

107 루키우스 푸리우스 필루스와 섹스투스 아틸리우스 세라누스는 기원전 136년 집정관이다.

108 퀸투스 폼페이우스는 기원전 141년에 집정관을 역임하였고, 유사한 상황에서 누만티아인과 평화 협정을 맺었다.

된다.〉 하지만 용감한 사람이 강압에 굴할 수도 있는가! 〈아니라면 왜 레굴루스는 원로원에 왔는가? 그것도 포로 교환에 반대할 것이면서?〉 당신들은 그의 가장 훌륭한 점을 비난하고 있다. 그는 자기 판단에만 머물지 않았고 사안을 맡아 원로원의 판단을 끌어냈다. 만약 그가 반대하지 않았다면 사실 포로들은 카르타고인들에게 보내졌을 것이고, 레굴루스는 로마에 무사히 돌아왔을지도 모른다. 그는 그것이 조국에 이득이 아니라고 생각하였다. 그리하여 그는 직접 반대 의사를 전달하고 그 결과를 감내하는 것이야말로 훌륭함이라고 믿었던 것이다.

사람들은 아주 큰 이득이면 훌륭함이 된다고 이야기하는데, 〈정확하게 말하자면 훌륭함이기에 아주 큰 이득이 되는 것이며〉[109] 사실 〈이득이 된다〉도 아니고 〈이득이다〉라고 말해야 한다. 오직 훌륭함만이 이득인바, 이득이기에 훌륭함이 아니라, 훌륭함이기에 이득인 것이다.

그러므로 많은 놀라운 사례들 가운데 레굴루스 사례보다 더 칭송할 만하고 더 탁월한 사례를 꼽기는 쉽지 않다.

XXXI 111 레굴루스의 이런 대단한 업적 가운데 특히 경탄을 자아내는 하나는 포로들을 돌려보내지 말아야 한다고 생각한 점이다. 그가 되돌아간 점도 사실 오늘날 우리에게는 놀라운 일이지만, 당시에는 그것이 당연한 일이었고, 따라서 그 점은 그의 위대함이라기보다 그 시대의 위대함이다. 우리 조상들은 서약으로 체결된 신의는 무엇보다 강력한 구속력

109 M. Pohlenz가 제안해 보충된 문구다.

을 가져야 한다고 믿은 것이다. 12표법이 이를 말해 준다. 신성불가침법[110]이 이를 증명한다. 조약들도 이를 보여 주는데, 심지어 적과 맺은 조약도 신의가 지켜졌다. 호구 감찰관들의 심사와 징계 또한 이를 알려 주는데, 그들은 서약을 무엇보다 세심하게 판단하였다. 112 아울루스 만리우스의 아들 루키우스 만리우스는 독재관[111]이었는데, 그에게 호민관 마르쿠스 폼포니우스[112]가 법정 출두일을 통지하였다. 만리우스가 독재관직 임기가 끝났는데도 권한을 며칠 더 행사하였다는 것이 그 이유였다. 폼포니우스는 만리우스를 또 고발하였는데, 그가 나중에 토르콰투스라고 불린 아들 티투스 만리우스를 유배 보내서 사람들과 떨어져 시골에 살게 했다는 이유였다. 어린 아들은 그의 아버지에게 이런 소송이 제기된 것을 들었을 때, 로마로 달려왔고 첫새벽에 폼포니우스의 집을 찾았다고 한다. 이를 전해 듣고 폼포니우스는 그가 분노하여 아버지에게 불리한 무언가를 가지고 자신을 찾았다고 생각하여, 침대에서 일어나 주변을 모두 물리고 청년을 불러 독대하였다. 그렇게 아들 만리우스는 안으로 들어오자마자 칼을 뽑아 들었고, 만약 아버지에 대한 고발을 취하하겠다고 서약하지 않으면 즉시 그를 죽여 버리겠다고 맹세하였다. 폼포니우스는 두려움에 이끌려 억지로 서약하고는, 이를 민회로 가져갔고, 고발을 철회할 수밖에 없는 이유를 알렸으며,

110 예를 들어 호민관의 신체에 허락 없이 손을 대는 행위는 신성을 침해한 것과 같이 취급된다.
111 루키우스 만리우스는 기원전 363년 독재관으로 임명되었다.
112 기원전 362년 호민관이다.

만리우스에 대한 고발을 취하하였다. 당시 서약은 이토록 큰 힘을 지녔다. 그런데 이 티투스 만리우스는 아니오강 가에서 그에게 도전하는 갈리아인을 처단하고 갈리아인의 목걸이를 빼앗음으로써 토르콰투스[113]라는 별명을 얻었다. 이 티투스 만리우스는 세 번째 집정관직을 역임할 때 베세리스강[114] 가에서 라티움인들을 분쇄한 사람으로 누구보다 긍지 높은 사내였다. 그는 아버지에게는 더없이 관대하였고 아들에게는 지독하게 엄격하였다.[115]

XXXII 113 레굴루스는 서약을 지켰다는 점에서 칭송받아야 한다. 마찬가지로 칸나이 전투 직후 한니발이 로마 원로원으로 보낸 10인은 포로 교환에 실패하면 카르타고가 점령하고 있는 군영으로 돌아오겠노라 서약하였는데, 돌아가지 않았다면 비난받아야 마땅했다. 그런데 10인에 대한 기록이 모두 동일하지는 않다. 특히나 훌륭한 역사가였던 폴뤼비오스는 이때 보내진 열 명의 귀족들 가운데 아홉 명은 원로원이 포로 교환을 받아들이지 않았기에 돌아갔으나, 한 명은 로마에 남았다고 말한다. 한니발 군영을 떠났다가 무언가를 잊어버린 척하며 금방 다시 돌아왔다가 떠난 이 인물은 이렇

113 〈목걸이를 건〉이라는 뜻을 가진다.
114 캄파니아의 베수비우스산 근처에 흐르는 강이다.
115 기원전 340년 티투스 만리우스 토르콰토스(기원전 347년, 기원전 344년, 기원전 340년 집정관; 기원전 353년, 기원전 349년, 기원전 320년 독재관)는 베세리스강 가의 전투에서 라티움 연맹에 맞서 전쟁을 수행하였는데, 이때 티투스 만리우스의 아들은 사령관의 지시를 어기고 적을 공격하여 물리쳤다. 하지만 만리우스는 사령관의 명령 없이 행동한 아들을 처형하였다.

게 군영에 돌아왔었으니 자신은 서약을 지킨 셈이라고 주장
하였다. 하지만 옳지 못한 처신인바 기망(欺罔)은 풀어 주기
는커녕 그를 옭아매는 거짓 서약이었다.[116] 이는 어리석은 영
악함이자, 현명함의 비뚤어진 모방이다. 그래서 원로원은 이
영악하고 노회한 자를 포박하여 한니발에게 돌려보내도록
결의하였다. **114** 하지만 제일 중요한 것은 이것이다. 8천 명
의 사람을 한니발은 포로로 잡았다. 이들은 전선에서 붙잡히
거나 죽음의 위기를 모면한 자들이 아니라, 집정관 파울루스
와 바로[117]가 후방의 로마 군영에 남겨 둔 자들이었다. 원로
원은 적은 돈으로도 성사될 수 있는 일이었지만 이들의 교환
을 거부하였다. 그 결과 우리 병사들은 승리 아니면 죽음임
을 명심하게 되었다. 폴뤼비오스가 기록하길, 한니발은 이
소식을 듣고 낙담하였다고 한다. 로마 원로원과 인민이 시련
을 겪으면서도 긍지를 잃지 않았음을 알았기 때문이다. 〈흡
사 이득〉은 훌륭함과 비교될 때 훌륭함에 압도된다. **115** 그
런데 희랍어로 로마 역사를 기록한 가이우스 아킬리우스[118]
는 말하길, 기망으로 서약을 이행했다며 로마 군영으로 돌아
온 인물이 여럿이었으며, 이들에게 호구 감찰관들은 만장일
치로 불명예 제명 처분을 내렸다고 한다.

---

116 앞의 I 13, 40절에서 다루었다.
117 루키우스 아이밀리우스 파울루스와 가이우스 테렌티우스 바로는 기
원전 216년 집정관이다.
118 가이우스 아킬리우스 글라브리오는 노(老)카토와 동시대의 인물이
다. 기원전 155년 희랍에서 세 명의 철학자들을 로마 원로원에 파견했을 때
아킬리우스는 이들의 통역을 맡았다.

이 논소는 여기까지 하자. 불안하고 비굴하고 나약하고 절망한 영혼의 행동은, 예를 들어 포로 교환을 놓고 레굴루스가 국가가 아니라 자기 자신에게 절실해 보이는 것을 헤아려 보거나 집에 그대로 머물기를 원했다면 취했을지도 모를 그런 행동은 이득이 아니다. 창피스럽고 수치스럽고 추하기 때문이다.

XXXIII 116 이제 품위, 절도, 자제, 극기, 절제가 포함된 네 번째 부분이 남았다. 이 덕들의 합창대에 반기를 드는 이득이 있을 수 있을까? 아리스팁포스[119]를 따르는 퀴레네 학파와 소위 안니케리스[120] 학파의 철학자들은 모든 선을 쾌락에 두었으며, 덕은 쾌락의 산출자이므로 바로 이 때문에 칭송되어야 한다고 생각하였다. 이들이 시들해지자 에피쿠로스가 세상을 풍미하여 이들과 똑같은 의견을 주장하고 지지하였다. 훌륭함을 보존하고 수호하는 것이 우리의 뜻이라면 우리는 이들에 맞서 속담에 이르듯 사람이든 말이든 모두 동원하여 싸워야 한다. **117** 메트로도로스[121]의 말처럼 만약 이득만이 아니라 행복한 삶이 육체적 건강과 육체적 건강의 확고한 기대로 유지된다면, 이 이득은, 그것도 에피쿠로스학파

---

119 소크라테스의 제자 가운데 한 명으로 소위 쾌락주의를 주창한 퀴레네 학파에 속하며, 이 학파의 창설자다. 그는 기원전 435년경에 퀴레네에서 출생하였으며 어린 나이에 아테나이에서 소크라테스의 제자가 되었다. 그들이 말하는 쾌락은 고통의 부재를 넘어선 적극적인 육체적 쾌락이었다.

120 안니케리스는 알렉산드로스 대왕과 동시대의 인물이었을 것으로 추정된다.

121 에피쿠로스의 제자이며, 키케로의 말을 빌리자면 〈제2의 에피쿠로스〉(『최고선악론』, II, 28, 92)다.

가 생각하는 최고 이득은 훌륭함과 충돌할 것이다. 우선 현명함의 자리는 어디인가? 온통 즐거움을 찾기 위한 자리인가? 쾌락에 봉사하는 비참한 시녀 자리에 있는 덕이여! 현명함의 임무는 무엇인가? 지혜롭게 쾌락을 선택하는 것인가? 그래, 이보다 유쾌한 것이 없지만, 또 이보다 추한 것은 무엇인가? 고통을 최고악이라고 이르는 사람에게서 고통과 고난에 초연한 용기는 어떤 자리를 갖는가? 에피쿠로스는 실제로 여러 논소에서 고통에 대해 매우 용감하게 이야기하긴 했지만, 우리는 그의 주장이 아니라, 쾌락은 선이고 고통은 악이라고 정의하는 그런 주장의 일관성을 눈여겨보아야 한다. 극기와 절제를 말할 때도 그는 그러하다. 실로 그는 여러 논소에서 그것들을 언급했지만, 속담에 이르듯 이제 물길이 막혀 버렸다. 최고선을 쾌락에서 찾는 자가 어찌 절제를 상찬할 수 있는가? 절제는 모름지기 욕정과 상극이요, 욕정은 쾌락의 연인이다. **118** 그렇지만 에피쿠로스학파가 세 가지 덕은 그들 나름대로 최선을 다해 절묘하게 눙치고 말았다. 그러니까 그들은 현명함을 고통을 줄이고 쾌락을 증진하는 앎으로 소개하였고, 용기를 죽음을 가볍게 여기고 고통을 견뎌 내는 여하한 방법이라고 해석하였고, 그리고 아주 쉽지는 않았지만, 그들 나름의 최선으로 쾌락의 한계를 고통의 부재로 정의함으로써 절제도 설명했다. 하지만 정의를 비롯하여 인간 공동체와 인류 결속에서 발견되는 모든 덕은 흔들렸다. 아니 오히려 쓰러져 버렸다. 선함과 관대함과 상냥함, 나아가 우정도 존재할 수 없다. 이것들을 그 자체로 추구하는 것이 아니라 쾌락이나 이득 때문에 이것들에 관심을 둔다면 말이다.

119 간단히 정리해 보자. 훌륭함에 반한다면 절대 이득일 수 없다고 우리는 가르쳤듯이 이제 모든 쾌락은 훌륭함에 반한다고 말한다. 그래서 칼리폰과 디노마코스가 더욱 비난받아야 한다고 나는 판단하는데, 그들은 훌륭함과 쾌락을 하나로 짝지워 ― 인간과 가축을 짝지우자는 것과 진배없는 주장인데 ― 그 대립을 없애리라고 생각하였기 때문이다.[122] 훌륭함은 이런 교합을 거부하고 경멸하고 배척한다. 최고선과 최고악은 단순해야 하며, 더없는 상극의 혼합과 야합일 수 없다. 이 문제는 중요한 문제이므로 다른 데서[123] 상세하게 다루었다. 지금은 원래 문제로 돌아가자. **120** 이상으로 흡사 이득처럼 보이는 것이 훌륭함과 상충할 때 어떻게 판단해야 할까는 충분히 검토하였다. 쾌락도 〈흡사 이득〉을 갖는다고 내세우기도 하겠지만, 이 〈흡사 이득〉은 훌륭함과 전혀 교합될 수 없다. 그러니까 조금 양보해서 쾌락이 양념 정도는 되지 않을까 싶다만, 실상 쾌락에는 어떤 이득도 없음이 분명하기 때문이다.

121 아들 마르쿠스야, 너는 이 아비의 선물을 받았다. 내 생각에는 크다 싶지만, 이는 순전히 네가 이를 어떻게 쓰는지에 달렸다. 크라팁포스의 강의 사이사이 이 세 권의 책을

---

122 앞의 III 3, 12절을 보라. 이들은 덕과 쾌락을 하나로 결합함으로써 에피쿠로스학파와 스토아학파의 대립을 중재할 수 있다고 믿었던 것으로 보인다. 키케로, 『투스쿨룸 대화』, V 30, 85. 〈디노마코스와 칼리폰은 쾌락과 훌륭함을 연결하였다.〉

123 키케로의 『최고선악론』을 보라.

너는 마치 손님 대접하듯 대접해야 할 것이다. 아테나이로 항해하던 나를 조국이 선명한 목소리로 부르지 않았다면 나는 아테나이에 갔을 것이고,[124] 그랬다면 너는 이따금 나의 말을 들었을 텐데, 꼭 그처럼 나의 말은 이제 책 두루마리에 담겨 너에게 이르렀으니, 할 수 있는 만큼 이 책에도 시간을 할애하여라! 물론 할 수 있는 만큼이란 네가 원하는 만큼이다. 네가 이런 유의 학문에 즐거워한다는 사실을 내가 알게 되면, 바라건대 조만간 너와 마주 앉아 이야기를 나눌 것이로되, 네가 멀리 있으니 이렇게 멀리서 말을 전한다. 나의 키케로야, 건강하여라! 그리고 명심하여라! 나는 지금도 너를 더없이 사랑하지만, 네가 나의 이 당부와 준칙을 즐겁게 마음에 새긴다면 너는 더욱더 사랑스러운 나의 아들이 될 게다.

124 카이사르의 암살 직후 기원전 44년 4월경에 키케로는 로마를 떠났다. 브루투스와 카시우스가 로마를 떠난 직후였다. 키케로는 희랍으로 길을 잡았고, 히르티우스와 판사의 집정관 임기가 시작되는 이듬해 1월에 귀국하려고 하였다. 하지만 레기움에 이르렀을 때, 안토니우스가 로마를 떠나고 브루투스와 카시우스가 로마로 복귀한다는 소식을 들었고 키케로는 길을 돌려 로마로 돌아왔다.

해제

1. 키케로의 생애

마르쿠스 툴리우스 키케로Marcus Tullius Cicero는 기원전 106년 1월 3일 아르피눔에서 부유한 기사 계급의 집안에서 두 형제 가운데 맏형으로 태어났다. 그의 아버지는 두 형제를 일찍이 로마로 유학 보내 철학과 수사학을 공부하게 했다. 당대의 유명한 법률 자문가였던 퀸투스 무키우스 조점관 스카이볼라와, 또 같은 이름의 대제관 스카이볼라 밑에서 배웠다. 기원전 81년 처음으로 변호사 활동을 시작했으며, 기원전 80년 부친 살해 혐의로 고발당한 로스키우스를 성공적으로 변호함으로써 명성을 얻었다. 로스키우스 사건은 독재자 술라의 측근이 관련된 사건으로 그는 술라의 측근이 저지른 전횡에 맞섰다. 이후 기원전 79~기원전 77년에 아테나이와 로도스에서 수사학과 철학을 공부했으며 이때 포세이도니오스에게서도 배웠다.

기원전 75년 재무관을 시작으로 공직에 진출했으며, 기원전 70년 베레스 사건을 맡았다. 시킬리아 총독을 역임한 베레스를 재임 중 학정 혐의로 고발하여 유죄를 끌어냈고, 베레스를 변호한 사람은 퀸투스 호르텐시우스 호르탈루스였는데, 당시 로마에서 제일 뛰어난 변호사라는 칭송을 받던 사람을 상대로 승리함으로써 키케로는 로마 최고의 변호사라는 명성을 얻게 된다. 기원전 63년에 키케로는 집정관으로 선출되었다. 원로원 의원을 배출한 적이 없는 집안에서 평지돌출homo novus로 로마 최고 관직인 집정관에 올랐다. 집정관 역임 시, 기원전 63년 집정관직을 놓고 경쟁했던 혈통귀족 카틸리나의 국가 반역 사건을 적발했다. 기원전 63년에 행해진 카틸리나 탄핵을 통해 원로원은 원로원 최후통첩을 통과시켜 카틸리나를 국가의 적으로 규정했으며, 이에 카틸리나는 친구들을 데리고 에트루리아로 도망쳤다. 반역 사건에 연루된 인물들은 체포되어 기원전 63년 12월 5일에 재판 없이 처형되었다. 이런 식의 처형은 위법이라는 문제 제기가 있었음에도 집행은 강행되었으며, 나중에 키케로는 개인적으로 이런 위법 행위에 대한 책임을 지고 로마에서 추방당했다. 물론 키케로는 말년까지 카틸리나 국가 반역 사건에 맞선 일은 국가를 구한 훌륭한 업적이었다는 신념을 버리지 않았다.

기원전 60년 카이사르와 폼페이우스와 크랏수스의 삼두정치가 시작되었다. 정치적 입지를 위협받던 키케로는 마침내 기원전 58년, 클로디우스 풀케르가 호민관 자격으로 로마 시민을 재판 없이 처형한 자는 추방되어야 한다는 법률을 통과시켰을 때, 추방에 앞서 자진해서 로마를 떠나 마케도니아로 도망쳤다. 이후 팔라티움 언덕에 위치한 키케로의 저택은 클로디우스가 이끄는 무리들에 의해 불태워졌고, 투스쿨룸의 별장도 큰 피해를 입었다. 이듬해 8월 4일 지지자들의 도움으로 키케로의 귀환에 관한 법률이 통과되었고, 9월 4일 키케로는 로마로 돌아올 수 있었다. 그가 입은 재산의 피해는 공적 자금으로 회복되었다. 하지만 정치적 영향력은 과거와 달랐다. 공적인 활동을 모두 접고 저술 활동에 전념한 키케로는 『연설가론 De Oratore』을 기원전 55년에, 『연설문의 구성 Partitiones Oratoriae』을 기원전 54년에, 『법률론 De Legibus』을 기원전 52년에, 『국가론 De Re Publica』을 기원전 51년에 출판했다. 기원전 53년에는 조점관으로 선출되었다.

기원전 49년 카이사르와 폼페이우스 사이의 갈등으로 내전이 발발했을 때 키케로는 앞서 기원전 51년 여름에서 기원전 50년 여름까지 킬리키아 총독으로, 기원전 49년에는 카푸아 총독으로 파견되어 로마를 떠나 있었다. 기원전 49년 3월 카이사르는 키케로를 만나 합류할 것을 권고했으나, 키케로는 이를 거절하고 희랍에 머물고 있던 폼페이우스 편에 가담했다. 기원전 48년 8월 9일 카이사르가 테살리아의 파르살로스에서 폼페이우스와 싸워 이겼을 때, 키케로는 카이사르의 허락을 얻어 이탈리아로 돌아올 수 있었고, 이후 온전히 저술 활동에 매진했다. 이때 출간된 책들은 다음과 같다. 기원전 46년에 『스토아 철학의 역설 Paradoxa Stoicorum』, 『브루투스 Brutus』, 『연설가 Orator』 등이 출판되었고, 기원전

45년에 『위로Consolatio』, 『호르텐시우스Hortensius』(유실), 『아카데미아 학파Academica』, 『최고선악론De Finibus Bonorum et malorum』, 『투스쿨룸 대화Tusculanae Disputationes』, 『신들의 본성에 관하여De Natura Deorum』 등이 출판되었다. 기원전 44년에는 『예언술De Divinatione』, 『노(老)카토 노년론Cator Maior de Senectute』, 『운명론De Fato』, 『라일리우스 우정론Laelius de Amicitia』, 『덕에 관하여De Virtutibus』(단편), 『영광에 관하여De Gloria』(유실), 『의무론De Officiis』과 『토피카Topica』 등을 저술했다. 희랍에서 공부하고 있던 아들 마르쿠스 키케로에게 보낸 글이 바로 『의무론』이다. 『노(老)카토 노년론』, 『라일리우스 우정론』은 그의 친구 아티쿠스에게 헌정되었다.

기원전 44년 3월 15일 카이사르가 암살되었다. 카이사르의 암살자들은 로마를 떠났으며 키케로는 정치 무대로 복귀했다. 이때 그는 카이사르의 양자 옥타비아누스를 두둔하고, 안토니우스와 대립했다. 기원전 44월 9월 2일 카이사르의 뒤를 이은 안토니우스를 비판하는 일련의 연설을 시작했고, 기원전 43년 4월 21일까지 이어진 연설들을 우리는 〈필립포스 연설Orationes Philippicae〉이라고 부른다. 희랍의 유명한 연설가 데모스테네스가 마케도니아의 필립포스를 비판했던 것에서 그 명칭이 유래되었다. 이 연설을 통해 키케로는 안토니우스를 국가의 적으로 규정하고 이를 원로원이 의결할 것과, 즉시 군대를 파견하여 안토니우스를 공격할 것을 호소했다. 그러나 기원전 43년 11월 26일 안토니우스와 레피두

스와 옥타비아누스 3인이 합의한 삼두 정치를 통해 키케로
는 옥타비아누스에게 배신당했다. 안토니우스 일파는 살생
부를 작성하여 반대파를 숙청했으며, 이를 피해 달아나던 키
케로는 그를 쫓아온 군인들에게 잡혀 죽임을 당했다. 그때가
기원전 43년 12월 7일이었다.

개인사를 보면, 키케로는 테렌티아와 기원전 79년에 결혼
하여 딸 툴리아와 아들 마르쿠스 툴리우스 키케로를 낳았다.
딸 툴리아가 기원전 45년 사망한 일은 키케로에게 가장 큰
고통을 안겨 준 사건이었다. 기원전 47/46년 겨울 테렌티아
와의 결혼 생활을 청산했으며, 이후 푸블릴리아와 재혼했으
나 곧 다시 이혼했다.

2. 『의무론』

『의무론』은 키케로가 아테나이에서 공부하고 있던 아들
마르쿠스 키케로에게 보낸 글이다. 『의무론』의 저술 시점은
내용을 보건대 기원전 44년 3월 15일 카이사르의 암살 이후
이며, 또 『의무론』 제3권의 말미에 밝히고 있는바 키케로가
희랍으로 가던 길을 돌려 다시 로마로 돌아왔던 기원전 44년
8월 31일 이후다. 키케로는 기원전 44년 아티쿠스에게 거의
매일 편지를 썼는데, 처음 『의무론』이 키케로의 편지에 거론
된 시점은 기원전 44년 10월 28일이고, 11월 4일에 다시 언
급되었으며, 마지막으로 11월 13일에 언급된다. 따라서 『의

무론』의 완성 시점을 기원전 44년 하반기로 보는 것이 개연성이 가장 높다.

현재 우리에게 전해지는『의무론』전승 사본들은 크게 두 계열로 나뉘는데, 공히 기원후 9세기나 10세기경 카롤링거 르네상스 시대에 독일이나 프랑스 지역에서 만들어진 사본이다. 편집자 윈터보텀M. Winterbottom은 이 두 가지 계열의 사본들을 토대로 1994년에 새로운 옥스퍼드판『의무론』을 편찬하였다. 윈터보텀에 따르면, 두 계열의 사본 가운데 좀 더 신뢰성이 높은 계열은 네 종류의 사본들 〈Bambergensis Class. 26〉, 〈Parisinus lat. 6601〉, 〈Parisinus lat. 6347〉, 〈Leidensis Vossianus. Lat. Q. 71〉이다. 나머지 한 계열은 앞의 네 가지 사본에 비해 조금 신뢰성이 떨어지는 계열로 〈Harleianus 2716〉 사본이 대표적이다. 이 사본은 10세기 사본인데 현재 일부 낱장이 없어져 전승 누락이 많다. 누락들은 15세기 말에 〈Harleianus 2716〉 사본을 필사하여 만들어진 다른 사본들 〈Monacensis 7020〉, 〈Monacensis 650〉을 통해 보충하거나, 〈Harleianus 2716〉 사본에서 뜯겨 나간 낱장을 일부 찾아 보충한다.『의무론』2권 25~51절은 13세기에 쓰인 사본 〈Bernensis 104〉를 통해 보충한다. 〈Bernensis 104〉 사본은 〈Harleianus 2716〉 사본과 함께 신뢰성이 떨어지는 계열의 사본에 속한다. 그 밖에 윈터보텀이『의무론』편집에 참고한 자료는 기원후 4세기의 초기 기독교 신학자 락탄티우스Lactantius와 암브로시우스Ambrosius의 인용이다. 암브로시우스의『성직자의 의무』는 키케로의 〈『의무론』

을 뼈대로〉로 집필되었다.[1] 이들과 거의 동시대인 사전학자 노니우스 마르켈루스Nonius Marcellus가 남겨 놓은 인용들도 키케로『의무론』편집에 도움을 주었다고 한다.

『의무론』의 최초 인쇄본은 1465년 독일 마인츠에서 발간되었다. 구텐베르크는 성경과 도나투스의 책 이후에 세 번째로 키케로의『의무론』을 찍었다고 한다.[2] 이는 그 당시 키케로의『의무론』이 누리던 사회적 위상을 알려 준다.

키케로는『의무론』제1권에서 선량한 자유 시민이 추구하는 훌륭함과 실현하는 바름을 지혜, 정의, 용기, 절제의 덕목으로 나누고 각 덕목의 하위 덕목을 열거하여 이를 실현하고 실천하기 위해 지켜야 할 의무를 검토한다. 그리고 각각의 덕목에 따른 의무가 서로 상충하는 경우에 어떤 덕목을 우선시할 것인지도 다룬다.『의무론』제2권은 이득을 주제로 인간이 인간에게 가장 큰 이득이라고 할 때 어떻게 하면 공동체의 구성원 모두에게 가장 이득이 되는 것을 얻을 수 있는지를 분석한다. 이는 훌륭함의 각 덕목에 따르는 이득이다. 『의무론』제3권은 훌륭함과, 흔히 훌륭함과 상충하는 것으로 여겨지는 이득을 놓고 어떤 이득을 따를 것인지를 살피는데, 키케로의 결론은 언제나 훌륭함이 궁극적으로 이득인바 훌륭함의 훼손을 가려 줄 이득은 없다는 것이다.

---

1 최원오,『성직자의 의무』(아카넷, 2020), 11면.
2 Jügen Leonhardt, *Latein* (Beck, 2011), 99면.

3. 선량한 자유 시민

우리는 키케로의 『의무론』을 인간다운 삶을 추구하는 인민의 윤리 준칙을 다룬 교과서라고 생각한다. 인간다운 삶이란 인민 전체의 자유 확대를 의미한다.

키케로의 『국가론』은(I 39 이하) 인민 전체의 자유 확대에 기여한 로마 공화정의 탁월성을 주장한다. 인간은 모여 살고자 하는 공동체적 본성을 지니며, 인민은 법적 합의와 이득의 공유로 묶인 인간 공동체이다. 나아가 국가는 영토, 성벽, 신전, 광장 등의 체계를 갖는 조직된 인민 공동체이다. 이 국가는 통치 이성의 지배를 통해 국가적 영속성을 확보한다. 그런데 자칫 변덕스러운 영혼의 방종 때문에 일인(一人)이 지배하는 왕정에서 인민은 전혀 자유를 가지지 못하며, 혈통과 재력을 물려받은 일부 시민이 지배하는 귀족정에서 일부를 제외한 대중은 자유를 누리지 못한다. 그렇다면 인민이 국가 최고 권력을 가진 민주정은 인민에게 최대의 자유를 보장하는가? 인민 모두가 동등하게 자유를 누릴 수 있는 정체(政體)일지라도, 권위의 차이가 무시되는 무차별적 동등성이라면 이는 자칫 광기와 방종에 빠진 중우(衆愚)로 인해 불공정으로 귀착된다. 따라서 권위의 차이가 인정되는 〈공정한 자유 aequa libertas〉(『국가론』, I 47)를 보장하고 확립하는 법질서를 구축하고 통치 이성을 발휘해야 하는데, 이에 로마의 위대한 정치가들은 왕정과 귀족정과 민주정이 혼합되고 절제된 정체로 제4의 정부 형태를 고안하였다. 이것은 로마 공화정이다.

로마 공화정의 저력은 공정한 자유의 시민, 그러니까 〈자유 시민libera civitas〉(『국가론』, II 24, III 36, 83, 84)에서 나온다. 자유 시민은 〈선량한 시민vir bonus〉(『의무론』, I 20 등)이다. 선량한 시민은 국가의 〈명예로운 평온tranquilla et honesta〉(『의무론』, I 124)을 추구하기 때문인데, 명예로운 평온이란 누구에게도 멸시받지도 굴종하지도 않으며 누구에게도 군림하지도 않는 화합의 상태를 가리킨다. 아리스토텔레스의 말을 빌리자면(『정치학』, IV 11) 통치할 줄도 알고 통치받을 줄도 아는 시민이 지배하는 상태다. 이는 법과 통치 이성에 복종하는 가운데 공정한 자유가 시민 모두에게 확장된 선의 지배 상태라고 할 수 있다.

선량한 사람들은 명예로운 평온과 공정한 자유를 추구하는 가운데 지혜, 용기, 절제, 정의 등 훌륭함honestum(『의무론』, I 5 등)을 실천한다. 훌륭한 사람은 훌륭한 태도를 지니고 훌륭한 처신을 하며 훌륭한 선택을 내린다. 하지만 반대로 훌륭한 태도와 훌륭한 처신과 훌륭한 선택이 훌륭한 사람을 만들기도 한다. 행동이 본질을 규정하는 것이다. 훌륭해서 그런 행동에 이른 것인지, 훌륭한 행동을 통해 그렇게 보이려고 한 것인지 가릴 방법은 없다. 어쩌면 〈선함〉과 〈선하게 보임〉을 가리는 것이 중요하지 않을지도 모른다. 〈선하게 보임〉을 통해 〈선함〉에 이를 수도 있기 때문이다. 문제는 결국 선하게 행동하고 처신하고 선택하는 훌륭한 태도다. 키케로가 제시한 바른 행위의 준칙praeceptum(『의무론』, I 1 등)

이나 공식formula(『의무론』, III 19)이 의미가 있는 이유는 바로 이것이다.

그런데 훌륭함의 개별적 실천을 〈바름decorum〉(『의무론』, I 66 등)이라고 한다. 바름은 사람마다 다를 수 있는데 사람마다 연령, 환경, 소질, 처지가 다르기 때문이다. 학문에서 재능을 보이는 사람이 다르고, 전쟁에서 탁월함을 보이는 사람이 다르고, 법정과 의회와 민회에서 청중을 압도하는 사람이 다르다. 그렇지만 바름의 다양성은 공동체적 결속과 하나 됨을 지향한다. 그것은 어질고 슬기롭고 지혜로운 사람들, 자긍심이 넘치는 대범하고 당당하고 듬직하고 의젓하고 틀진 사람들, 고상하고 고결하고 품위 있고 단정하고 끌끌하고 올곧은 참한 사람들, 정의롭고 너그럽고 관대하고 아량 있고 친절하고 틀수한 사람들이 지배하는 국가다.

따라서 자유 시민은 독재를 용납하지 않는다. 독재자의 권력은 법을 익사시키고 공포로 자유를 질식시키기 때문이다. 키케로는 『의무론』에서 로마 공화정이, 즉 국가가 파괴되었다고 자주 언급하는데(『의무론』, I 57, II 79, III 4, 83), 이는 카이사르의 집권을 염두에 두고 한 말이다. 카이사르와 그의 일당이 온갖 범죄로 조국을 부서뜨렸고 철저히 파괴하였다는 것이다. 로마 공화정의 번영을 이룩한 버팀목이자 세계 평화를 이끈 로마 패권을 지탱하는 기둥인 자유와 법을 카이사르는 마비시켰고, 자유를 구가하는 가운데 세워진 로마의 전통을 붕괴시켰다. 하지만 선량한 시민은 기필코 자유와 법을 되찾는다. 키케로는 로마 공화정을 다시 세우고자 목숨

바쳐 싸운 선량한 시민들의 대표자였다. 한 치 앞도 내다볼 수 없는 정치적 격랑 속에 죽음을 예감한 키케로는 마지막 순간 선량함과 바름의 지침을 또 다른 키케로에게 남겼고 그의 아들처럼 우리도 『의무론』을 물려받았다.

4. 번역을 마치며

이 번역은 키케로를 오랫동안 읽어 온 역자가 그 경험에 기대어 읽히는 대로 우리말로 옮겨 적은 것이다. 그래서 사전적 어의와 풀이를 넘어서는 선택도 있는데, 다만 이로써 라티움어의 우리말 번역어를 좀 더 풍부하게 만들 수 있겠다고 역자는 믿었다. 이는 찾아보기에 밝혀 두었다. 또한 역사적 배경이 행간에 보이는 키케로의 발언도 읽히는 역사적 맥락에 비추어 번역어를 선택하였고, 역사적 인물을 특정하는 것도 이에 따랐다. 로마 인명사전을 만들고 있는 서승일 선생의 조언이 큰 도움이 되었다. 여전히 수사학적 용어들의 번역은 키케로가 무엇을 정확하게 의도한 것인지 불분명할 때가 많았고 그럴 때면 『연설가론』을 번역하고 있는 이선주 선생과 의논하면서 좋은 착안을 얻었다. 12표법 등 로마법 관련 사항은 서울대학교 법학 전문대학원 명예 교수이신 최병조 선생님의 연구 성과를 참조하였고 이를 따르려 하였다.
번역을 의뢰받은 건 2013년인가 기억도 가물거릴 만큼 오래전이다. 그때는 내가 번역할 감이 되는지, 내게 번역할 감이 있는지를 돌아볼 여유도 없었다. 그래서 오랜 시간을 끌다 보니 그새 출판사도 바뀌었다. 병치레하게 되면서 내지 않을까 생각도 하였지만, 계명대학교 국문학과 원로이신 김영일 선생님께서 공부하는 자의 의무를 잊지 말라 하신 격려의 말씀 때문에 『의무론』을 마치기로 결심하였다. 늘 응원해 주시는 서울대학교 영문학과 명예교수 이종숙 선생님께 감사드린다. 맹렬히 질타해 주신 김선희 선생님, 대체 복무 중인 오수환 선생과 유학을 준비 중인 김태훈 선생이 고맙게도 초고를 읽어 주었다. 정암학당 이사장 이정호 선생님께 감사의 인사를 올린다. 또한 출간을 기꺼이 허락해 준 출판사와, 어려운 편집 작업을 끝까지 정성껏 마무리해 준 편집자들께 감사드린다.

2024년 8월
김남우

참고 문헌

1. 단행본

1. A. R. Dyck, *A commentary of Cicero, De Officiis*, university of Michigan, 1996.

2. B. P. Newton, *Marcus Tullius Cicero on duties*, Cornell univ. press, 2016.

3. H. Gunermann, *De Officiis*, Reclam, 1986.

4. M. T Griffin / E. M. Atkins, *Cicero on duties*, Cambridge univ. press, 1999/2018.

5. M. Schofield, Cicero, *Political philosophy*, Oxford univ. press, 2021.

6. P. G. Walsh, *Cicero on obligations*, Oxford, 2000.

7. W. Miller, *Cicero on duties*, Harvard univ. press, 1913.

8. 김주일 외 옮김, 라에르티오스, 디오게네스,『유명한 철학자들의 생애와 사상』, 나남, 2021.

9. 강대진 옮김, 루크레티우스,『사물의 본성에 관하여』, 아카넷, 2011.

10. 김남우 외 옮김, 몸젠, 테오도르,『몸젠의 로마사』 I~VI, 푸른역사, 2013~ .

11. 김남우 옮김, 베르길리우스,『아이네이스』, 열린책들, 2013/2021.

12. 김남우 외 옮김, 세네카, 루키우스 안나이우스,『세네카의 대화: 인생에 관하여』, 까치, 2016.

13. 김남우 옮김, 아르킬로코스·사포 외,『고대 그리스 서정시』, 민음사, 2018.

14. 김재홍 외 옮김, 아리스토텔레스『니코마코스 윤리학』, 길, 2011.

15. 천병희 옮김, 아리스토텔레스,『수사학/시학』, 숲, 2017.

16. 천병희 옮김, 아리스토텔레스,『정치학』, 숲, 2009.

17. 김재홍 옮김, 아리스토텔레스,『정치학』, 길, 2017.

18. 최원오 옮김, 암브로시우스,『성직자의 의무』, 아카넷, 2020.

19. 천병희 옮김, 에우리피데스,『에우리피데스 비극 전집』, 숲, 2009.

20. 오유석 옮김, 에피쿠로스,『쾌락』, 문학과지성사, 1998.

21. 김진식 옮김, 오비디우스,『변신 이야기』, 웅진씽크빅, 2007.

22. 조대호,『영원한 현재의 철학』, EBS BOOKS, 2023.

23. 오유석 옮김, 크세노폰,『경영론·향연』, 부북스, 2015.

24. 김주일 옮김, 크세노폰,『소크라테스 회상』, 아카넷, 2021.

25. 성염 옮김, 키케로, 마르쿠스 툴리우스,『법률론』, 한길사, 2007.

26. 김남우 외 옮김, 키케로, 마르쿠스 툴리우스,『설득의 정치』, 민음사, 2015.

27. 이기백 옮김, 키케로, 마르쿠스 툴리우스,『스토아 철학의 역설』, 아카넷, 2022.

28. 강대진 옮김, 키케로, 마르쿠스 툴리우스,『신들의 본성에 관하여』, 그린비, 2019.

29. 양호영 옮김, 키케로, 마르쿠스 툴리우스,『아카데미아 학파』, 아카넷, 2021.

30. 이선주 옮김, 키케로, 마르쿠스 툴리우스,『연설가론』, 미출간

원고.

31. 강대진 옮김, 키케로, 마르쿠스 툴리우스,『예언에 관하여』, 그린비, 2021.

32. 임성진 옮김, 키케로, 마르쿠스 툴리우스,『의무론』, 아카넷, 2024.

33. 허승일 옮김, 키케로, 마르쿠스 툴리우스,『키케로의 의무론』, 서광사, 1989.

34. 성중모 옮김, 키케로, 마르쿠스 툴리우스,『토피카』, 아카넷, 2022.

35. 천병희 옮김, 투퀴디데스,『펠로폰네소스 전쟁사』, 숲, 2011, 2013.

36. 김인곤 외 옮김, 플라톤,『크라튈로스』, 아카넷, 2021.

37. 조우현 옮김, 플라톤,『국가』, 삼성출판사, 1990.

38. 천병희 옮김, 플라톤,『플라톤전집 4 국가』, 숲, 2013.

39. 한경자 옮김, 플라톤,『라케스』, 아카넷, 2020.

40. 이정호 옮김, 플라톤,『메넥세노스』, 아카넷, 2021.

41. 김남두 외 옮김, 플라톤,『플라톤의 법률』, 나남, 2018.

42. 김주일 옮김, 플라톤,『파이드로스』, 아카넷, 2020.

43. 조대호 옮김, 플라톤,『파이드로스』, 문예출판사, 2008.

44. 김인곤 옮김, 플라톤,『히피아스 I』, 미출간 원고.

45. 신복룡 옮김, 플루타르코스『플루타르코스 영웅전』, 을유문화사, 2021.

46. 천병희 옮김, 플루타르코스,『플루타르코스 영웅전』, 숲, 2010.

47. 천병희 옮김, 헤로도토스,『역사』, 숲, 2009.

48. 천병희 옮김, 헤시오도스,『일과 날』, 숲, 2009.

49. 현승종 외,『로마법』, 법문사, 2004.

50. 김남우 옮김, 호라티우스,『소박함의 지혜』, 민음사, 2016.

51. 김남우 옮김, 호라티우스, 『호라티우스의 시학』, 민음사, 2019.

52. 김남우 옮김, 호라티우스, 『카르페 디엠』, 민음사, 2016.

2. 논문

1. Miriam Griffin, "Philosophy, Cato, and Roman Suicide I & II", *Greece& Rome* 33(1986), 64~77, 192~202면.

2. Stanly H. Rauh, "Cato at Utica: the emergence of a roman suicide tradition", *American journal of Philology* 139(2018), 59~91면.

3. 김진식, 「농촌 삶의 행복과 우정: 호라티우스 초기 서정시 Carmina I~III 연구」, 서울대학교 학위 논문(2017).

4. 이창우, 「나의 인격은 몇 가지인가? 키케로의 『적합한 행위에 관하여』(de officiis), 제1권 107~21」, 『인간연구』 13(2007), 120~145면.

5. 최병조, 「12표법(대역)」, 『법학』 32(1991), 서울대학교 법학연구소, 157~176면.

6. 최병조, 「로마법상의 신분 변동 頭格 減等(capitis daminutio)에 관한 소고: D.4.5 Decapite minutis 역주를 겸하여」, 『법사학연구』 54(2016), 252~296면.

7. 최병조, 「세상사는 이치: 선량한 자들 사이에서 선량하게 행하라」, 『대한민국학술원통신』 369호(2024), 7면 이하.

8. 허승일, "The Social War, 91 to 88 BCE: A History of the Italian Insurgency Against the Roman Republic 서평", 『지중해지역연구』 23(2021), 163~170면.

마르쿠스 툴리우스 키케로 연보

기원전 106년 출생 로마에서 남동쪽 100킬로미터 떨어진 도시 아르피눔에서 부유한 기사 계급 집안의 두 형제 중 맏이로 태어남.

기원전 89년 17세 당대의 유명한 법률 자문가였던 조점관 퀸투스 무키우스 스카이볼라 밑에서 법학을 배움.

기원전 87년 19세 조점관 스카이볼라 사망 이후 대제관 퀸투스 무키우스 스카이볼라(조점관 스카이볼라의 조카) 밑에서 법학을 배움.

기원전 81년 25세 변호인 활동을 시작함.

기원전 80년 26세 부친 살해 혐의로 고발당한 로스키우스를 성공적으로 변호함으로써 명성을 얻음.

기원전 79~기원전 77년 27~29세 아테나이와 로도스에서 수사학과 철학을 공부함.

기원전 75년 31세 처음으로 공직에 진출하여 재무관으로 선출되었으며, 시킬리아의 륄뤼바이움에서 재무관직을 수행함.

기원전 70년 36세 시킬리아 속주 총독을 지낸 가이우스 베레스의 탄핵에 성공함으로써 당대 최고 변호인이라는 명예를 얻음.

기원전 69년 37세 안찰관직을 수행함.

기원전 66년 40세   법무관직을 수행함.

기원전 65년 41세   아들 마르쿠스가 태어남.

기원전 63년 43세   가이우스 안토니우스와 함께 집정관에 선출됨. 카틸리나의 반역 음모를 밝혀내고 카틸리나의 추종자 다섯 명을 체포함. 이를 계기로 〈국부pater patriae〉라는 칭호를 부여받음. 카틸리나 반역 연루자들의 처형이 12월 5일 집행됨.

기원전 60년 46세   카이사르와 폼페이우스와 크랏수스의 삼두 정치가 시작됨.

기원전 58년 48세   호민관 푸블리우스 클로디우스가 카틸리나 사건 처리에서 절차를 무시했다는 명목으로 키케로를 기소하였고, 키케로는 테살로니카로 망명함. 클로디우스가 이끄는 무리들이 키케로의 자택과 별장을 파괴함.

기원전 57년 49세   친구들의 도움으로 9월 4일 로마로 복귀함. 공적 활동을 접고 저술 활동에 매진하기 시작함.

기원전 55년 51세   『연설가론De Oratore』 저술.

기원전 54년 52세   『연설문의 구성Partitiones Oratoriae』 저술.

기원전 53년 53세   마르쿠스 크랏수스를 대신하여 조점관으로 선출됨.

기원전 52년 54세   『법률론De Legibus』 저술.

기원전 51년 55세   『국가론De Re Publica』 저술.

기원전 49년 57세   카이사르와 폼페이우스 사이의 갈등으로 내전 발발. 카이사르는 키케로를 만나 합류할 것을 권고했으나, 키케로는 이를 거절하고 희랍에 머물고 있던 폼페이우스 편에 가담함.

기원전 48년 58세   카이사르가 테살리아의 파르살루스에서 폼페이우스를 물리치자, 키케로는 카이사르의 허락을 얻어 이탈리아로 복귀함. 이후 온전히 저술 활동에 매진함.

기원전 46년 60세 『스토아 철학의 역설 *Paradoxa Stoicorum*』, 『브루투스 *Brutus*』, 『연설가 *Orator*』 등 저술.

기원전 45년 61세 『위로 *Consolatio*』, 『호르텐시우스 *Hortensius*』, 『아카데미아 학파 *Academica*』, 『최고선악론 *De Finibus Bonorum et Malorum*』, 『투스쿨룸 대화 *Tusculanae Disputationes*』, 『신들의 본성에 관하여 *De Natura Deorum*』 등 저술.

기원전 44년 62세 카이사르가 암살됨. 키케로는 정치 무대로 복귀하여 카이사르의 양자 옥타비아누스를 두둔하고 안토니우스와 대립함. 『예언술 *De Divinatione*』, 『노(老)카토 노년론 *Cator Maior de Senectute*』, 『운명론 *De Fato*』, 『라일리우스 우정론 *Laelius de Amicitia*』, 『덕에 관하여 *De Virtutibus*』(단편), 『영광에 관하여 *De Gloria*』(유실), 『의무론 *De Officiis*』, 『토피카 *Topica*』 등 저술.

기원전 43년 63세 옥타비아누스는 키케로를 배신하고 안토니우스와 레피두스와 함께 3인이 합의한 삼두 정치를 펼침. 키케로는 안토니우스에게 죽임을 당함.

찾아보기

고유명사

Academia 아카데미아 학파 I 6
;*Academica*(키케로의 저서) II 8,
III 20

L. Accius 루키우스 아키우스(로마
시인) III 84, 102

C. Acilius 가이우스 아킬리우스 글
라브리오 III 115

Aeacus 아이아코스(아킬레우스의
조부) I 38, 97

Aegina 아이기나 III 46

Q. Aelius Tubero 퀸투스 아일리우
스 투베로(기원전 130년 호민관)
III 63

Mam. Aemilius Lepidus Livianus
마메르쿠스 아이밀리우스 레피두
스 리비아누스(기원전 77년 집정
관) II 58

L. Aemilius Paulus 루키우스 아이
밀리우스 파울루스(기원전 216년
집정관) III 114

L. Aemilius Paulus Macedonicus
루키우스 아이밀리우스 파울루스

마케도니쿠스(기원전 182년과 기
원전 168년 집정관) I 116, 121, II
76

M. Aemilius Scaurus 마르쿠스 아
이밀리우스 스카우루스(기원전
115년 집정관) I 76, 108

M. Aemilius Scaurus 마르쿠스 아
이밀리우스 스카우루스(기원전
56년 법정관) I 138, II 57

Aequi 아이퀴인 I 35

Aesopus → Clodius

Africa 아프리카 I 112, III 99

Africanus → P. Cornelius Scipio

Agamemnon 아가멤논 III 95

Agesilaus 아게실라오스(라케다이
몬의 왕) II 16

Agis 아기스(라케다이몬의 왕) II 80

Agrigentini 아그리겐툼(혹은 아크
라가스) 사람들 II 26

Aiax 아이아스 I 113, 114(엔니우스
의 비극 작품), III 98

Alexander Magnus 알렉산드로스
대왕 II 16, 48, 53

290

III 66

M. Porcius Cato Licinianus 마르쿠스 포르키우스 카토 리키니아누스 I 36, 37

M. Porcius Cato Uticensis 마르쿠스 포르키우스 카토 우티켄시스 I 112, III 66, 88

Posidonius 포세이도니오스 I 159, III 8, 10

Sp. Postumius Albinus 스푸리우스 포스투미우스 알비누스(기원전 334년과 기원전 321년 집정관) III 109

Prodicus 프로디코스(케오스 출신의 지식 교사) I 118

Ptolomaeus Philadelphus 프톨레마이오스 필라델포스 II 82

Pyrrho 퓌론(엘리스 출신의 회의주의자) I 6

Pyrrhus 퓌로스(에페이로스의 왕) I 38, 40, II 26, III 86

Pythagoras 피타고라스 I 56, 108, III 45

Pythius 퓌티오스 III 58, 59, 60

Quirinus 퀴리누스 III 41

Regulus 레굴루스 → Atilius

Rhodus 로도스 III 50, 57, 63

Roma 로마 I 33, 36, 39, 40, 61, II 26, 29, 43, 75, III 19, 58, 73, 77, 79, 83, 84, 86, 99, 105, 112, 113, 114

Romulus 로물루스 III 41

Sex. Roscius 섹스투스 로스키우스(아메리아 사람) II 51

Rupilius 루필리우스(배우) I 114

P. Rutilius Rufus 푸블리우스 루틸리우스 루푸스(기원전 105년 집정관) II 47, III 10

Sabini 사비눔인 I 35, 38

Sabinus ager 사비눔 농지 III 74

Salamis 살라미스 I 61, 75

Samites 삼니움인 I 38, III 109

Sardi 사르디니아인 II 50

M. Satrius 마르쿠스 사트리우스 III 74

Scaevola 스카이볼라 → Mucius

Scaurus 스카우루스 → Aemilius

Scipio 스키피오 → Cornelius

C. Scribonius Curio 가이우스 스크리보니우스 쿠리오(기원전 76년 집정관) II 59, III 88

M. Seius 마르쿠스 세이우스(기원전 74년 안찰관) II 58

C. Sempronius Gracchus 가이우스 셈프로니우스 그락쿠스(기원전 123년과 기원전 122년 호민관) II 72, 80

Ti. Sempronius Gracchus 티베리우스 셈프로니우스 그락쿠스(기원전 177년과 기원전 163년 집정관) II 43, 80

Ti. Sempronius Gracchus 티베리우스 셈프로니우스 그락쿠스(기원전 133년 호민관) I 76, 109, II 43, 80

개념어

bonitas, bonum 선성(善性) I 5; 선
함 I 50, 118, II 63, III 14, 28, 77,
116, 117, 118; 강점 I 114; 좋음 I
130

calliditas, callidus 영리한 I 33; 영
악함 I 63, II 10, 34, III 113; 능청
스러운 I 108, III 57

calumnia I 33 허위 해석

caput 두격(頭格) II 50, 51

caritas 사랑 I 54, 57, II 24, 29; 애정
III 100; II 58, III 50, 89(곡물) 품
귀

celebratio 회합 I 12

civitas 공동체 I 35, 72, 75, 85, 88, II
73, III 23, 28, 63; 국가 I 53; 시민
II 23, 24, III 28, 36, 69, 83, 84; 나
라 I 124, II 57, 78, 81, III 3, 87 →
consortio, communitas, societas

clemens, clementia 긍휼 I 88; 따뜻
한 I 137

coetus 결속 I 12, II 15; 모임 III 2
→ societas

cognitio 인식 I 13, 18, 19, 152, 153,
154, 155, 156, 157, 158, 160, II 5;
지식 II 65; 사유 I 19

comitas 상냥함 I 109, III 24, 118;
유쾌함 II 48 → adfabilitas,
suavitas

commoditas 쾌적함 I 138; 편리 I 9,
II 14; 이익 III 52

commodum 이익 I 5, 62, 83, 85,
153, 155, II 9, 82, 83, 88, III 18,
21, 22, 23, 24, 26, 28, 29, 30, 82;

편리 II 9 → utilitas

communia 공공재 I 21; 공공 I 83;
보편 I 52, III 14, 15; 공유 I 51, 53,
54, 55, III 108

communitas (vitae) (생활) 공동체 I
20, 56, 153, 156, 157, 158, III 22,
32, 118; 협동 I 45, 50; 공유 I 51; 공
공성 152, 153, 159, 160 → civitas,
consortio, societas,

conciliatio 화합 I 149

coniunctio 교합 I 11, III 119, 120;
coniunctio hominum 유대 I 17,
50, 54, 157, 158, III 23; 단결 III
88

consociatio 인간 결속 I 100, 149,
157 → civitas, communitas,
consortio, societas

consortio 공동체 III 26 → civitas,
communitas, consociatio, societas

constantia 일관성 I 14, 23, 47; 항심
I 17, 67, 69, 72, 98, 102, 112, 120,
125, 127(constanter fieri), 131, II
6, III 35

contemptio 초연함 I 13, III 117 →
despicientia

contentio 경쟁 I 26, 87, 152; 선후 II
71; 쟁론 I 58, 132, 133, 136, 137,
II 8, 48, 80; 전력투구 I 68; 전투 I
90; (목소리의) 높음 I 146

continentia 극기 II 78, 86, III 96,
116, 117

contumelia 악의 I 88; 무례함 I 113;
모욕 I 137

convenientia 조화 I 14, III 35; 합일

열린책들 세계문학 291 의무론

옮긴이 김남우 로마 문학 박사. 연세대학교 철학과를 졸업했다. 서울대학교 서양 고
전학 협동 과정에서 희랍 서정시를 공부하였고, 독일 마인츠에서 로마 서정시를 공
부하였다. 정암학당 연구원이다. 연세대학교와 KAIST에서 가르친다. 마틴 호제의
『희랍문학사』, 오비디우스의 『변신 이야기』, 에라스무스의 『격언집』, 『우신예찬』, 토머
스 모어의 『유토피아』, 몸젠의 『로마사』, 호라티우스의 『카르페디엠』, 『시학』 등을 번
역하였다. 베르길리우스의 『아이네이스』를 번역하고 있다.

지은이 마르쿠스 툴리우스 키케로 옮긴이 김남우 발행인 홍예빈·홍유진
발행처 주식회사 열린책들 주소 경기도 파주시 문발로 253 파주출판도시
전화 031-955-4000 **팩스** 031-955-4004 **홈페이지** www.openbooks.co.kr
Copyright (C) 주식회사 열린책들, 2024, *Printed in Korea.*
ISBN 978-89-329-1291-2 93890 **ISBN** 978-89-329-1499-2 (세트)
발행일 2024년 8월 5일 세계문학판 1쇄

열린책들 세계문학
Open Books World Literature